Exquisit **modern**

Von der gleichen Autorin erschien außerdem
als Heyne-Taschenbuch

Mein Bett ist nicht zum Schlafen da · Band E 129

Gerty Agoston

Liebesspiele

Roman

Wilhelm Heyne Verlag
München

EXQUISIT MODERN
Im Wilhelm Heyne Verlag, München
Nr. 145

Alle Personen in diesem Buch sind frei erfunden. Jede Ähnlichkeit mit lebenden oder toten Personen ist zufällig. Sollte die Verfasserin Namen verwendet haben, die eine Anspielung auf lebende oder tote Personen vermuten lassen, so geschah es unbeabsichtigt.

2. Auflage

Copyright © 1969 by Gala Verlag GmbH, Hamburg
Genehmigte Taschenbuchausgabe
Printed in Germany 1978
Umschlagfoto: Gert Kreutschmann, München
Umschlaggestaltung: Atelier Heinrichs, München
Gesamtherstellung: Ebner, Ulm

ISBN 3-453-50114-4

FÜR DEN GELIEBTEN

Zwischen den Schenkeln meines Mannes blüht ein roter Wald. Im roten Wald zwischen den Schenkeln meines Mannes wächst ein hoher Baum. Der hohe Baum ist sein Phallus. Sein Phallus ist mein Lebensbaum. Ohne meinen Lebensbaum müßte ich sterben.

Ich werde jede Frau, die mir meinen Lebensbaum nehmen will, mit einem Messer überfallen und ihr den Bauch aufschlitzen. Wenn ich mir den Mord aus Eifersucht ausmale, den ich eines Tages begehen werde, denke ich niemals an Schüsse aus einem Revolver. Warum, das weiß ich selbst nicht genau. Dabei sind Revolver die Waffen eifersüchtiger Frauen.

Adam, mein Geliebter, mein Mann, besitzt mehrere Revolver und Jagdgewehre. Es wäre höchst einfach, eine dieser Waffen aus seinem Arbeitszimmer zu holen und die Frau zu erschießen, die ich töten muß, weil sie es wagt, meinen Mann zu lieben.

Doch ich weiß schon, warum ich an Messer denke. Rache schmeckt immer nach Blut und riecht immer nach Blut. An Messerwunden geht man langsamer zugrunde als an Schüssen. Außerdem kann ich bestimmt nicht zielen. Und ich habe noch nie eine Waffe abgedrückt.

Es wäre mir gar nicht schrecklich, eine Frau zu töten. Tiere tun mir leid. Tiere sind meine Genossen, meine Kameraden. Frauen sind meine Feinde. Nur für ganz alte Frauen und neugeborene Kinder empfinde ich Wohlwollen. Nicht etwa für Frauen, die bereits einige Falten im Gesicht haben.

Mein Mann trinkt nicht viel. Nach zwei oder drei Gläsern Gin mit Tonic oder Scotch kann ihn jede Frau, selbst wenn sie nicht mehr ganz jung und hübsch ist, zu sich ins Bett locken. Warum? Weil er mit jeder, die nicht ausgesprochen alt und häßlich ist, früher oder später ins Bett gehen muß. Das ist sein Lebenselement. Alles, was er tut, und auch wenn er nur dasteht und nichts tut, ist eine Lockung für die Weiber, wie die Schalmei des Rattenfängers von Hameln.

Ich liege auf der kühlen, weißen Leintucherde, und über mir wölbt sich der rote Wald. Mein Blick verliert sich im roten Blätterdach seiner Phallushärchen, seiner Schenkelhaare. Ich sauge die Feuchtigkeit der roten Blätter ein, ich atme den Duft seiner Haut. Ich liebkose die Rinde meines Lebensbaumes. Sie ist zarteste, weichste Haut.

Mein Lebensbaum verwandelt sich in eine Schlange. Geliebte, starke Schlange im roten Moos! Sie züngelt mir entgegen. Mein Mund erwartet die Schlange, die alles weiß. Ich sauge am Baum, an der Schlange, und mein Schoß ist neidisch auf meinen Mund, weil er so lange daran saugen darf. Mein Schoß ist hungrig. Ich muß ihn füttern.

Ja, nur auf die ganz alten und neugeborenen Frauen bin ich nicht eifersüchtig. Auch auf zehnjährige bin ich eifersüchtig. Und auf Fünfzehnjährige. Ich weiß ganz genau, warum. Die Zehnjährigen sind im nächsten Jahr elf und in fünf Jahren sechzehn Jahre alt. Mit Sechzehn blüht der Körper einer Frau auf wie eine Knospe, und Adam, mein Mann, der rote Teufel, Rübezahl und Rattenfänger von Hameln, schaut auch die Sechzehnjährigen begehrlich an; ob sie noch mager sind und kaum knospende Brüste haben . . . nein, dergleichen gibt es heutzutage nicht. Schamlos, wie rund und groß die Brüste der meisten heutigen Teenager sind! Die unschuldigen Sechzehnjährigen, so las man es früher in den Büchern unserer Mütter und Großmütter. Dikke, volle und hungrige Busen haben diese heutigen Sechzehnjährigen. Ich verfluche sie. Mein Mann ist über vierzig. Die Sechzehnjährigen sind die Raffiniertesten. Die Verdorbensten. Sie schauen ihm nach und wispern: »Bitte ein Autogramm!« Kenne ich. Gerade ich sollte diesen Trick nicht kennen? Alle wollen sie sein Autogramm haben, nach dem Vortrag, vor dem Vortrag, und manche sind ganz frech. Die kommen sogar zu uns ins Haus. Neulich fuhr ein unverschämter Teenager mit seinem Wagen vor, sprang aus dem Auto, klingelte und fragte:

»Wohnt hier Mr. Adam Per Hansen? Ich schwärme für seine Romane. Ich hätte so gern sein Foto mit Autogramm . . .«

Ich habe das blonde, freche Ding, das die ungeheuerliche Unverschämtheit hatte, eine zum Umspannen mit einer Hand geeignete Taille und ein fast rechtwinklig abstehendes Hinterteil zu haben, ein muskulöses Hinterteil, wie Adam es liebt, schnell abgefertigt. Adam saß vorn am Meer, auf der Terrasse.

»Bleiben Sie hier!« sagte ich und trug das Autogrammbuch der gefährlichen, kleinen Bestie hinaus auf die Terrasse. Adam stand auf. Er hatte, das merkte ich natürlich, nicht übel Lust, dem kleinen Scheusal, das ich auf den ersten Blick wie die Pest haßte, sein Autogramm persönlich zu geben, statt mich als Boten zu verwenden. Ich bin im Grunde genommen immer noch seine Sekretärin, seine unentbehrliche rechte Hand, das höre ich Tag und Nacht aus seinem Mund. Ich hasse es, ich kann es nicht mehr hören. Ich will nicht seine ›rechte Hand‹ sein und werde es doch bleiben bis in alle Ewigkeit oder bis ich ihn und mich getötet habe.

Er möchte, das sehe ich am Blick seiner ewig unbefriedigten, hellgrünen Augen, mit dem Mädel, das er zum erstenmal sieht, sofort ins Bett gehen. Sie wohnt bestimmt nicht in unserer Nachbarschaft, sonst hätte ich sie längst entdeckt. Im Schweiße meines Angesichts, jenem unsichtbaren Schweiß, von dem nur ich weiß, bemühe ich mich wieder einmal, den Betrug im Keim zu ersticken.

Gelegenheit macht Diebe. Das klügste und gleichzeitig dümmste Sprichwort der Welt. Diebe machen Gelegenheit: so müßte es heißen. Gelegenheit schafft Ehebrecher. Ehebrecher schaffen Gelegenheit. Was nützte es mir, wenn Adam kein erfolgreicher und angehimmelter Schriftsteller wäre und ihm die Weiber das Haus nicht einrennen würden? Adam wäre auch dann nicht anders! Und noch immer stehe ich zwischen den Weibern und unserm Haus, den Weibern und meinem Mann. Wie ein eherner Felsen. Bis zum Mord oder Selbstmord, bis zu irgendeiner schrecklichen Tat.

Ehebrecher schaffen Gelegenheit. Würde Adam keine Reisen unternehmen, regnete es nicht andauernd Einladungen zu Vorlesungen – er befreite sich auch dann aus dem Käfig, wie ein Zauberkünstler aus seiner Kiste. Sie alle wollen hören, wie er selbst aus seinem Werk vorliest: der literarische Niederschlag seines Liebens, Wollens und Nochmehrwollens. Sie reißen sich um die Ehre und den Nervenkitzel, diesen großen, starken Mann mit rotem Haar und hellgrünen Augen auf dem Podium zu sehen. Die Blicke der Weiber entkleiden ihn. Sie sehen ihn so, wie ich ihn kenne – den rostroten Brusthaar-Teppich, die langen, starken und wohlgeformten Beine. Wenn er eine Zwangsjacke trüge, so würde er sie abstreifen.

Ich bin keine dumme Frau. Ich lasse die Zügel schießen oder bilde mir ein, es zu tun. Ich verschaffe Adam immer wieder die Illusion, daß er frei sei und mich nach Belieben betrügen könne.

Ich frage nicht, forsche nicht nach. Ich öffne keine Briefe, lese keine offenen Briefe. Ich zerbreche mir nicht den Kopf über Telefonnummern, die er auf Zettelchen gekritzelt hat.

Gewiß, wäre eine die Telefonnummer seiner Geliebten, einer der vielen oder der einzigen, die ich mehr fürchte als alle andern, so würde er diese Nummer chiffriert eintragen. So viel Verstand hat selbst der unbekümmertste Mann. Und Adam ist rücksichtsvoll. Er will mich auch nicht verlieren. Ich bin seine unentbehrlichste, tüchtigste, treueste Mitarbeiterin, sein Nachschlagewerk und seine Sekretärin. Wo findet er sonst dies alles in einer Person? Eine Frau, die Tag und Nacht für ihn da ist!

Überall, antworte ich mir. Nirgends, möchte ich mir einreden. Es gelingt mir immer seltener, mich zu belügen. Auch die Illusion, daß ich nicht eifersüchtig sei, daß ich keine Zettelchen lese und mir nicht den Kopf über Telefonnummern zerbreche, die er herumliegen läßt, ist eine Form der Lüge. Ich rufe die fremden Nummern nur nicht an, weil ich zu feige bin.

Nachts gelingt es mir besser, mich zu belügen. Immer dann, wenn die rotbehaarte, gute und weise Schlange in mir steckt. Der Phallusbaum dringt in das durstige Erdreich ein, auch auf diesem Erdreich wächst Moos. Mein Moos ist dunkelblond. Bisweilen zeigt es eine rötliche Schattierung. Das Moos, mein Dreieck, war früher einmal, vor Jahrmillionen, sein einziges Glück, seine ganze Seligkeit. Ich habe es ihm geglaubt. Ich färbte mir die Schamhaare einmal rot, weil ich meinem Mann gleichen wollte, der damals noch nicht mein Mann war, sondern viel mehr: mein Geliebter. Ich wollte die Gattin und Geliebte, die Schwester, Tochter und Mutter meines Mannes Adam sein, der nur mein Geliebter war. Oftmals färbe ich mir mein Haupthaar auch heute noch rot, tizianrot, was sehr gut zu meiner hellen, von Sommersprossen völlig freien, weißen Haut paßt. Die Schamhaare färbe ich mir nicht mehr.

»Rot?« fragte er damals. »Willst du meine Schwester sein? Es schmeckt dir besser, wenn auch Sünde dabei ist. Betrug genügt dir nicht! Du brauchst den Geschmack der tieferen Sünde. Blutschande gefällt dir, nicht wahr? Das stachelt dich noch mehr auf!«

Ich nickte. Ich lüge. Den Sündengeschmack brauche ich nicht, um mich aufzustacheln. Wäre Adam wirklich mein Bruder, so würde ich keine Sekunde zögern, sondern mit meinem Bruder ins Bett gehen und dann von Herzen gern ins Gefängnis wandern. Dergleichen wird ja wohl bestraft? Ich weiß es nicht genau.

Wird es bestraft? Wenn ich mit Adam schlafe, so schlafe ich mit meinem Geliebten und mit meinem Mann. Wenn ich seinen Phallus in mir spüre, sich hin- und herbewegend, tief in mich dringend, das Werkzeug, dessen Kraft das Weltall zusammenhält, das mich sättigt und meinen Hunger gleichzeitig ins Unendliche steigert, so schlafe ich auch mit meinem Bruder. Wenn er mich aufstachelt, so möchte ich auch rothaarig werden wie er. Und ich möchte schweigen lernen.

Adam spricht wenig. Er denkt, genießt und schreibt. Eines Tages wird er so mit Liebe gesättigt sein, daß er nur noch schreiben wird. Schreiben ist die höchste Form der Selbstbefriedigung. Ich könnte hundert Jahre lang mit ihm verheiratet sein und wäre außerstande, das Wunderbare in Adam nachzuahmen: seinen Lebensrhythmus, seine Art, den Tag am frühen Morgen zu schlucken, wie ein Glas guten, eiskalten Wassers und dann nur noch zu genießen – arbeitend, schreibend, essend, schwimmend und liebend.

Beim Schwimmen draußen, in unserer Bucht von Key Rock, am steinigen Strand von Süd-Florida, der steil ins Wasser abfällt, bin ich wunschlos glücklich, weil er dann ganz allein mir gehört. Wir tauchen, umarmen und küssen uns im Wasser. Es war gestern. Vielleicht ist es morgen wieder so. Wir kümmern uns nicht um die hübschen, kleinen Sommerhäuser in unserer Nähe. Wir streifen die Badeanzüge ab, stützen uns ganz leicht auf die Felsen und pressen unsere Körper im Wasser aneinander. Es ist sechs Uhr nachmittags und noch ganz hell. Gar nicht weit von uns gleiten ein paar Motorboote und ein Segler über das Wasser. Wir hören das Surren der Motore und kümmern uns überhaupt nicht darum. Ich klammere mich an ihn. Sein rechter Fuß ist in einer Felsspalte verankert. Ich sauge mich an seinen geliebten Lippen fest. Sein Kuß schmeckt nach dem Salz des Meeres und trotz des langen Tauchens und Schwimmens, das diesem Kuß voranging, noch immer nach seinem Pariser Kölnischwasser, ›Mon Prince‹ heißt es. Mon Prince, das riecht gut, und mein Geliebter schmeckt nach Sonne, Luft und Salz.

Die Sonne glüht um sechs Uhr nachmittags noch immer sengendheiß auf uns herab. Ich kriege bestimmt wieder etwas Sonnenbrand. Immer nehme ich mir fest vor, wenn wir den Sommer in unserem kleinen Haus in Cape Rock verbringen, nie ohne den Schutz eines breiten Hutes an den Strand zu gehen, denn einmal, ich glaube vor sechs Jahren, und wir waren noch nicht miteinander verheiratet, da schliefen wir in der Sonne ein und erwachten erst nach drei Stunden. Meine Haut war völlig zugrunde gerichtet, und ich mußte meinen ganzen Körper eine Woche lang mit einer dicken, weißen Salbe einreiben.

Adam ist der einzige rothaarige Mann, dem die Sonne nicht schadet. Seine Haut ist mit Sommersprossen übersät, sie behält aber im Sommer und Winter ihre gesunde, robuste, bräunlichrote Färbung. Sein feuerrotes, lockiges Haar ist am Haaransatz, genau über der Stirn, viel heller. Rübezahl, so nenne ich meinen Geliebten, meinen Mann. Den Bruder, Geliebten und Mann, den ich leider eines Tages aus Eifersucht werde töten müssen. Rübezahl ist ein guter Geist aus der alten Heimat meiner Eltern, dem Riesengebirge in Böhmen.

Nur mein Name erinnert mich bisweilen daran, daß ich drüben geboren wurde und mit den Eltern nach New York kam, als ich noch nicht lesen und schreiben konnte. Mein Name, Milena, und der Kosename, den ich meinem Liebsten gab: Rübezahl mit dem roten Bart. Guter Gebirgsgeist, der den Reichen ihre Habe wegnimmt und sie den Armen gibt. Ich habe ein altes tschechisches Bilderbuch zu Hause, es gehörte meiner Mutter, das zeigt den roten Riesen Rübezahl in vielfacher Gestalt.

»Milena«, flüstert mein Geliebter. Das Blätterdach ist verschwunden. Liegt er neben mir? Mein Mund spürt die geliebte Schlange nicht mehr, er ist trocken, ich kann nicht schlafen.

Ich sauge mich an den Lippen meines roten Riesen fest, ich schwebe nackt vor Adam im Wasser. Mein Dreieck schimmert dunkelblond durch die klare, blaue See. Adam sagt, es habe die Farbe reifer Kornähren. Nie wäre es mir eingefallen, einen Vergleich zwischen reifen Kornähren und der Farbe meiner Schamhaare zu ziehen. Adam darf es tun. Mein Geliebter kann nicht schauen, ohne zu vergleichen. Er kann nicht küssen, ohne zu schreiben. Ich weiß, daß er auch jetzt, im Wasser schwebend, den rechten Fuß in einer scharfen Felsspalte verankert, daran denkt: Wie werde ich diese Szene mit Milena, ihr dunkelblondes Dreieck schimmert durchs grünlichblaue Wasser, später schildern? Brauche ich sie für mein neues Buch? Hebe ich sie für später auf?

Ich habe es mir längst abgewöhnt, eifersüchtig auf seine Arbeit zu sein. So kleinlich wie die meisten Weiber bin ich nicht. Ich muß ihn gut sättigen und bis über die Grenzen des Tragbaren lieben, damit er meine Liebe auch für seine Arbeit nicht entbehren kann. Ich muß ihn stark genug lieben, damit er Seiten und Bände mit meiner Liebe füllen kann.

Im Wasser hängen. Sich um nichts kümmern. Das Surren der Motorboote wird leiser. Mag es lauter werden. Wenn fremde Menschen mit ihren Booten herankommen, so sollen sie ausweichen. Wenn sie sich schämen, so mögen sie wegschauen. Ich werde mich nicht vom Mund meines Mannes trennen, selbst dann nicht, wenn ein Polizeiboot oder die Küstenwache käme.

Ich sauge an seinen Lippen. Er läßt seine Zunge herausschnellen, blaßrosa Muräne, die aus dem Mund meines Gottes hervorschießt. Sie blitzt in der Sonne. Muränenschlange. Schmuckstück eines roten Wassergottes. Sie schießt zwischen meine Lippen, die Tag und Nacht für meinen Mann geöffnet sind und sucht meine Zunge. Wir spielen. Meine Zunge schnellt zurück. Ich schmecke den eigenen Speichel, um mich dann noch seliger vom Geschmack meines Geliebten beglücken zu lassen. Ich forme einen runden Ball aus meiner Zunge, wölbe meine Zunge in seinem Mund und koste den Salzgeschmack seines Gaumens.

Küssen ist gut, so gut, daß es Selbstzweck sein könnte, auch ohne spätere, volle Vereinigung. Nur Bettler wissen nicht, daß die Lippen einer Frau noch hungriger sind als ihre Vagina. Bettler des Gefühls. Armselige Männer. Stümper, die nicht wie mein Mann sind.

Ich möchte vor Glück sterben. Das ist keine Einbildung und keine Phrase. Immer, wenn ich den Phallus meines Geliebten in mir spüre oder seine Zunge meinen Mund ausfüllt, wünsche ich mir sehnlichst den Tod; plötzlich, schnell, vom Bewußtsein, das entsetzlich schmerzen kann, in die Bewußtlosigkeit, die den herrlich tobenden Wellen gleicht, dem Himmel und den Kronen der Palmen, vom Hurrikan gebeugt. So möchte ich vom Bewußtsein in die Bewußtlosigkeit gefegt werden.

Doch ich kann ohne meinen Mann, der Millionen Meilen von mir entfernt ist, nicht leben. Er ist Millionen Meilen von mir entfernt und liegt neben mir im Bett. Ich höre seinen Atem. Eben noch rotes Blätterdach über mir, feuchtes Moos, starke Schlange, die sich wohlig in meinem Mund dehnt und dann unten in das feuchte Moos taucht und sich stark einschließen und umpressen läßt. Sie ist meine Gefangene. So lange mein Mann in mir steckt, ist er mein Gefangener. Solange ein Mann in einer Frau steckt, ist er ihr treu.

Er hat mich umarmt. Er hat seine Schlange aus mir gezogen. Er liegt neben mir. Er wird mir nie wieder so nahe sein wie damals, draußen im Wasser oder im Auberge Versailles in New York oder im Hotel Escorial in Paris. Ich habe mich nicht verändert, sondern schwebe neben ihm, über ihm, an ihn gedrückt, im azurblauen Wasser in der Bucht von Cape Rock.

Ich brauche die Augen nicht zu schließen, um zum hunderttausendsten Mal mitzuerleben, wie es damals war. Es gibt sehr viele Damals. Alles ist ein Damals. Die Gegenwart ist ein Damals. Die Zukunft wird es sein, bis zu dem Tag, an dem ich ihm nachreise und die Türe öffne. Dann werde ich alles sehen, was ich weiß. Dann muß ich handeln. Ich werde ihn aus Eifersucht und auch mich töten müssen. Spiegel, in denen kein Mensch mehr sein Abbild sucht, sind tote Spiegel. Man verhängt sie und stellt sie weg. Ich lebe nur, solange mein Mann vor mir steht und auf mir oder unter mir liegt; solange ich sein Spiegel bin und ihm alles zeige, Gedanken, Worte und Gefühle zurückwerfe, die er in mich pflanzt.

Zwischen den Schenkeln meines Mannes blüht ein roter Wald. Im roten Wald zwischen den Schenkeln meines Mannes wächst ein hoher Baum. Hart wie Granit. Mein Mann ist der einzige Mann mit einem Phallus, wie ihn die Götter haben. Er hat einen Baum, eine Schlange und einen Speer, die stößt er in die läufigen Weiber. Ich bin das läufigste seiner Weiber. Ich bin die Hündin, die ihm seit beinahe neun Jahren aus der Hand frißt. Fünf Jahre lang war ich seine Sekretärin und seine Geliebte. ›Beste Mitarbeiterin. Prachtvoller Kerl. So verläßlich! Rechte Hand.‹

Kennen wir, nicht wahr? Die alten, abgedroschenen Phrasen, die ungeschickteste Verbrämung der ältesten Konfiguration zwischen Mann und Weib, seitdem die Kurzschrift erfunden wurde und die erste Schreibmaschine klapperte. Wahrscheinlich ist sie schon viel älter. ›Forschungsassistentin‹, das war ich auch. Klingt vornehmer als Sekretärin.

Christine, der Geier. Eigentlich ähnelte sie den weißen Geiern in den Everglades, dort, wo sich die weißen, in ihrer Häßlichkeit majestätischen Vögel vom Aas der Alligatoren nähren. Immer zu wenig Wasser. Immer viel Aas. Dort bildet das Mangrovengestrüpp ein undurchdringliches Dickicht. Indianer oder zugereiste Strolche gehen auf verbotene Alligatorenjagd. Die Häute werden teuer bezahlt. Und sogar die kleinen Alligatorenbabys bleiben nicht von den Räubern verschont. Sie stopfen die Häute aus und verkaufen sie an die Händler. Dort unten, in den Everglades, der kleinen Gemeinde nahe, wo Amtsarzt Hillary Thorpe mit seiner jungen Frau Eva lebt, erblickte ich den ersten weißen Geier meines Lebens. Er ähnelte im Profil genau der toten Christine.

Die Alte! Mag sie in Frieden ruhen. Sie wird bestimmt nicht mehr exhumiert. Fast vier Jahre sind seit ihrem Tod vergangen. Hirngespinste. Wer wollte Christine exhumieren? Begraben, tot, basta! Obduktion? Ich muß dieses gräßliche Wort endlich aus meinem Kopf verscheuchen. Wie brennt man Gedanken aus? Wie befreit man sich von einer Idee, die einen verfolgt, wie ein lebender Leichnam? Warum sehe ich noch immer überall den weißen Geier? Nachts, wenn ich neben Adam im Bett liege. Und am Strand, mitten an einem strahlenden Sommertag, während sich Adam im Sand rösten läßt und ich seine Rückenmuskeln und Schulterblätter liebkose.

Ich bin hungrig. Ich bin unerträglich hungrig, wenn ich neben meinem Mann im Sand liege, sorgfältig zugedeckt, denn ich will keinen Sonnenbrand mehr bekommen, ich breite immer ein großes Tuch über meinen Körper und mein Gesicht. Jeder Sonnenbrand würde mich für eine Woche oder länger von der Berührung durch meinen Mann trennen.

Ich bin immer hungrig. Die Weiber wissen nicht, was Hunger ist. Sie hungern nach Liebe. Sie nennen es Sex. Ich hungere nicht nach Liebe. Ich hungere nur nach einem einzigen Mann, weil er für mich der einzige Mann in der Welt ist. Ich hänge und schwebe im azurblauen Wasser, nur wenige Meter vom Badestrand entfernt, nackt, mein Dreieck dunkelblond, ich werde mir die Schamhaare nie mehr rot färben. Adam merkte es damals, es war bestimmt im Auberge Versailles, dem schmutzigsten aller New Yorker Hotels, zur Zeit der Weltausstellung.

Er stürzte sich niemals schnell auf mich. Er vertiefte sich zuerst in meinen Anblick und schaute dann wie ein gewissenhafter Naturforscher, mich vom Kopf bis zu den Füßen prüfend.

»Du bist schön«, sagte er, als er mich zum erstenmal nackt sah.

Ich bin nicht schön, ich habe einen zu knabenhaften Körper, ich wäre viel lieber dick, weich, hellblond. Meine Beine sind kräftig und lang, meine Schenkel sehr muskulös. Adam liebt sie. Ich hätte lieber volle, weiche, warme Schenkel, richtige Weiberschenkel.

Adam legt seine breiten Bärentatzen auf meine Brüste. Er drückt sie fest zusammen. Sein Phallus ist ganz tief in mich eingedrungen. Ich reite halb schwebend darauf wie auf einem aus dem Wasser ragenden Pfahl, der in einem Felsspalt verankert ist. Er hält still. Das ist ein Signal. Ich soll mich bewegen. Weil ich gewohnt bin, zu gehorchen, bewege ich mich, ohne daß ein Wort gesprochen werden müßte. Ich reite auf dem roten Pfahl, dessen Fleisch so heiß ist, daß auch kaltes Wasser ihn nicht abkühlt. Ich bewege mich auf und ab, vor und zurück. Die Erregung schwillt in meiner Klitoris langsamer an als im Bett. Wir wollen ja durch dieses Spiel im Wasser, am Nachmittag, auch keine Nacht im Bett ersetzen. Und auch keinen Nachmittag, Abend oder Morgen. Jede Tageszeit gehört der Liebe. Unser ganzer Tag und die Nachtstunden dazu gehören der Liebe und dem Einander-Lieben, mit Armen, Brüsten, Beinen und Bauch, so tief in den andern eindringend, daß das Ich und Du verschmelzen.

Wir lieben uns, im Wasser hängend, weil wir jede Minute des Alleinseins durch Liebe ausnützen müssen. Wasser. Bett. Küche. Schreibmaschine. Mehr gibt es nicht. Das genügt uns. Adam hat seine Bajadere, und die Bajadere ist sein ideale Dienerin.

Ich liege im Bett. Wieder ist mein Mann Millionen Meilen von mir entfernt, weil er neben mir liegt und seinen rechten Arm unter meinen Rücken geschoben hat. Sein Phallus steckt nicht in mir. Darum ist er so weit weg. Das scheint mir unerträglich. Es ist die unnatürlichste Lage der Welt für eine Frau, die ihrem Geliebten verfallen ist.

Wie Efeublätter, die sich am Mauerwerk emporranken, klettern die Körperhaare meines Mannes an seinen Beinen und Schenkeln über Bauch und den hochgewölbten, ausladenden Brustkorb hoch bis zu den Schultern. Sie setzen an den Schlüsselbeinen aus. Der starke, sehnige Hals meines Mannes ist glatt, von der Sonne rotbraun gefärbt. Adam hat einen starken Bartwuchs. Wenn er sich abends rasiert und ich gegen Morgen das Licht anknipse, weil ich nicht schlafen kann, und das geschieht in der letzten Zeit fast jede Nacht, so sehe ich, daß Adams Barthaare nachts ein gutes Stück gewachsen sind.

Starker Bartwuchs und Virilität haben vielleicht nichts miteinander zu tun, doch in meinen Augen macht der urkräftige und schnelle Bartwuchs meinen Geliebten noch männlicher. Wenn er schlafend auf dem Rücken liegt, die Luft geräuschvoll einatmet und noch lauter ausbläst, die Lippen leicht geöffnet oder zu einer drolligen, spitz zulaufenden Trompete geformt, so gleicht er noch mehr als sonst dem schlafenden Riesen Rübezahl.

Dieser Riese Rübezahl ist gut zu den Armen und schlecht zu den Reichen. Auch mein roter Rübezahl ist gut zu den Armen. Die Armen sind die Weiber. Mein Mann ist vielleicht der letzte Riese, der die Weiber einlädt, ihren Hunger an ihm zu stillen und sich an ihm sattzusaufen. Dann verwandelt sich sein riesiger Turm, sein gewaltiger, mit rotem Moos bewachsener Baum in einen Quell. Aus dem sprudelt das Beste, womit eine Frau ihren Durst stillen kann. Sie leitet den Quell nach unten, und dann wachsen Kinder in ihr. Oder sie säuft ihn mit dem Mund und schluckt die herbe, köstliche Flüssigkeit, den starken Wein, den Sprudel des Lebens.

Ich schlucke. Er hat es mich gelehrt.

Das war gestern. Vor drei Jahren? Vor vier Jahren? Vor zwei Tagen? Heute will er es immer seltener haben. Er schiebt mich oft zurück, ja er stößt mich weg. Wenn wir heute ins klare, durchsichtige Meer hinausschwimmen, zum Eingang der Bucht, an einem Frühlings- oder Sommertag hier in Cape Rock, so zeigt sich Adam nur vom Sport besessen. Er taucht viel. Es kommt ihm auf die Leistung an.

Ich habe den Bikini ausgezogen und binde mir Hose und Büstenhalter um den Hals.

»Man sieht dich vom Ufer!« ruft Adam. Früher machte er sich keine derartigen Sorgen. Er schwimmt mit starken Stößen an mir vorbei, hinaus, weit hinaus in die Bucht, trotz der Haifischgefahr.

»Gib acht, Adam! Komm zurück!« rufe ich laut. Dennoch erfüllt mich nicht nur die Angst, daß er von den gefährlichen Raubfischen angefallen werden könnte, sondern auch beißende Wut.

»Komm zurück!« Er soll mir gehorchen. Er hätte mich entkleiden und mich nackt an sich drücken müssen wie vor vier Jahren, als wir frisch verheiratet waren. Das alte Liebespaar: der Chef und seine Sekretärin, nach fünfjährigem Verhältnis, von dem jeder Verleger und Freund und jede Klatschtante der amerikanischen Presse genau wußten.

Damals schwebte der rote Riese Rübezahl im Wasser, und später ließ er die Geliebte an seinem Phallus saugen.

Er steht auch heute noch da, breitbeinig über der Welt, ein Sohn der Götter und ganz tief unten, irgendwo zu seinen Füßen, krabbeln die Männchen, die uns Frauen keine Ohnmacht und Lust zu spenden vermögen, und die läufigen, süchtigen Weiber, die tun, was Gott seinen Bajaderen befiehlt.

Mein Geliebter, der Urwaldmensch, trägt nur mit Unwillen die sorgfältig geschneiderten Maßanzüge, die ich ihm machen lasse. Ein Anzug läßt seinem Körper nicht genügend Spielraum. Jeder Hemdkragen engt ihn ein. Rollkragenpullover würde er nie vertragen. Adam fühlt sich in Sporthemden mit offenen Kragen wohl; in alten Hosen, in Bluejeans. Viele Anzüge, die im tiefen Wandschrank unseres kleinen Landhauses hängen, hat er niemals getragen. Für mich ist dieses Haus noch immer das größte und herrlichste Schloß der Welt.

Adam und seine dunklen Anzüge passen nicht zusammen. Würde ich nicht darauf achten, so trüge er auf seinen Vortragsreisen, als Gast literarischer Vereinigungen, Universitäten und Frauenklubs, deren Präsidentinnen allesamt mit ihm schlafen wollen, ein zerdrücktes Hemd und eine alte Hose. Er paßt als Erscheinung besser in die Gesellschaft von Bauern, Fischern und Holzfällern als in den Kreis der intellektuellen Snobs oder der oberen Zehntausend von New York, Paris und Berlin. Gerade diese Kreise laden ihn aber unentwegt ein. Daß in Adams etwas saloppem und hinterwäldlerischem Auftreten ein bißchen Pose liegt, sagen ihm nur seine Feinde nach, es ist aber nicht wahr.

Mein Geliebter liegt nackt neben mir im Bett. Es gibt Unterschiede, Abstufungen und Schattierungen des Nacktseins. Die Nacktheit eines Mannes kann Zufall sein. Man ist abends zu bequem oder zu müde, sich einen frischen Pyjama aus dem Wäscheschrank zu holen. Man war auf einer Party und trank ein bißchen über den Durst. Man tritt einfach aus der Hose und läßt sich aufs Bett fallen. Nackt, obwohl es bei uns im Schlafzimmer immer kühl ist. Adam läßt die Klimaanlage auf Hochtouren laufen. Ich hasse sie. Adam ist sehr heißblütig, gerät leicht ins Schwitzen und besteht darauf, in einem eiskalten Zimmer zu schlafen. Das war unser einziger strittiger Punkt, als wir heirateten, und auch schon früher. Während der hundert Reisen, die wir als Liebespaar machten.

Ich hätte ihn damals erschießen sollen und mich dazu; und einen Abschiedsbrief hinterlassen müssen mit dem Beweggrund zu der Doppeltragödie: »Ich wollte sterben, weil es nicht mehr schöner werden kann.«

Die Leute würden die Köpfe geschüttelt, die Tote für hoffnungslos verrückt gehalten und den gefeierten Autor bedauert haben, weil er einer so überspannten und verrückten Bestie in die Klauen geraten war.

Es gibt, sage ich, Unterschiede und Abstufungen in der Nacktheit eines Mannes. Nacktheit kann Zufall sein, Einschlafen, bevor man den Schlafanzug findet ... Adams Nacktheit ist, wenn er sich abends oder am Nachmittag auf das kühle Bett fallen läßt, niemals Zufall. Seine Nacktheit ist Bestimmung und Selbstzweck. Er ist nackt, weil die Weiber schauen sollen.

Mich friert leicht, denn ich bin sehr schlank. Ich esse viel, weil auch mein Mann viel ißt, und setze dennoch kein Fett an. ›Milena‹, das klingt weich – mein Name ist weicher als ich. Meine Muskeln sind vom vielen Sport härter geworden. Wir schwimmen viel, das macht die Muskeln wieder weich, ich bin aber außerstande, die Spuren der Leichtathletik zum Verschwinden zu bringen, die ich im College trieb.

»Dein Hinterteil könnte wirklich größer sein!« sagt Adam heute nacht. »Es gibt Frauen, bei denen kann man seinen Keil so schön mitten zwischen die Backen stoßen, bis ans Heft. Aber das hast du ja nicht gern. Du möchtest es lieber von vorn. Und dann ist dein Hinterteil wirklich zu klein dafür.«

Ich protestiere: Natürlich habe ich es auch von hinten gern, aber nicht nach der Art der Orientalen. Ich vertausche meine Vagina nicht mit dem schmalen Kanal, der anderen Zwecken dient. Und gerade das liebt mein Mann. Natürlich darf er alles lieben. Er hat immer recht. Doch ich könnte ihm die Augen ausstechen für seine gemeinen Worte. Mein Hinterteil sei zu klein! Was soll ich tun? Ich finde, daß ich ein sehr hübsches Hinterteil habe.

Wie kann ein Mensch so bewußt grausam sein? Ich bekomme eine Gänsehaut im kalten Zimmer, während mein Mann, selbstzwecklich nackt, seine Berufung durch diese Nacktheit erfüllt. Er müßte immer nackt sein.

»Du solltest so durch die Straßen gehen!« sage ich einmal. »Immer nackt. Nur nackt. Du hast die Nacktheit erfunden.«

»Man würde mich verhaften.«

»Sie würden dir zuliebe die Gesetze ändern. Schlimmer wäre, daß dich die anderen Frauen sehen könnten. Ich will alles auf einmal haben: daß jede Frau sehen kann, wie begehrenswert mein eigener Mann ist und wie klein und verhutzelt, bis in die Spitzen ihrer Korkenzieherchen hinein, die anderen Männer sind. Und dann will ich, daß jede Frau, die dank meiner Großmut schauen durfte, zur Salzsäule erstarrt.«

»Komm, erstarr du nicht zur Salzsäule. Gib mir alles.«

Ich drücke mich an meinen nackten Gott und breite eine dünne Flanelldecke über ihn. Er strampelt sie herunter wie ein Kind.

»Laß mich, ich will keine Decke. Komm, leg dich auf mich. Sei du meine Decke!«

Das Spiel ist wunderbar. Natürlich friert jetzt mein Hinterteil, das angeblich zu kleine. Der Teufel und seine Großmutter sollen das Frauenzimmer holen, mag es nun erdichtet sein, eine Fantasiefigur aus Adams neuem Roman oder die Hauptperson eines neuen Abenteuers oder, schlimmer: einer neuen Liebe.

Hinten gekühlt und vorn ganz erhitzt liege ich auf der leicht schwitzenden Haut meines Mannes. Hinten kriege ich Gänsehaut, und dennoch bin ich vorn ganz bereit, während Adam unter mir eingeschlafen ist. Nur für ein paar Minuten, ich weiß, er wird bald erwachen, seinen harten Pfahl in mich stoßen und mich ganz über sich und an sich ziehen. Ich zittere vor Erwartung, als hätte ich Adam noch niemals gehört. Die Kehle ist mir ausgedörrt, und meine Handflächen, die ich unter den breiten Rücken meines Geliebten geschoben habe, sind naß von Schweiß.

»Deine Haut ist himmlisch glatt. Ich pfeife drauf, daß dein Arsch nicht größer ist!« murmelt mein Mann, vom Schlaf erwacht.

Ich schieße auf seinen Mund herab. So machen es die Geier mit ihrer Beute. Ob die arme, alte Christine wohl auch so mit Adam im Bett lag? Das ist unmöglich. Sie trug Nachthemden. Ganz bestimmt. Wenn man um zehn Jahre älter ist als sein Mann, zeigt man sich nicht so schamlos nackt! Dennoch: Meine

Bewegung glich der eines Geiers. Adam ist jetzt meine Beute. Ein Geier ähnelt dem andern.

Das ist ein entsetzlicher Gedanke. Ich könnte Ähnlichkeit mit Christine haben? Ausgeschlossen! Ich bin um zehn Jahre jünger als Adam. Ich bin fünfunddreißig. Christine war nahe an dreißig, als sie den blutjungen Fallschirmjäger Adam Per Hansen bei Trouville erbeutete. Kriegsgut, vom Himmel gesprungen. Adam war damals noch keine neunzehn Jahre alt.

Eingescharrt. Tief und gut. Der Sarg war teuer. Feines Metall. Silber oder Stahl? Ich glaube Stahl. Adam hat sich's was kosten lassen. Durch solche Stahlsärge dringt kein Grundwasser. Erstklassig einbalsamierte Leichen bleiben gut erhalten. Noch vier Jahre nach dem Tod. Und länger. Kann mir ja gleichgültig sein. Von einer Obduktion war nie die Rede.

Ich muß dieses Wort wirklich aus meinem Hirn verbannen! Wenn es mir nicht gelingt, werde ich einen Arzt aufsuchen, Hillary, unseren Freund. Oder noch besser: einen Spezialisten in New York, Park Avenue, Spezialarzt für angegriffene Nerven. »Verfolgungswahn«, wird er sagen. »Wovor fürchten Sie sich eigentlich, gnädige Frau?«

Ich weiß schon, wovor ich mich fürchte. Und ich weiß auch, daß ich diese Furcht nie schildern und ihre Ursache nie beichten könnte. Wenn ich beichten würde, so verließe Adam mich. Lieber lange, bevor es dazu käme, ihm nachreisen, die Tür öffnen, sich davon überzeugen, daß er mich wirklich betrügt und allem ein Ende bereiten. Mit einem scharfen und gutgeschliffenen Küchenmesser.   Die Nacktheit meines Mannes. Jetzt greift er nach mir, wie damals, vor hunderttausend Jahren im Wasser, als er mir bei hellem Tageslicht befahl, meinen Bikini abzustreifen und seinen dicken, langen Turm aus Fleisch in mich einzusaugen. Ich werde den salzigen Kuß, den er mir gab, während der Turm dort unten in mich eindrang, in Ewigkeit auf meinen Lippen spüren, wenn auch die Welle der Erregung im Wasser viel viel langsamer anschwillt als im Bett.

Das seelische Bewußtsein, der Glücksschwall, bei ihm zu sein, die Liebe mit Kopf, Körper und Herz ist immer gleich groß, welches Medium uns auch umgeben mag.

Für mich gibt es nur eine einzige Gegenwart. Immer, wenn ich in die Vergangenheit tauche, wie ins Meer am Strand von Cape Rock, bin ich außerstande, das Wort ›war‹ zu verwenden. Es kann nicht gewesen sein. Alles ist gegenwärtig, solange ich nach ihm greifen kann. Was er mir gibt und was ich ihm gebe, das existiert! Alles andere ist Hexenspuk. Er quält mich, doch meine Liebe ist wirklicher als diese Qual. Ich muß den Spuk verscheuchen.

Damals, im Wasser. Das Wasser ist, es war nicht! Obwohl dunkel geworden, können wir uns noch immer nicht von unserer kleinen Bucht trennen. Die fremden Motorboote und Jachten sind längst heimgekehrt. Die Luft ist kühl. Taucht man bis an die Schultern ins Wasser, so friert man nicht so wie draußen.

Wir klettern dennoch auf einen flachen Felsen hinaus, dort nehmen wir am liebsten unser Sonnenbad, ich freilich auch im prallen Sonnenschein immer mit Decken verhüllt. Jetzt legt sich Adam voll und schwer auf mich, so daß er mir beinahe die Luft aus der Brust drückt und ich nicht atmen kann, auch das ist ein Genuß sondergleichen! Ich glaube wirklich, daß ich von Adam getötet werden möchte. Am liebsten erwürgt. Beneidenswerte Desdemona! Aber Othello war eifersüchtig. Adam ist es nicht. Dafür habe ich den beschämendsten aller Beweise.

Der Gedanke, von meinem Geliebten erwürgt zu werden, versetzt mich in zitternde Erregung. Er bewegt sich noch nicht.

»Lieg ganz still!« bittet er.

»Das ist schwer.«

»Du mußt, dann wird es noch schöner.«

Ich liege still und lecke inzwischen sein Gesicht ab. Der rote Bart ist seit heute morgen ein hübsches Stück gewachsen, beim Küssen fühlt er sich wie ein Reibeisen an.

»Du hast wirklich keine Disziplin. Ich will es so lange hinausziehen wie nur irgend möglich. Ich will dich eine Stunde lang lieben, zwei Stunden. Spielen, spielen, spielen. Einen Orgasmus ohne Anfang und Ende.«

Mir ist sehr kalt auf dem Felsen, doch bald wird mir glühend heiß. Nasse Felsen können mitunter ein fast so gutes Liebesbett sein wie die breiten, geduldigen Matratzen in unserem Pariser Hotel oder in New York, wo wir uns liebten. Felsen leisten Widerstand. Bei seinen Stößen, die ich empfange, bedächtigen, wohlgezielten und zielbewußten Stößen, rythmischen Stößen wie mit einem Dampfhammer, gibt eine Matratze mehr nach als ein Felsen.

»Spürst du, wie gut die harte Unterlage ist? Ich kann viel tiefer in dich hineinstoßen als im Bett. Wir sollten es immer hier machen«, keucht mein Geliebter.

Ich kann nicht sprechen. Die Situation ist auch komisch. Vielleicht sieht man uns von drüben, von Hillarys Veranda? Ich frage Adam.

»Und wenn schon«, antwortet er zwischen zwei Küssen und Verschlingungen. »Der wird schon so viel Anstand haben, wegzuschauen. Außerdem ist es ziemlich dunkel.«

Mein Orgasmus kommt spät. Ich halte mich zurück. Adam will es so haben. Dann überflutet er mich, wie die Sturzwellen den nassen Felsen.

Auch Christines Stimme meldet sich. Die Nacht hat Platz für alle Stimmen. Ich liege im Bett, Adam schläft, ich kann nicht einschlafen. Ich bin fünfundzwanzig Jahre alt und begegne Adam Per Hansen. Später erfahre ich, daß seine Frau eine Sekretärin für ihn sucht.

»Wir wollen kein Glamour Girl«, sagt Christine Hansen. »Sie machen einen sehr soliden Eindruck, mein Kind.«

Kompliment? Bestimmt nicht. Christine konnte den Mund nicht öffnen, ohne boshaft zu sein. Doch ich liebte die beiden Romane, mit denen Adam Hansen bekannt geworden war. Mir lag an der Stellung.

Mit fünfundzwanzig wußten die meisten Mädchen, mit denen ich in New York studiert hatte – Literatur und Sprachen und ein paar Semster Psychologie –, was ein Männchen war. Männer kannten sie um so weniger, und ich am wenigsten. Die meisten Kolleginnen hatten längst geheiratet. Viele waren schon geschieden. Und es gab unter diesen geschiedenen keine einzige ohne ständigen Freund. Nur mich – fast immer. Wer nicht von seinen Abenteuern erzählte und wer Sex nicht mit Liebe unter einen Hut brachte, wurde als altmodisch verhöhnt. Mich lachten sie aus, weil ich auf irgend etwas wartete.

Ich schämte mich, weil ich, im Gegensatz zu meinen Freundinnen, die jungen Burschen, mit denen ich ins Bett ging, nicht sofort heiraten wollte. In New York mußte man mittun. Ich war in meiner physischen Entwicklung bestimmt nicht zurückgeblieben, denn schon als dreizehnjähriges Kind hatte ich leidenschaftlich gern geküßt. Vorzugsweise ältere Herren – ganz schrecklich alte. Manche waren sogar vierzig Jahre alt! Was die

Erregung bedeutete, die sich feucht im Schoß des Kindes sammelte, wußte ich nicht genau. Mein Vater würde mich erschlagen haben, wenn ich darüber gesprochen hätte. Er war so konservativ, wie es sein Vater auf der Prager Kleinseite gewesen war, von dem er mir stundenlang erzählte. Er empfand im großen New York Sehnsucht nach der ›Goldenen Stadt‹ und wollte doch nie zurückkehren, denn er war der neuen Heimat dankbar. Am Sonntag ging er im schwarzen Anzug mit mir spazieren, immer in Schwarz, selbst wenn das Thermometer auf 30 Grad im Schatten kletterte, und schwärmte von der Moldau und vom Hradschin, während meine Mutter daheim das echt böhmische Mittagessen vorbereitete: Jeden Sonntag gab es Schweinebraten, Sauerkraut und Semmelknödel.

Der Prager Heimat meiner Eltern verdanke ich meinen Namen: Milena. Ich liebe meinen Namen, weil Adam ihn liebt. – Sonntagnachmittag gingen Mutter und Vater in den böhmischen Verein, wo die ›Verkaufte Braut‹ von Laien aufgeführt oder Musik von Dvorak und Smetana gespielt wurde.

Ich ging als ganz junges Mädchen mit meinen ständig wechselnden Freunden ins Kino. Mit mir war nichts anderes zu machen. Das sprach sich bald herum.

»Die Milena läßt sich nicht einmal im Kino an die Brust greifen! Die schämt sich!«

Einen so schlechten Ruf hatte ich. Bald wollten die Jungen nicht mehr mit mir ins Kino gehen. Ich blieb viel allein. Jedenfalls war es besser, allein ins Kino zu gehen als daheim Auftritte von meinen Vater durchzustehen, der jede Woche erklärte, er würde mich erschlagen, wenn er mich bei einem ›Verhältnis‹ ertappte.

Wellen, die ans Ufer klatschen. Der Mond draußen ist verhängt, er zieht eine höhnische Grimasse. Der Mond wird so oft als Tröster und Ruhespender besungen. Er spricht uns nur dann Trost zu, wenn er unseren Frieden reflektiert. Es ist fast ein Uhr geworden, und mein Millionen Kilometer weit entfernter Mann schnauft im Schlaf leise neben mir. Ich sehe am Himmel heute einen boshaften Feind, der mich herausfordert und mich quält.

Mit meinem Orgasmus war es früher so bestellt, daß er überhaupt nicht existierte. Die meisten Frauen haben Schwierigkeiten mit der Erfüllung. Ich wußte als zwanzigjähriges Mädchen nur, daß es im Bett etwas Gutes und Großes für uns gibt, sonst würden meine weniger altmodischen Kameradinnen nicht so viel Aufhebens davon machen.

Sexbücher beherrschen das College, Sex die Unterhaltung. Ich bin hinreichend aufgeklärt – und das ist alles. Nach einem Kind sehne ich mich überhaupt nicht. Als Zwanzig- und Fünfundzwanzigjährige, die keine Lust zum Heiraten hat, bestehe ich aus Lern- und Lesehunger. Ich vergöttere meinen Vater, weil er streng zu mir ist und sich noch immer meine Zeugnisse vorlegen läßt, als wäre ich ein kleines Schulmädel. Mein Vater verehrte die beiden Masaryk: Thomas, den Gründer der tschechoslowakischen Republik, dessen Bild im Schlafzimmer der Eltern hängt, und Jan, den die Kommunisten ermordet haben. Es gehört zur sonntäglichen Tradition in unserer Familie, daß sich mein Vater nachmittags beim Kartenspiel mit seinen österreichischen und ungarischen Freunden regelmäßig in die Haare gerät.

»Hättet ihr Tschechen die Monarchie nicht zertrümmert, so hätte es später keinen Adolf Hitler gegeben!« pflegte Vaters Wiener Freund zu brüllen, so daß ich mir beim Lesen die Ohren zuhalten mußte.

Die Kartenpartien nahmen einen stürmischen Verlauf. Schlimmer war, daß sich mein Vater jedes halbe Jahr von irgendeinem Gründergenie aus der alten Heimat zum Berufswechsel überreden ließ, bald in ein Gartenrestaurant mit Musik investierte, das völlig jenseits aller Zufahrtsstraßen in einer unbewohnten Gegend von New Jersey lag und nach zweimonatigem Dahinvegetieren bankrott machte, bald ein tschechisches Operettentheater auf der Second Avenue finanzierte, das prompt niederbrannte und keineswegs versichert war. Ich liebte meinen Vater mit kritikloser Ergebenheit von dem Tage an, als er gerade im Begriff war, einen Billardsaalbesitzer hinauszuwerfen. Meine Mutter, von der ich mein starkes blondes Haar geerbt habe, rang die Hände. Sie trug eine fliederfarbene Seidenbluse und hatte den Gast offenbar mit Sachertorte bewirtet.

»Du kannst doch den Herrn Holub nicht hinauswerfen!« rief sie entsetzt.

»Doch, das kann ich!« fauchte mein Vater. Ich hielt es unter meiner Würde, mich danach zu erkundigen, warum Herr Holub hinausgeworfen werden mußte, und sah nur noch, wie mein Vater dem ungebetenen Gast seinen grauen Filzhut hinterherschleuderte. Als mein Vater starb – ich hatte das College gerade beendet –, wurde mir meine Mutter noch fremder als früher. Sie arrivierte zur Geschäftspartnerin des hinausgeworfenen Herrn Holub und hatte ihr Auskommen. Ich verließ unser Einfamilienhaus und bezog fürs erste ein Zimmer im Hotel für Frauen auf der Madison Avenue.

Regelmäßig, jeden Monat etwa viermal, rief ich meine Mutter an und besuchte sie mindestens dreimal im Jahr: zu ihrem Geburtstag, zu Weihnachten und zum Muttertag. Das war alles. Ich bildete mir ein, daß sie meinen Vater mit allen Männern, die zu uns ins Haus kamen, betrogen hatte. Wahrscheinlich stimmte es nicht. Ich fühlte schon damals Angst vor Frauen und übertrug diese Angst auch auf meine Freundinnen, vorausgesetzt, daß sie nicht viel älter waren als ich und ausnehmend häßlich. Zum Abwerben von Freunden kam es nie, weil kein junger Mann mit mir nach dem ersten-, zweiten- oder drittenmal ausgehen wollte. Wer investiert in ein Mädel, mit dem man kaum im Kino Händchen halten kann und das bei jedem Kuß zurückschreckt? Später zwang ich mich zum Sex, um nicht hinter den andern zurückzustehen.

Der Mond lacht mich aus. Er freut sich über meine Schlaflosigkeit. Adam murmelt ein Wort. Ich kann es nicht verstehen. Ich bemühe mich, ganz nahe an ihn heranrollend, den Sinn zu erhaschen. Warum sollte es ein Name sein? Er träumt und muß doch nicht unbedingt von einer Frau träumen! Es gibt auch amorphe, verschwommene Träume ohne Inhalt!

Er flüsterte wieder. Ist es doch ein Name? Mein Name? Wenn sein Mund jetzt den Namen Eva formte, so müßte ich ihn noch heute nacht ermorden. Dann stünde die Tür bereits offen. Meine symbolische Tür, die ich nicht zu öffnen wage. Ihm nachreisen, die Tür öffnen. Ich bin immer zu feige, wenn es wirklich darauf ankommt.

Nur in kitschigen Filmen dreht sich der Mann im Bett auf die andere Seite und wispert den Namen seiner neuen Geliebten. Mein Mann, Adam Hansen, der rote Riese, Fischer, Jäger und Dichter, der grandiose Liebhaber Adam, versteht es, sich zu beherrschen. Noch nie ist ihm beim Küssen, denn wir küssen uns auch heute noch fast jede Nacht, wir umschlingen einander nicht nur, wir küssen uns auch, wenn wir zusammen im Bett liegen . . . noch ist ihm beim Küssen oder beim Liebesspiel ein Irrtum unterlaufen.

»Milena, Geliebte!« sagte er, wenn er endlich ganz nackt neben mir liegt oder vor mir steht und mir seine Gabe zur abendlichen Liebkosung entgegenhält. Er reicht mir seinen Zauberstab. Dieses Zeremoniell haben wir von früher her, aus den Tagen des Lichts, der goldenen Sonne, behalten.

Ich sitze am Bettrand, nackt, die Beine geschlossen. Adam schaut auf meine leider nur mittelgroßen, doch festen und wohlgeformten Brüste. Sie laufen ein wenig spitz zu und könnten runder sein. Ich hätte lieber Apfelbrüste als Brüste in Birnenform. Was soll ich tun? Im Büstenhalter merkt man es ohnehin nicht, und ich dürfte mich, der Wahrheit die Ehre, überall mit nacktem Oberkörper zeigen. Das kann nicht jede Frau von sich sagen.

»Milena, nimm!« sagt Adam. Er steht mit breit gespreizten Beinen vor mir und hält mir sein steil, in einem schönen Winkel abstehendes Glied hin. Dieser Phallus ist mein Glück und meine Götterspeise. Heute abend hat er sie mir nicht gereicht. Es muß ja nicht jeden Abend auf dieselbe Weise verlaufen. Der Liebesspeisezettel darf doch einmal geändert werden, ohne daß eine Frau gleich das Schlimmste befürchten müßte.

Draußen hat sich ein starker Wind aufgemacht. Er rüttelt an den doppelten Fenstern. Die staubigen Palmblätter rascheln, als wären sie aus Stroh. Hoffentlich kommt kein Hurrikan. Wir haben hier vor zwei Jahren einen furchtbaren Tropensturm erlebt, er riß die jungen Palmstauden aus und deckte in Everglades Springs, wo Hillary mit seiner Frau Eva lebt, ganze Dächer ab. Die Ärmsten kamen um ihre Habe. Rudel bettelnder alter Negerinnen und kleiner Negerkinder bevölkerten nach der Katastrophe die Straßen. Die Indianer blieben in ihren Sumpfsiedlungen, stumm vor Entsetzen.

Das Schlimmste waren die Schlangen. Sie kamen von überall: Copperheads, grüne Mokassins, die giftigsten Schlangen Floridas, Nattern jeder Art; sie kamen mit dem steigenden Sumpf- und Grundwasser, und es gab nicht genügend Stöcke, um sie totzuschlagen und nicht genügend beherzte Männer, sie mit dem Revolver zu erschießen . . . eine Kunst, die gelernt sein will. Viele Polizisten beherrschen diese Fertigkeit im Zielschießen großartig.

An der Autobushaltestelle lag eine uralte Negerin mit schlohweißem Haar. Ich kann das Bild nicht vergessen. Sie lag auf einem Bündel und trug keine Schuhe. Über ihre Füße schlängelte sich langsam eine Copperhead. An der Reglosigkeit der alten Frau merkte ich, daß sie tot war. Nur wenige, nicht vom Sturm entwurzelte Palmen überstanden die Sturmkatastrophe. Amtsarzt Hillary Thorpe hatte in seinem Bezirk alle Hände voll zu tun. Er schritt, fett und schwer atmend, doch unermüdlich durch die verwüsteten Straßen des Städtchens. Tausend Menschen waren im Sturm und der Springflut, die dem Hurrikan folgten, ums Leben gekommen. Auf die Naturkatastrophe folgte eine Epidemie. Rastlos, nur äußerlich anscheinend unbeteiligt, half Hillary, wo er konnte. Seine Kranken liebten ihn. Noch unbeteiligter als ihr Mann zeigte sich Eva, seine Frau. Sie blieb kühl, doch auch sie half mit.

Cape Rock liegt nur eine halbe Stunde Autofahrt von dem kleinen Ort, wo Hillary seit Jahren praktiziert. Fast jedes Wochenende verbrachte er früher mit Eva in seinem Sommerhäuschen. Er ist unser Nachbar am Meer und war es bereits, als er noch unverheiratet lebte.

Mein Geliebter flüsterte etwas. Ich kann es nicht verstehen. Keinen Frauennamen, bestimmt nicht »Eva«. Seine Lippen bilden unverständliche Worte. Nein. Gestern abend oder heute nacht stellte sich mein Riese Rübezahl nicht breitbeinig vor mich hin. Er bot mir nicht sein Glied, um mich daran saugen zu lassen. Er hat kein Recht, mir meine Quelle vorzuenthalten! Jetzt schläft er. Ich will ihn nicht wecken, bald erwacht er von selbst, das weiß ich. Trotz meiner Angst und der Gewißheit, daß ich den Zeiger der Uhr nicht zurückdrehen kann, hat er bisher noch fast jede Nacht, wenn er nicht auf Reisen war, mit mir geschlafen. Nicht mehr, weil er mich liebt, sondern weil ich eine Frau bin.

Er ist noch immer mein Geliebter. Das Wort ›noch‹ ist das grimmigste Wort in der Sprache der Liebenden. Wenn eine Frau ihren Geliebten fragen muß: »Liebst du mich noch?« so könnte sie sich die Frage bereits erspraren. Unstoffliche Angst. Man spricht sie am besten nicht aus. Wenn er mich aus New York oder Washington oder, wir können uns diesen Luxus jetzt leisten, aus Paris oder Stockholm anruft, so frage ich nur, ohne seine Begrüßung abzuwarten: »Liebst du mich?« Es gehört zu meinem Narrenparadies, daß ich dieses Wörtchen ›noch‹ niemals hinzufüge. Ich fürchte mich davor und werde es erst aussprechen, wenn er nicht mehr mit mir schlafen will, obschon ich seine Frau bin. Wenn seine Gebärden so mechanisch geworden sind, daß ich es nicht mehr aushalte.

Oder liebt er mich noch immer, nur anders – wie es nach einer Liebe, die in neun Jahren Gemeinschaft alle Tiefen auskosten durfte, sein kann? Ich will keine bestimmte Antwort auf meine Frage. Ich will auch gar nicht wissen, ob er jetzt einen Namen im Schlaf flüstert und welcher Name es ist. Er tastet ja wieder nach mir.

Die herrliche Hand. Die heiße, gierige Hand. Die gute Hand. Wir schlafen im größten Bett, das ich in New York auftreiben konnte. Zuerst wollte ich ein riesiges, rundes Ding kaufen.

»Das allerneueste für junge Ehepaare«, sagte der Verkäufer. Adam war entsetzt.

»Mich bringst du nicht in das runde Ding hinein«, sagte er. »Ich hätte das Gefühl, beim Lieben Karussell zu fahren.« Ich verzichtete auf das runde Bett.

Daß unser Doppelbett Platz für drei oder vier Liebespaare hätte, macht ihm Spaß. Adam, der 1,85 Meter groß ist, legt sich jeden Abend an eine andere Stelle unseres Bettes, wirft sich sein flaches Kopfkissen bald dahin, bald dorthin und wechselt mit Vorliebe seine strategische Position.

Draußen reitet der Schaum auf den Wellen. In unserem Riesenbett ohne Decke, wir werfen im Winter die Steppdecke und auch das dünne Leintuch im Sommer immer sofort hinunter, reitet der rote Riese Rübezahl auf seiner geliebten Frau. Die Erde beginnt sich erst jetzt für mich zu drehen. Ich habe Adam geheiratet. Der erste Mann meines Lebens greift nach mir.

Ich hatte in jedem Mann, dem ich nach dem Tode meines Vaters begegnete, den liebevollen, untüchtigen Mann im schwarzen Anzug gesucht, der mein Vater war. Mit den um vieles älteren Männern, die mir nur als liebe Onkel gefielen, konnte ich mir aber keine Umarmung und keinen Kuß vorstellen. Einer der ersten Männer, mit denen ich ins Bett ging, war mein erster Chef, Leiter einer gutgehenden literarischen Agentur, durch den ich auch später erfuhr, daß der Schriftsteller Adam Per Hansen eine Sekretärin suchte.

»Schade, daß ich dich verliere, mein Kind!« sagte der gepflegte, sehr kultivierte Jonathan Miles, mein Chef, beim Abschied. »Aber es ist besser so. Einen Scheidungsprozeß kann ich mir nicht leisten. Meine Frau würde mich finanziell zugrunde richten. Das siehst du doch ein, mein kluger Engel?«

Der kluge Engel sah es ein. Ich hielt gar nicht viel von der Liebe nach diesem ersten Verhältnis mit Jonathan Miles, der die schlechte Gewohnheit hatte, im Bett auch über das Geschäft zu reden. Vorzugsweise nach meinem zweiten Orgasmus – oder nach dem, was ich damals für einen Orgasmus hielt. Offenbar wollte er mir bis zur ersten Befriedigungswelle gewisse Illusionen lassen. Nach dem zweiten Orgasmus erinnerte er mich jedoch unweigerlich an meine Berufspflichten. So sagte er beispielsweise, sich im Bett aufsetzend: »Milena, hast du die Verträge an Dotty Kersten geschickt?«

Dotty war eine Komponistin.

»Warst du auch vorsichtig? Hast du keinen Fehler gemacht?«

Ich war an Jonathans Sachlichkeit gewohnt und antwortete: »Nein, Jonathan. Ich glaube nicht, daß mir ein Fehler unterlaufen ist.«

»Schön. Na, dann wollen wir ein bißchen schlafen«.

Kein überflüssiges Wort beim Abschied. Zwei Küsse – einen auf die Stirn, den andern auf die Wange.

Die gleichen Küsse bekam ich, bevor die Tür der literarischen Agentur für immer hinter mir zuschlug. Das Büro war eine recht gute Schule für mich gewesen. An der Schreibmaschine und im Archiv hatte ich so manches gelernt. Nur nicht im Bett.

Wie lange das alles zurückliegt! Heute bin ich dort, wo ich fünf Sehnsuchtsjahre lang mit meinem Geliebten sein wollte. Wir lieben das Meer abgöttisch. Ich könnte ohne das Getöse der Brandung, die sich draußen am Eingang zur Bucht bricht, nicht mehr schlafen. Ich liebe unser Schlafzimmer. Alles ist in die Wände eingebaut, es enthält nur ein Möbelstück: unser Bett. Wir lieben unsere offene Diele und die kleine Terasse mit der Aussicht aufs Meer. Unsere Motorjacht ist am Steg verankert. All dieses kommt uns unverdient luxuriös vor, denn wir stammen beide aus kleinbürgerlichen Familien, und Adam verdient erst seit ein paar Jahren viel. Am wohlsten fühlen wir uns beide hier im Bett oder in Adams Arbeitszimmer.

»Du hast es doch wahrhaftig nicht nötig, jede Einladung anzunehmen«, sage ich zu meinem Mann, wenn er mir wieder ein Telegramm zeigt, das ihn um seine Teilnahme an einem Kongreß bittet. »Was willst du mit den vielen Weibern, die dich dort anhimmeln werden?«

Ja. Adam könnte viel häufiger nein sagen. Dennoch gerät er in wohlige Erregung, so oft er die Möglichkeit hat, zu vereisen und mich allein zu lassen.

»Wollen Sie uns die Ehre Ihres Besuches schenken?«

»Ich glaube, ich kann nicht nein sagen«, meint Adam, wenn er ein solches Telegramm liest.

»Nein, das kannst du wohl kaum«, pflichte ich ihm bei. Ich möchte schreien: »Pfeif auf die Leute! Werden deine Bücher etwa nicht verlegt, wenn du absagst?«

Ich schweige, weil ich es noch nicht auf Biegen und Brechen ankommen lassen will. Seine rechte Hand bleiben. Seine verständnisvolle Frau bleiben. Seine kluge Geliebte bleiben. Atemluft, ohne die er nicht leben kann.

Die Fenster klappern im Rahmen. Der Sturm wird stärker. Ist er bereits zum Hurrikan geworden?

Seit Monaten versuche ich, mich zu belügen und zu beherrschen. Wenn ich bloß imstande wäre, irgendein starkes Mittel zu nehmen! Irgendwelche Pillen, die meinen leider messerscharfen Weiberverstand umnebeln könnten. Ich leide an nüchternem Verstand. Pillen nehmen. Dann würde ich mich endlos belügen. Doch ich nehme keine Medikamente. Und ich kann mich nicht betrinken. Ich vertrage nur wenig Alkohol – auch darin gleiche ich Adam. Ich hätte auch zu starke Hemmungen, mich betrunken vor anderen zu zeigen. Mögen sich die Frauen meiner Gesellschaftsklasse betrinken. Das ist bei den Partys von Cape Rock, die wir nur selten besuchen, völlig natürlich. Ich will Dame bleiben, auf mich soll mein Mann stolz sein.

Meine Atemluft, die Eifersucht, würde ständiges Sichbelügen erheischen. Dieser Feind. Eifersucht ist eine widerwärtige, klebrige Spinne. Gibt es auch Frauen, die nicht eifersüchtig sind? Es muß sie geben. Aus einem ganz bestimmten, schneeflockenleichten Grund. Weil sie keine Ursache haben, eifersüchtig zu sein. Es soll Männer geben, die ihre Frauen nicht betrügen.

Keine Ursache, eifersüchtig zu sein! Ich möchte diesen Frauen die Atemluft vergiften. Ich bin auf die Nicht-Eifersüchtigen eifersüchtig und könnte sie vom Bootssteg ins Wasser stoßen.

Mein Mann, der rote Riese Rübezahl, atmet jetzt, neben mir liegend, schwer und geräuschvoll. Er liegt auf dem Rücken. Er duftet im Schlaf. Aus dem Haarwald, der zwischen seinen Schenkeln sprießt, strömt der Duft von Sonne, Sand und Mann. Natürlich weiß ich, daß die Sonne nicht duftet. Alles, was seinen Körper umspielt, verwandelt sich in wohlriechende Schwaden. Er duftet auch nach Erde und Gras. Die Lenden und Hoden des roten Riesen sind mit Moos gepolstert. Der Erdmensch duftet, wenn er morgens unter der Brause hervorkriecht, nach Heu, das lange auf der Wiese getrocknet hat, nach aufgepflügtem Acker mit ausgedörrtem Kraut, nach Blättern, die ein hölzerner Rechen im Garten zusammenkehrt, nach Astern, die jede Sommerglut am längsten aufbewahren. So riechen sonst nur Götter. So riecht mein Mann!

Früher hatte ich mich immer nach einem kleinen Landhaus in Maine oder Massachusetts gesehnt. Nach bewölktem Himmel und Dünen mit Riedgras. Adam liebte den Süden, und darum begann auch ich, ihn zu lieben. Nur hier, in Florida. Niemals an der Riviera, die zu meinen schlimmsten Erinnerungen gehört. Oder in der Provence. Diese ordinär grelle Sonne! Van Gogh verstand sie auf seinen Bildern zu zähmen und zu mildern. Ich fürchte Krähenfüße und Falten wie die Pest. Im vorigen Jahr war jeder Sonnenstrahl ein böser Keil, der mir ins Hirn drang. Ich will nie mehr hin. Daran ist natürlich auch Claude schuld. Es gibt keine Riviera. Es gibt nur Cape Rock, es gibt nur mich und meinen Mann.

Adam bewegt sich und schläft doch tief. Warum soll er nicht gut und tief schlafen? Ein reines Gewissen ist ein gutes Ruhekissen. Die dümmsten Sprichwörter enthalten die größten Wahrheiten. Dann dürfte ich ja überhaupt nicht schlafen! Ich habe kein gutes Gewissen. Nachtschwarze Wellen. Ich müßte auf die Terrasse, aufs Meer hinausschauen und beobachten, wie sich die Brandungspferde nach ihrem rasenden Galopp gezähmt ans Ufer werfen. Sie strömen mit ihrem Gischt über die glitschigen, von Moos und Algen bewachsenen Felsen. Dort draußen im Wasser kann man sich gut lieben. Niemand beobachtet die nackten Liebespaare.

Ich liebe die Wellen, weil sie zügellos und wild sind. Ihr Ritt zum Ufer ist ein einziger Auftakt zum Orgasmus, dem Rhythmus ähnlich, mit dem wir uns ineinander verkrallen, mein geliebter Mann und ich, auf die Erfüllung zujagend.

Die Wellen sind naß vor Lust. Sie reiten aufeinander, wie das

Weib auf dem Mann und der Mann auf dem Weib. Nach dem letzten und steilsten Aufbäumen atmen sie noch einmal tief ein. Dann haben sie den Gipfel erreicht. Die Lust der Wasserrösser nimmt langsam, ganz allmählich ab. Aller Gischt der befriedigten Lust löst sich in kleine Flöckchen auf. Sie verweilen ermattet auf dem Meer und verschwinden. Sie sterben den Liebestod, die einzige Lösung für eine Leidenschaft ohnegleichen.

Ist es möglich, daß die Lust von Millionen Menschen, die heute nacht miteinander im Bett liegen, wie Adam und ich – Mann und Frau, Geliebter und Geliebte, vom Wasser oder von der Erde aufgesaugt wird und einfach im Weltall verschwindet? Nicht, wenn sie Liebe ist, dann bleibt sie ewig! Sie nimmt nicht ab. Sie kann sich nicht auflösen. Sie wird noch in Jahrtausenden da sein, wenn wir die fernen Milchstraßensysteme erforscht haben. Wollte ich meine Liebe auslöschen, so müßte ich mich selbst vernichten. Dann würde ich nicht mehr leiden. Meine Liebe wäre noch immer da.

Gut, daß ich diese Gedanken niemals ausspreche. Adam würde mich auslachen.

»Schuster, bleib bei deinen Leisten!« pflegt er zu sagen, wenn ich zu viel philosophiere, obschon er weiß, daß ich ihm in mancher Hinsicht an Bildung überlegen bin. Wie gut, daß wir beide als Kinder nicht die Vorurteile der ›obersten Zehntausend‹ eingeimpft bekamen! In Minnesota, wo Adams Eltern eine mittelgroße Farm hatten, lernte er die Natur und den Umgang mit Tieren lieben. Wir bilden uns ein, die Sprache der Tiere zu verstehen.

Und immer, wenn ich einen Fauxpas mache und etwas zitiere, was ich meinem College-Studium zu verdanken habe, bin ich unglücklich. Ich will nicht die Intellektuelle spielen! Wichtig ist nur eines: daß ich immer für ihn da bin. Wichtig ist, daß ich seine harten, heißen Schenkel im Bett streicheln kann und den schöngewölbten festen Rücken. Die prallen Äpfel seiner nackten Hinterbacken. Wichtig ist das Bett, der Mittelpunkt, die Achse unserer Ehe.

Er seufzt wieder leise im Schlaf. Im Zimmer herrscht ein mildes, nicht ganz tiefes Dunkel. Die Klimaanlage summt leise. Leider hat noch kein Ingenieur eine völlig geräuschlose Klimaanlage erfunden.

Wie kann ich unsere Ehe retten? Das ist falsch. Ich will ja unsere Liebe retten, nicht nur unsere Ehe! Liebe und Ehe, die Begriffe fallen so selten zusammen!

Die Nacht. Meine geliebte, vergötterte Nacht. Dunkle Grotte mit Millionen Betten. Jede einfache Bürgersfrau wird in der Nacht zur Isolde. Jeder abgearbeitete Buchhalter kann zum Tristan werden, wenn seine Frau die Kunst der Verwandlung durch Kuß, Umarmung und Orgasmus beherrscht.

Diese Nacht ist auch die Mutter aller Gespenster.

Nicht jedes Schlafzimmer lädt Gespenster ein. Ich kenne Ehefrauen und Familienmütter mit Männern, die ihre Frauen so ungeniert betrügen, daß es die Spatzen von den Dächern und die Klatschtanten in ihren Zeitungsspalten pfeifen. Alle wissen es, bloß die Frauen nicht. Diese Weiber sind blind. Oder sind sie nur gescheit? Wissen sie mehr vom Leben als wir, die stärker Liebenden?

Ich bin böse, seit ich um meinen Geliebten zittere. Ich wurde wahrscheinlich schon böse geboren; denn ich bin eine Frau. Der Unterschied zwischen mir und den andern Giftschlangen mit schmalen Hüften und durchtrainierten Körpern und einer teuren und geschmackvollen Garderobe ist nur der: Ich bin zu klug, mir etwas vorzumachen, und nicht klug genug, die Augen vor dem Betrug zu schließen, den ich täglich wittere.

Wer so unehrlich oder so naiv oder so mutig sein könnte, sich blauen Dunst vorzumachen und nicht eifersüchtig zu sein, wenn der Mann wieder einmal wegfliegt – beruflich, natürlich . . . nach New York oder Los Angeles oder San Francisco, wo er einen Vortrag halten und aus seinen Büchern vorlesen muß. Kongreß in Europa. Das kennen wir. Adam Per Hansen muß gar nichts. Er ist heute unabhängig. Von Buch zu Buch festigt sich sein Ruhm.

»Sie sind wirklich beneidenswert!« sagen die Cocktail-Weiber in Cape Rock zu mir. Beneidenswert! Ich bin erst seit wenigen Jahren mit Adam verheiratet, will aber zwanzig oder hundert Jahre mit ihm verheiratet bleiben.

Wenn er unbeteiligt neben mir im Bett liegt, körperheiß und dennoch kalt, denn in einem heißen Körper kann ein Stück Eis stecken, und seine hellgrünen Augen können durch mich hindurchblicken, ohne mich zu sehen . . . so könnte ich brüllen. Ich möchte das ganze Kap in meinen Schrei hüllen, die Menschen aus den Betten holen, Männer und Weiber, auch wenn sie gerade ineinandergetaucht und verkrallt sind. Ich möchte die geilen Weiber aus den Armen ihrer Männer reißen. Wenn sich mein Mann nicht mehr in mir bewegt, so dürfen sich auch die andern Männer nicht mehr in ihren Hurenweibern bewegen! Dann müßten alle Männer plötzlich impotent werden und die Frauen mit leeren Armen nach sich greifen lassen.

Alle Männer sollen einschlafen und schwitzen und laut schnarchen. Sie sollen ihren Weibern den Rücken zukehren und deren Arme, wenn sie sich um die geliebten, behaarten, schwitzenden Bäuche schlingen wollen, wegstoßen.

Oft wacht Adam in der letzten Zeit nur auf, um meine Arme ganz sanft von seinem Bauch zu lösen. Dann legt er sie neben mich, wie ein Schullehrer, der seiner Schülerin zeigt, wie man's macht. So. Man legt die Arme neben sich wie ein Schulheft.

Wenn ich Adam beim Einschlafen nicht umarme oder er nicht in mir ist, so fließt kein Blut durch meine Adern. Meine Arme werden eiskalt bis in die Hände und Fingerkuppen.

Ich habe ihn schließlich erkämpft. Ich habe ihn endlich erlegt, wie ein Soldat, der auf seinen Sieg stolz ist. Christine tot. Der Feind tot. Hydraköpfen gleich wachsen für den toten Feind neue Feindinnen-Köpfe. Doch das kommt viel später. Die Hauptfeindin ist tot. Sie nannte sich ›Lebensretterin‹. Freilich rettete ihm Christine vor vielen, vielen Jahren das Leben. Sonst hätte sie ihn nie erbeutet. Er wäre umgekommen, wenn nicht die morbide Blumenschönheit mit dem lahmen Arm . . .

Nein, auch der lahme Arm kam später. Als sie ihm das Leben rettete, da war ihr Arm nicht lahm.

Mein Geliebter rollte im Schlaf wieder von der linken auf die rechte Seite und zurück, wie ein Baby. Ich muß ihn küssen und liebkosen. Vor ein paar Stunden, beim Einschlafen, da zog er mich ja an sich. Es war ein guter Abend, und darum kann auch die Nacht nicht schlecht sein, obwohl ich nicht schlafen kann. Mein geliebter Mann erfüllte, wie es so schön heißt, seine eheliche Pflicht. Haben Scheidungsanwälte diese Redewendung erfunden? Sicherlich stammt sie aus den Gesetzbüchern, die impotente Parlamentarier verfaßten.

»Wie oft erfüllen Sie Ihre eheliche Pflicht, Adam Per Hansen?« würde der Richter fragen, wenn wir uns scheiden ließen.

Mein Gott, wie unbeschwert und herzlich lachten wir früher

über diese Slogans. Trockene Bezeichnungen und Statistiken für das Beste, was es im Leben gibt. Wir lachten und küßten uns halbtot. Am herrlichsten war es in Paris. Wie viele Jahre ist das her? Wir waren noch unverheiratet und sehnten uns nach der Ehe.

Habe ich mich verändert? Sehe ich Christine wirklich ähnlich, wie es mir in ganz bösen Nächten vorkommt? Christine war mit einem lahmen Arm gesegnet, sonst hätte sie nicht siebzehn Jahre an der Seite eines Mannes verbringen dürfen, der zu gut für sie gewesen ist. Zu schade! Zu jung! Zu stark! Zu schön! Zu begabt! Warum durfte ich ihn endlich heiraten? Womit habe ich das verdient? Vielleicht, weil ich mir fest vornahm, an seiner Seite ganz zu verschwinden. Mich aufzulösen. Ihm jeden Wink von den Augen abzuschauen. Er ist mein Gott, und ich bin seine Dienerin.

Aber Christine hatte keine Ahnung, wer ihr Mann war.

Christine würde triumphieren, wenn sie mich heute sehen könnte: schlaflos, hier in Cape Rock, wo sie sich nie zurechtfinden konnte. Christine kann gottlob nicht triumphieren. Sie liegt in einem stets mit frischen Blumen und Immergrün bepflanzten Grab. Der liebende Witwer entschied sich für ein schlichtes Kreuz aus weißem Marmor. Nur der Name seiner ersten Frau wurde mit goldenen Lettern in den Stein gemeißelt. Keiner von Christines Vorfahren, diesen gut verdienenden Pariser Buchverlegern, hätte es gebilligt, daß Christine auf eigenen Wunsch in der Nähe ihres geliebten Mannes, der Cape Rock zum ständigen Wohnsitz gewählt hatte, begraben wurde. Das Erbbegräbnis ihrer Eltern befindet sich in Trouville, nicht weit vom Atlantikwall; dort, wo Christine meinem Geliebten das Leben rettete und ihn für die Dauer von siebzehn Jahren gefangennahm.

Ich kenne nur zwei Exemplare der Chanvarts. Christine de Chanvart, verehelichte Hansen. Die Alte ist tot. Komisch, daß ich sie immer »die Alte« nenne. Sie war noch nicht fünfzig, als sie starb. Ich bin um zwanzig Jahre jünger als Christine. Grund genug, grausam zu sein und zu glauben, daß man selbst nie altern würde. Und der zweite halbe Abkömmling der Chanvarts, den ich kenne, ist Claude. Unvorstellbar, daß Claude der Sohn meines Geliebten und der Französin ist. Ich wollte es nie glauben, aber es ist wahr. Ich kann den Namen ›Claude‹ seit unserem

Sommer an der Riviera nicht hören, ohne aus dem Zimmer zu laufen.

Mein Geliebter ist ein Riese und ein Kind. Er läßt sich, weil er eitel ist, gern in den männlichsten Posen fotografieren – und ist dennoch ein echter Mann. Zumeist klammern sich nur jene Männchen an Posen, die maskulines Herrschertum vermuten lassen. Adam wird oft mit übergeschulterter Jagdflinte fotografiert, denn er geht gern auf Jagd, ohne allerdings zu schießen. Er läßt sich am Steuer seines Jeep fotografieren, mit dem er in die Everglades fährt. Er hat ein flaches Boot mit Außenbordmotor, das mir immer sehr wackelig scheint. Wenn Adam und Hillary ins Mangrovendickicht hineinfahren, so stehe ich tausend Ängste aus. Dort drinnen wimmelt es von Alligatoren und weißen Geiern. Sie sitzen auf der Lauer. Immerzu fürchte ich, daß Adam ins Wasser fällt.

»Kein Alligator greift einen Menschen an«, beruhigt mich Adam. »Die Tiere sind viel zu scheu!«

Ich glaube es ihm nicht und weiß auch, daß er keinen Alligator schießen würde. Das ist in Florida streng verboten. Nur lichtscheues Gesindel, doch kein anständiger, ortsansässiger Seminole-Indianer würde es wagen, die kostbaren Tiere zu töten.

Nachts, beim Schein von Taschenlampen, gleiten die Boote der Heckenschützen und Alligator-Mörder durchs Mangrovengestrüpp. Dann knallen auch Schüsse. Fast niemals gelingt es der Staatspolizei, die Mörder und Schmuggler zu fangen.

Ich würde diese Menschenbeute den weißen Geiern gönnen. Gegen die scharfäugigen, gefiederten Räuber habe ich nichts einzuwenden. Ich kenne andere Geier: dünnes, fahles Blondhaar, schon leicht mit grauen Strähnen durchsetzt. Vor der Zeit gealtert. Morbide Blumenschönheiten, die niemals richtig jung waren. Es gab einen Geier mit einem lahmen Flügel. Dem Geier Christine habe ich seine Menschenbeute nicht gegönnt.

Adam läßt sich mit Vorliebe für die großen Illustrierten als ›wilder Jäger‹ fotografieren, der er gar nicht ist. Die literarischen Preise, mit denen er ausgezeichnet wurde, sind ihm gleichgültig. Er ist wirklich ein Bauer, nicht nur für die Illustrierten. Und weil er aufrichtig ist und sich des Nimbus' vom wilden, unerschrockenen Großwildjäger schämt, der ihn umgibt, befahl er mir streng, nicht zu verraten, daß er sich vor Gewehren und Revolvern fürchtet. Wir haben Waffen nur zum Selbstschutz im

Hause. Adam spielt hartnäckig den großen Jäger – ich glaube aber, er würde selbst in einem gekenterten Boot in den Everglades zuerst versuchen, einen angriffslustigen Alligator zu verscheuchen, statt dem Tier eine Kugel in die rissige Haut zu knallen.

Wir lieben die Mangroven der Everglades und die Bougainvilleas, die Agaven und Palmen. Nur die Affen im Park von Silver Springs mögen wir nicht. Sie sind zu menschenähnlich.

»Wie konntest du im Krieg töten?« fragte ich Adam oft. »Du magst ja keine Waffe abdrücken?«

Adam ist kein Heuchler: »Im Krieg denkt man nicht nach. Ich erfüllte damals meine verdammte Pflicht. Die Invasion mußte gelingen. Sie ist gelungen.«

Dieser große, starke und breitschultrige Jäger, der sich insgeheim vor der Jagd fürchtet, läßt sich auch gern im offenen Sporthemd fotografieren. Seine liebenswürdigen Schwächen und harmlosen Eitelkeiten machen mich nur noch verliebter in meinen Mann. Er will, daß die Weiber seine rotbehaarte, nackte Brust sehen. Darum läßt er die oberen Hemdknöpfe offen. Mir zuliebe verstellt er sich nie. Mir offenbart er alle Tricks, wie man die Weiber kirre macht. Als ob er offene Hemdknöpfe nötig hätte!

Adam ist bald Mitte Vierzig und sieht jünger aus als andere Männer mit dreißig. Er ist der einfache und lebensfrohe Bauernjunge geblieben, der er als GI aus Minnesota damals bei Trouville war.

Seitdem er seine uralte Remington zu Kleinholz schlug, hat er begonnen, seine Romane auf Tonband zu diktieren. Das Diktiergerät macht ihn noch unabhängiger. Während der Diktierarbeit geht er meistens draußen auf unserer Terrasse spazieren. Die Nachbarn haben sich an diesen Anblick gewöhnt. Sie sind stolz darauf, Adam Per Hansen in ihrer Nähe zu haben.

Über eine Fotografie ärgere ich mich allerdings. Adam, im Khakihemd, mit einem drei oder vier Wochen alten roten Backenbart, dessen Röte durch die kitschige Farbfotografie noch mehr betont wird.

»Du siehst aus wie ein kriegerischer Kampfhahn! Ein Gockel, der seine Nebenbuhler aussticht«, sage ich.

»Wer sagt dir, daß ich kein Kampfhahn bin?«

»Du hast keine Nebenbuhler. Und du hast es nicht nötig, wie

deine unglücklichen Geschlechtsgenossen zu einem Bart Zuflucht zu nehmen, weil ihnen andere Attribute der Männlichkeit fehlen . . .«

Tatsächlich: Adam stellt das Bild weg. Man kann ihm die Wahrheit sagen. Mein Geliebter trägt auch keine Bermuda-Shorts. Seine kurzen Hosen sind ganz kurz, beinahe wie Badehosen. Er kann es sich erlauben, denn seine wohlgeformten, durchtrainierten Beine gleichen denen eines griechischen Dekathlon-Meisters. Mein Geliebter und ich, wir lieben in diesen ersten Jahren unseres Glücks die einfachen Genüsse des Lebens. Bei den Mahlzeiten essen wir nicht. Wir fressen. Adam verschlingt große Haufen von Fleisch und Kartoffeln. Komplizierten Speisen, Soufflés und Delikatessen, wie sie ihm Christine früher auftischte, konnte er niemals rechten Geschmack abgewinnen. Heute leben wir so, wie er es liebt. Ich schaffe die vollendete Lebens- und Arbeitsatmosphäre für Adam. Ich bin seine Rippe. Kein Mensch trennt mich von ihm.

Schade, daß ich nicht Eva heiße. Aus Adams Rippe schuf Gott Eva, die Mutter des Menschengeschlechts. Und ich heiße Milena. Dennoch, Milena ist schön. Milena ist weich. Adam liebt meinen Namen. Ich werfe die Gespenster in die Brandung. Adam und ich, wir sind allein auf der Welt.

»Die Frau gleicht dir. Du bist das weiblichste Geschöpf auf der Welt!« sagt mein Geliebter in Paris, auf der Picasso-Ausstellung im Trocadéro.

Der Minotaurus befruchtet und begattet das Weib. Er tut es auf drei Bildern. Die Verstrickungen und Verzückungen sind ohne Zahl. Über allem, unsichtbar, immer gegenwärtig, zwei tiefe, schwarze Urwaldseen. Das sind die Augen Picassos.

»Bin ich wirklich das weiblichste Geschöpf der Welt? Ich wirke zu schlank. Du kennst ja meinen Kummer!«

»Du gleichst dieser Frau. Ich kenne dieselbe Verzückung in deinen Augen.«

Ich kenne auch denselben Ernst, dieselbe Entschlossenheit in den Augen meines Geliebten, wenn er das herrlichste Glied, das je ein Mann besaß, in mich stößt. Ein Minotaurus, der seine Macht kennt. Ein Weib, das ihm vor Verzückung halb ohnmächtig zu Willen ist. Minotaurus, Pan, Rübezahl. Mein Geliebter. Mein Mann.

Ich wollte dennoch, ich könnte Fett ansetzen. Freilich dürften wir dann keine so herrlichen Freßgelage genießen. Vielleicht gefalle ich Adam wirklich besser als Frauen mit Fettpolstern. Eva hat Fettpolster.

Ich bin so müde, meine Gedanken jagen einander im Kreis, ein Gedanke erwischt immer den Rockzipfel des andern. Ich bin todmüde und kann nicht einschlafen. Wie spät ist es? Mitternacht? Halb eins? Wir gingen früh schlafen.

Blutarmes, eigentlich schönes, doch zu morbides Gesicht. Früh gealtert. Christine und ihre ewigen Injektionen.

»Du bist mein Liebster, Bester!« pflegte Christine zu ihrem Mann zu sagen, wenn er ihr half. Schmallippiger Mund, Geierschnabelprofil. Das mit dem Geierblick bilde ich mir bestimmt ein. Aus ihren Augen kam der Blick eines Hundes. Kann man Geier und Hund in einer Person sein? Wenn ich heute an Christine denke, so sehe ich nur den Aasgeier, der seine Beute fest in den Krallen hielt. Fester, immer fester. Eines Tages mußte der Geier dann doch unterliegen. Es gibt Jüngere. Die Jüngeren sind immer die Stärkeren. Kein Lebensretter kann den Geretteten ein Leben lang an sich ketten!

Ich denke an Christine und spüre keinen Haß mehr. Früher habe ich sie blindwütig gehaßt. So wie sie mich haßte. Adam will es beschwören, daß Christine, als er sie in jener Nacht vor mehr als zwanzig Jahren bei Trouville zum ersten Mal sah, eine rätselvolle Schönheit war. Blumenähnlich, noch keine dreißig Jahre alt. Er hat mir die Szene oft geschildert. Der Krieg warf Menschen zusammen, die einander in Friedenszeiten nie kennengelernt hätten. Sie lebten auf verschiedenen Kontinenten und in verschiedenen Welten. Die Beute taumelt zur Tür herein. Sie liegt im Keller.

»Verstecken Sie mich! Die Invasion hat begonnen. Sind keine Deutschen im Haus?«

»Ich werde Sie verstecken. Ist die Befreiung wirklich da? Wir werden es euch Amerikanern ewig danken, wir Franzosen . . .«

Sie haben es zwanzig Jahre später vergessen, die dankbaren Franzosen. So begann die Befreiung Frankreichs, und mitten darin eine winzige Einzeltragödie. Die Gefangennahme eines jungen amerikanischen Fallschirmjägers. Von seiner Lebensretterin versteckt. Von seiner Lebensretterin gefangengenommen.

Ich hatte ein gutes Vorbild. Es hieß Christine. Die zeigte mir, wie man einen freien Menschen an sich bindet. Doch ich bin kein Geier und lasse meinen Mann leben, wie er leben will. Das bilde ich mir ein, und das erhält mich jung.

In Nächten wie der heutigen, wenn ich nicht einschlafen kann, während Adam tief und gesund schläft, frage ich mich: Werde ich je den Mut haben, ihm mein Geheimnis einzugestehen. Was könnte mir passieren? Alles könnte mir passieren, antworte ich. Müßte Adam nicht erlöst und dankbar aufatmen? Müßte er mich nicht so fest in die Arme schließen und küssen wie noch nie?

Ich wage es nicht, ihm die Wahrheit zu sagen. Gedanken, spitz wie Geierkrallen, quälen mich. Ich bin feige. Ich wage es auch nicht, ihm die Tür zu öffnen. Diese Redewendung wurde für mich zum Symbol. Ich wage es nicht, Adam nachzureisen, wenn er zu einer Schriftstellertagung eingeladen wird. Er schreibt nicht nur Romane, die ihm gefallen, sondern hin wieder auch surrealistische Theaterstücke, in deren Sinnlosigkeit er sich über seine Zeitgenossen lustig macht. Wenn er die gesunde Liebe in seinen Romanen schildert, zerreißen ihn die Kritiker. Je verworrener und sinnloser seine Stücke sind, um so mehr wird er mit Lob überhäuft. Adam sagt über seine Stücke: »Mein Publikum, das meine Bücher liest und mich ruhig und beschaulich am Wasser in meiner alten Sporthose leben und arbeiten läßt, ist gut zu mir. Nur die Kritiker und Pseudo-Intellektuellen versuchen, Gedanken in mich hineinzudichten, die einfach nicht da sind. Des Kaisers neue Kleider! Wie wohl tut es mir, wenn ein naiver Zuhörer im Theater laut auflacht und meine Stücke als nackt und jedes vernünftigen Gedankens bar bezeichnet! Aber das passiert selten . . .«

Mit seinen Romanen ist Adam freilich zufrieden.

Morgen. Morgen öffne ich die Tür. Morgen fahre ich ihm nach.

Es ist ganz bestimmt schon ein Uhr nachts. Ich habe alle Uhren mit leuchtenden Zifferblättern aus dem Schlafzimmer verbannt. Die hastenden, jagenden, laufenden Uhrzeiger machen mich ganz verrückt. Ich will nicht, daß die Zeit vergeht. Es soll immer Nacht bleiben. Bei hellem Taglicht beobachtet mich Adam. Da merkt er, wenn ich traurig oder unglücklich bin. Man darf nicht unglücklich sein! Adam hatte genug an einer Hysterikerin, Christine, die Jahre seines Lebens vergiftete. Die gibt ihm kein

Mensch wieder. Und wenn er nicht das Glück gehabt hätte, mir zu begegnen, so hinge die Klette noch immer an ihm.

Wacht er bald auf? Ich will ihn nicht beim Arm packen! Aus dem leisen Rütteln könnte eine laute, ordinäre, aufdringliche Mahnung werden. Du bist gestern eingeschlafen, ohne dein Glied in mich zu stoßen. Nein, das stimmt ja nicht. Er hat mich geliebt. Die Nächte verschwimmen ineinander. Ich weiß nicht mehr, welche Nacht einsam ist und welche wir miteinander durchliebt haben. Es gab zu viele einsame Nächte in den letzten Monaten.

Du hast mich nicht stark genug umarmt, würde ich meinem Geliebten vorwerfen. Du hast mich nicht sofort unter deinen roten Wald gerissen, und du weißt doch, daß ich nicht einschlafen kann, wenn ich nicht deinen guten, duftenden Saft zwischen meinen Schenkeln spüre. Ich brauche deine Küsse. Ein flüchtiger, nur hingetupfter Kuß, ganz außen auf den Lippenrand, während ich die Lippen hungrig öffne, genügt mir nicht.

Wenn Adam wüßte, wie qualvoll ich mich beherrschen muß, um ihn nicht zu wecken und an mich zu reißen! Warum dürfen Frauen ihren Mann nicht vergewaltigen? Unser Land ist so stolz auf die Gleichberechtigung von Mann und Frau. Adam und ich, wir haben uns immer darüber lustig gemacht, vor hundert Jahrmillionen, als ich noch nicht seine Frau war, in der Zeit der quälenden Erwartung, die nur eine Frage kannte: Wann kratzt der Geier, wann kratzt die blasse Frau mit dem gelähmten Arm endlich ab?

Vielleicht sind das nur meine eigenen, niederträchtigen Gedanken gewesen. Ich war Adams Geliebte. Meine Wünsche blieben begreiflich. Doch hätte Adam ihren Tod genauso brennend herbeigesehnt wie ich, so wäre er ihr nicht so oft in den Arm gefallen. So hätte er sie nicht so oft daran gehindert, in den Tod zu gehen.

Ich höre ihr Lachen. Es war ein bellendes, häßliches Lachen. Bellen mit Schalldämpfern. Ein Hund, der hustet. Im letzten Jahr ließ sie sich auch äußerlich sehr gehen. Sie wollte ihm nicht mehr gefallen. Sie hatte jeden Rest von Würde und Haltung verloren. Keine Spur mehr von der bestechenden Eleganz, die sie immer unter den Frauen der New Yorker Gesellschaft und später auch unter den Kleinbürgerinnen von Cape Rock auffallen ließ.

Die Lebensretterin. Hütet euch vor den Lebensrettern. Eines Tages präsentieren sie euch die Rechnung!

Mein Geliebter wendet mir jetzt Bauch, Brust und Gesicht zu. Er dreht sich wirklich im Schlaf wie ein Karussell. Warum sollte ich es nicht wagen, ihn ganz fest und wild zwischen die offenstehenden Lippen zu küssen, meine Zunge auf seiner Zunge, Tiere, die miteinander spielen?

Wir genießen oft stundenlang das Spiel der Zungenküsse. Wir haben jede Möglichkeit dieser Kußform ausprobiert. Nicht heute nacht und auch nicht gestern nacht, sondern vor fünf oder sechs Jahren in Paris.

»Noa Noa«, sagte Adam, und ich wußte nur, daß es der Titel von Gauguins Buch war. Ich wußte nicht, was er bedeutete.

»Noa Noa, das bedeutet: Du duftest sehr, sehr gut«, sagt mein Geliebter.

»Ich bin aber leider keine Wilde von einer Südseeinsel«, sage ich. »Leider bin ich keine Eingeborene. Bin ich zu zivilisiert für dich? Habe ich zu viele Hemmungen?«

»Ich will keine ganz wilde Frau. Im Bett bist du toll genug. Ich brauche dich auch, weil du mein Leben in Ordnung hältst wie deine Schubladen. Du teilst unsere Arbeitstage so wunderbar methodisch ein. Ich werde mit dir sehr glücklich sein, wenn wir eines Tages heiraten können. Du wirst nie auf mein Diktiergerät eifersüchtig sein, wie Christine. Und du wirst mich niemals zwingen, meine Abende auf blödsinnigen Partys zu verbringen, die mich nicht interessieren. Ein kluger Dachdecker ist mir lieber als die leeren und geistlosen Café-Society-Frauen. Von den oberen Zehntausend gar nicht zu reden. Ich habe so wenig Zeit. Ich muß schreiben und bin schon fast vierzig.«

War das im Hotel Escorial? Oder im Escargot auf dem Quai des Grands Augustins, wo wir ›Escargots‹ aßen und uns von Pierrot, dem Besitzer, eine reizende, vergoldete Schnecke mit Krönchen schenken ließen? Vom Fenster aus konnten wir die zauberhaften Schimären am Turm von Notre Dame sehen. Wir schauten noch nach den geifernden Wasserspeiern, bevor wir schlafengingen. Oder war es in Brüssel, wo wir uns versteckten? Hier würde das Telefon nicht klingeln. Christine wußte nicht, daß ihr Mann auch nach Brüssel geflogen war. Entdecken würde man Adam in dem kleinen, spießigen Hotel de la Reine nicht, das lauter rotbäckige Belgier aus der Provinz beherbergte. Keine Journalisten. Keine

Interviews. Dort waren wir in Sicherheit. Die Hopfen- und Weinhändler kannten Adam bestimmt nicht von den Einbandfotos seiner Bücher.

Ein Uhr nachts. Ich kann das Zifferblatt der Leuchtuhr im Nebenzimmer ablesen, wenn ich mich im Bett aufsetze. Kein Paradies dauert ewig. Ich wollte die bretterharte Binsenwahrheit nie wahrhaben: daß die Ehe die Liebe tötet. Selbst heute glaube ich sie nicht ganz.

Wir beide möchten der Welt das Gegenteil beweisen. Der Welt? Unsinn. Vor allem uns beiden! Noch ehrlicher: Wir dachten gar nicht daran, es jemals beweisen zu müssen. Das Miteinander- und Ineinanderschlafen, die Ekstase ohne Ende, Lust ohne Atempause, machten uns taub.

Oder bin ich heute blind und rede es mir nur ein, daß mich Adam sattbekommen hat? Gewiß. So muß es sein. Ich bin nicht nur kleingläubig, sondern auch dumm. Ich bilde mir Dinge ein, die einfach nicht existieren. Bloß, weil er in der letzten Zeit häufiger Reisen unternimmt und seltener mit mir schläft. Daß wir früher jede freie Stunde dazu benutzten, miteinander ins Bett zu gehen, ist wahrhaftig kein Maßstab. Dergleichen gibt es nur bei unverheirateten Liebesleuten! Kann es ewig dauern? Ich belüge mich. Natürlich könnte es ewig dauern. Er arbeitet zu viel. Er ist erschöpft. Er hat früher genauso viel gearbeitet. Er war körperlich viel erschöpfter. Die ewige Aufregung mit Christine. Immer auf der Hut. Ihre ewigen Drohungen. Und er war niemals zu müde, mich ins Bett zu stoßen, mich roh und hart zu nehmen, gar nicht anders, als ein Lastfahrer eine Hafendirne nimmt.

Wenn sich der Wind draußen zum Hurrikan steigert, so wird er den Sand der Dünen auf Christines Grab häufen. Hohe Hibiskushecken schützen die Gräber, und der Hügel ist auch von Palmen umgeben. Einem Hurrikan können die Hecken aber nicht standhalten. Tropenstürme, jeder trägt einen andern Frauennamen, beugen die Palmenrücken zuerst, dann brechen sie ihnen das Genick.

Seltsam, daß alle mörderischen Hurrikane Frauennamen bekommen. Betsy und Cora, Dora, Elly und Frances . . . Hurrikane sind böse. Frauen sind böse. Frauennamen sind böse Namen.

Mein Geliebter zieht mich plötzlich an sich.

»Nicht wahr, du bist Milena? Du bist nicht Christine?«

»Christine ist tot.«

»Ist sie bestimmt tot? Wirklich?«

»Laß dich küssen. Dann ist alles wieder gut.«

Die Beerdigung. Der klettenhafte Anhang dieser Französin. »Wer so oft mit Selbstmord droht, begeht niemals Selbstmord!« hatte ein Psychiater uns drei Tage vor Christines Tod versichert.

Psychiater sind Idioten. Psychoanalytiker sind Idioten und Verbrecher.

»Es mußte so kommen!« sagte ein schwarzer Trauergast am Sarge der Toten. Wir nickten.

Dann ist der Alpdruck, der Christine hieß, von uns gewichen. Bisweilen kommt ein Rückschlag. Dann greift er nach meiner Hand. Doch in Cape Rock, vor unserem kleinen, hellen Haus, schäumt das Meer. Ich freute mich heute abend, daß sich Adam nachlässig rasiert hatte. Ich bin immer um meine glatte, weiße Haut besorgt, doch ich liebe seine Bartstoppeln, die rote Farbe regt mich auf. Schwarzhaarige Männer würdige ich keines Blicks. Länger als einen Tag werde ich meinen Geliebten niemals unrasiert sehen. Er würde sich nie einer Massenbewegung anschließen – auch darum läßt er sich keinen Beatnik-Bart stehen. Er verabscheut alle Hippie-Moden, wie ich es tue. Als er einmal an der Columbia einen Vortrag über das Thema: ›Der Freiheitsbegriff im amerikanischen Roman‹ hielt und in den vordersten Reihen eine Anzahl sockenloser, struppiger junger Gammler sah, bat er diese Zuhörer, ihre Kleider zu wechseln und sich zu waschen, bevor sie ihm das Ohr liehen. Zwei Zuhörerreihen verließen geschlossen den Saal.

»Wie willst du die Freiheit definieren?« fragte ich ihn vor dem Vortrag. »Darüber könnte man doch zwanzig Bände schreiben!«

»Es ist viel schwieriger, die Freiheit zu definieren als die Unfreiheit«, antwortete Adam. »Für mich ist jene Frage, die viele Frauen an ihre Männer stellen, das Nonplusultra der Versklavung: ›A Penny for your thoughts‹ – ›Woran denkst du jetzt, darling?‹ So eine Frau darf man nicht heiraten. Oder: hätte man nicht heiraten dürfen.«

»Woran denkst du jetzt?«

Ich habe ein scharfes Gedächtnis. Darin gleiche ich einem guttrainierten Hund, der auch über eine gehörige Portion gesunden Instinkts verfügt. Ein kluger Hund wird sich an die Lektion erinnern.

»Woran denkst du jetzt?« – Seit unserem Hochzeitstag drängt es mich dazu, Adam täglich fünfmal zu fragen:
»Woran denkst du jetzt?«
Dann aber schweige ich, das fällt mir von Tag zu Tag schwerer! Dabei muß ich ihn beruhigen und nicht er mich. Auch vorhin wieder. Ich mußte ihm versichern, daß ich nicht Christine heiße, sondern Milena. Ich beruhige ihn so gern wie eine Mutter ihr verängstigtes Kind.

Der schlafende und wache Adam ist auf andere Weise egoistisch als viele Männer und alle Frauen. Er ist so ichbezogen, daß er nicht sieht, was um ihn herum vorgeht. Wäre das, was wir im Bett treiben, nicht auch gut für ihn, so würde er es nicht merken, wenn er Nacht für Nacht ohne mich schliefe. Doch als Geliebter bringt er es fertig, sich immer wieder vom Rand der Selbstsucht zurückzureißen. Wer einmal mit Adam geschlafen hat, kann keinen andern Mann mehr lieben!

Abends sitzt er oft in sackleinenen Shorts vor dem Fernsehapparat, in seinem tiefen Schmetterlingssessel. Seine stämmigen, muskulösen Beine sind so lang, daß dieser tiefe Stuhl, den ich nicht ausstehen kann, der bequemste Sessel für ihn ist. Sein Oberkörper ist nackt. Vor sich hat er sein Lieblingsgetränk stehen, Gin mit Tonic. Ein Glas ist beinahe schon zu viel für ihn. Auch darin ist Adam fast ein Ausgestoßener der Gesellschaft. Hillary und Eva sind trinkfester. Eva kümmert sich überhaupt nicht darum, ob sie noch mehr Fett ansetzt, diese weißblonde Indianerin. Noch ein Gespenst, das ich verjagen muß. Hin und wieder nimmt Adam einen Schluck aus seinem eiskalten Glas. Auf dem Bildschirm läßt Montgomery Clift ein Mädchen, das sein Kind unter dem Herzen trägt, im See ertrinken. Adam ist ganz in die Amerikanische Tragödie vertieft. Christine Hansen, geb. de Chanvart, hatte nicht die geringste Ähnlichkeit mit dieser jungen Fabrikarbeiterin. Wie hübsch Shelley Winters damals war! Und die blutjunge Elizabeth Taylor – ein Bild zum Malen! Trotz der lauten Begleitmusik hören wir die starke Brandung und das zunehmende Heulen des Windes. Die Flutwellen werden immer höher. Ich glaube bestimmt, daß ein Hurrikan im Anzug ist.

Wie er dasitzt, vor dem Bildschirm, halbnackt, stark und schön. Und wie er im Bett liegt, schläft, atmet und von mir beruhigt werden will, wie ein Baby. Ich darf ihn nicht in spanische

Stiefel zwängen. Ich habe ja eine Kette. Sie ist unsichtbar. Die stärkste Kette der Welt. Er wird mich nicht verlassen, denn ich liebe ihn.

Er greift nach mir. Ich darf mich nicht bewegen, damit er seine Gebärde nicht unterbricht. Er sucht meinen nackten Körper. Wir schlafen immer nackt. Jedes Hemd an meinem Körper wäre ein Feind, ein Hindernis für unsere Liebe.

Früher, als ich noch keine Zielscheibe für meine neue Atemluft, die Eifersucht, fand, lachten wir, wenn wir an eleganten Damenwäschegeschäften vorübergingen. In der Fifth Avenue in New York etwa, als wir noch in Clearwater, Westchester, wohnten. Vielmehr, Adam wohnte dort mit seiner ersten Frau. Und in Paris, vor mehr als vier Jahren. Noch unverheiratet. Picasso-Ausstellung. Die schönsten Tage meines Lebens. Täglich vier, fünf Stunden im Trocadéro vor den Gemälden, Skulpturen und Zeichnungen des Meisters mit den dunklen, tiefen Augenbrunnen. Picasso war ein Hauptgrund. Der eigentliche Grund aber für Adams Flug nach Paris: Wir wollten endlich einmal auf einem anderen Kontinent, ungestört und unbewacht von Christine, miteinander ins Bett gehen.

Millionen Betten gibt es in den Vereinigten Staaten. Auf unserer ständigen Flucht vor Christine, auf den Vortragsreisen, bei denen ich Adam damals begleitete, während wir Betten durchwühlten und durchliebten, lebten wir in ständiger Angst. In jedem amerikanischen Hotel oder Motel konnte jeden Augenblick die Tür aufgehen. Immer jener Kitzel der Gefahr. Immer auch das Beschämende dieser Angst. Ich hätte schon damals schwanger werden müssen. Ich war fünfundzwanzig, als ich meinen Geliebten kennenlernte, und sehe mich so, wie ich damals war! Das Bett, immer nur das Bett. Und nicht die grauenhafte Angst, die mich heute erfüllt: Eines Tages könnte alles vorüber sein und er mich verlassen, ohne daß ich ein Kind von ihm bekommen habe.

Hotels, eine endlose Reihe. Umarmungen in einem stillen, entlegenen Motel bei der Boone-Plantage in Georgia, wo die wuchtigen, wilden Eichen des amerikanischen Südens wachsen. Spanisches Moos baumelt von ihren breiten Zweigen und wiegt sich im Wind.

Wie Kulissen im Theater.

Nicht einmal in unserer Hochzeitsnacht, hier in Cape Rock,

wünschte ich mir wie die meisten normalen jungen Frauen, vom Mann, den man liebt, schwanger zu werden. Millionen Frauen haben keinen andern Gedanken. Ich dachte nur flüchtig daran, daß etwas Lästiges in mir wachsen könnte, was meine Zeit beanspruchen und neun Monate später zwischen mir und meinem Mann stehen würde. Er wird mich brauchen. Ich muß immer für ihn da sein. Ein Kind würde stören. Meine Zeit gehört ihm.

Damals nahm ich die Pille. Heute nehme ich sie nicht mehr. Solange Adam verheiratet war, redete ich mir auch ein, ihn vor einem Skandal schützen zu müssen. Ein uneheliches Kind! Ein Fressen für die Zeitungen! Solche Ausreden erfinden weibliche Ungeheuer, wenn sie keine Kinder haben wollen. Und dann: »Rücksichtnahme auf Christine.« Zweite Ausrede, noch fadenscheiniger als die erste. Ich hätte ja als unverheiratete Frau schwanger werden und mich vorübergehend von meinem Geliebten trennen können. Dann würden wir jetzt ein Kind haben!

Nein, ich wollte kein Kind. Ich war schon auf das ungeborene und gar nicht empfangene Kind eifersüchtig.

Damals, im Hause Adams und Christines in Clearwater, Westchester. Wir sind fast nie allein. Christine folgt uns oft von Zimmer zu Zimmer. Wir gewöhnen uns langsam daran. Wir halten uns auf den Reisen an dem schadlos, was uns vor der Öffentlichkeit versagt bleibt. Sogar wenn mir Adam Briefe diktiert, sitzt Christine, graue Strähnen im blaßblonden Haar, immer noch blumenschön, in einer Zimmerecke und beobachtet uns über die Zeitung hinweg.

Ich lerne es, Adams schwierige Schrift zu lesen und seine Manuskripte vom Tonband abzutippen. Christines Eifersucht! Wie entwürdigend kam sie mir damals vor! Man sollte jeder eifersüchtigen Frau roh und rücksichtslos ins Gesicht lachen. Eifersucht ist die hirnverbrannteste aller Selbstquälereien, die aussichtsloseste aller Sackgassen. Betrügt einen der Mann, so treibt ihn unsere Eifersucht nur noch tiefer in die Wonne des systematischen Betrügens hinein.

»Du Hurenbock«, sage ich zu dem Mann, mit dem ich noch nicht verheiratet bin. »Wenn ich dir den Rücken kehre, so gehst du mit einer andern ins Bett. Und dabei liebst du mich.«

»Beweise. Du hast keine Beweise!« Adam lacht. Er bestreitet meine Behauptung nicht. Er macht die Situation lächerlich. So wird er es immer tun.

»Ich werde dir nie nachschnüffeln.«

»Erstens hast du alles, was mir eine Frau überhaupt bieten kann. Zweitens ist jeder Mann polygam. Mich hast du gründlich geheilt. Früher ging ich tatsächlich mit jeder Frau ins Bett.«

»Warum? Ist jede Frau wirklich anders als ihre Vorgängerin?«

»Das ist schwer zu entscheiden. Ich ging bestimmt nicht aus Eitelkeit mit jeder Frau ins Bett, um mich immer wieder zu bestätigen. Dazu bin ich zu jung. Und vielleicht . . . auch zu erfolgreich. Aber jede Frau riecht anders. Jede spreizt die Beine anders als ihre Vorgängerin. Sie stöhnt anders in der Ekstase. Sie ist früher oder später befriedigt als ihre Vorgängerin und Nachfolgerin. Sie umschlingt meinen Hals anders. Sie fordert anders. Sie dankt anders. Ihre Brüste fühlen sich anders an. Ihr Spalt im Dreieck ist enger oder breiter. Sie umpreßt mich anders, dort unten.«

»Das kann ich alles. Ich werde jeden Tag neu sein. Bei jeder Hingabe. Glaubst du, daß du dich überwinden und mir treu sein kannst? Ganz einfach darum, weil du mich liebst?«

Er antwortete nicht, küßte mich nur, und ich nehme diese Küsse wie Schwüre entgegen. Ich will niemals auf meinen Geliebten eifersüchtig sein, weil ich keine Veranlassung dazu haben werde. Ich habe einen neuen Menschen aus ihm gemacht. Und ich sehe Christine als Warnung vor mir, diesen Geier der Eifersucht!

Selbstmordversuche. Amtsarzt Hillary Thorpe: weiße, gedunsene Wangen mit Seehundsschnurrbart. Blumenkränze, Tränen. Bisweilen träumen wir beide noch davon. Aber im Bett haben wir Besseres zu tun! Es gibt fünf Millionen Arten und mehr des Ineinanderruhens, der unaufhörlichen und maßlosen Verkettung, der Verschmelzung von Haut, Körper, Geschlechtsorganen, Schleimhäuten und Haaren. Mein dunkelblondes Haar vermischt sich, wenn ich seinen geliebten Kopf in meinen Armen halte, mit den feuerroten Locken meines Pan. Er küßt das blonde Moos auf meinem Venushügel. Wir werden die Grenzen der Liebe in die Unendlichkeit verschieben. In den Vereinigten Staaten werden viel zu viele Handbücher über Sex geschrieben. Mit Gebrauchsanweisungen und psychoanalytischer Verfälschung der Liebe. Ich möchte einen solchen Arzt, der dicke Bücher über die Stellungen schreibt, einmal ins Bett stoßen und ihm zeigen, was ich von meinem Mann gelernt habe!

Oder noch besser: ihn zuschauen lassen, wenn ich meinen Geliebten umarme.

Unbefriedigte alte Jungfern gründen mit Vorliebe Sex-Forschungsinstitute. Und jede Bewegung, wie sich eine Frau in Gesellschaft eine Zigarette anzündet oder die Strumpfnaht geradezieht – wird sofort analysiert. Diese Bücher entfernen den schönsten Blütenstaub von bunten Schmetterlingsflügeln. Hat es wirklich einen Sinn, Küsse auf ihre chemische Zusammensetzung zu untersuchen? Völlig natürliche, spontane Verführungskünste im Zeitlupentempo zu zerlegen? »Und grün des Lebens gold'ner Baum.«

Doch seit ich mit Adam verheiratet bin, hüte ich mich, noch mehr anzupreisen, was ich von ihm gelernt habe. Die Gefahr ist groß genug. Sie lauert im Rock einer jeden Frau, die ihm begegnet. Für Adam ist jedes Weib eine potentielle Geliebte. Wenn ich ununterbrochen Scheuklappen trüge, so würde ich seine abseits schweifenden Blicke nicht immer sehen. Ich trage seelische Scheuklappen und bin so blind wie nur möglich. Adams Augen sind in Vivisektionen geübt. Er zerlegt jede neue Frau mit dem Blick seiner scharfen, hellgrünen Augen. Und ich, ›die kluge Frau‹, bemühe mich, zu lächeln und liebenswürdig zu sein.

»Wie nett, daß man sich endlich kennenlernt. Besuchen Sie uns doch einmal!«

Jetzt ist Nacht. Jetzt muß ich mich nicht beherrschen.

Ich habe niemals Augen wie die meines Mannes gesehen. Sie wechseln von einer Schattierung des Grün in die andere, wie das Meer, wenn der Wind über die Schaumkronen hinwegfegt. Sie verwandeln sich vom zarten, gelblichen Lindengrün zum tiefen Smaragdgrün der See. Ich kenne nur noch ein Augenpaar von dieser Tiefe, ein herausforderndes, aber dunkles Augenpaar, prüfend, wissend und streng. Diese dunklen Augen gehören Picasso.

Gestern abend waren Adams Augen bernsteingelb und später, ich beobachtete ihn, während er vor dem Fernsehapparat saß, flaschengrün. Sein Blick ist nicht schlau, nicht hinterhältig, nicht raffiniert. Er kann sehr gebieterisch sein. Wenn er über mir kniet und tiefer in mich eindringen will als je zuvor, und das will er bei jedem Mal aufs neue, so fordert und befiehlt sein Blick. Ich könnte Adam nicht lieben, wenn seine Augen zu betteln verstünden, denn nur Männchen betteln.

Was ihn keineswegs daran hindert, auch ein Hurenbock zu sein. Und ich kann ihn niemals ändern! Meine Scheuklappen werden ins Unendliche wachsen, um eine Zeitlang wird es mir noch gelingen, die Tür nicht zu öffnen.

Er kniet über mir, er stemmt sich zwischen meine Beine, ich weiß nicht, ob es gestern war, heute ist oder morgen sein wird. Seine grünen, wunderbaren Augen ziehen sich zu ganz schmalen, langen Schlitzen zusammen. Er ist ein echter Mann, und als echter Mann pfeift er darauf, ob er Krähenfüße in den Augenwinkeln bekommt.

Ich habe doch alle Fenster gut verschlossen? Hoffentlich dringt nicht wieder so viel Sand durch die feinsten Ritzen wie beim letzten Hurrikan. Wer sich vor Tropenstürmen fürchtet, dürfte nicht in Florida wohnen. Immer wieder neigen die Palmen ihr Haupt. Immer wieder richten sie es auf. Ich will das Paradies nicht verlassen. Je öfter wir uns hier unten in Cape Rock verkriechen, um so öfter habe ich Adam ein paar Wochen lang ganz für mich.

Meine Studienjahre: sehr viel Sport, lesen, lernen. Mit zweiundzwanzig habe ich eine Handvoll Abenteuer und einige kurzfristige Bindungen hinter mir. Ich konnte noch nicht einmal meinen eigenen Körper entdecken. Dazu bedarf es mehr, als mit einem Mann zu schlafen.

Meine Kolleginnen an der Universität lachen mich aus, wenn ich statt »Sex«: »Liebe« sage.

»Sie wartet auf Liebe! Milena ist eine hoffnungslose Romantikerin! Lebst wohl noch im Europa deiner Eltern? Vor fünfzig Jahren sprach man so wie du. Warst du vielleicht noch nie glücklich im Bett? Das geht doch viel besser, wenn man nicht verliebt ist!«

Ich beginne, mich zu schämen, weil ich mich immer wieder verlieben will und es mir nicht gelingt. Die anderen Mädchen tun die Sache im Bett, Orgasmus und Genuß ab. Was ist ein Orgasmus? Ich weiß es nicht. Vielleicht bin ich physisch anomal gebaut.

»Steck das Ding in dich hinein und beweg dich, dann wird es dir schon kommen«, rät mir die größte Männerverbraucherin im vierten Semester. »Ist es dir wirklich noch nie gekommen? Vielleicht leistetst du irgendeinen blödsinnigen Widerstand! Sprich doch mal mit einem Psychiater!«

Das hätte mir noch gefehlt! Ich bin unerfahren und dumm, mit zwanzig, zweiundzwanzig und sogar mit fünfundzwanzig Jahren, obwohl ich ordnungsgemäß und auf sterbenslangweilige Art entjungfert wurde; doch so primitiv und töricht, bei einem Psychiater Rat zu suchen, bin ich nicht. Das überlasse ich den andern Mädchen, die reicher sind als ich und nichts Besseres mit ihrem Geld anzufangen wissen.

Noch immer fühle ich mich zu älteren und reiferen Männern hingezogen. Das Vater-Image verläßt mich lange nicht. Dieses Zugeständnis will ich Doktor Freud machen, der es als genialer Theoretiker nicht mehr erlebt hat, daß seine Lehren therapeutisch so unsinnig mißbraucht und von jeder hysterischen Kuh dazu benutzt werden, ihre eigene Disziplinlosigkeit zu beschönigen. Ich liebe meinen toten Vater noch immer, diesen nicht allzu erfolgreichen Romantiker, der für Richard Wagner und Prager Gotik schwärmte, der mich jeden Sonntag ins Metropolitan Museum of Art mitnahm und mich sehen lehrte. Ich werde ihm, solange ich lebe, für diese Stunden, die wir vor Rembrandt und El Greco verbrachten, dankbar sein. Und auch dafür, daß er jeden Abend fragte: »Hast du deine Schularbeiten gemacht?«

Dieser Stundenplan für jeden Tag, diese Bilanz, ob man die Tagesarbeit auch wirklich Punkt für Punkt vollbracht hat, dieses Pflichtbewußtsein, über das sich meine Freundinnen immer lustig machten und das heute auch mein Mann noch oft belächelt, wird mir bis ans Lebensende eingeimpft bleiben. Es ist ein Laster und ist eine Tugend. Es ist auch einer der vielen Köder, mit denen ich Adam zu fesseln verstand.

Er lachte darüber, und doch imponiert es ihm.

»Du kommst mir vor wie die Direktorin eines Mädchenpensionats vor hundert Jahren. Zum Beispiel in einem Roman Daphne du Mauriers«, sagt mein Geliebter. »Stundenplan. Genau eingeteiltes Programm. Du mußt lernen, dich auch ein bißchen zu verlieren, in den Tag hineinzuleben.«

Im Bett gelingt es mir, alle Hemmungen abzustreifen. Es gelang mir zum erstenmal in Adams Bett, weil es das erste Bett meines Lebens war – von einer höheren Warte gesehen. Nur anfangs hatte ich Bedenken, von der Schreibmaschine aufzustehen, wenn sich Adam um elf Uhr vormittag oder um drei Uhr nachmittag mit mir ins Bett legen wollte. Diese Hemmungen verschwanden schnell. Wir haben uns die ganze Nacht geliebt.

Jetzt ist es drei Uhr nachmittags. Ich soll mich auf den dicken Teppich legen, drüben, im Wohnzimmer.
»Der ist dicker und bequemer als der Schlafzimmerteppich!« sagt mein Mann. Er steht schon nackt da. »Ich will den härtesten Widerstand spüren. Das Parkett unter dem dicken Teppich.«
»Müssen wir uns unbedingt auf dem Teppich herumwälzen? Ein bißchen Staub und Sand liegen doch immer darauf.« Ich öffne die Fenster selbst während der größten Hitzewellen, um den salzigen Wind vom Meer hereinzulassen.

Adam steht vor mir, und sein Phallus ragt von seinem herrlichen Körper ab.
»Red nicht so viel. Hol doch ein Leintuch. Breite es auf dem Boden aus. Oder nimm das aus dem Bett.«
»Es wird schmutzig!«
»Zum Teufel noch einmal, sei nicht so spießig!«

Ich kenne diese Frau nicht mehr. Heute springe ich, wenn er nur winkt. Als Adams Geliebte wäre ich auf seinen Befehl nackt durch die Straßen von Clearwater in Westchester gegangen oder durch die Avenue de l'Opéra in Paris. Doch als wir heirateten, wollte ich plötzlich die Dame spielen. Das hielt nicht lange vor. Zumindest nicht im Schlafzimmer.

»Du bist zu ordentlich, Milena. Wenn du als meine Geliebte dein wahres Gesicht gezeigt haben würdest, so hätte ich dich vielleicht nicht geheiratet!«

Doch, doch, mein Liebster Du hättest mich geheiratet. Ich habe dich ganz hübsch in der Hand. Eva, Hillarys Frau, ist überhaupt nicht ordentlich. Meine Shorts und Slacks und Strandkleider sind immer tadellos sauber. Ich trag ein weißes Leinenkleid nur einmal. Wie kann ein Mann, der so sauber ist, mit einem schmuddeligen Weibstück ins Bett gehen?

Beweise. Ich habe keine. Ich weiß es auch so. Man soll nicht immer wieder versuchen, sich zur Idiotin zu degradieren.

Man müßte die Tür öffnen. Sich mit eigenen Augen davon überzeugen, was man ahnt. Warum sollte mein verfluchter, geliebter Hurenbock gerade mit diesem Weibsbild nicht . . . Eva ist bestimmt mehr. Eine jener Nebenfrauen, die er immer neben seiner liebsten Geliebten oder Ehefrau haben wird.

Evas Mann stört es nicht. Möglich, daß er meine Eifersucht ahnt. Und vielleicht schläft Adam noch mit zehn oder zwanzig anderen. Aus seinem früheren Leben hat er mir genug erzählt.

Auf diese Abenteuer, falls er sie noch heute hat, und ich bin dessen sicher, dürfte ich nicht eifersüchtig sein. Fleisch. Schoß. Beine. Küsse. Ob er sie auch so lange küßt wie mich? Das kann nicht sein.

Gleichviel. Kein Abenteuer bricht abrupt ab. Ich kann seine Liebesgeschichten am laufenden Band nicht so übersehen, als wären es Besuche in einem Bordell, wo der Gast den Namen seiner Partnerin geschwind vergißt, falls er ihn überhaupt jemals kannte.

Zettelchen. Adressen. Namen. Telefonnummern. Ich müßte auch darin stöbern, viel mehr wissen, als ich weiß. Doch niemals würde ich kontrollieren, wie es nur die dümmsten und schwächsten Frauen tun.

Aber kein Abenteuer ist für ihn nur ein Besuch. Das weiß ich bestimmt, weil ich ihn kenne. Er ist viel zu gutmütig und höflich, um sich nicht von Zeit zu Zeit bei meinen Feindinnen zu melden.

Eva sitzt immer mit gespreizten Beinen da. Die hat es dick hinter den Ohren. Sie ist gefährlich. Eva spreizt die Beine, damit die Männer sofort an ihre Scham unter den schmuddeligen Kleidern denken. Vielleicht trägt sie nicht einmal eine Hose.

Drück meine Brust im Schlaf zusammen. Das ist schön! Deine Schenkel sind gut! Ein bißchen rauh sind deine roten Härchen. An der Brust ist Adams Behaarung dichter. Dort küsse ich ihn am liebsten. Mir wird es ewig leid tun, daß ich nicht als Rothaarige geboren wurde, mit feuerrotem Haar, wie Adam. Gut, daß ich mein kornblondes Haar färben kann, rot färben, so oft es mir paßt.

Das war gut, drüben im Wohnzimmer auf dem Teppich. Diese wunderbaren Stöße. Ich stemme die Beine hoch, ich hatte keine Zeit, die Bluse auszuziehen, denn wenn mein Mann befiehlt, muß man gehorchen.

»Sie haben die feine Haut der Rothaarigen«, sagen unsere Freunde, wenn ich einmal, was selten genug vorkommt, nicht allein mit Adam auf unserem kleinen, privaten Badestrand liege, sondern drüben am Gemeinschaftsstrand von Cape Rock. Man merkt es meinem Haar, das ich in regelmäßigen Zeitabständen tizianrot färbe, nicht an, daß Rot nicht meine ursprüngliche Haarfarbe ist.

»Ich möchte wieder mal deine Schwester sein«, sagte ich zu Adam und fahre zum Friseur, um tizianrot zurückzukehren.

Ich müßte mir wieder die Schamhaare rot färben! Aber das war doch ziemlich ekelhaft, des Küssens wegen. Ich erinnere mich daran, als er mich im Auberge Versailles – dem schäbigsten unserer Liebeshotels trotz seines großspurigen Namens – fragte: »Wieso bist du plötzlich auch unten rot?«

Sommer der New Yorker Weltausstellung. Ich habe mir die Haare zum erstenmal auch unten, auf meinem Dreieck, gefärbt. Adam ist verblüfft.

»Ich will auch unten rothaarig sein wie du.«

Adam lacht, murmelt etwas von ›Wälsungenblut‹ und öffnet den Mund, so weit es geht, um das ganze, rotflammende Dreieck in sein breites, gieriges Männermaul zu nehmen. Einmal taucht er noch auf, bevor er sich an seine Lieblingsbeschäftigung, das Abschlecken meiner äußeren und inneren Lippen, macht.

»Man schmeckt die Farbe nur ein bißchen. Gott sei Dank!« sagt Adam, mühsam sprechend, denn zwischen zwei Worten stößt seine Zunge, Blindschleiche oder Muräne, aus dem geliebten, breiten Mund. Ich nenne diesen Mund viel lieber ein Maul. Mund, das klingt zivilisiert, schal. Mein Mann hat ein Maul, Pan, Rübezahl und Dionysos hatten immer ein Maul. Es ist gierig und süchtig und groß genug, meine ganze Scham, mit gefärbtem oder ungefärbtem Haar, in sich zu schlingen und einzusaugen. Wäre nicht alles angewachsen, so würde er es verschlingen.

»Laß deine Haare dort unten ruhig blond. Du gefällst mir auch so. Das Küssen eines gefärbten Venushügels ist mir unheimlich. Färb dich unten nicht mehr rot. Versprichst du's mir? Ich will nicht an Chemikalien denken, wenn ich dich genieße!«

Ich habe keine Kraft, zu sprechen. Auch heute bleiben mir die Worte unausgesprochen im Schlund stecken, wenn er sich mit Lippen und Zunge auf den dunkelblonden Hügel zwischen meinen Beinen stürzt. Er tut es nur, wenn er durch dringende Arbeiten oder äußere Umstände längere Zeit hindurch, einen Monat vielleicht, ans Haus gefesselt ist, ohne zwischendurch einmal schnell – ohne mich – verreisen zu können. Dann, das weiß ich, konnte er sich nicht woanders schadlos halten. Dann habe ich die Illusion, daß wieder alles so ist wie früher: im Paradies der Unverheirateten.

Ich kenne die Spielregeln. Wenn er ohne mich vereist, und das tut er fast immer, so wie er früher ohne Christine verreiste und mich dann irgendwo traf . . . wenn er unterwegs ist, so muß ich mindestens einmal die Möglichkeit haben, ihn anzurufen.

Ich frage im Büro der fremden Universität, im Institut oder im Hotel, mit dem ich verbunden werde, nach meinem Mann. Dann werde ich mit ihm verbunden, und er hat sein Alibi. Von vier, fünf oder sechs Reisetagen versteckt er sich immer nur an zwei oder drei Tagen. Dann finde ich ihn nicht, telefoniere, wahnsinnig vor Eifersucht, herum, werde am andern Ende der Leitung von Wildfremden, die den Zusammenhang ahnen, weil sie Adam Per Hansen und seine Weibergeschichten kennen, ausgelacht; dann finde ich meinen Mann nicht: am andern Ende unseres Kontinents oder in Honolulu, in Boston oder in New York. Ich rufe um ein Uhr nachts an. Um drei Uhr. Um vier Uhr. Ja, Mr. Adam P. Hansen ist im Hotel angemeldet.

»Klingeln Sie doch bitte noch einmal, er muß da sein, es ist vier Uhr nachts!«

»Bedaure, gnädige Frau. Das Zimmer von Mr. Hansen antwortet nicht.«

Und von dieser Jagd nach meinem Mann bis zum Herumschnüffeln und Wühlen in Notizbüchern, die er herumliegen läßt, bis zum Öffnen seiner Briefe ist nur ein kleiner Schritt.

Ich will es niemals tun!

Ich sehe sein Hotelzimmer vor mir. Ich sehe den Strand von Waikiki. Ich höre die Brandung. Dort war ich ja selbst einmal mit Adam, auf einer unserer seligen Reisen, als wir noch unverheiratet waren. Nur die Flitterwochen der Unverheirateten sind ein Rausch, aus dem es kein Erwachen geben muß.

»Mir kann das nicht passieren. Uns kann das nicht passieren!«

Wir glaubten daran, wir beschwichtigten einander, wenn wir über die Heirat sprachen, nach der wir uns sehnten. Wir verscheuchten die Furcht, die sich in unsere Gespräche mischte. »Uns kann nichts passieren. Wir lieben uns in alle Ewigkeit.«

Christine ist tot. Wir sind miteinander verheiratet. Succinolcholyne ist ein geruchloses und geschmackloses weißes Pulver. Kostspielige Metallsärge schließen tadellos.

Angst vor der Ehe. »Ich sollte dich niemals heiraten, Adam. Ich liebe dich zu sehr.«

Adam hielt mir den Mund zu, wenn ich so sprach, bevor wir heirateten.

»Sei nicht kleingläubig. Es wird doch immer schöner mit uns beiden und kann keine Überraschungen mehr geben!«
Die erste, volle, runde Nacht, die wir nicht vorzeitig abbrechen müssen, um nach Hause zu fahren. Auf Adam wartet Christine, seine Frau. Ich wohne damals in Clearwater, Westchester, ein paar Minuten Autofahrt vom Hause des Ehepaars Hansen entfernt.

Ich werde kleingläubig sein und mich fürchten, solange mein Geliebter kein Greis ist. Ich wollte, Adam wäre schon heute, mit fünfundvierzig Jahren, ein Greis: einer jener lüsternen alten Herren, die mit hervorquellenden Krampfadern auf dünnen Beinen, Hängebauch, der von Zeit zu Zeit mit mageren Finger betastet wird, Hängebacken, die Augen tief umrandet, am Wasser entlangstelzen.

Ich wollte wirklich, Adam wäre impotent. Lieber ließe ich es mir von ihm nur mit den Händen und dem Mund machen. Beides liebe ich ohnehin fast mehr als die herkömmlichen Arten des Liebesspiels: Phallus in der Scheide, Phallus am Kitzler. Oder von hinten. Ich auf dem Bauch liegend, er auf mir, ganz schwer und süchtig, sein Glied von hinten in meine Scheide stoßend.

Dann will er es aber anders, und ich mag es nicht.
»Bitte, nicht hinten hinein. Das tut mir zu weh.«
Ich liebe Adam. Ich würde mich für ihn zerreißen lassen. Und genau das ist seine Absicht. Wenn es aber um die Einführung seines Glieds in die andere Öffnung dort hinten geht – und nicht, was ich sehr zu schätzen weiß, von hinten in die Scheide, die dann besonders begehrlich und gierig wird –, so kann ich einen Schrei des Schmerzes nicht unterdrücken.

»Du bist seit sechs Jahren meine Geliebte . . . seit einem Jahr meine Frau, und noch immer kannst du dich nicht daran gewöhnen. So ganz von hinten, meine ich«, sagt Adam einmal. »Spürst du noch immer kein Lustgefühl dabei?«

Ich spüre kein Lustgefühl und belüge ihn, weil ich fürchte, ihn zu enttäuschen. Immer diese Angst, ihn nicht zufriedenzustellen.

Einmal, viel später als unsere erste ganze, runde Nacht im New Yorker Auberge Versailles – es war bestimmt in Paris, in unserm herrlichen Hotel Escorial –, da glaubte ich, tatsächlich ein Lustgefühl zu verspüren, als er mir seinen dicken, langen

Baum in die Öffnung dort hinten hineinstieß. Doch ich werde niemals selbst danach verlangen. Es gibt tausendundeine Arten der Befriedigung mit Phallus, Scheide, Klitoris, Mund, Hüften und Schenkeln. Mit hartem Männerleib und muskelfestem, doch weicherem Frauenhintern. Schlafen im duftenden Heuschober. Mein Heu ist rot. Mein Heu, das besteht aus den Haaren meines Mannes, Brust- und Schenkelhaaren, Wald zwischen den Beinen und auf der Brust meines Mannes. Ich liege im Wald, wenn ich mich mit meinem Geliebten auf ein Bett sinken lasse. Es kann aber auch der Fußboden im Wohnzimmer, hier in Cape Rock, sein. Ich schlafe immer im Wald, im Heu, im roten Heu meines Geliebten.

Ehebruch war aufreizend pfefferscharf. Ehebruch war gut. Ehebruch, sehr oft besungen und verherrlicht, reizt immer aufs neue. Nicht, weil man einem dritten Menschen wehtut. Auch das kann sehr süß und verlockend sein. Sondern weil man im Raum schwebt. Im Liebesraum und Liebestraum. Ohne Verpflichtung dem Geliebten gegenüber. Ohne Angst.

Immer die Angst. Mich hält die Angst davor zurück, Adam ununterbrochen zur Scheidung zu animieren. Andere Frauen tun das viel systematischer, viel häufiger. Er behandelt die Angelegenheit nicht gleichgültig – doch konkret befassen wir uns jahrelang nicht mit der Frage: Wie kommt man von Christine los, ohne sie zu vernichten? Immer nur theoretisch: »Wie herrlich wäre es, wenn wir frei wären . . .« Dann verstummt Adam. Und auch ich rede nicht weiter.

Wir sind sie losgeworden! Ich muß den Arm meines Geliebten zu mir herüberholen, der mich verlassen hat. Ich brauche seine Hand, breit, mit gespreizten Fingern, auf meiner Brust. Sie gehört mir. Seine Finger sind wunderbar schwer.

Ich müßte wirklich wieder nach der Uhr sehen. Ob aus dem Sturm ein Hurrikan wird, weiß ich noch immer nicht genau. Die armen Neger und Indianer vor zwei Jahren, oder war es vor einem Jahr, drüben in Everglades Springs. Die Heuchelei gelingt mir wie geölt. Ich habe ein ganz gutes Herz, doch im Grunde genommen wäre ich nicht bereit, Opfer für die armen Neger und Indianer zu bringen. Ich denke nur an mich und meinen Mann. Ich lebe, solange er in mich eindringt und mir ein paar Stunden Bewußtlosigkeit schenkt. Vielleicht nur eine Stunde jede Nacht, in diesen Nächten unserer Ehe. Doch er schläft noch immer mit mir! Was später einmal wird, weiß ich nicht. Hoffentlich sterbe ich, bevor seine Liebe ganz erloschen ist!

Von einer Sekunde auf die andere möchte ich sterben. Ein Blitzschlag. Eine plötzliche Flutwelle. Das müßte barmherzig sein. Der rote Riesenphallus meines geliebten Satyrs in mir drin. Dann die Flutwelle. Und danach nichts mehr. Sink' hernieder, Nacht der Liebe. Jeden Abend, jede Nacht diese irrsinnige Sehnsucht. Ausgelöscht werden in der Nachtschwärze. Tristan und Isolde auf einer Gartenbank. Gib Vergessen, daß ich lebe. Sie wußten, was ich weiß. Sie liebten einander nicht nur mit Leibern, sondern auch mit der brennenden Sucht nach der letzten, unlöslichen Verschmelzung ihres Seins.

»Du bist eine Romantikerin!« sagt Adam.

In unserer ersten, ungestörten Liebesnacht, im schäbigen Hotel New Yorks, macht er mir diesen Vorwurf, denn es ist ein Vorwurf!

»Liebst du mich vielleicht nicht auch? Oberhalb meines Dreiecks – wenn du's so ausdrücken willst?«

»Ich liebe dich. Sprich doch aus, was wir tun. Es gibt zahllose, häßliche, aber gute und starke Bezeichnungen dafür.«

»Nie.«

»Du wirst es aussprechen. Du wirst es hinausschreien. Das macht dich dann noch begehrlicher, noch geiler.«

»Ich werde es nie aussprechen. Und es gibt keine Steigerung mehr für mich.«

»Es gibt Millionen Steigerungen. Ich werde es dir beweisen.«

Er beweist es mir, und dennoch wird er mich nie dazu bringen, ein häßliches Wort auszusprechen. Er tut es ja auch nicht. Nur Zwerge haben diese Ausdrücke nötig, um sich anzufeuern.

Bis zu dieser ersten Walpurgisnacht im Hotel: nur flüchtiges Abküssen und Abschlecken in Christines Cadillac. Die erste Entdeckung der Körper. Umarmungen zwischen Tür und Angel, wenn Christine mit der Köchin in die Stadt gefahren ist – sie kann den Wagen nicht selbst steuern, ihr rechter Arm ist ja fast unbrauchbar. Im Auto lieben – in Kleidern. Was für ein Betrug an den hungrigen Körpern! Freilich besser als nichts. Ich konnte seinen Mund in meinen nehmen, mich an den geliebten Lippen festbeißen und sie mit den Zähnen festhalten, wie mit Schraubstöcken.

»Gib mir deine Zunge!«

»Du hast sie ja«, sagt Adam, sich vom Schraubstock meiner Zähne lösend. Ich habe scharfe Zähne und spüre etwas Blut in meinem Mund. Das reizt mich noch mehr zum Küssen. Haifische geraten in Mordtaumel, wenn sich das Wasser blutig färbt. Ich gerate in Kußtaumel, wenn ich Blut an meinen Zähnen spüre, das Lippenblut meines Mannes. Leider duldet er es nicht, daß ich ihn tief in die Schenkel oder Hinterbacken beiße. Das möchte ich seit vielen Jahren, ganz fest beißen. So fest, bis ich überall Blut spüren würde. Keine Ströme, nur ein paar Tropfen. Und dies, obwohl ich, Adam will es beschwören und alle Männchen, die mich vor meinem einzigen Mann küssen durften, haben es beschworen, Masochistin bin.

Dürfen Masochistinnen nicht beißen und sich nicht am Blutgeschmack des Geliebten erfrischen?

»Bin ich wirklich Masochistin, Liebster?«

»Ich glaube ja. Du quälst dich gern. Nur gebe ich dir selten Gelegenheit, dich zu quälen. Das kommt vielleicht später.«

»Siehst du, ein guter Grund, dich nicht zu zu heiraten.«

Er widerspricht mir nicht.

Adam schaut mir fest in die Augen, es ist halbdunkel im Auberge Versailles, und der Knoblauchgeruch wäre wirklich unerträglich, wenn ich nicht gleichzeitig den Heuwiesenduft aus der Brust meines Mannes spürte und mich nicht in die süße Glätte seiner Arme hüllen könnte.

Ich sage »Du!« Ich kaue das Wort tausendmal im Mund. Es wird zur runden Krateröffnung. Mein Atem ist so heiß, daß er mir fast die Lippen verbrennt.

Die Wände unseres Zimmers lösen sich auf wie Nebelschwaden. Sie schwimmen davon, vielleicht hinaus aufs Meer. Wir liegen auf dem Teppich im Wohnzimmer. Draußen klatschen ein paar Regentropfen auf das organgenfarbene Schutzdach der Veranda. Wir wälzen uns wie zwei Hunde auf dem Teppich, Tiere, die einander ohne die törichten Umstände, die Menschen machen müssen, begatten dürfen, wie es ihnen am besten behagt. Auf selbstverständliche und natürliche Weise. Spontan und stark. Auf dem dicken, weichen Teppich unseres Wohnzimmers in Cape Rock. Mann und Frau. Knapp nach der Hochzeit. Oder war es gestern, vorgestern? Ich glaube wirklich, wir waren noch nicht verheiratet, als wir es zum ersten Mal versuchten. Christine ist nach Miami Beach zu einer Modenschau gefahren. Mit zwei Freundinnen – diesen gräßlichen, alten Schachteln. Ich weiß, daß sie in einer Stunde anrufen wird. Und eine Stunde später wieder. Ob alles in Ordnung sei, möchte sie wissen. In Wahrheit will sie uns nur stören. Bei der Arbeit oder beim Lieben. Weiß sie, daß wir uns lieben? Sie muß es ahnen! Keine Frau der Welt kann so blind sein, es nicht zu merken. Und Christine ist schlau. Sie weiß auch, daß sie, um Adam an sich zu fesseln, ihm von Zeit zu Zeit ein paar Stunden Freiheit zubilligen muß.

Mag er mit Milena schlafen, wird sie sich denken. Wenn ich es ihm verbiete, so spürt er die Ketten noch schwerer.

Vielleicht ist sie aber wirklich blind.

Und dann kommen, nach den hellen oder scheinbar hellen Augenblicken Christines, die dunklen. Tobsuchtsanfälle. Sie zeigt Geierkrallen. Jeder Finger an beiden Händen wird zur Kralle, an der linken, die schmal, wohlgeformt und weiß ist, mit etwas bläulichen, vornehm zugespitzten Nägeln. Gepflegte Nägel einer gepflegten Damenhand, wenn diese Hand auf dem Tisch ruht oder beim Essen die Gabel hebt. Nach innen gekrümmte Geierkralle, wenn Christine wieder einen ihrer Anfälle hat.

»Ich geh' ins Wasser! Dann habt ihr mich auf dem Gewissen! Milena ist deine Geliebte! Leugne es nicht! Ich wußte es vom ersten Tag an!«

Wir schweigen. Adam und ich gehen unserer Arbeit nach. Wir lassen sie wieder einmal, ich weiß nicht zum wievielten Mal, tobend und kreischend im Wohnzimmer stehen. Adam geht hinaus auf die Terrasse, er nimmt sein Diktiergerät mit und beginnt das zweite Kapitel seines Liebesromans, der in Mexiko spielt, umzudiktieren. Wie immer mußte ich das Material für den kulturellen Unterbau seines Buches zusammentragen, ich habe Kataloge gesammelt, Museen durchwandert, Daten aufgezeichnet.

»Ein Glück, daß ich dich gefunden habe«, sagt Adam immer wieder dankbar. »Ohne dich könnte ich nicht mehr arbeiten!«

»Wenn ich nicht wäre, so hättest du eine Sekretärin oder Assistentin. Schlimmstenfalls müßtest du dir dein wissenschaftliches und kulturelles Material selbst beschaffen.«

»Ich bin viel zu faul. Außerdem arbeite ich nicht so systematisch wie du, Milena, Liebling, du bist der reinste Zettelkasten – wohlgemerkt, neben tausend anderen guten Eigenschaften. Schreiben ist nicht schwer. Für mich ist es so leicht wie essen und trinken. Aber das Fundament sammeln ... den Hintergrund, das ist eine mühselige Sache. Da kommt mir dein College-Studium zustatten.«

»Dafür bist du ein Zauberkünstler. Du kannst Tote erwecken. Diese Kunst beherrscht sonst kein anderer Mann. Du kannst dich auf blinde, taube und gefühllose Frauenkörper legen und ihnen Leben einhauchen. Ich war tot, bevor ich dir begegnete.«

Dann nennt er mich seinen Spiegel, den er braucht, weil er sein Bild zurückwirft: größer, schöner, idealisiert und trotzdem echt. Er darf dann niederschreiben, was er im Spiegel Milena sieht. Nein, wir sind doch nicht Tristan und Isolde auf der Gartenbank. Wir dürfen mehr. Weiß der Teufel, wie es die beiden trieben und ob sie's überhaupt trieben. Ich meine richtig. Die Armseligen auf der Gartenbank aus Stein. König Marke hat sie ja nicht im Bett ertappt.

Wir pfeifen auf die ausschließliche Liebe der Seelen, auch mein Geliebter, der heute leider mein Mann ist. Ich sage oft »leider«, weil ich das Rad der Zeit zurückdrehen möchte und es nicht kann. Und ich lüge wieder, wenn ich sage, daß ich auf die Liebe der Seelen pfeife. Sex ohne Liebe? Körper ohne Seele? Ich beneide alle Menschen, die weniger lieben als ich. Und ich werde nie imstande sein, Sex im Bett zu genießen, wenn Sex nicht gleichzeitig Liebe ist.

Milena, die das konnte – ein ganz kleines bißchen, dünner Abklatsch von körperlicher Liebe, von jenem Genuß, den ich heute spüre – war eine fremde Frau. Ich erkenne sie nicht mehr und könnte nie wieder in ihre Haut schlüpfen.

»Färbe dir die Haare dort unten nie wieder rot!« bittet mein Geliebter, es ist eine Million Jahre her, damals war ich noch nicht seine Frau. Gegen den rotgefärbten Pagenkopf mit ein paar Löckchen über der Stirn hatte er nichts einzuwenden.

Adam bemüht sich, Christine zum Verlassen des zu großen, steifen und ungemütlichen Hauses in Clearwater bei New York zu überreden. »Ich kann die ewigen Partys nicht vertragen – ich finde hier keine Zeit, mich auf meine Arbeit zu konzentrieren«, klagt er. Ich muß vorsichtig sein, denn Christine soll das Gefühl haben, die Entscheidung mit ihrem Mann allein zu treffen.

Die Frau mit dem unbrauchbaren rechten Arm klammert sich an das Haus mit seinem schönen, parkartigen Garten, das Musikzimmer, das niemand braucht, denn Adam ist ein leidenschaftlicher Liebhaber von Wagner-Opern, von Mahler, Beethoven und Bruckner, doch kennt er selbst kaum Noten – und mein Klavierspiel ist nicht viel besser. Unser Musikbedürfnis konzentriert sich auf das erstklassige Hi-Fi-Gerät. Christine spielte als junges Mädchen gern Klavier. Heute kann sie es nicht mehr.

»Wozu brauchen wir das große Haus?« klagt Adam.

Wenn ich heute an die Zeit zurückdenke, so muß ich unweigerlich glauben, daß Adam es in New York leichter gehabt hätte, Christine zu betrügen. Und vielleicht auch mich zu hintergehen. In einer Großstadt verlieren sich die Schritte eines Mannes, in Clearwater ist er eingesperrt.

Die ewige Sucht Christines, anzugeben, ihre eingebildete Überlegenheit dem Manne gegenüber, der keine Hochschulbildung besaß, dafür aber über schöpferische Einfälle verfügte, die ihm kein akademischer Grad vermittelt hätte.

»Sie zittert ununterbrochen um ihren Mann. Kein Wunder. Er ist ja um zehn Jahre jünger. Wie wird das später aussehen, wenn Adam Per Hansen fünzig Jahre alt ist und Christine sechzig?« – So klatschten die ›guten Freunde‹.

Christine Hansen wurde keine sechzig Jahre alt.

Ganz Clearwater kannte die Geschichte ihrer Ehe, ganz Cape Rock in Florida, ganz New York.

Meine Vorgängerin hatte den Dienst quittiert, weil es ihr nicht paßte, sich ›zu Tode zu schinden‹.

»Hansen diktiert täglich sechs, sieben Stunden auf Tonband. Und er erwartet von seiner Privatsekretärin, täglich sechs, sieben Stunden lang auf ihre Maschine einzudreschen; außerdem muß sie noch die öffentlichen Bibliotheken durchstöbern, ganze Sonntage dort verbringen und ihre Psychologiekenntnisse auffrischen. Und nebenbei soll sie auch biologische Studien betreiben. Hansens neuestes Buch handelt von Liebe und Eros im Tierreich. Ich habe die Nase voll, Hansen ist unwiderstehlich – ein prachtvoller Kerl. Aber was er als Privatsekretärin braucht, ist ein Arbeitstier.«

Mit diesen Worten verschwand meine Vorgängerin aus dem düsteren, teuren Haus in Clearwater bei New York.

Ich war ein Arbeitstier. Als ich Adam Hansen, dessen zwei Erfolgsbücher ich aufmerksam gelesen und liebgewonnen hatte, wieder gegenüberstand – wir hatten uns auf einer Party kennengelernt, und ich erfuhr, daß er eine neue Sekretärin suchte –, hielt er meine rechte Hand sehr lange zwischen den Fingern. Er tat es ohne jede Pose oder beabsichtigtes Vorspiel zur Verführung. Dabei legte er die rotbehaarte linke Tatze auf die rechte. Wahrscheinlich merkte er gar nicht, was er tat. Als ich den Waldschrat mit dem feuerroten Haar breitbeinig vor mir sah, stand mein Plan fest. Ich würde mich mit zusammengebissenen Zähnen bemühen, es ihm recht zu machen.

Im Hause meiner Eltern hatte ich arbeiten gelernt. Ich wußte auch, daß ich mich in Adam Hansen verlieben würde. Ich bin die Frau, die sich nur rettungslos in einen Man verliebt, der ihr imponiert und zu dem sie aufschauen kann. Adam ist zehn Jahre älter als ich. Im Bett ist er oft mein Baby, das ich verwöhnen muß. Wenn er diktiert und neben mir steht und wenn ich seine Manuskripte abschreibe und einiges kritisiere, so ist er mein sehr junger Vater.

»Sie müssen aber New York verlassen und in unsere Nähe ziehen«, sagt Christine Hansen. Sie reicht mir bei der Begrüßung die linke Hand. Die rechte steckt im Gürtel.

»Ja. Ich kann mir hier draußen ein Zimmer nehmen. Oder eine kleine Wohnung.«

Je weiter ich von meiner Mutter wohnen werde – mein Vater ist bereits tot –, um so besser. Ich werde sie bisweilen besuchen, denn ich kenne meine Pflichten.

»Sie könnten vielleicht später bei uns im Haus wohnen. Wir haben drei Zimmer für Gäste. Aber Sie wollen sicherlich über Ihre freie Zeit verfügen, und da ist es wohl besser, wenn Sie vorderhand nicht bei uns absteigen. Ein so nettes junges Mädchen wie Sie hat ganz gewiß viele Verehrer . . .«

Ich habe gar keine, meine kläglichen Abenteuer versinken in der Erde, sie sind nie dagewesen. Adam ist der erste Mann, dessen Bild sich meiner Netzhaut einprägt. Er wird der letzte Mann meines Lebens sein.

Christines Geierklauen, ihr Geierblick. Vielleicht sehe ich nur jetzt, aus vieljähriger Entfernung zurückblickend, den Geier in Christine. Die Angst in ihren Augen bemerkte ich schon damals. Diese Angst vererbt sich. Sie wird von der Liebenden zur Liebenden weitergegeben, von der Betrogenen zur Betrogenen.

Waren Adam und ich damals wirklich noch kein Liebespaar? Lüge. Wir waren es bereits, als sich meine nackte Hand von seiner nackten Hand umhüllen ließ. Ich zuckte zurück, weil ich glaubte, sein Glied anzufassen, und ich hatte doch noch keine Ahnung, wie stark und heiß das Glied eines Mannes sein kann. Dennoch möchte ich beschwören, daß ich, fünfundzwanzig Jahre alt und ein unbeschriebenes Blatt in der Liebe, trotz meiner zwei oder drei grotesken Liebhaber, die ich vor Adam hatte, Adams Hose mit meinem Blick durchbohrte wie eine ordinäre Straßendirne.

Zum erstenmal im Leben sah ich, unberührt geblieben in den Betten dreier Stümper, den dicken Phallus eines Mannes. Ah, der Phallus des Mannes ist gut! Göttliches Glied und Griffel, mit dem ich an den Himmel die Worte schreibe: ›Adam, ich liebe dich‹

Seitdem spreche ich diese Worte immer wieder. Sie sind die Worte der Schöpfung. In diesem Geständnis wurde ich geboren. Adam taufte mich auf den Namen Milena, und als ich zu atmen begann, konnte ich nur den einen Satz sagen, der mich ganz erfüllt: »Adam, ich liebe dich.« Ich spreche diesen Satz im Bett oder auf dem Teppich liegend, über mir roter Wald, Heuschober, Moos und rote Wiese, Tore zum Genuß und zum Leben überhaupt, Mund mit blitzend weißen Zähnen gefüllt. Die Zähne meines Mannes sind so kräftig wie die eines gesunden Tieres. Er war im ganzen Leben bloß dreimal beim Zahnarzt. Er könnte wie ein Raubtier rohes Fleisch zerreißen.

»Du bist schön!« sagt mein Geliebter. Er holt Atem. Macht Pause. Sein Pfahl steckt in meinem Fleisch.

»Lieg still«, bittet mein Geliebter. »Beweg dich überhaupt nicht. Regt dich das auch auf?«

Mich regt alles auf, ob ich mich bewege oder nicht. Doch dieses vorsichtige Sich-nicht-bewegen-Dürfen ist mir neu und voll unbekannter Süße. Ein leichter Schwindel steigt mir hinten vom Halswirbel in den Hinterkopf, ich werde vielleicht in Ohnmacht fallen. Er will nicht, daß ich mich bewege. Man muß gehorchen, denn nur Adam weiß, wie der Genuß gesteigert werden kann. Eine Kette von Jahren und noch immer gesteigerte Lust. Ich bin die Frau, die unter Adam liegt, und ich bin es doch nicht. Ich kann uns beide sehen, als stünde ich außerhalb des Kreises. Das Bild, das ich erblicke, der Genuß, den ich spüre, ist vielleicht drei Jahre alt, vier Jahre alt oder mehr. Ertrunken? Ist dieser Genuß unwiderruflich ertrunken?

Wer kann Ertrunkene zum Leben erwecken? Ertrunkene Liebe? Ertrunkene Menschen liegen, tadellos einbalsamiert, in ihrem Sarg, und sein Deckel schließt vorzüglich. Ertrunkene Menschen kann man nicht zum Leben erwecken. Gott sei Dank. Ertrunkene Liebe läßt sich bisweilen wiederbeleben. Ich habe keine Kraft mehr zu sprechen. Und bewegen darf ich mich nicht. Das Vorgestern ist Heute, und das Heute ist Gestern. Alles ist verquollen, verfilzt und verwirrt. Die Bilder verschwimmen. Nur meine Liebe bleibt der einzige feste Punkt, um den sich das Weltall dreht. Der erste und der letzte Satz der Schöpfungsgeschichte: »Ich liebe dich.«

Ich spreche den Satz aus, und mein Geliebter antwortet: »Ich liebe dich doch auch, mehr und mehr. Halt ganz still!«

Vorgestern. Vorvorgestern. Kurz nach unserer Trauung, im Wohnzimmer, hier in Cape Rock, draußen Sturm und fliegender Sand, wie heute. Wir breiten ein Leintuch unter uns, das wird klatschnaß, wenn der Saft spritzt. Die Hoden meines Mannes sind so voll wie ein unerschöpfliches Wasserreservoir. Riesen haben immer volle Hoden.

Ich habe kein Kind und war schon oft beim Arzt. Der untersucht mich, dann untersucht er meinen Mann.

»Sie sind beide vollkommen gesund. Manchmal können die gesündesten Menschen der Welt keine Kinder miteinander haben. Vielleicht würde eine andere Frau . . .«

»Schweigen Sie!« Ich habe so laut geschrien, daß Adam, der mich allein mit dem Arzt im Zimmer gelassen hat, den Kopf hereinsteckt, ohne anzuklopfen.

»Was ist passiert?«

»Nichts«, beruhigt ihn der Arzt. Diesmal ist es ein fremder, nicht unser Freund, County Coroner Hillary Thorpe.

Wir sind wieder allein.

»Ich werde Ihnen Hormoninjektionen und Tabletten geben«, sagt der Arzt zu mir. »Und denken Sie ganz stark daran, daß Sie ein Kind haben wollen. Sie sind gesund und noch jung genug. Mit fünfunddreißig kann man so viele Kinder haben, wie man will. Ich kenne Ehepaare, bei denen es zehn oder fünfzehn Jahre gedauert hat. Sie dürfen auf keinen Fall den Mut sinken lassen.«

Niemals habe ich mich geschützt. Wir sind jetzt mehr als vier Jahre verheiratet. Im Grunde genommen, ganz tief dort drinnen, wo nicht einmal mein Geliebter meinen Gedanken nachspüren kann, wollte ich kein Kind von Adam, weil ich dann ein paar Wochen lang, die letzten Wochen vor der Geburt, nicht mit ihm schlafen könnte. Und ich will vielleicht kein Kind von ihm, weil ich dann eifersüchtig wäre. Kein Mensch, kein Fremder und nicht einmal mein Kind dürfte mir meinen Mann nehmen. Ich will die Liebe meines Mannes nicht teilen, mit keinem Lebewesen. Nicht einmal mit meinem Kind.

So dachte die fremde Frau, Milena. In der letzten Zeit kenne ich nur noch den Alpdruck: daß ich niemals ein Kind von Adam haben werde.

Hormonpräparate, regelmäßiger Geschlechtsverkehr. Am liebsten hätten wir den Arzt gefragt: morgens, mittags und abends, das dürfte doch genügen? Das ist doch regelmäßig genug? Gute, vitaminreiche Ernährung, Salzluft. Das ist alles, was er mir verschreiben kann. Vielleicht eine Operation? Nein, ein operativer Eingriff ist nicht nötig. Auch Hillary, den wir zu Rate ziehen, ist gegen eine Operation.

»Wozu willst du dich operieren lassen? Du bist völlig normal gebaut«, tröstet er mich. Und auch er rückt mit der Binsenwahrheit heraus, daß zwei völlig gesunde und noch junge Menschen vielleicht mit anderen Partnern Kinder haben könnten.

»Soll ich von einem fremden Mann ein Kind bekommen?« schreie ich auch Hillary an. »Bist du wahnsinnig?«

»So war's doch nicht gemeint. Ich führe es nur als Argument ins Treffen . . . Es gibt Frauen, die ihren Mann abgöttisch lieben und nicht von ihm schwanger werden können. Und wenn sie mit einem Gigolo ins Bett gehen, so kriegen sie plötzlich ein Kind.«

Ich will nichts mehr hören. Hillary ist ein widerwärtiger, alter Schwätzer.

Und mein Mann ist gar nicht so versessen darauf wie ich, ein Kind zu bekommen. Er hat ja seinen Sohn aus erster Ehe, Claude. Allerdings ein schwacher Trost. Claude und Adam werden immer Fremde bleiben. Nie könnte Adam den Wunsch verspüren, die Entfernung von Claude, der in Frankreich lebt, zu verringern. Mag er ruhig drüben leben, Christines Sohn.

Für mich gibt es in schlaflosen Nächten andere Gespenster, die aussehen wie Kinder. Sie haben rötliche Haare. Es gibt ein Gespenst mit rötlichen Haaren: Eva hat ein Kind. Ich glaube, ich werde noch verrückt. Das Auge des Hurrikans ist durchs Stirnbein in meinen Kopf gedrungen. Der Hurrikan, der noch gar keiner ist, hat begonnen, in meinem Kopf zu kreisen. Draußen ist alles still. Der Hurrikan springt auf mich über und gibt sich mit mir zufrieden. Die andern Teile unserer Küste läßt er ungeschoren. Er wirbelt und kreist in meinem Kopf, und mit ihm kreist mein Gehirn.

Claude, der Sohn Adam Per Hansens! Ich könnte mich ausschütten vor Lachen, wenn ich an diesen Spaß denke, den sich das Leben erlaubt hat. Einen Spaß, an dem Christine zugrunde ging. Claudes Mutter, kalkweiß gepudert, blumenzart und krallenkrumm. Adam pfeift darauf, ob er nochmals Vater wird. Die eine Spottgeburt drüben in Frankreich genügt ihm. Wahrscheinlich aber pfeift er drauf, weil er noch mehr hat. Er spielt sehr gern mit Evas Kind. Ich spiele auch gern mit Evas Kind. Das Kind hat rötliche Haare und helle, grüne Augen. Ich muß jetzt schlafen.

»Schlaf doch nicht! Oder starrst du auf die Zimmerdecke? Ich kann deine Augen nicht genau sehen. Es ist zu dunkel. Mach die Augen auf! Bitte! Schlaf nicht ein!«

Man darf sich nicht bewegen, wenn Adam es befiehlt. Glückswohnzimmer, vor ein paar Jahren oder Tagen.

»Willst du kein Kissen haben, Milena?«

»Mein Hinterteil ist weich genug.« Ich spreche das Wort Arsch ganz ungeniert aus. Hinterteil oder Arsch. Beides mag ich. Das sind keine schmierigen Worte, die mir nicht über die Lippen wollen. Arsch ist ein kräftiges, einladend rundes Wort. Der einzige Kraftausdruck, den ich mir gern erlaube.

»Arsch. Das Wort nehme ich gern in den Mund«, sagte ich einmal zu Adam.

»Und ich nehme deinen Arsch noch lieber in den Mund als das Wort!«

Wir lachen. Ich bin fast sicher, daß wir an einem Nachmittag auf dem Teppich im Wohnzimmer am glücklichsten waren. Ganz genau weiß ich es nicht. Christine ist in die Stadt gefahren. Bald ruft sie an. Ich liege auf dem kühlen, guten, weißen Tuch und freue mich, einen widerstandsfähigen, etwas runden, leider nicht genügend ausladenden Arsch zu haben. Wäre er nicht so fest, so würde ich den Körper meines kolossalen Geliebten als zu schwere Last empfinden. Dann stünde ich mit blauen Flecken auf. So aber kann ich seine Liebesstöße gut parieren. Wenn Christine anruft, so wird er in ein anderes Zimmer gehen. Er schämt sich, vor mir zu telefonieren. Jedes freundliche Wort nimmt sich in seinem Mund wie eine Lüge aus.

Seine Frau! Man könnte den Verstand verlieren. Die Frau mit den vielen Falten. Seine Frau: die Lebensretterin mit der Rechnung, die sie ihm vorhält. Man heiratet die Französin, die man außerdem schwanger gemacht hat. Rechnung: ein lahmer Arm, Lebensrettung zuzüglich Schwangerschaft. Und dann kommt der Tag, da meldet sich die Lebensretterin aus Trouville. Man hat sie beinahe vergessen. Der junge Amerikaner, der Einfaltspinsel! Daran hat er wirklich nie gedacht, daß diese wenigen Stunden bei Trouville, in der Nacht der Invasion, im Schrapnell- und Bombenhagel, bürgerliche Folgen haben könnten.

Ich werde den Namen Eva nicht aussprechen. Hillary hat eine weißblonde Indianerin geheiratet, halb skandinavischer und halb indianischer Abkunft. Die Leute lachen sich den Buckel krumm. Hillary ist über sechzig, das Mädchen ist zwanzig, Tochter eines skandinavischen Fischers in den Everglades und einer indianischen Mutter. Was dabei zustande kam, ist ein Traum, der mich empört und mir die Ruhe nimmt. Indianerin mit blondem Haar. Dergleichen gab es noch nie. Warum sollte sich Adam nicht von solchen Erscheinungen inspirieren lassen? Völlig harmlos vielleicht? Es ist nur so: Er könnte seine Geheimnisse vor jeder Frau hüten, doch nicht vor mir. Ich kenne jeden Gedanken, der aus seinen Büchern steigt. Ich beurteile jeden Satz, bevor wir ihn endgültig ins Manuskript aufnehmen. Nein. Vor mir gibt es kein Versteckspiel. Eva?

Es gibt keine Gespenster, wenn er auf mir liegt und wenn ich stillhalten muß. Ganz langsam darf ich dann beginnen, mein Becken kreisförmig zu bewegen. Von links nach rechts. Rund herum im Kreis. Jetzt ist er an der Reihe, stillzuhalten. Er rührt sich nicht. Den dicken, herrlichen Pfahl hat er in mich gerammt. Ich war schon immer Klitoris-betont und Scheidenunempfindlich. Auch bei den andern Männern, den Zwergen, den Männchen. Drei Geliebte hatte ich. Oder waren es vier? Ich würde ihnen nicht einmal ins Gesicht lachen, weil sie mich nicht befriedigen konnten. Schuld war ich selbst! Wer mit ungeliebten Männern ins Bett kriecht, darf nichts anderes erwarten. Sie flößten mir Angst ein, weil ich keine Ahnung hatte, was Liebe sein kann.

Dreieck hat längst wieder seine natürliche, dunkelblonde Farbe. Er stürzt sich voller Appetit mit dem Mund darauf und nimmt es in den Mund, später, nach der ersten Phase unseres Liebesspiels. Wir haben noch etwa zwei Stunden, bis die Gefängnisaufseherin kommt. Zwei Stunden können eine ganze Ewigkeit sein. Ich habe keine Kraft mehr, zu sprechen. Er leckt mich ab, taucht in mich, stemmt meine Schenkel entzwei, läßt sich auf mich fallen, reißt mich über sich, läßt mich auf sich reiten und küßt mich wieder. Jetzt bilden meine Schenkel mit ihrem blondbehaarten Mittelpunkt ein Blätterdach über seinem geliebten Haupt.

Diese Stunden; warum dürfen wir sie erleben, wenn wir sie nicht festhalten können? Warum dürfen wir leben, wenn wir unser Leben nicht festhalten können? Ich weiß nicht mehr, was ich tun soll, um den Mann an mich zu fesseln, der unerreichbar weit von mir entfernt im Bett liegt. Ich bin zurück in die Gegenwart geschwommen, mitten in der Nacht von Cape Rock, und draußen schwillt der Sturm wieder an, es ist ein ständiges Auf und Ab. Ich taste nach meinem Geliebten, ich bin unglücklich. Er liegt neben mir und wird vielleicht bald wieder nach mir greifen, um seinen Phallus in mich zu stoßen oder ihn meinen Lippen anzubieten, die ohne seinen Kuß und ohne die Berührung seines Gliedes aufgesprungen und trocken sind.

Er tut es noch immer. Tut ers aus Liebe, aus Gewohnheit, aus Mitleid? Oder weil er einfach das tun muß, was die Menschen Sex nennen und was nichts mit jener Leidenschaft zu tun hat, wie ich sie spüre?

»Routine?« möchte ich ihn fragen. »Tust du es um der Routine willen?«

»Unsinn«, wird mein Geliebter antworten.

»Liebst du mich?«

»Freilich liebe ich dich. Was für eine alberne Frage!«

Bei jeder Frage und jeder Antwort kommt es auf die Nuancen an. ›Natürlich‹ und ›freilich‹ und ›gewiß‹, das sind Einschränkungen. Bestätigungen, die mit Recht Argwohn erwecken können.

»Ja. Ich liebe dich«, sagt der wahrhaft wirklich Liebende. »Ich liebe dich. Ich liebe dich.«

»Natürlich liebe ich dich!« bestätigt der im Rückzug begriffene oder bereits desertierte Liebhaber. »Freilich. Gewiß.«

Diese Worte sind Verräter. Ich hasse sie.

Mein Mann wälzt sich noch heute zu mir herüber, fast jede Nacht, oft sogar zwei- oder dreimal. Nur ist alles anders. Ist dieses Anderssein wirklich unerläßlich und ganz natürlich, wenn man fünf Jahre miteinander auf den Tag gewartet hat, an dem man jede Stunde unbeobachtet und ungestraft miteinander im Bett verbringen kann?

Heute greift er vielleicht nach mir, um mich zu befriedigen, um mir damit den Mund zu stopfen und sich wieder ein paar Tage oder Wochen Freiheit zu verschaffen. Los von den Ketten. Früher hieß die Kette Christine. Heute heißt sie Milena. Zum Teufel mit den Weibern, bei denen es keinen Sex ohne Liebe gibt, diese Kletten! Bleischwer hängen sie sich an einen Mann, der das Leben zu genießen versteht wie kein zweiter. Meine schäbigen Liebhaber hatten keine Ahnung, was man mit einem Venushügel anfangen kann. Mein geliebter Mann weiß es. Man kann seine Zunge hineinstoßen, die blaßrosa Schlangenzunge, zwischen die Schamlippen, zuerst an die Klitoris, diesen beseligenden Zustand für eine Frau, deren Herz in ihrer Klitoris pocht, und die ihre Seligkeit für einen Männermund an ihrer Klitoris hergeben würde.

Damals, auf dem Teppich, hatten wir länger als erhofft Ruhe vor Christine. Sie kam erst nach drei Stunden zurück. Wir wälzten uns, ohne zu hören und zu sehen, auf dem Fußboden. Ich glaube, wir grunzten wie die Schweine. Je tierischer eine Umarmung ist, um so tiefer wird der Genuß. Die armen Menschen benötigen geschlossene Türen oder die dunkle Nacht, um ihr Liebesspiel zu treiben. Tiere dürfen es mitten auf der Straße. Im Schweinekoben, im Grünen, am hellichten Tag.

Die grunzenden, glücklichen Menschenschweine auf dem Fußboden, auf dem weißbelegten Teppich. Wir werden das Leintuch einrollen und verstecken.

Adam zieht mich auf sich. Was nun geschieht, ist keine Vergangenheit, in der ich immer wühle. Mein Geliebter, mein Mann, ist jetzt ganz wach. Er zieht mich auf seinen Körper. Sehr bequem ist diese Lage nicht für die Frau. Ich glaube, die konservativsten Stellungen sind auch immer die bequemsten, doch würde ich mir meinem Mann zuliebe die Arme und Beine verrenken oder mir die Wirbelsäule brechen lassen, wenn er es forderte.

Ich liege auf ihm. Halb zwei Uhr nachts. Jetzt sehe ich das

leuchtende Zifferblatt der Uhr drüben im Nebenzimmer ganz deutlich. Adam schwitzt. Es ist draußen noch wärmer geworden. Mir zuliebe hat er irgendwann die Klimaanlage abgestellt. Ich hätte es nicht fordern dürfen. Man muß dem Mann, den man liebt, entgegenkommen. Warum war ich so selbstsüchtig?
»Ist dir nicht zu warm? Soll ich die Klimaanlage wieder aufdrehen?«
»Nicht jetzt. Ich will dich haben.«
»Liebhaben.«
»Haben. Sei nicht so überspannt. Willst du mir Sprachunterricht erteilen? Im Bett?«
Er nimmt meine Hinterbacken in beide Pranken und drückt mich auf sich nieder. Er stemmt meine beiden Schenkel auseinander, er pflügt das dreieckige, kleine Feld. Er zieht zuerst sein linkes, dann sein rechtes Bein an und zwängt mich zwischen die Schraubstöcke seiner geliebten Schenkel.
»Beweg du dich. Ich bin zu müde!« fordert er.
»Du wolltest es doch so haben, du bist faul.«
»Zank dich nicht mit mir. Soll ich weiterschlafen? Willst du etwa nicht?«
Jetzt, ein einziges Mal, müßte man seinen Stolz zeigen. Doch mein Stolz ist längst im Wasser ertrunken, draußen in den Wellen und hier drinnen, in einem Glas Wasser, einem Drink, in der Badewanne. Jetzt müßte ich mich kalt zeigen. Von dem vergötterten, schweißnassen Körper dieses verfluchten und geliebten Hurenbocks herunterrollen. Mich vom Schenkelschraubstock befreien, der alle läufigen Weiber zu ködern versteht. Adam aus dem Bett stoßen.
›Ich brauche dich nicht. Ich suche mir einen andern Geliebten,‹ das müßte ich zu meinem Mann sagen.
Ich verkrampfe meine Hände, die Arme habe ich unter den mächtigen Oberkörper meines Mannes geschoben. Ich verschränke meine Finger ineinander. Die Zähne kann ich nicht zusammenbeißen, sie sind in den Lippen des Geliebten vergraben, der mich braucht.
Braucht! Gewiß braucht er mich. Adam Hansen braucht jede Nacht eine Frau. So wie er vor dem Schlafengehen ein Glas Mineralwasser trinkt. Oder auf die Toilette geht und sich die Zähne putzt. Natürlich braucht er mich. Wenn er hier zu Hause ist. Und ist er verreist, so braucht er eine andere Frau. Hauptfrau und

Nebenfrauen. Fünf oder zehn, auf die man nicht eifersüchtig sein dürfte! Ich wäre außerstande, die Abstufung meiner Eifersuchtsskala genau zu charakterisieren. Eifersucht auf die eine Haupt-Nebenfrau, die weißblonde Indianerin. Diese Eifersucht ist ganz schlimm. Mir wird schwach in der Magengrube.

Eifersucht äußert sich bei jeder Frau anders. Es gibt Frauen, deren Gesichter sich vor Eifersucht buchstäblich grünlich verzerren. Aus Dreißigjährigen werden sechzigjährige alte Hexen. Aus zarten, feinen Damen keifende Furien. Zehn Minuten nach dem Auftritt wissen sie nicht mehr, wie sie aussahen und was sie keiften. Eifersucht ist der geschickteste Verwandlungs- und Verkleidungskünstler.

»Willst du etwa nicht?« fragt Adam und bringt es fertig, Meister der Selbstbeherrschung, mich in der Bewegung zu hemmen. Ich wollte schieben und stoßen. Noch immer hätte ich Zeit, zu sagen, daß ich weiterschlafen will.

Als ob Adam nicht wüßte, daß ich immer will. Daß ich nicht schlafen kann, wenn er mich nicht mit seinen Küssen und Umarmungen in die Bewußtlosigkeit geschwemmt, beruhigt und eingeschläfert hat. Orgasmus ist Bewußtlosigkeit. Ich blicke auf sein Gesicht hinunter, ich habe meinen Mund ganz langsam von seinem breiten Mund gelöst, der Raum für die Seligkeit der ganzen Welt hat. Je mehr ich ihn liebe, um so mehr liebe ich seinen Mund, dieses Tiermaul. Stark, hart, unersättlich. Nur Frauen haben Münder. Männer haben Mäuler, wenn sie gut küssen und fest beißen können. Sein Maul ist mein Sesam, es soll sich nur für mich öffnen.

Doch mein Mann ist ein Hurenbock und beileibe kein Gigolo. Denn Gigolos nehmen Geld für ihre Dienste, sie lassen sich von klapprigen, alten Vogelscheuchen aushalten, es wimmelt von ihnen in Florida und an der Riviera, wir lachten sie nur aus Mitleid nicht aus, als wir Claude in Rocquebrune-Cap-Martin besuchten. Uns schauderte bei ihrem Anblick. Mein geliebter Mann ist mit Vorbedacht ein rücksichtsloser Betrüger und aus Angst, ein Dreieck zu versäumen, das anders geformt ist und anders duftet als jene, die er schon kennt. Er ist Betrüger aus Lebensdurst und Hunger, Betrüger aus Prinzip. Man hat ein einziges Leben. Man darf nichts versäumen. In seiner ungeheuren Lebensgier wird er brutal. Doch eine reiche, alte Frau auslachen, die sich, faltig und zerpudert, mit großen Brillanten an den Händen, die braune Altersflecken zeigen, einen Gigolo mietet? Eine solche Frau täte Adam immer leid.

Mein Geliebter hat Takt. Seine Gutmütigkeit ist allerdings begrenzt. Sie geht bis an den Gürtel, an die Hüften, bis zum Ansatz seines kolossalen, herrlichen Geschlechtsapparats. Vom Gürtel abwärts ist es aus mit Güte und Rücksichtnahme. Das weiß ich, und doch will ich es niemals mit absoluter Bestimmtheit wissen.

Ahnte Adam, daß er mit einem einzigen Anruf, wenn ich allein hier in Cape Rock im Bett liege und nicht schlafen kann, ein paar Stunden Nachtruhe schenkt, selbst dann, wenn ich weiß, daß er seine neue Geliebte nur aus dem Zimmer geschickt hat, während er mit mir telefoniert . . . ahnte er, wie sehr ich seinen Anruf zum Leben und Atmen brauche, er würde sich Gewalt antun. Oft sitze ich nächtelang auf der Terrasse, beobachte das Meer, rechne mir aus, wann ich ihn vom Flughafen abholen kann, sage mir immer wieder, daß die Abschrift seines neuen Manuskripts tüchtige Fortschritte gemacht hat, und präge mir immer wieder ein, daß es allen verheirateten Frauen so ergeht; vorausgesetzt, daß sie keinen Buchhalter geheiratet haben, der brav jeden Nachmittag um fünf Uhr nach Hause kommt und nur einmal im Jahr für vier Wochen mit seiner Frau Ferien macht.

»In so einen Mann hättest du dich bestimmt nicht verliebt«, sagt Adam, wenn ich ihm die Vorteile einer solchen Ehe aufzähle. Er hat natürlich recht. Und trotzdem: Er müßte auch auf Reisen daran denken, daß man nicht so unbekümmert, so absolut egoistisch, so unberührt von den Leiden anderer sein darf. Wo immer er auch in einem Hotelbett liegen mag, ist es wichtiger für ihn, seinen ewig hungrigen Phallus in die Freundin hineinzustoßen, als seiner Frau Seelenruhe zu verschaffen.

Adam ist nicht der Mann, der Opfer bringt. Wie hat es Christine fertiggebracht, ihn zu dieser ersten Heirat zu bewegen? War der blutjunge Mann um so vieles nachgiebiger und pflichtbewußter als der Fünfundvierzigjährige? Diese französische Porzellanpuppen-Schönheit, zartes Mädchen aus gutem Haus, Verlegerstochter mit Villa in Trouville und Stadtwohnung in Paris.

Jetzt sollte ich die Kalte spielen. Ich bringe es natürlich wieder nicht fertig. Und ich muß unser Beisammensein ausnutzen. Er will mich ja morgen wieder verlassen. Dieser verhaßte Blick auf den

Terminkalender! Früher hielt ich ihn immer in Ordnung. Heute nimmt er ihn mir weg und macht heimliche Eintragungen.

»Milena, Liebste, ich vergaß, dir zu sagen, daß ich wieder weg muß. Diesmal nur für ein paar Tage . . .«

Ich fragte nicht sofort: »Wohin?« Wieder wird mir schwach in der Magengrube.

Hirngespinste. Fast jeder amerikanische Mann schläft nach vierjähriger Ehe nur zwei- oder dreimal in der Woche mit seiner Frau. Und besonders dann, wenn dieser Ehe ein fünfjähriges Verhältnis vorausgegangen ist. Außerdem ist man der ersten Jugend entwachsen. Diese blödsinnigen Entschuldigungen waren mir früher immer fremd und lächerlich. Kein Mann ist vor seinem vierzigsten Lebensjahr der ideale, reife Geliebte. Ich kann mir Adam nicht als Zwanzigjährigen vorstellen. Nicht einmal er hätte mich als Knabe gereizt.

Wenn Adam in den ersten zwei Jahren unserer Ehe verreiste, so hieß es: »Fahr doch nach Everglades Springs, Milena! Zu Hillary und Eva!« Das sagt Adam jetzt nicht mehr. Und er wußte doch auch früher, daß ich mit Eva höchstens über Einmach-Rezepte und die Hurrikan-Gefahr oder über die Ereignisse in der bescheidenen Praxis ihres Mannes sprechen kann. Ich bin fünfunddreißig Jahre alt, doch Eva ist erst zwanzig. Beinahe eine andere Generation. Mit Hillary, der ihr Großvater sein könnte und dabei ihr Mann ist, versteht sie sich viel besser als mit mir. Die beiden verbindet ein heiteres, zärtliches Verhältnis. Großpapa und Enkelin. Sie nennt ihn »Daddy«, dabei sollte sie ihn »Grandpa« nennen. Und beide spielen stundenlang mit dem Baby. Es hat rötlichblondes Haar und hellgrüne Augen.

»Fahr doch zu Hillary und Eva!« – Nein, das rät mir Adam schon lange nicht mehr. Immer seltener bezieht das Paar auch sein Sommerhaus neben unserem Häuschen in Cape Rock. Seit mehr als einem Jahr gab mir Adam, wenn er Cape Rock verließ, nicht mehr den Rat, im Hause des County Coroner und seiner jungen Frau Zerstreuung zu suchen. Mein Gott, wahrscheinlich kam Adam endlich darauf, daß es für mich eine Qual ist, den schlampigen Haushalt Evas zu sehen. Hillary ist vermögend. Er könnte sich Personal leisten, eine lukrative Privatpraxis in einer größeren Stadt beginnen . . . nichts dergleichen. Er läßt seine junge Frau herumlaufen wie einen Tramp, spielt mit dem Kind, sitzt auf der Veranda und genießt das Leben. Seinen armseligen Patienten hält er die Treue.

Ich muß diese Nacht gut ausnützen. Sie ist unsere letzte vor Adams Reise. Ich weiß nie, wann ich mich daran werde gewöhnen müssen, neben Adam einzuschlafen, ohne daß er nach mir greift. Denn auch das kommt eines Tages. Noch ist es lange nicht so weit.

Ich werde Hillary ganz zufällig in Cape Rock begegnen, wenn Adam verreist ist. Der Zufall will es nämlich, daß auch Eva immer verreist ist, wenn mich Adam allein zu Hause läßt.

Dann frage ich Hillary, den gutmütigen, braven, alten Granddaddy mit den feisten, käseweißen Hängebacken und der Brille, die innen mehr vom Schweiß beschlagen ist: »Wo ist Eva?« Der Amtsarzt schaut durch die Brillengläser wie durch schmutzigtrübe Fensterscheiben.

»Die besucht wieder mal ihre Eltern in Tampa«, gibt er dann zur Auskunft. »Die leben ja nicht mehr in den Everglades, sondern in Tampa.«

»Und das Baby? Hat Eva das Baby mitgenommen?«

»Ja. Die Großmutter liebt die Kleine leidenschaftlich und möchte sie am liebsten immer bei sich haben.«

Ich habe das Kind nur einmal gesehen und kann es nicht ausstehen. Die Menschen in Everglades Springs zerreißen sich den Mund. Ein 60jähriger, vor der Zeit gealterter Mann und eine zwanzigjährige Frau. Gewiß, sie hatte kein Hemd am Leibe, als sie der Arzt im Mangrovendickicht bei ihren Eltern entdeckte. Zwischen Jahrmillionen alten Ablagerungen aus Muschelkalk fuhr Evas Vater auf unerlaubte Alligatorenjagd. Ein romantischer Beruf!

Jetzt fährt Eva häufig zu ihren Eltern nach Tampa. Seltsamerweise immer, wenn Adam verreist ist, um irgendwo aus seinen Büchern vorzulesen oder einen Vortrag zu halten, oder wenn er an einer Konferenz teilnimmt. Sie wollen ihm ein Ehrendoktorat der Psychologie verleihen.

»Warum darf ich nicht mit? Warum kann ich dir nicht bei den Vorstudien helfen, wie früher?«

»Ich habe dich früher zu sehr ausgenutzt. Du hast immer zu viel für mich gearbeitet. Schon dich doch ein bißchen. Genieße das Leben!«

Will er mich verspotten? Lebensgenuß – das gibt es für mich

nur, wenn ich bei ihm bin. Einmal halte ich seine Heuchelei nicht mehr aus. Es ist Abend, wir haben zu zweit gegessen, und Adam spielt mir wieder die gewohnte Komödie vor:

»Liebling . . . wirklich schauderhaft . . . ich muß dich wieder für zwei Wochen verlassen. Wie schön wäre es, wenn ich dich mitnehmen könnte, aber leider . . .«

Ich kann mich nicht länger beherrschen und schreie meinen Schmerz heraus: »Lüg nicht so! Und verstell dich nicht! Du mußt mich gar nicht verlassen! Wir haben kein krankes, kleines Kind, das die Mutter nicht entbehren kann! Sag mir einen guten Grund, warum ich dich nicht begleiten kann! Einen einzigen, echten Grund!«

Das hat er nicht erwartet, er ist gewohnt, daß ich um des lieben Friedens willen kusche und auch, weil ich weiß, daß nachts gute Dinge für mich zwischen seinen Schenkeln hervorspritzen. Nennt man das Hörigkeit? Ich glaube, ich bin ihm hörig. Wenn man kuscht und artig ist und folgsam, so wird man gnädig unter den roten Riesenleib des Meisters genommen und befriedigt, bevor der Herr die Koffer packt und auf- und davonfliegt, um die vielen anderen geilen Weiber zu befriedigen. Man ist ja der Hurenbock Adam Per Hansen, und man verbindet auf Vortragsreisen das Angenehme mit dem Nützlichen.

Adam schweigt. Er weiß keinen guten Grund. Er ist kein geübter Lügner, und seine Schriftstellerfantasie versagt, wenn es darum geht, durchsichtige Lügen der einzigen Frau gegenüber zu erfinden, die ihn durchschaut.

Wir waren fünf Jahre lang die geübtesten und raffiniertesten Ehebrecher der Welt. Glaubt er, daß ich plötzlich vergessen habe, was er mich damals lehrte – Theorie und Praxis? Das Hinauslaufen aus dem Zimmer, wenn nachts in Washington oder New York das Telefon im Hotelzimmer klingelte? Das Warten im Bad oder in meinem anstoßenden Zimmer, bis er die Alte –, so nannten wir Christine (wenn man sehr jung ist, so ist man sehr grausam) – abgefertigt hatte? Er würde zwar vor mir völlig ungeniert sprechen, verstellen müßte er sich nicht. Das Höchste, was er Christine bieten kann, ist der kameradschaftliche Ton eines höflichen Bruders: »Hast du gut geschlafen? Nein, mach dir keine Sorgen. Natürlich bin ich allein hier. Hör doch auf mit deiner ewigen Eifersucht! Milena? Aber Milena hat doch jetzt Urlaub, woher soll ich denn wissen, wohin sie gefahren ist?

Glaubst du, ich forsche jedem ihrer Schritte nach? Und was tätest du, wenn ich meine Sekretärin auf eine Reise mitnehmen würde? Das müssen viele Männer, ohne etwas mit dem Mädchen zu haben . . .«

Er konnte sich diese Bemerkung nicht verbeißen, um Christine zu quälen, um sie zu strafen. Sie hatte kein Recht, ihn mit ihrer Eifersucht zu verfolgen.

Und ich: Im Bad auf der Toilette sitzend oder auf dem kalten Rand der Badewanne, wenn wir nur ein einziges Zimmer genommen hatten. Scheußlich, mich fror. Ich hatte kein Nachthemd an und hüllte mich in ein Handtuch.

Ich muß an den morgigen Abschied denken, während ich auf meinem Mann liege, der begonnen hat, sich rhythmisch zu bewegen. Alles kommt mir so mechanisch vor. Er schwitzt ein bißchen, ich liebe auch seinen Schweiß, ich lecke ihn aus der Grube zwischen seinen Schulterknochen und dem Schlüsselbein, ich lecke meinen Mann so gern ab wie ein Hund seinen Herrn. Das schmeckt! Und während ich seine Schultern ableckte, ist meine Zunge unzufrieden, weil sie nicht gleichzeitig die Eichel und die Vorhaut dort unten ablecken und auch nicht die prallen, herrlich harten Bälle umspielen kann.

Ich weiß nicht, wann mir die Bewußtlosigkeit am besten schmeckt: wenn ich die wunderbare Pyramide seines Geschlechtsapparats in den Mund nehme oder wenn er meinen Spalt ausfüllt. Am meisten werde ich dennoch immer das Vorspiel lieben. Klitorisküsse. Klitorisspiele. So war es früher. Er nimmt sich letzthin nicht mehr so viel Zeit. Daß er mich heute nacht so oft besitzen will, könnte ein Täuschungsmanöver sein. Man tut seine Pflicht, wenn man sich damit seine Freiheit erkaufen kann. Mich foppt er nicht!

Gattenpflicht! Ein komisches Wort aus den Illustrierten. Was das anbetrifft, so erfüllte Adam Per Hansen immer weitaus mehr als seine Gattenpflicht. Ich glaube, wir badeten auch noch als Ehepaar recht oft in derselben Wanne. ›Baden‹ das war vielmehr: Liebe im Wasser, sie kann sehr banal und sehr aufregend sein. Mit Adam war es ein Teil der Entdeckung dieser Welt.

Er stößt seinen Pfahl tief in mich hinein. Denkt er jetzt an eine andere Frau? An eines der Abenteuer oder an seine neue, ständige Geliebte?

Nicht fragen. Jetzt muß man schweigen und glücklich sein! Man ist ja glücklich, wenn man nicht nachdenkt. Jetzt nur stöhnen und genießen, aber nicht fragen. Sonst verdirbt man alles.

»Denkst du jetzt an eine andere Frau?«

Ich stelle natürlich wieder die Frage, die ich nicht stellen will. Das ist die Tragödie der Eifersüchtigen. Diese bewußte Selbstzerfleischung. Dieses messerscharfe Wissen: Das darfst du nicht. Denk es dir, aber würge es in dich hinein! Sprich es nicht aus!

Und dann spricht eine eifersüchtige Irre es doch aus. Gestern war ich die reichste Frau der Welt. Und heute bin ich nicht besser dran als jede andere belogene und betrogene Kleinbürgerin. Die alltäglichste Komödie. Ein bißchen komisch, ein bißchen tragisch. Jede verheiratete Frau lernt sie früher oder später kennen.

Und auch das ist nicht ganz wahr. Jede Frau ist nicht mit dem Hurenbock Adam Per Hansen verheiratet. Diese Mütter mit vielen Kindern, diese Frauen der reichen Industriellen, diese dekorativen Weiber der Millionäre, diese blutjungen College-Studentinnen, mit einem Kollegen verheiratet, zwei, drei heulende Babys daheim . . . sie haben zu viele eingebildete Pflichten, um Zeit zur Eifersucht zu haben. Und sie können auch darum nicht eifersüchtig sein, weil sie nichts vom Glück im Bett wissen. Oder vom Glück in der Badewanne. Betten, Betten, Betten. Das Glück hat die Gestalt eines Bettes und nicht die einer kostspieligen, brillantenen Halskette. Das werden die millionenschweren Bettlerinnen nie erfahren. Und darum bin ich reicher als sie alle!

Ich frage wieder, während er mich küßt: »Warum nimmst du mich diesmal nicht mit, Liebster? Sag mir einen guten Grund.«

Er schweigt. Adam muß schweigen, denn es gibt keinen logischen Grund.

Dann sagt er zögernd: »Ich werde so viele Laufereien haben. Besprechungen mit dem jungen Maler, der mich um ein Vorwort für sein Buch gebeten hat. Laufereien zu Verlegern. Und dann der Kongreß, Vorträge über psychologische Parallelen im Menschen- und Tierreich. Dinge, die dich nicht so sehr interessieren wie mich . . .«

Adam kümmert sich wenig um die Verachtung der Fachwissenschaftler und insbesondere der Psychiater für sein Werk. Er hat die Psychoanalyse in zwei Büchern durch den Kakao gezogen. Nur die wenigen virilen Männer der geistig führenden

Schicht lieben ihn. Und die Frauen – schöpferische Frauen, Künstlerinnen, schöne Frauen und Huren aller Gesellschaftsklassen. Nach wie vor hassen ihn die Lesbierinnen und Homosexuellen mit der ganzen Intensität ihres Kastendenkens. Sie werfen ihm schwere Schuld vor: daß er die Menschen zur normalen Liebe animiere. Er tut es indirekt durch seine Bücher. Er tut es direkt, weil er mit so vielen Frauen ins Bett geht. Die Heilung durch den Leib – erfunden von Adam Per Hansen.

Wenn er bei mir ist, so führt er mich, die eigene Frau, jede Nacht in seinen Garten der Lüste. Ich stürze mit ihm in die Himmelshölle, um bei lebendigem Leib zu verbrennen. Die Auferstehung folgt sofort. Im Orgasmus verbrenne ich, und wenn mich mein roter Teufel und Gott dann wieder an sich zieht, so werde ich neu geboren. Sein rotbehaarter Leib teilt sich in kräftige Beine und an jedem Bein sitzt, deutlich sichtbar, des Teufels Pferdefuß.

»Nein, ich kann dich diesmal wirklich nicht brauchen!« fährt Adam fort. »Willst du den ganzen Tag allein im Hotel sitzen? Ich halte es für viel vernünftiger und auch zuträglicher für deine Gesundheit, wenn du hier am Meer bleibst, viel schwimmst und mein Manuskript weiter abschreibst . . . du bist die einzige, die Fehler und Schlampereien entdeckt! Ich würde gut aussehen, wenn ich auf Sekretärinnen angewiesen wäre . . .«

Ich habe dafür gesorgt, daß keine ständige Sekretärin bei uns im Hause arbeitet. Nur ganz selten nehmen wir Hilfe in Anspruch, und diese Mädchen arbeiten in professionellen Büros, eine Stunde Autofahrt von uns entfernt. Außerdem sind sie alt und häßlich.

»Ausreden. Du willst mich nicht bei dir haben. Ich werde . . .«

Ich kann den Satz nicht beenden, weil ich keine Ahnung habe, womit ich ihm drohen will. Vielleicht bin ich wirklich eine noch ärgere Masochistin, als es Christine war. Aber ich werde nicht ins Wasser gehen. Bestimmt nicht.

Adams Glied in meiner Scheide. Er vergißt, mit meiner Klitoris zu spielen.

»Nicht so schnell!« bitte ich.

»Ich bin müde. Laß mich das Tempo angeben!«

»Früher hast du mich immer gefragt, wie ich es haben will. Früher warst du nie müde.«

Er ist über den Streit wegen der bevorstehenden Reise zur Tagesordnung übergegangen. Tagesordnung, das ist auch unsere Nachtordnung. Nachtordnung ist Liebesordnung. Er hat nicht mit meiner Klitoris gespielt, das passiert zum zehnten oder fünfzigsten Mal. Ich weiß nicht, wie lange es her ist, daß er mich fragte, wie er mich lieben soll. Damit es mir am stärksten und herrlichsten käme.

»Du bist müde? Früher warst du nie müde.«

»Glaubst du, es feuert einen Mann sehr an, wenn er auf seiner Frau liegt, sein Ding in sie steckt und diese Frau plötzlich Eifersuchtsszenen macht? Mich feuert es nicht an. Ich kriege einen Krampf. Und dann kann ich nicht mehr.«

Ich schweige ja auch schon. Ich lockere die Umschlingung seines gewaltigen Oberkörpers. Meine Arme sind sofort wütend auf mich, weil sie den Geliebten nicht mehr an sich gepreßt spüren. Jeder Körperteil ist auf den anderen neidisch. Jedes meiner Glieder wird gleich hämisch und böse, wenn ich ihm die Verschwisterung mit der Haut meines geliebten Mannes nehme, mit diesem besten Stück Fleisch auf Gottes weiter Erde.

Adam ist der einzige Mann in Gottes weiter Schöpfung. Es gibt keinen anderen. Keine Frau, die nicht mit Adam geschlafen hat, weiß, was ein Mann ist.

Ich habe die Spielregeln nicht vergessen. Ich bin nicht müde. Ich kenne meine Pflicht, die Phasen der Lust im Bett und wie sie gestaffelt werden müssen. Meine Pflicht kennend, die meine Lust ist, greife ich nach hinten, unter den Körper meines Geliebten, ich packe seine Hinterbacken mit den Händen an und ziehe sie fest und zielstrebig auseinander. Der dicke, harte Keil dringt tiefer in mich als je zuvor. Ich habe meinen Kummer vergessen, denn ich kann nicht mehr denken. Daß er mir Vorwürfe machte und daß ich mich wieder eifersüchtig zeigte, ist vergessen. Mag er verreisen. Er kommt ja bald wieder. Jetzt bin ich wunschlos glücklich. Wieder, wie stets, wenn ich mit meinem göttlichen Adam im Bett liege, der sein bestes Gut ganz umsonst an die Weiber dieser Welt verschwendet, bin ich die glücklichste Frau der Erde. Nur Huren sind aufrichtige Lebewesen. Ich möchte seine Hure sein, die einzige Hure, mit der er schlafen kann. Das wird mir nie gelingen. Doch wenn sein Glied in mir steckt, bin ich seine einzige Geliebte. Seine einzige Hure. Die Königin der Welt.

Daß Adam Hansen auch schreiben kann, ist nur eine andere,

erhöhte Ausdrucksform seiner Liebesfähigkeit. Seine Bücher sind der Saft seiner Lenden und die Milch aus seinen Hoden. Er hurt, wenn er schreibt, und er schreibt, wenn er hurt, weil er dabei beobachtet. Er hat die Gabe, sich zu verlieren und gleichzeitig zu beobachten. Längst habe ich es mir abgewöhnt, mich zu kränken oder ihn zu belächeln, wenn er mitten in der Umarmung, knapp vor dem Orgasmus anhält, mich mit seinem Blick aufspießt und kein Wort spricht. Jetzt denkt er darüber nach, wie er diese Szene schildern wird. Das weiß ich. Wir sprachen in den ersten Jahren unserer Bettseligkeit oft davon. Dann wurde es uns beiden selbstverständlich.

Eines Tages war ich eifersüchtig auf mich selbst. Auf das Modell Milena, auf meine Rivalin, die Milena in vielen Büchern. Und dann gewöhnte ich mich an die ungefährlichen Rivalinnen, deren Schilderungen mit dem Wind von der Terrasse zu mir ins Zimmer wehten, während er draußen in sein Diktiergerät sprach. So fand ich mich, schöner oder häßlicher geworden, in seinen Frauengestalten wieder.

Meine uferlose Liebe zu meinem Mann gleicht dem Blinken eines fernen Gestirns, das Millionen Lichtjahre entfernt im Weltall leuchtet. Ich stehe da, von seinem Licht umspielt, in seinem Licht gebadet. Doch der Stern, von dem das überirdische Leuchten ausgeht, ist bereits erkaltet.

Bevor mich Adam aus dem Kinderteich holte, wo die Ungeborenen liegen, arbeitete ich für die literarische Agentur des Jonathan Miles, der mein erster Geliebter war. Würde ich ihm heute irgendwo begegnen, so könnte ich mich nicht beherrschen. Ich müßte dem komischen Kauz, der mich im Bett immer an meine Berufspflichten erinnerte, ins Gesicht lachen. Leider erzähle ich meinem geliebten Pan, daß es zu Jonathans Lieblingsbeschäftigungen gehörte, laut zu gähnen, ohne sich die Hand vorzuhalten. Adam benimmt sich auch gern wie ein Bauer. Einmal gähnt er mir ins Gesicht.

»Benimm dich anständig!« fordere ich.
»Sind wir nicht miteinander verheiratet?«
»Gerade darum!«
»Tu nicht so vornehm!«
»Gut, daß du nicht auch laut rülpst, Adam!«
Das hätte ich nicht sagen dürfen, denn aus lauter Opposition

rülpst Adam am selben Tag während des Abendessens auf der Terrasse.

»Gib mir mehr zu essen!« klagt er. »Ich steh' immer hungrig auf!« Neuerdings achte ich auf eine vernünftige Diät, denn Adam neigt zur Fülle. Ich muß die Zunahme seines Bauchumfangs drosseln. Würde ich ihn ständig mit seinen Lieblingsspeisen, Doboschtorte und frischem Weizenbrot aus einer kleinen Bäckerei in Cape Rock, füttern, so hätte mein Satyr bald einen unschönen Hängebauch.

Sein Leben ist ein ständiger Kampf gegen das Dickwerden, und er beneidet mich, weil ich beim Essen schwelgen darf. Ich wiege genausoviel wie an dem Tag, als ich mich im Hause Adams und Christines um die Sekretärinnenstellung bewarb.

Ja, er rülpst bisweilen auch, mein Unhold. Ich finde das weder naturburschenhaft attraktiv noch amüsant, sondern einfach ungezogen. Einmal, zweimal lache ich darüber.

»Fehlt dir etwas?« frage ich.

»Nein. Warum?«

»Weil du rülpst.«

»Warum soll ich mich zurückhalten? Du bist doch meine Frau!«

In der ersten Zeit unserer verrückten Leidenschaft, als ich noch nicht mit dem Gedanken spielte, ihn seiner Frau wegzunehmen, hätte er nie daran gedacht, sich anders zu benehmen als ein wohlerzogener Mann mit dem Äußeren eines rothaarigen Pan, Bacchus und Minotaurus in einer Person. Die Männer lassen sich gehen, wenn sie ihrer Sache zu sicher sind. Sie lassen sich aber auch gehen, wenn sie die Frauen, die ihr Bett ausfüllen – vor allem die einzige Frau, an die sie zu ihrem Leidwesen durch eine Ehe gefesselt sind –, ärgern und auf die Probe stellen wollen.

Mein Pan rülpst und gähnt, ohne sich die Hand vorzuhalten, weil ihm das ein diebisches Vergnügen bereitet. Mag er rülpsen. Ich nehme es ihm heute nicht mehr übel; wenn er nur seinen Turm auch weiterhin so oft wie möglich, am liebsten dreimal am Tag, in mich hineinjagt oder ihn mir zwischen die Lippen drückt, oben und unten. Diese Minuten und Stunden sind mein Leben.

Man wird seinem Lebensspender alles verzeihen. Ich werde meinem Tiergott Adam immer verzeihen, bis ich dann eines Tages die Tür öffne und alles weiß. Dann muß ich leider mein Küchenmesser holen, das ganz scharf geschliffene. Wir schneiden unser frisches, duftendes Weizenbrot damit, das wir alle drei Tage aus der kleinen Bäckerei holen. Ja, zu meinem größten Bedauern muß ich dann mein erlesen scharfgeschliffenes Messer holen und es meinem Mann zwischen die Rippen stoßen. Hoffentlich habe ich noch genügend Kraft, mich auch umzubringen! Denn daß ich ohne meinen Mann leben kann, ist undenkbar. Man kann nicht ohne Sauerstoff leben. Was soll ich zwischen meine Schenkel drücken, wenn er nicht mehr da ist? Soll ich masturbieren? Ich hab' es versucht, wenn er nicht bei mir war, sondern mit einer seiner stets dienstbereiten Huren in Paris, New York oder Los Angeles im Bett lag. Ganz bestimmt auch damals an der Riviera, er fuhr so oft aus Roquebrune-Cap-Martin nach Menton und Cannes.

Dann kommen die Postkarten. Die braven, die artigen. Es gehört zu den allgemeinen Perversionen meines Mannes, mit jeder neuen Geliebten immer auch jene Landschaften und Orte aufzusuchen, wo er mit mir glücklich war. In dieser Beziehung sind alle Männer gleich. Sie sind dieser Perversion treu.

Dabei bin ich die einzige Frau, die ihm alles zu geben vermag. Wenn der Sturm nun doch zum Hurrikan wird? Wieder Flutwellen, wieder ganze Wälle aus Schlamm, wieder entwurzelte Palmen und Giftschlangen. Die Natur ist böse. Wir erwarten nichts anderes von ihr. Der Mensch ist auch böse, das ist seine Natur, und doch erwarten wir anderes von ihm. Wir versuchen immer, dem Menschen Güte anzudichten und ihn nach Gottes Angesicht zu formen. Ich will mir den Glauben nicht nehmen lassen, daß Gott zwar auch böse sein kann, doch niemals so böse wie die Natur und der Mensch darin.

Die einzige Geliebte, die ihm alles zu geben vermag! Ich liebkose meinen Geliebten. Er bettet seinen schönen, breiten Kopf mit der zu niedrigen und dennoch reizvollen Stirn auf meine Brust. Immer greift er im Schlaf nach mir, das ist eine instinktive Bewegung, und dennoch beglückt sie mich tief. Im Dunkeln beruhigen mich die Meereswogen mit ihrem Rauschen. Sie sind das beste Wiegenlied. Ein jedes Tier braucht ein Gehege, dorthin kehrt es zurück, wenn es die Freiheit genossen hat. Ich bin Adams Schutzpark, sein Gehege. Dieses Bewußtsein ist besser für mich als die stärkste Beruhigungspille, an die ich mich ja doch nicht gewöhnen will. Mein guter Instinkt hält mir alle Mittel fern. Ich wurde in einem tiefen Glauben an den menschlichen

Willen erzogen, der die beste Pille ist. Nur in der letzten Zeit entgleitet diese Stütze meinen Händen. Selbst meine Mutter, die ich längst nicht so liebte wie meinen Vater, verbannte jedes überflüssige Medikament aus unserm Haushalt. Nur wenn man ernstlich krank war, durfte man etwas aus der Apotheke holen. Schlafmittel? Dergleichen gab es nicht bei uns. Meine lieben amerikanischen Landsleute könnten noch heute viel von den alten Emigranten lernen, die an kalte Abreibungen, Schwimmen und Massage und Spazierengehen glaubten und nicht bei jedem häuslichen Streit oder finanziellen Problem zur Pillenschachtel griffen.

Die einzige Geliebte Adams! Die letzte Frau in seinem Leben! In diesen blauen Dunst hüllte ich mich fünf Jahre ein. Oder sechs oder sieben Jahre. Vor mehr als vier Jahren beging ich den furchtbarsten Fehler, ich heiratete den Mann, den ich liebe. Das sollte keine Frau tun. Man muß Männer heiraten, an die einen materielle Interessen knüpfen, von denen man Kinder haben will oder die man lauwarm liebt. Dieses Gefühl der Zuneigung darf getrost ausbaufähig sein. Aus lauwarmer Zuneigung entwickelt sich oft herzliches Zueinander-Gehören. Eine solide Freundschaft. Doch Liebe? Meine Großmutter, die sich in einem lila und schwarz gestreiften Taftkleid malen ließ und Straußenfedern sammelte, hat meinen Großvater anders geliebt als ich meinen Mann. Und meine Mutter liebte meinen Vater anders, wenn sie ihn überhaupt liebte. Und meine Kolleginnen im College küßten ihre Männer auf die Wange. Im Bett dauerte die ganze Angelegenheit wahrscheinlich drei Minuten. Man war ja schwanger geworden. Und das ist die Hauptsache!

»Milena, das klingt wie Liebe«, sagte Adam, als wir zum ersten Mal allein waren. Ich merkte erst, was ich völlig unbewußt und unwissend suchte, als mich Adam küßte und seine Arme um mich schlang.

Die einzige Geliebte! Wie konnte ich jemals so verrückt, so hirnverbrannt naiv und dumm sein, zu vermuten, daß ich die einzige, letzte Frau in seinem Leben sein könnte! Jede Frau bildet sich in der ersten, ganz durchliebten Nacht ein, dem Mann unter sich und über sich so viel Beglückung zu schenken, daß er ohne sie nicht würde leben können. Die einzige und letzte Geliebte will man sein. Ich habe damals nicht gelogen, als ich nach dem endlosen Orgasmus, der Welle aus Feuerpferden, der Geburt einer neuen Welt aus dem Nichts, im Bett zu meinem Geliebten sagte: »Du bist der erste, einzige und letzte Geliebte meines Lebens.« Ich sagte es laut. Ich weiß auch, wann es war: in dem schauderhaften, übelriechenden kleinen Hotel im Geschäftszentrum Manhattans, irgendwo in der 18. Straße an der West Side, an einem Sonntag im Hochsommer. Im zweiten Sommer der New Yorker Weltausstellung waren wir außerstande gewesen, in einem guten Hotel ein Zimmer für ›Mr. und Mrs. Hansen‹ zu bekommen.

»Mein erster, einziger und letzter Geliebter.«

»Wie kannst du das heute wissen?«

»Ich weiß nicht, ob es die andern Frauen beim ersten Mal wissen. Doch ich bin eine Einmannhündin. Ich bin jetzt fünfundzwanzig und du bist der erste und einzige Mann meines Lebens. Ich werde dreißig, vierzig und fünfzig Jahre alt werden, und du wirst der einzige Mann meines Lebens geblieben sein.«

»Bist du eine Prophetin?«

»Ich kenne meine Drüsen. Und ich liebe dich. Ich habe schreckliche Angst, aber ich liebe dich!«

»Fürchte dich nicht. Wir bleiben ein Leben lang zusammen. Ich liebe dich doch auch. Küß mich und hör niemals auf, mich zu küssen!«

Das erste Mal. Ich weiß nicht, ob es das schönste Mal war. Eine Steigerung folgte der andern in diesen ersten fünf Jahren unserer Liebe, als mein Geliebter noch mit dem Geier verheiratet war.

Er hätte sich niemals von ihr trennen dürfen.

Doch er hat sich ja nicht freiwillig von ihr getrennt, denn sie hätte sich niemals scheiden lassen.

Vielleicht wären wir auch dann nicht bis ans Lebensende glücklich miteinander geblieben. Adam Per Hansen kann mit keiner Frau bis ans Lebensende so glücklich sein, daß nicht auch etliche Mitspielerinnen Platz hätten. Wäre der Geier Christine am Leben geblieben, so hätte die Sättigung – falls ich bereits von einer Sättigung sprechen muß, vielleicht andere Schattierungen angenommen. Er hat mich ja noch nicht so über, wie ein Mann seine Frau satt bekommen hat, mit der er nicht mehr schläft. Seine Aufnahmebereitschaft für Fremde ist nur anders geworden.

Schuld daran ist vor allem meine gottverfluchte Eifersucht.

Die gierigste Nacht unseres Lebens. Ich glaube doch, daß die

Nacht im Auberge Versailles, das seinen Namen zu Spott und Schande trug, unsere heißeste und unvergeßlichste war. Vor kurzem fragte ich Adam einmal: »Erinnerst du dich an den zerrissenen Teppich im dritten Stock? Und an den Fahrstuhl, in dem es nach Knoblauch roch, und an die schrecklich lauten portorikanischen Kinder, die mit ihren Eltern im Nebenzimmer wohnten und sich bis Mitternacht prügelten?«
»Wo war das Auberge Versailles?«
»Du kannst es nicht vergessen haben. In der 18. Straße von Manhattan . . .«
Er weiß sofort Bescheid.
»Ich erinnere mich schon. Dieser heiße, zweite Sommer der Weltausstellung. Was für ein gräßliches Hotel!«
»Das schönste Hotel der Welt.«
Er dachte nach und hörte offenbar nur mit halbem Ohr zu.
»Was wir in den Jahren, seitdem wir uns kennen, schon alles angestellt haben!«
Er sagt nicht: ›In den Jahren, seit wir uns lieben . . .‹ ich habe ein schmerzhaft empfindliches Ohr.
Der zweite Weltausstellungs-Sommer, und in New York gibt es weder für Geld noch für gute Worte ein Hotelzimmer. Wir hätten natürlich schon vom Bahnhof aus telefonieren müssen, aber das wäre viel zu gefährlich gewesen. Christine paßte überall auf. Die Lebensretterin meines Geliebten bemühte sich mit Händen und Füßen, ihre jüngere Rivalin bei Lüge, Intrige und Ehebruch zu ertappen, um sie dann hinauszuwerfen.
Für eine Endvierzigerin war sie noch gut erhalten. Wenn sie das porzellanschöne Gesicht nur nicht so weiß gepudert hätte! Mir sollte es recht sein, daß der Altersunterschied zwischen Christine und ihrem Mann, zehn Jahre, viel größer schien. Sie verstand es gut, die Arbeitsunfähigkeit ihres halbgelähmten, rechten Armes zu verschleiern. Mit dem linken Arm war sie um so geschickter.
Wir führen die Lebensretterin hinters Licht. Es gibt keine noch so raffinierte Ehefrau, die nicht von einer schlauen Geliebten und einem Ehemann übers Ohr gehauen werden könnte. Heute glaube ich, daß Christine schon damals alles wußte. Ich weiß ja heute auch alles. Ich brauchte keine Türen mehr zu öffnen, denn ich sehe durch alle Pforten hindurch und übers Meer hinweg.

Wir laden die Lästige sehr herzlich ein, uns nach New York zu begleiten. So drängend, daß es ihr eigentlich auffallen müßte.

»Komm doch mit uns, Christine«, bittet Adam seine Frau. »Die Weltausstellung muß man sehen! Wir haben schon den vorigen Sommer versäumt! Heute bleiben wir nicht sehr lange – wir wollen nur einen allgemeinen Überblick gewinnen.«

»Solche proletarischen Vergnügungen interessieren mich nicht! Ich verabscheue die heiße Sonne, das Geschrei und die leeren Cola-Flaschen. Das ganze typisch amerikanisch-ordinäre Treiben.«

Ich hätte ihr am liebsten eine runtergehauen. Adam schien denselben Wunsch zu spüren. Gleichzeitig stieß ich ihn aber in die Seite. Er sollte sich vor einem Streit hüten. Das mit dem ›typisch amerikanisch-ordinären Treiben‹ mußte er sich gefallen lassen, seit er Christine, seine Lebensretterin, geheiratet hatte. Immerzu ritt sie auf ihrer ›vornehmen‹ französischen Herkunft herum. Jeder kannte ihren Stammbaum bis zum Überdruß. Es war kleinster französischer Landadel, der Christine de Chanvart und ihrer versnobten Verlegerverwandtschaft ein Familienwappen verschaffte.

»Kein vernünftiger amerikanischer Dachdecker würde in einem so unpraktischen Haus mit einer Riesenküche im Souterrain und nassen Mauern wohnen, wie die Chanvarts in ihrer Villa bei Trouville. Mir ist ein Fachwerkhaus lieber«, sagte Adam, wenn er das Haus schilderte, wo er und Christine drei Jahre nach Kriegsende Wiedersehen gefeiert hatten.

Kein Streit, nicht heute! Wir wollen zusammen mit dem Zug nach New York und dann nach Flushing Meadows zur Weltausstellung fahren. Unser Plan gelingt. Daß wir abends nicht heimkehren werden, verschweigen wir.

Grand Central, hinein in die erste Telefonzelle.

»Ins Waldorf oder Plaza können wir nicht. Dort kennt man dich. Es sei denn, du meldest dich unter falschem Namen an. Außerdem gibt es dort todsicher kein freies Zimmer!« sage ich. »Versuch doch lieber irgendein Hotel, wo man dich bestimmt nicht kennt.«

Das Gepäck! Wir haben vergessen, daß wir ohne Gepäck in keinem halbwegs guten Hotel absteigen können. Doch wir durften Christines Haus nicht mit je einem Koffer verlassen. Christine hätte bestimmt einen Tobsuchtsanfall erlitten. Unser Plan, den ganzen Sonntag und die Nacht zum Montag in New York zu verbringen, stand fest.

»Sie glaubt uns ohnehin nicht. Mir ist schon alles egal. Will sie sich scheiden lassen, so soll sie's tun, je eher, um so besser. Ich kann nicht länger ohne dich leben. Ich möchte dich ganz, ich will dich jede Stunde küssen und liebhaben!« sagt Adam, als er mich in seinem Arbeitszimmer küßt.

Alles ist gefährlich geworden. Christine hält ein Stockwerk tiefer ihren Mittagsschlaf. Ich ziehe Adam in mein Zimmer. Das betritt Christine bestimmt nicht, ohne anzuklopfen.

Wir küssen uns, Adam will mehr.

»Bist du wahnsinnig? Willst du dich hinter den Vorhängen oder unter meinem Bett verstecken wie in einem französischen Lustspiel, wenn Christine plötzlich kommt?« frage ich, als Adam beginnt, mich zu entkleiden.

»Ich muß dich nackt küssen! Glaubst du, wenn man frische Luft oder Küsse braucht, so könnte man warten? Laß sie doch kommen, die Hexe! Ich weiß, daß ich ihr dankbar sein muß. Ich höre es täglich und stündlich. Seit fast zwanzig Jahren dröhnt es mir immerzu in den Ohren.«

Der Fallschirmjäger Adam Per Hansen hat bei Trouville den Krieg verloren. Während seine Landsleute ihn gewannen.

»Du wärst nicht mehr am Leben, wenn Christine nicht . . .«

»Schweig! Um Himmels willen, ich kann's nicht mehr hören, ich habe jeden Cent zurückgezahlt und mein Leben mit Christine und dem widerwärtigen Bastard ruiniert . . .«

»Claude ist dein Sohn, daran kannst du nicht rütteln.«

»Ich kenne keinen fremderen Menschen!«

Damals sind wir nicht übel davongekommen. Ohne Gepäck verlassen wir das Haus, ein perfektes Komödiantenpaar, der Romanschriftsteller Adam Per Hansen, dessen Ruf sich langsam zu festigen beginnt wie die Äste eines stetig wachsenden Baumes, und seine Sekretärin. Ohne verräterisches Gepäck gehen wir aus dem Haus. Der Einfachheit halber lassen wir uns von einem Taxi zur Bahn bringen. Christine steht oben im zweiten Stock am Fenster. Sie schaut zwischen den Gardinen hervor und zuckt zurück, als wir hinaufschauen. Dann nimmt sie sich offenbar zusammen und hebt grüßend, wie es ihre Gewohnheit ist, die linke Hand.

»Wie lange soll das so weitergehen?« frage ich in der Eisenbahn. Ich habe ihn dreimal, viermal in den Armen gehalten. Immer heimlich. Immer in Christines Haus. Sie bewacht ihn so streng, daß er es nicht gleich wagt, sich offen aufzulehnen. Und ich bin doch nicht seine erste Geliebte. »Zufallsfreundinnen«, sagt er, wenn ich ihn an die Frauen erinnere, mit denen er sich die Zeit als Christines Gefangener vertrieb.

»Keine große Liebe? Schwörst du es mir?«
»Keine große Liebe. Ich schöwre es dir.«

Dann, im Eisenbahnzug, auf der Fahrt nach New York, frage ich: »Wie soll das weitergehen?«

Wir brennen zum ersten Mal ganz mutig und entschlossen durch. Einmal haben wir uns in Christines Cadillac geliebt. In meinem Kleinwagen ging es nicht. Wir haben es probiert. Meine Wirtin, bei der mich Adam zweimal besuchte, ist das größte Klatschweib in Clearwater. Und wahrscheinlich von Christine bestochen, um zu spionieren. Bei mir ging es also auch nicht. Ein Hotelbett, irgendwo, für Christine unerreichbar. Es wird das herrlichste Paradies für uns sein!

»Wenn die Leute wüßten, welche Schwierigkeiten ein Schriftsteller hat, wenn er seine Frau betrügen will!« sage ich zu Adam. Meine Frage, wie es weitergehen soll, hat er nicht beantwortet.

Die kleine Tischuhr mit dem Leuchtzifferblatt, drüben in unserm Wohnzimmer, war mein erstes Geschenk für Adam. Ich kaufte sie in Paris, in der Rue Rivoli. Sie fiel Christine nach unserer Heimkehr natürlich auf. Für jedes neue Taschentuch und jede neue Krawatte, die Adam von seinen Reisen mit heimbrachte, forderte sie eine Erklärung.

»Wäre ich deine Frau – ich würde niemals Fragen stellen, nie Rechenschaft fordern, dir nie nachschnüffeln! Briefe öffnen? Um Himmels willen. In den Taschen eines Mannes wühlen? Dann schon lieber gleich davonlaufen und ihn nicht heiraten. Wenn man Veranlassung hat, einen Mann zu verdächtigen, so gibt es nur zwei Möglichkeiten: reinen Tisch machen und sich scheiden lassen, falls der Verdacht begründet ist, und falls du wirklich davon überzeugt bist, daß er dich nicht mehr liebt. Die zweite Möglichkeit heißt – unter denselben Voraussetzungen – das Maul halten und schlucken. Aber Argwohn, Eifersüchteleien, Szenen, die die Luft im Hause vergiften und die Gesundheit untergraben – niemals. Das ist eine Sache der Intelligenz.«

So sprach ich, Milena, damals noch Sekretärin des Schriftstellers Adam Per Hansen, vor beinahe zehn Jahren.

Wir küßten uns zuerst in dem kleinen, mit altmodischen Lederfauteuils ausgestatteten Arbeitszimmer, das Christine ihrem Mann eingerichtet hatte. Die Möbel stammten aus dem Hause ihrer Eltern in Frankreich. Dort oben unter dem Dach diktierte mir Adam. Ich überblickte die Situation sehr bald, und was ich nicht verstand, das erklärte mir der Mann, der mein Geliebter wurde. Warum springen Frauen, wenn sie so rapid altern und nicht mehr geliebt werden, nicht aus dem Fenster?

Heute bin ich fünfunddreißig Jahre alt. In fünf Jahren vierzig. In fünfzehn Jahren fünfzig. Dann werden mich die heute Zwanzig- und Fünfunddreißigjährigen als Frau betrachten, die nichts mehr vom Leben zu erwarten hat, und sich fragen: »Wie kann sie es wagen, zu glauben, daß Adam Hansen sie nicht betrügt? Warum nimmt sie uns den Geliebten weg?«

Doch damals hatte ich nicht das geringste Mitleid mit der Frau, die Adam bei Trouville das Leben gerettet hatte und ihn damit sehr geschickt in ihr Bett lotste.

Er soll aufwachen. Lieber Gott, laß ihn aufwachen, bald ist es zwei Uhr, und dann haben wir nur noch fünf Stunden. Durch meine Liebe bin ich von dem Mann getrennt, der neben mir liegt. Wer so stark und unaufhörlich begehrt wie ich, der ist durch diese Liebe von seinem Mann getrennt. Denn er kann sie nicht verstehen. Es soll andere Arten der Liebe geben. Kameradin, Ehefrau, Mutter eines Schocks gesunder Kinder. Man sitzt still nebeneinander auf der Veranda und schaut zufrieden aufs glatte Meer hinaus.

Freilich gibt es – vielleicht sogar im Nachbarhaus – solche Ehefrauen. Doch die leben auf einem andern Gestirn. Mein Glück ist der Phallus meines Geliebten. Wenn er mich nach der ersten Verschmelzung bittet, das Glied in die Hand zu nehmen.

»Umspann mich fest!«

»Ist es jetzt gut?«

»Noch fester.«

»Ich will dir nicht wehtun.«

»Du kannst mir nie wehtun. Schieb die Vorhaut auf und ab, erst langsam, dann immer schneller.«

»Ist das gut?«

»Wunderbar.«

Gleichzeitig aber muß man ihn küssen, den Mund des Mannes und das Glied des Mannes. Man darf niemals vergessen, zu küssen. Wie ein Habicht stürze ich mich auf seinen vergötterten Mund und schiebe gleichzeitig mit der rechten Hand die Vorhaut am fleischigen Turm, diesem roten Lebensbaum, auf und ab, auf und ab. Ich weiß, daß er mich um keinen Erguß bringt. Ich brauche nichts zu befürchten. Er hält den Orgasmus zurück. Er kann ihn, wenn er will, stundenlang oder eine ganze Nacht lang zurückhalten, das ist seine Kunst, die nur er beherrscht. Darum ist er Mann und Gott in einer Haut. Darum sind alle anderen nur Männchen, doch niemals Männer und bestimmt keine Götter!

Mein Mann, Adam Per Hansen, ist der einzige Zentaur, Minotaurus und Gottmensch, darum knien die läufigen Weiber unter ihm wie Romulus und Remus unter der Wölfin. Sie saugen an seinem Glied. Sie saugen das Magma aus dieser Körpererde, den flüssigen Kern der Welt.

Er würde es sich verbitten, wenn er wüßte, daß ich ihn nachts, ganz still, nur für mich, oft die ›Wölfin‹ nenne. Mein Geliebter erscheint mir darum zuweilen als weibliches Tier, weil er die Weiber säugt.

Adam ist nicht besonders gebildet. Darin hat Christine recht, die Porzellanschönheit mit ihren feinen Runen um die Augen und dem zu mageren Hühnerhals. Wie oft verspottet sie ihn, weil er seine Bücher mit dem Phallusgriffel und nicht mit dem Intellekt schreibt! Zum Henker mit dem Intellekt. Laßt ihn doch mit dem Phallus schreiben! Dieser göttliche Griffel richtet sich steil auf, wenn er eine hübsche Frau sieht. Das kann er vor mir nicht verbergen. Nun, dergleichen passiert vielen Männern. Ich habe mehrere Männer gekannt, die sofort mit jeder attraktiven Frau ins Bett gehen wollen.

Bei Adam ist das anders. »Du leidest an Priapismus«, sagt Hillary einmal zu Adam. Er sagt es natürlich voller Neid. »Dein Ding steht immer!«

»Das wäre eine Tragödie für meinen Schneider«, antwortet mein Geliebter. »Für solche Ungeheuer gibt es keine gutsitzenden Hosen.«

Zu mir sagt er: »Außerdem käme ich dann um mein liebstes Vergnügen: die berückenden Ouvertüren. Die Zeitspanne zwischen Stehen und Erfüllung. Das Wiedererstarken nach dem Erschlaffen. Wenn es schlaff geworden ist und du es in den Mund nimmst. Nimm mich in den Mund. Saug mich ganz ein.«

Mein priapischer Geliebter, von dessen zukünftiger Treue ich überzeugt bin, ist endlich mit mir nach New York gefahren, Auberge Versailles. In einem so schäbigen Kasten werden die Weltausstellungs-Besucher, kleine Leute aus der Provinz, nicht so lange schlafen. Adam und ich sind keine Snobs wie Christine. Die Ausstellung hat uns begeistert. Wir machten einen viel zu flüchtigen Abstecher in den spanischen Pavillon mit seiner Maja Desnuda, den Gemälden von Picasso und Velazques, den goldenen Meßgeräten und modernen Mosaikfenstern, wir fahren mit klopfendem Herzen und leicht angewidert auf dem Fließband an der Pièta vorbei. Sie ist entsetzlich theatralisch angestrahlt.

Draußen an der Hotelzimmertür hängt die Tafel ›nicht stören‹. Wir werden sie vierundzwanzig Stunden lang nicht entfernen, vorausgesetzt, daß die Stubenmädchen in einem solchen viertrangigen Hotel nicht dagegen protestieren. Ein dunkelhäutiges Mädchen mit fettigem Haarknoten, das nur Spanisch spricht, brachte uns zwei saubere Handtücher. Es hat einen feisten Steiß. Adam liebt das und schaut sehr genau hin. Immerzu schwärmt er von fremden Ärschen, in denen sein Phallus bis ans Heft versinkt. Nur um mich zu ärgern!

Das erste Liebesspiel auf eine Art, wie ich sie noch nicht kannte. Adam hatte es nicht schwer. Ich kannte nichts, was der Erinnerung wert gewesen wäre, war ein weißes, unbeschriebenes Blatt, nur ein bißchen besudelt. So wie saubere, grüne Blätter von Schmarotzern besudelt werden. Die Blätter erholen sich. Sie erinnern sich nicht mehr an die Schmarotzer.

Der Riese nimmt seinen Pfahl und rammt ihn der Geliebten in den Leib. Ich liege auf dem Rücken, und dann liege ich auf dem Bauch. Der glücklichste Tag meines Lebens und die glücklichste Nacht. Sommer der Weltausstellung. Irgendwann im Juli. Wir haben, als wir ein Zimmer in dem schauderhaften Hotel bekamen, eine Reisetasche für uns beide gekauft und sie mit Zahnkrem, zwei Zahnbürsten, Hautkrem und Lotion gefüllt. Auch einen Kamm und eine Bürste mußten wir besorgen und eine Thermosflasche, die wir mit heißem, schwarzem Kaffee füllten. Wer weiß, ob es in dem Stall einen Drugstore geben würde? Von einem Restaurant ganz zu schweigen! Wir teilen unsere Leidenschaft für heißen, schwarzen Kaffee. Ganz stark muß er sein. Den trinken wir mit Vorliebe vor dem Einschlafen, auch frühmorgens, schon vor dem Zähneputzen. Ich bringe meinem Geliebten auch heute noch den Kaffee ans Bett. Er blinzelt dann leicht, streckt die Hand aus, legt sich auf die Seite, stützt sich auf den einen Arm, trinkt im Halbschlaf, mit geschlossenen Augen, seinen italienischen Espresso und schläft dann weiter. Aber um sieben Uhr steht er auf. Wir sind beide Morgenmenschen und Morgenarbeiter.

Das Knoblauch-Hotel. So nennen wir das Auberge Versailles in New York bisweilen, wenn wir uns daran erinnern. Wir sind entsetzt, als wir es betreten. Nach reiflicher Überlegung beschließen wir, es darauf ankommen zu lassen und Adams wahren Namen zu nennen. »Mr. und Mrs. Hansen.« Man hatte uns telefonisch das ›beste Doppelzimmer im Hotel‹ versprochen.

Wir haben keine Wahl. Vom Grand Central-Bahnhof telefonierten wir mit fünf, sechs oder sieben Hotels. Alles vollbesetzt. »Die Weltausstellung... wo denken Sie hin!« Im Wartesaal halten wir Kriegsrat. Wir sind angezogen wie Teenager – sehr zur Mißbilligung Christines, die fand, man müsse auch auf die Weltausstellung tadellos gekleidet fahren und nicht, wie Adam, im offenen Sporthemd.

Ich trage keine Strümpfe. Wer so schöne, lange und haarlose Beine hat wie ich, kann sich das erlauben. Meine Beine sind im Sommer immer dunkelbraun gebrannt. Das ist ein drolliger Kontrast zu meinem weißen Gesicht und meiner weißen Körperhaut, die ich so sorgfältig vor jedem Sonnenbrand schütze. Adams Sporthemd ist blau mit ganz kleinen Karos. Er sieht aus wie ein blutjunger Student.

»Du, dieses Hotel ist völlig obskur. Hoffentlich ermorden sie uns hier nicht!« sage ich zu Adam, als wir vor dem Eingang in der 18. Straße West stehen. »Aber eins ist gewiß: Hier wird uns Christine nicht entdecken!«

»Nein. Hier bestimmt nicht. Überdies... ich kann auf ihre Eifersucht keine Rücksicht mehr nehmen. Willst du etwa zu Hause mit mir schlafen? In unserem Haus? Ich werde Christine verlassen, sobald es geht. Aber wo sollen wir uns bis dahin küssen und liebhaben, wenn nicht in einem Hotel?«

»Du mußt sie später anrufen.«

»Noch nicht. Sie erwartet uns bestimmt nicht vor Mitternacht. Das heißt mich. Fürchte dich nicht. Ich werde sie gegen Mitternacht anrufen und ihr sagen, daß du alleine nach Hause gefahren bist, weil ich Walter anrief und er mich bat, ihn aufzusuchen. Walter fliegt nächste Woche nach Europa. Die Ausrede klingt ganz plausibel.«

Walter ist Adams Verleger. Er muß wirklich mit ihm über die Umschlagzeichnung seines neuen Romans sprechen. Adam schwebt eine mythologische Figur vor – ein Kraftmensch, ein Mann, der das Hohelied der physischen Liebe verkörpert. Ein Wesen, halb Mann, halb Tier. Ein Minotaurus oder ein Zentaur. Man wird meinen Geliebten wieder kritisieren, weil er so positiv zum Leben eingestellt ist. Christine ist immer geneigt, den Kritikern zu glauben. Sie hat noch nie etwas Gutes über die Bücher ihres Mannes gesagt.

Ein richtiger, maskuliner Mann! Wie altmodisch – geifern die Hippies und Beatniks. Doch immer mehr Menschen lassen sich von Adam führen: hinaus aus den rauchigen Lokalen mit ihren falschen und gefährlichen LSD-Träumen. Weg von den Pep-Pillen. Sie stumpfen die Sinne für die echten Genüsse des Lebens ab, statt sie zu schärfen. Weg von den Lügen in tausendfacher Verkleidung und zurück zum kompliziertesten und einfachsten Spiel, dem schönsten Spiel und großartigsten Ernst aller menschlichen Betätigungen – zur normalen Liebe zwischen Mann und Frau.

Einem Mann und einer Frau. Daß mein Geliebter Narrenfreiheit hat oder sie sich zubilligt – daß die These ›ein Mann und eine Frau‹ für ihn bedeutet: ein Mann, Adam Per Hansen, und so viele Frauen, wie sie in seinem Bett Platz haben –, gehört auf ein anderes Blatt.

Auberge Versailles. Glutheißer Julitag, mitten in Manhattan. Auch abends läßt die Hitze nicht nach.

»Du, hoffentlich gibt es in diesem Hotel kein Ungeziefer«, sagt mein geliebter, roter Rübezahl. Oben im Zimmer fragt er dann: »Wozu haben wir eigentlich zwei Zahnbürsten gekauft? Ekelst du dich am Ende vor meiner Zahnbürste?«

Ich möchte ihm einen Klaps versetzen für diese Frage und Zumutung. Wirklich: wozu zwei Zahnbürsten? Wir lieben uns so rückhaltlos, daß wir einander die Speisen aus dem Mund pikken würden, wie es die Krokodilsvögel mit den Resten aus den

Mäulern der faulen Reptilien tun. Wenn mich Adam küßt, so sauge ich immer etwas Speichel aus seinem Mund. Ich setze mich ungeniert in sein Badewasser. Adam ist der erste und letzte Mann, mit dem ich zusammen gebadet habe. Das war nicht im Auberge Versailles, sondern später in Paris.

In Paris lockte damals eine große Picasso-Ausstellung die ganze Welt ins Trocadéro. Bilder bedeuteten uns beiden noch mehr als Musik. Was fanden wir schöner? Paris oder das schmutzigste Hotel Manhattans an einem heißen Julitag? Ich weiß es nicht. Beides war überirdisch!

Dieselbe Zahnbürste wie mein Geliebter. Ich trinke und esse aus seinem Mund. Ich lecke das rote Dreieck zwischen den Schenkelbäumen im Urwald ab. Dort, wo das Leben der Menschheit entspringt. Ich wurde in diesem Schattenurwald geboren, unter rotem Gestrüpp, im Moos. Bevor ich ihn kennenlernte, lag ich im Kinderteich oder im Meer der Ungeborenen, die noch nicht leben, weil sie noch nicht lieben.

Immer, wenn ich vor Eifersucht nicht schlafen kann, flüchte ich ins Auberge Versailles oder nach Paris. Er liebt mich, allen Seitensprüngen zum Trotz; und diese Seitensprünge existieren vielleicht nur in meiner Fantasie. Warum sollte es undenkbar sein, daß ich die letzte große und wahre Liebe im Leben Adam Hansens bin, so wie er der erste, einzige und letzte Mann für mich ist? Der erste Mann, der mir sein Riesenglied in den gierigen Mund stößt? Der mir zeigt, wie man auf einem Mann reitet, wenn er im Fauteuil sitzt – über den Bildschirm des Fernsehapparats läuft unterdessen ein Western. Ich mache mir gar nichts daraus, Adam schwärmt für Western.

Die meisten sehr robusten und maskulinen Männer haben solche Schwächen. Ich sitze auf seinen nackten Schenkeln, kehre ihm den Rücken zu und reite auf ihm, und er schaut über meine Schulter hinweg auf den Bildschirm. Wir amüsieren uns auch beide über Jackie Gleason, wenn er zum tausendsten Mal sagt: »How sweet it is . . .«

Nackt sitzen wir vor dem Bildschirm. Nicht im Auberge Versailles, sondern hier in Cape Rock. Es gibt keine Vergangenheit und keine Gegenwart, ich weiß wirklich nicht, ob ich heute nacht mit meinem Mann im Auberge Versailles mit den Knoblauchdüften liege, damals, vor fünf oder sechs Jahren in New York, vielleicht ist es auch schon sieben Jahre her, oder ob ich in

Paris mit ihm bade, Paris und Picasso. Wir lernen und lieben uns, schauen und lieben uns.

»*Heureusement elle ne ressemble pas à ma femme* . . .«, sagt ein Kleinbürger, gelbe Schuhe zu schwarzen Socken, unmoderner, breitrandiger Hut. Er steht vor der ›Liegenden‹. Femme Nue Renversée. Huile sur Toile. Boisgeloup, 1932. Wir stehen vor dem Bild, halten uns bei den Händen und küssen uns auf den Mund. In Paris darf man das noch. Adam, der die Stadt viel besser kennt als ich, findet, daß die Huren auf den Champs-Elysées heute eine zu nüchterne, geschäftsmäßige Miene zur Schau tragen. Ehepaar de Gaulle hat den Pariser Prostituierten und den Stundenhotels ihren Charme genommen. Wir hätten nicht übel Lust, aus purer Opposition vor den Bildern Picassos alles zu tun, was diese liegenden Frauen auf seinen Bildern noch vor sich haben.

»Gut, daß sie meiner Frau nicht ähnelt!«

Wenn wir es in der Picasso-Ausstellung auch als äußerst störend betrachten, daß sich Adam nicht ausziehen darf, um sich auf mich zu legen, denn wir haben einander seit drei Stunden nicht mehr geliebt, ist der Gang durch die Ausstellung doch auch ein Höhepunkt! Einer der vielen Gipfel aus der Zeit, in der es nur Höhepunkte gab. Der erste Gipfel war ganz bestimmt das kleine, schmierige Hotel, wo es nach Knoblauch roch.

Ich werde mich immer wieder nackt auf Adams Schoß setzen, wenn er nach einer guten Tagesarbeit seinen Western genießen will. Manchmal hat er überhaupt keine Hose an, wenn er vor dem Bildschirm sitzt und seine Pfeife raucht oder hin und wieder eine Zigarre. Er ist kein starker Raucher, und Zigaretten kann er nicht ausstehen.

Wie zweckmäßig wäre es, wenn man den Schädel des Geliebten, der tief neben einem schläft, aufspalten und nachsehen könnte, woran er denkt! Mit einer Grubenlampe hineinleuchten, einer ganz starken Lampe. Aus den Gehirnwindungen den Namen der Geliebten ablesen, der in seinem Kopf verankert ist. Den Namen der Königin des Harems, den Adam Per Hansen immerzu besitzen wird. Ich müßte immer verreisen, wenn Adam wegfährt. Er hätte nichts dagegen! Ich müßte meine Freunde in New York, Chicago oder Los Angeles besuchen. Das würde mir aber wenig nützen. Denn ich täte es nicht, ohne Adam sofort meinen Aufenthaltsort zu verraten. Man kann in

New York, Chicago oder Los Angeles genauso schlaflos liegen und auf einen Telefonanruf warten wie in Cape Rock.

»Eifersucht ist eine Leidenschaft, die mit Eifer sucht, was Leiden schafft.« So alt, so klug, so ewig wahr. Kinder deklamieren das Verschen, ohne seinen Sinn zu ahnen. »Ist eine Leidenschaft, die mit Eifer sucht, was Leiden schafft.« Mein Mann kennt diese Leidenschaft nicht. Ich konnte mich vor genau einem Jahr davon überzeugen. Damals hätten mir die Augen endgültig aufgehen müssen. Nicht zu Ende denken, das Bild verscheuchen!

Jetzt hält mich sein linker Arm umfangen. Er schnarcht ungeniert neben mir. Ich atme seinen Geruch ein, mit hundert Männern in einen stockdunklen Raum gesperrt, würde ich meinen Mann an seinem Duft erkennen. Wie ein vorzüglicher Wach- und Polizeihund würde ich meinen Mann in einem dunklen, riesigen Saal, über viele tausend Männerkörper steigend, finden. Kein Mensch duftet so wie mein roter Riese Rübezahl. Ein bißchen nach Schweiß, nach guter Seife, nach Kölnischwasser. Er bürstet sein starkes, leuchtend rotes Haar erst neuerdings mit Brillantine, um es zu bändigen. All das verschmilzt zu seinem Adamsgeruch. Ich werde allen anderen Frauen die Nasenschleimhäute ausbrennen, damit sie den Duft meines roten Riesen nicht riechen. Nur ich darf ihn spüren. Am besten duftet er zwischen den Schenkeln, beim Lebensbaum, der dort wächst. Brillantine über sein Haar gebürstet – das mag ich gar nicht gern. Es gefällt mir viel besser, wenn seine roten Haare den Gehorsam verweigern und seinen Kopf wirr umstehen. Draußen auf der Terrasse zum Beispiel, wenn der Wind weht. Dort diktiert er, und dann schreibe ich seine Bücher vom Tonband ab.

Das einzige, was mir Adam ließ: Ich darf noch immer die beste, verläßlichste Mitarbeiterin meines Mannes sein. Ich darf auch noch neben ihm liegen, bei ihm liegen, langsame oder schnelle Stöße empfangen, das Stoß-Crescendo oder Stoß-Andante. Wenn ich bloß imstande wäre, mich zu betrinken oder Beruhigungspillen zu nehmen, falls er mir meine Mahlzeit nicht pünktlich reicht! Meine Mahlzeit ist der Griffel, den ich in beide Hände nehme, um mir die Klitoris damit zu reiben. Er verteilt, wenn er mir gnädig ist, unsere Liebe in vielen Phasen über die Nacht. Wenn wir frühzeitig zu Bett gehen, vielleicht schon um zwölf. Wir sind oft rechtschaffen müde – wirklich auch von der Arbeit –, wenngleich ich keine Müdigkeit mehr kenne, sowie ich neben Adam im Bett liege. In Cape Rock wird systematisch gearbeitet.

In einiger Entfernung von uns, im dritten Haus links, einem schneeweißen Sommerhaus im spanischen Stil mit einem ganz exotisch anmutenden Garten, den bizarrsten Kakteen am ganzen Strandweg, wohnt eine junge Frau mit ihrem noch jungen, invaliden Mann. Ich weiß nicht genau, was ihm fehlt, nur, daß sein Leiden chronisch ist, etwas mit dem Rückenmark. Er tut Adam sehr leid, und wir bemühen uns beide, wenn wir mit unsern Gummiflossen ins Wasser springen, nicht in sein Blickfeld einzudringen. Adam kennt viele meiner Gedanken, doch nicht alle. Er weiß nicht, wie oft ich die junge, hübsche Frau des Mannes mit dem Rückenleiden beneidet habe. Ich wollte, Adam wäre so krank. Dann wäre er ganz von mir abhängig. Viel, viel mehr als heute. Im Rollstuhl, doch mit einem riesigen, intakten, rotbehaarten Phallus.

Nein, ich nehme diesen Wunsch sofort zurück. Ich habe ihn nur geträumt. Undenkbar, daß ich einer solchen Schlechtigkeit fähig wäre. Dann aber sehe ich Adam wieder auf dem Krankenbett, einen mit Leiden Geschlagenen, der nicht mehr Sieger und Frauenverführer ist. Er könnte mir ja auch vom Krankenlager diktieren. Sein Mund wäre intakt und auch sein Unterleib. Halbtote Puppe. Und ich bin die einzige Frau, die sich zu ihm hinunterbeugen darf. Die seinen Mund küßt, so oft es ihr beliebt. Die ihn füttert, durch die Straßen schiebt und zu sich ins Bett zieht.

»Die arme junge Frau . . . mit diesem lebenden Leichnam!« würden die Menschen sagen.

Ein Traum. Ein verabscheuungswürdiger, herrlicher Traum.

Die Frauen kriechen ohne böse Absicht mit Adam ins Bett und werden dort zu Geiern. Das kann nicht nur Schuld der Frauen sein. Die aus seinem Bett aufstehen, sind Gezeichnete. Das Urteil über sie ist gesprochen. Sie haben sich verwandelt. Sie sind jetzt böse, weil sie habgierig geworden sind.

In den Everglades sitzen weiße Geier auf den Ästen. Kalter Christinenblick aus wimperlosen, scharfen Augen. Die Frauen werden alt vor Sorge, wenn sie Adam lieben.

»Keine Frau sieht so jung aus wie du!« beruhigt mich mein Mann immer, wenn ich darüber klage, daß wir nicht schon als Achtzehnjährige miteinander verheiratet waren. Ich wollte, wir wären gleichaltrig und hätten als Kinder geheiratet. In Indien, auf den Dörfern, ist das noch immer Sitte. Doch gleichzeitig liebe ich auch die zehn Jahre Altersunterschied zwischen uns.

Wenn ich in der Wölbung seines Bauches und Schoßes liege, ihm den Rücken zugewandt, so faßt seine breite, rechte Tatze an meine Brust. Seine rechte Hand drückt meine rechte Brustkuppe zusammen, und er läßt Küsse auf meinen Rücken regnen. Niemals genug.

Meine Brust paßt genau in Adams Hand. »Für meine Hand geschaffen!« sagt er. Vor vielen Lichtjahren begeisterte er sich für jedes Fleckchen meines Körpers. Immer wieder. Am schönsten war es doch im Auberge Versailles, wo es nach Knoblauch und doch viel stärker nach Liebe roch. Der erste Mann meines Lebens stieß seinen Turm zwischen meine Lippen dort unten, und als ich ihn am Morgen küßte, war ich eine Gezeichnete, wie die anderen, die vor mir kamen und nach mir kommen werden. Zum Tode verurteilt, weil ich ihn so liebe. Um keine Gezeichnete zu sein, müßte ich aus meiner Liebe schlüpfen können wie die Schlange aus ihrer Haut.

Bisweilen bin ich noch immer wunschlos glücklich. Auch in Cape Rock. Dann gelang es mir, alle Weiber zu verscheuchen, die ungebetenen Gäste und Freundinnen, die systematischen Sammler von Berühmtheiten, die meinen Mann auf ihren Cocktailparties herumreichen wollten. Die verflucht jungen, unverschämt hübschen Mädchen mit ihren makellosen, festen Schenkeln, in ganz kurzen Shorts oder im Bikini. Warum leiden sie nicht allesamt unter Krampfadern? Ich habe keine. Kein einziges bläuliches Äderchen. Diesen Streich spiele ich den Jüngeren noch mit fünfunddreißig, wenngleich so jung aussehend wie fünfundzwanzig. Und noch kein einziges bläuliches Äderchen. Seht ihr, ihr Teufelinnen? Mit euch nehme ich es tausendmal auf.

Ich würde zehn oder zwanzig Jahre meines Lebens dafür hergeben, wenn mein Geliebter irgendeinen Defekt hätte. Und dabei bin ich bestimmt kein größeres Ungeheuer als die anderen Weiber. Die meisten eifersüchtigen Frauen würden selig sein, wenn ihre Männer blind, lahm oder taub, aber dafür treu wären. Die wenigsten eifersüchtigen Frauen gestehen es sich selbst ein.

Ich bin keine Heuchlerin. Und dann falte ich heimlich die Hände und fürchte mich, daß mein unheiliges Gebet bis zu Gott gedrungen sein könnte, vor dem ich genau so viel Respekt habe wie im Religionsunterricht. Nein, nein. Niemand darf Adam dafür bestrafen, daß er zu allmächtig ist. Der Zauberer kann nichts für den Zauber, der von ihm ausgeht. Ich würde es nicht ertragen, meinen Abgott blind oder taub zu sehen. Er muß sich, solange er lebt, am Meer erfreuen dürfen. Tauchen, schwimmen, lieben. Das Mangrovendickicht durchstöbern. Unser Liebesbett sehen, bevor er sich mit mir hineinlegt. Meine blaßrosa Brustwarzen, die wirklich hübsch sind. Kleine, artige Krönchen, die nur einen Meister kennen und nur auf seine Berührung reagieren. Meinen langen, in der Mitte schmal zulaufenden Rücken. Mit weißer Haut überzogen. Er soll diese Haut küssen. Ich stoße alle unheiligen Wünsche zurück. Ich kann nichts für meine boshaften Träume, sie überfallen mich, ich habe sie nicht gerufen.

Splitternackt liegt mein Geliebter vor mir. Scheinbar mir ausgeliefert, und dennoch hält er mich an der Leine. Steifer, steiler, hoch angeschwollener Phallus. Ich kenne keinen trivialen Namen für dieses lebensspendende Geschöpf, in dem ein Quell wohnt, der nie versiegen wird. Ich habe in unseren Liebesnächten, am Liebesmorgen und Liebesmittag und -nachmittag, wann immer wir uns auf das einzig unentbehrliche Möbelstück der Menschen fallen ließen, daheim in Cape Rock oder früher, in einem Hotel oder Motel, noch nie einen ordinären Namen für mein Kleinod gefunden. Eine triviale Bezeichnung wäre die Beleidigung der Schöpfung. Das Glied meines Mannes ist heilig. Ein Tabernakel, das die Frauen anbeten, seit es denkende Menschen gibt.

Ich schiebe im Wachen und im Traum das pralle, dicke und lange Glied meines Mannes in mich hinein, vor und zurück. Ich warte auf Adams Befehl oder ergreife selbst die Initiative. Ich schiebe die Haut zur Gliedwurzel und dann wieder vor, so daß die Eichel, die äußerste Spitze des wunderbaren Turmbaus, bald freiliegt, bald von der zarten Haut umhüllt wird. Dieses Vor- und Zurückschieben, das er mich schon in unserer ersten Nacht lehrte, regt ihn so auf, daß er unfähig ist, vernünftige Worte zu bilden. Wenn ich dieses atemberaubende Spiel heute beginne, so kommen mir bitterböse Gedanken. Es wäre schön, wenn man seinen Mann kastrieren könnte als Strafe für Adam, der hauptberuflich Hurenbock ist. Immer ein Geber. Gleichzeitig weiß ich, daß ich wahnsinnig wäre, wenn ich meinen Mann, der noch fast jede Nacht seinen Phallus in mich jagt, kastrieren wollte. Die Strafe wäre für mich selbst zu hart.

Gut, daß ich in meinem Wünschen und Wollen nie die schmale Grenze übertreten werde, die den Sinn vom Wahnsinn trennt. Ich spiele mit niederträchtigen Gedanken. Das tut jede Frau, denn spielen darf man! Und dann seufzt man, steht auf, kocht den Kaffee oder bringt die Kinder zur Schule, wenn man welche hat. Böse, unwirkliche Süchte, banale Wirklichkeit!

Laß ihn doch alles genießen, was am Weg liegt. Die Götter steigen bisweilen vom Himmel herab und verlieben sich in sterbliche Frauen. Sie erscheinen uns als Bacchus und Zeus, als rotbehaarter Romanschriftsteller, als breitschultriger Ehebrecher, mit Augen, die jedes Weib verschlingen. Bacchus will vielleicht nicht schlecht sein. Zu der Frau, die gerade auf ihn wartet, ist er gut, weil er sie vergewaltigt. Seine Umarmung ist immer Vergewaltigung. Bacchus ist auch immer Minotaurus und Zentaur, der das Weib entführt.

Lahm, und endlich aufs Bett geschoben oder gestoßen. Mein Traummann. Ich sitze im Wachtraum mit meinem ohne mich lebensunfähigen Geliebten und Ehemann im Schattenzimmer, das ist ein Julizimmer in Süd-Florida. Dort, wo wir fast jahraus, jahrein wohnen. Hochsommer in Florida. Staubige, zerfetzte Palmen. Immer die Hurrikangefahr am Horizont. Wetterwolken, grau bis schwarz. Dann blitzt es.

In unserem Schlafzimmer blitzt es immer. Die Schenkel meines Mannes sind Gewitterbäume im Regenwald. Das rote Moos zwischen den Bäumen ist leicht vom Schweiß betaut, es ist bereits feucht, wenn ich mich auf den hohen Baum stürze, um daran zu saugen und die Vorhaut an der Spitze herunterzuziehen. Nein, mein Mann ist kein Krüppel, er liegt nicht hilflos im Schattenzimmer.

Er greift nach mir, er liegt neben mir, nicht hilflos, sondern allmächtig, fünf Jahre nach dem Tod seiner ersten Frau. Natürlich greift er nach mir. Er greift nach jeder Frau, die nachts neben ihm liegt. Und das bin leider nicht immer ich. Darum, damit er ausschließlich nach mir greifen könnte, wollte ich ja, mein riesenhaft starker Teufel, mein Lustobjekt, wäre hilflos, invalide, mir ausgeliefert wie ein Baby. Ich würde mein stattliches Bankkonto und mein Selenheil dafür verschenken, wenn es eine Methode gäbe, diesen gutmütigen und gleichzeitig instinktiv bösen, seiner puren Verführerexistenz wegen dämonischen Menschen, den Kobold und Waldschrat und Dionysos, den Zentaur, der die Weiber entführt und sich von ihnen vergewaltigen läßt, wie ein hilfloses Tier an mich zu fesseln.

Weiße Geier in den Everglades. Sie stürzen sich auf die Leichen. Davon leben sie. Amtsarzt Hillary Thorpe hat eine Erzählung über die weißen Geier geschrieben, die liest er jedem vor, der sie noch nicht kennt. Er will sie im Selbstverlag herausbringen, denn er sagt, daß er zu stolz sei, sich an Verleger zu wenden. Hillary schreibt jedes Jahr eine Erzählung. Veröffentlicht hat er noch nichts, und es wird langsam höchste Zeit, denn er ist über sechzig. Hillary ist schüchtern. Er ist mit seiner Randexistenz, der kleinen Praxis als Landarzt, zufrieden. In den Everglades gibt es nicht sehr viel zu tun. Hillary hätte eine ganz andere ärztliche Karriere machen können. Mit mehr als sechzig, feist und dick mit weißlichen Hängebacken und sanften, seehundähnlichen, braunen Augen, lebt er beschaulich in den Tag hinein, versorgt seine Praxis und schreibt Erzählungen und Gedichte für die Schublade.

Seit ein paar Jahren: Eva und das Kind. ›Daddy‹ ist nicht allein. Ich finde es höchst abgeschmackt, wenn eine Frau, die nur etwas jünger ist als ihr Mann, ihn ›Daddy‹ nennt; das tun viele Amerikanerinnen. Bei Eva freilich wundert es mich nicht! Die Leute lachen über diese verrückte Ehe. Aber die verkommenen Eltern Evas sind dank Hillarys Einkommen und Familienvermögen jetzt bis an ihr Lebensende versorgt. Und die Zwanzigjährige, die Weißblonde, diese Kreuzung zwischen Skandinavierin und Seminole-Indianerin, ebenfalls. Gar nicht undenkbar, daß Eva bis ans Lebensende bei ihrem Daddy bleiben wird. Treue. Warum nicht? Wenn es im Schoß kitzelt und zuckt, kann man ja verreisen. Nur eben nicht mit dem eigenen Mann.

Nackt im Bett, Adam und ich. Ich will den Schlafenden wieder erregen. Ich brauche mich nie selbst aufzuputschen. Meine Bereitschaft ist immer da. Doch Niedergeschlagenheit und Schmerz, eingebildete und gerechtfertigte Leiden haben sich noch niemals günstig auf Scheide, Schenkel und Klitoris ausgewirkt. Ich bemühe mich jede Nacht, das Beste im Bett zu leisten. Ich muß die Milena von der vorhergehenden Nacht stets überbieten. Der körperliche Genuß, das rede ich mir ein, ist für ihn und für mich noch genauso groß wie in unserer ersten Nacht. Nur dachte ich damals nicht an seine Reisen ohne mich. Es wäre mir unfaßlich erschienen, daß er mich betrügen würde – trotz seines Lebens, das ich kannte.

»Du wirst ihn ändern. Dir zuliebe wird er anders.« Jede Frau, vom Nordpol bis Feuerland, hofft das. Jede Frau, vom Nordpol bis Feuerland, irrt sich, wenn sie das hofft.

Es gibt Gott-Teufel, die können nicht anders.

Jede Frau, die liebt, wird den gigantischen Fehler begehen, die Ehe mit ihrem Geliebten anzustreben. Fünf Jahre lang, als seine Geliebte, fragte ich mich immer wieder: ›Würdest du ihn heiraten, wenn er frei wäre?‹ Ich schüttelte den Kopf, wenn ich meine Frage beantwortete. Es gab ja auch eine kühl überlegende, vernünftige Milena. ›Ich würde ihn nicht heiraten, denn er könnte mir nichts vormachen‹, fahre ich fort, ohne die Lippen zu bewegen.

Immer wieder ging mir diese Frage und meine Antwort wie ein Mühlrad im Kopf herum. Ich beriet die nüchterne, vernünftige Milena in diesem Frage- und Antwortspiel auch sehr richtig.

»Sag nein, wenn er sich scheiden läßt!«

Er ließ sich nicht scheiden. Als die Lösung kam, jubelte ich. Und dann: meine entsetzliche Enttäuschung. Der Tag, als Christine starb. Ich konnte nicht anders. Ich mußte ihn heiraten, um ihn zu behalten.

›Sag nein, wenn er frei ist!‹ rät die andere, gescheite Milena noch. Ich halte mir beide Ohren zu.

Hurrikangeburt. Der Sturm wurde wahrscheinlich längst zum Hurrikan, vielleicht haben wir die Warnung verschlafen. Hoffentlich reißt er uns nicht das Dach vom Haus herunter. Drei Hurrikan-Katastrophen haben wir überstanden.

Wenn ich ihn verlasse, weil ich seine Lügen und mein Mich-Selbst-Belügen nicht mehr ertrage? Von Adam getrennt, würde ich zusammensacken, zur weichen Qualle werden. Was will ich eigentlich? Neun von zehn Frauen würden sich mit den großen Lügen und den kleinen Schwindeleien abfinden und damit, daß unser körperliches Beisammensein nicht immer wie früher lodert.

Sei nicht verrückt. Gib dich zufrieden.

Ich kann mich nicht zufriedengeben, weil ich mich nicht aus meinem Paradies, das auch ein Narrenparadies ist, vertreiben lasse. Oft beneide ich die ganz alten Frauen. Sie sind über alle Hürden hinweg. Keine Sehnsucht, keine Unerfülltheit, keine Enttäuschung, keine Selbstzerfleischung.

Adam glaubt, seine Pflicht zu tun, wenn er sein Glied, wie früher, in mich bohrt und es angemessen lang in mir bewegt. Ich will glauben können, so wie ich ihm trotz aller Verdächtigungen früher glaubte.

Wenn ich ihn quäle, so hält er sich dafür schadlos, so oft es ihm paßt: in New York, in Stockholm, in Wien. Oder irgendwo in einer ganz farblosen Gegend des Mittelwestens, mit Autostraßen, an denen sich plötzlich ein leuchtendes Paradies für Liebende auftut. Überall stehen Motels mit Betten, breit wie der ganze Kontinent. In die tauchten wir früher. In die taucht er heute mit seinen neuen Geliebten. Soll ich Eva dazuzählen? Ich zähle sie nicht dazu, denn Eva, das weißblonde, schöne Scheusal mit den schräggestellten Indianeraugen, nimmt einen besonderen Platz in den Betten meines Mannes ein. Sie hat zum Überdruß bei der Taufe den Namen der Menschheitsmutter bekommen.

Sie hat mir Adam nicht gestohlen, weil er mir nie allein gehörte. Nur lebte ich eben jahrelang in dem Wahn, den roten Zentaur fesseln zu können, ihn im Spinnennetz der Liebe und Dankbarkeit festzuhalten. Man kann Dionysos nicht festhalten, man kann nur Nacht für Nacht die Beine weit spreizen und ihn jede Nacht in die Arme nehmen. Frühmorgens, wenn er sich räuspernd aufrappelt, um noch halbblind vom Schlaf ins Badezimmer zu tappen, dann nimmt er einen Schluck von dem starken Espresso, der immer bereit steht. Dann kriecht er zurück ins Bett, und später bringe ich ihm noch einmal Kaffee. Wenn wir uns in aller Herrgottsfrüh küßten und den Tag mit Herumwälzen beginnen, im Bett oder auf dem Teppich, die Münder aufeinanderkleben, die Schenkel umeinander verschlingen, so erfordert das noch ein Zeremoniell. Sowie er aufsteht, noch vor dem Kaffeetrinken und danach wieder, putzt er sich die Zähne und gurgelt mit dem guten, nach Pfefferminz schmeckenden Mundwasser. Ich tu dasselbe, denn nie würden wir einander frühmorgens küssen ohne diesen Umweg über das Badezimmer. Ansonsten ist uns der übertriebene Wasch- und Duschzwang der Durchschnittsamerikaner fremd. Man springt hierzulande viel zu oft unter die Brause. Wozu? Ich hatte einen Geliebten, er hielt nicht länger als ein oder zwei Wochen vor, der wusch sich nach jeder Umarmung vom Kopf bis zu den Füßen – auch die Ohren und den Hals; obschon er am Morgen geduscht hatte.

Vielleicht ist das puritanische Gewissen der Amerikaner in die Seife gerutscht!

Adam würde bestimmt auch dann so gut riechen wie ein durchsonnter Heuschober, wenn er zwei oder drei Wochen nicht baden würde. Versucht haben wir das freilich noch nie. Ich wollte, er täte es. Ist das pervers? Ich möchte noch mehr Adamshaut riechen und Adamschweiß, noch mehr von seinem Körperduft bekommen, wenn ich seine Haut abschlecke. Dann dringt mir der Geruch seines Pariser Kölnischwassers in die Nüstern. Besser als jedes Eau de Cologne der Welt duftet der rote, feuchte Regenwald mit seinem starken Baum. Ich bin tiefunglücklich darüber, daß ich diese nahrhafteste Speise für eine Frau nicht immer zwischen den Lippen halten darf. Warum kann ich eigentlich nicht mit seinem Glied zwischen den Lippen herumgehen? Oder es in den Mund nehmen, wenn wir am Strand und auf der Wiese hinter dem Haus liegen: selig einschlafen, seinen Phallus zwischen den Lippen wie ein Säugling die Mutterbrust. Warum sind wir Heuchler und dürfen das nur hinter verschlossenen Türen tun? Verbotenes, göttliches Fleisch! Die meisten Frauen in unserm Land betasten es nur im Dunkeln und dulden es. Ich bete es an!

Schlange zwischen den Zähnen. Männerfleisch zwischen den Lippen. Unerläßliche Nahrung für süchtige Münder. Eine Frau wird zur Göttin, wenn sie den Saft seiner Drüsen kosten und herunterschlucken darf. Das geschieht oft während unseres Liebesspiels, auch heute noch. Immer dann, wenn es Adam gelingt, meine Eifersucht zu beschwichtigen.

Neben meinem Mann eingeschlafen, träumt mir oft, ich läge allein im Bett. Von dreißig Tagen im Monat verbringe ich jetzt zehn Tage oder mehr wirklich allein im Bett. Reist er auf unserem Kontinent, so rufe ich ihn abends an. Und dann bisweilen noch nachts. Einmal rief ich um vier Uhr morgens an. Er läßt das Telefon immer zwei- oder dreimal klingeln. Ich kenne die Spielregeln. Er kann unmöglich vergessen haben, was wir trieben, als er mit Christine verheiratet war.

Das Telefon klingelt.

Ich bin seine Geliebte. Vor fünf Jahren. Irgendwann, als wir noch nicht miteinander verheiratet waren.

»Du, das ist Christine!« sage ich. »Warum gehen wir nicht in mein Zimmer hinüber?« – Wir haben zwei Zimmer gemietet, ich unter einem falschen Namen.

Und schon bin ich mit einem Satz aus dem Bett und laufe ins Badezimmer, bloß um nicht zu hören, welche Lügen mein Geliebter seiner Frau auftischt.

Heute telefoniere ich fast in dieselben Städte wie seinerzeit Christine. Ich erinnere mich, als wäre es gestern gewesen. Adam bittet den Hotelportier in Milwaukee, nachzusehen, ob ein Zettel mit einer Telefonbotschaft in seinem Fach liegt. Der Portier reicht ihm eine Nachricht.

»Ich soll sie anrufen«, sagt Adam dann zu mir. »Sie verfolgt mich schon wieder. Und dabei rief ich doch gestern um des lieben Friedens willen an!«

Milwaukees Betten stellen uns zufrieden. Die Zettel im Fach häufen sich. Adam läßt sie unbeantwortet. Er kann auch brutal sein.

»Und wenn sie dir einmal nachfährt?« frage ich damals. »Wenn sie uns ertappt?«

»Sie wird mir nicht nachfahren. Sie will uns nur stören. Eine Trennung und einen Skandal fürchtet sie – den Skandal fast noch mehr als die Trennung. Christine liebt mich, doch sie lebt für Äußerlichkeiten.«

Ich soll ihm jetzt, heute, glauben, daß er zwei oder drei Tage in den USA unterwegs ist und wegen der vielen Empfänge und Verhandlungen mit Leuten vom Film und Fernsehen keine Zeit hatte, mich nachts anzurufen.

»Ich konnte es nicht mit meinem Gewissen vereinbaren, dich so spät nachts aus dem Schlaf . . .«

Ich werde bei dieser Verstellung zur Furie.

»Ruf mich nicht an, tu, was du willst, aber lüg nicht!« schreie ich. »Um unserer Liebe willen, lüg nicht so gemein . . .«

»Du bist pathetisch. ›Um unserer Liebe willen . . .‹ wenn ich das schon höre . . .«

»Und du bist infam. Ganz altmodisch infam. Halt mich nicht für dumm! Ich bin nicht dumm! Ich bin so unglücklich, daß ich am liebsten tot wäre. Jag mich weg von dir. Wenn du nicht einmal imstande bist, mich von deinen Reisen auf unserem Kontinent anzurufen, zumindest wenn du länger wegbleibst . . . so bedeute ich dir nichts mehr. Warum lassen wir uns nicht scheiden?«

Es dauerte lange, bis ich wagte, das Wort auszusprechen. Drei Jahre nach unserer Hochzeit. Nie hätte ich geglaubt, den Mut aufzubringen. Wir waren allein. Wir hatten Adams Heimkehr gefeiert und seinen neuen Auftrag für ein Buch über die Liebe im Tierreich. »Das könnte das tollste aller Sexbücher werden!« meinte sein Verleger. »Eine Kreuzung zwischen biologischer Untersuchung und psychologischen Beobachtungen. Sie stehen ja gut mit Tieren.«

Das stimmt. Adam steht gut mit Tieren. Er wird sie nie so tief beleidigen, ihnen völlig menschliche Gesichter anzudichten.

Ich falle nach der ersten Begrüßung über ihn her.

»Warum hast du nicht angerufen?«

Die Reise führte ihn, wenn ich ihm glauben darf, aus Cape Rock nach Chicago und dann nach Boston, wo er die Verlagsbesprechung hatte. Anschließend flog er noch wegen einer Filmverhandlung nach Los Angeles.

Drei Wochen unterwegs. Vier Postkarten. Kein einziger Anruf.

»Wußtest du nicht, daß ich allein zu Hause herumsitze und auf deinen Anruf warte?«

Adam schweigt. Vielleicht hat er sich meinen Vorschlag, daß wir uns scheiden lassen sollen, durch den Kopf gehen lassen. Er blinzelt mich mißtrauisch an. Er weiß nicht, was geschieht, wenn er jetzt auf meinen verrückten und nicht ernst gemeinten Vorschlag zurückkommt. Er schweigt. Meine geliebte Männerhure kann mich nicht so einfach, mir nichts, dir nichts, verlassen. Er hält mich an der Kette meiner Hörigkeit. Ich halte ihn an einer anderen Kette. Und dennoch, eines Tages hält er es vielleicht nicht mehr aus und wirft mich hinaus.

Dieser Tag darf niemals kommen. Ich kann ohne dich nicht leben! das denkt sich leicht. Wenn ich es sage, so spreche ich die Wahrheit. Ich darf den Bogen meiner Quälereien kräftig spannen, das verdanke ich meinem Geheimnis. Und dann, immer dann, wenn ich ihn beinahe überspannt habe, lenke ich ein.

»Willst du dich von mir scheiden lassen?« frage ich, weil ich noch immer glaube, sicher im Sattel zu sitzen.

»Nur, wenn du darauf bestehst!«

Da kannst du lange warten, mein Freund.

Das Duell der Worte zerstäubt, die Wortfasern bleiben in der Luft hängen. Leere Drohung. Quälerei. Und dennoch. Ich spüre die Warnung in Adams Worten. Was fang' ich wirklich an, wenn er eines Tages, des ständigen Gehemmtseins und der Überwachung durch mich überdrüssig, vor mich hintritt und zu mir sagt: »Ich lasse mich nicht länger erpressen! Meinethalben: Laß den Sarg öffnen.«

Es wird nie dazu kommen. Ich schweige immer im rechten Augenblick, denn ich darf Adam nicht verlieren.

Ganz anders, sanft, zärtlich: »Liebster, einmal hättest du doch anrufen können!«

»Wenn du wüßtest, in welchem Tempo ich herumgeführt wurde! Die Leute holten mich doch immer ab. Und dann weiter, sofort nach den Verhandlungen. Von einem Flugzeug ins andere. Hast du meine Postkarten etwa nicht bekommen? Ich schrieb absichtlich keinen Brief. Du hast doch soviel zu tun. Sind die Platten angekommen? Mit dem Diktat? Auf der zehnten Platte waren ein paar Kratzer . . .«

»Alles in Ordnung. Ich konnte sehr gut verstehen! Du wirst mit dem Transkript zufrieden sein. Eine oder zwei stilistische Änderungen habe ich vorgenommen. Du hast doch nichts dagegen?«

»Aber nein . . . Du machst alles besser. Was täte ich wirklich ohne meine ideale Mitarbeiterin?«

Ich möchte vor den Spiegel hintreten und mein eigenes Bild mit den Händen zertrümmern. Ich habe den letzten Funken Stolz verloren. Ins Gesicht müßte ich mir spucken.

›Dieses Buch ist meiner besten Mitarbeiterin gewidmet – meiner geliebten Frau.‹ Dieser stereotype Satz wird auch wieder in Adam P. Hansens neuestem Roman stehen. Und seine Freunde werden belustigt lächeln, falls sie nicht leicht angewidert weiterblättern.

Und ich muß kuschen. Hörst du, halt endlich den Mund, sonst stößt er dich ganz weg. Wenn du kuschst, darfst du heute nacht wieder bei ihm schlafen. In seinem Arbeitszimmer steht auch eine Couch, die ist fast so breit und bequem wie unser Doppelbett. Und einen kleinen, eigenen Balkon hat das Arbeitszimmer auch. Unmittelbar hinter der Schiebetür liegt unser geliebtes Meer. Dorthin, auf diese Couch könnte er durchbrennen, wenn ich ihm das Schlafzimmer unerträglich mache.

Er braucht zum Einschlafen das Meeresrauschen viel notwendiger als seine Frau.

Achtgeben, sonst geht er durch. Aus dem Schlafzimmer hinüber in sein Zimmer. Er wird es nicht tun, denn ich will mein Verhalten ändern und mich überhaupt bessern und lieber zu saufen beginnen, wenn ich allein bin. Oder mir einen Geliebten suchen, einen jungen Burschen. Den jungen Männern gefalle ich sehr gut. Ich hab's in Rocquebrune-Cap-Martin erlebt. Daß ich nicht imstande wäre, hier in Florida so viele Abenteuer zu finden, wie ich gerade will, ist nur ein lächerlicher Gedanke. Ich werde mir meine große Liebe zu Adam aus dem Hirn waschen. So wie ich mir früher seinen Samen aus der Vagina wusch, weil ich damals keine Kinder haben wollte.

Heute ist keine Nacht des Streitens, obwohl er mich morgen verläßt. Ich habe doch einiges hinzugelernt. Wie komisch, daß die Frauen ihre Geliebten bitten: »Küß mich auf den Mund.« ›Auf‹ den Mund. Das gibt es nicht. Der Zungenphallus, die Glied gewordene Zunge, dieses Geschlechtsorgan, das mein Mann zwischen den Beinen und auch im Mund trägt, fährt mir immer in den Mund. Seine Küsse sind keine Küsse auf meine Lippen. Hinein geht es, tief zwischen meine Zähne und Lippen, nach hinten bis in den Schlund. Die Zunge meines Geliebten wird sein Phallus, und meine Mundlippen sind meine Scheide. Unsere Münder sind gleichzeitig unsere männlichen und weiblichen Geschlechtsorgane. Scheide, Hoden, Klitoris und Glied, Vagina und behaarte Wülste. Bällchen, Vorhaut und dort hinten sein Spalt. Wir verschmelzen. Wir müssen immer miteinander verschmolzen durchs Leben gehen, immerzu, oben und unten. Ich bin leblos und starr, wenn er sich drei Meter von mir entfernt.

Dieser überirdisch helle Glanz, der mich heute nacht so blendet wie in allen andern Nächten, und der weiße Stern ist erloschen. Einbildung, Kleingläubigkeit? Hoffentlich! Mein Mann ist viel zu indolent, um zu merken, welche Verzweiflung mich hier neben ihm, in unserem köstlichen Doppelbett erfüllt. Indolent ist ein bequemes Wort. Die Wahrheit lautet anders. Ich bin feige und will sie nicht hören. Ich bitte die andere Milena, mich nicht zu quälen. Mein verfluchter Januskopf. Der eine liebt nur und ist glücklich. Der andere zermartert sich das Gehirn.

Die beiden Arschbacken auseinanderreißen, damit er mich auch von hinten nehmen kann. Damit er genießt und wieder weiß, was er mir tausendmal bestätigt hat: »So wie mit dir hab' ich's noch nie genossen. Mit keiner andern Frau!«

»Ist das gut?« frage ich.

»Schweig doch. Du sprichst zu viel, das stört mich.« Manchmal legt er mir sanft und dennoch energisch die Pranke auf den Mund, wenn ich im Bett rede. Jetzt löst er sich von meinem Körper.

»Du reißt mich aus der Stimmung!«

»Sei nicht hysterisch, Liebling! Wir beide brauchen doch keine Stimmung, die ist immer da!«

Er läßt sich wieder in mich fallen, und ich kenne meine Pflicht. Eine gute Pflicht, die auch der Selbstsucht dient. Mein Geliebter lehrte mich diese raffinierte Technik. Die Beine aufstellen, während er sich in mir bewegt. Mit beiden Händen die Hinterbacken auseinanderreißen. Dann dringt der Phallus viel tiefer in mich ein, noch tiefer, als wenn ich die Beine schließe, den Turm des Geliebten tief in mich hineinpresse und dann die Muskeln auf und zu schnappen lasse.

Jede Frau ist an einer andern Stelle besonders empfindlich. Ich mußte Adam begegnen, damit er meine Klitoris entdeckte. Das hatte er bereits bei unseren ersten Küssen in Christines Haus begriffen. Wir standen. Wir küßten uns. Wir umarmten uns so stark, daß wir beinahe umfielen. Und immer die Angst vor der Frau.

»Das ganze liebe Mädchen ist eine einzige, süchtige Klitoris!« sagte Adam bei diesen ersten Küssen, zog meinen Rock hoch und spielte mit allem, was darunter steckte. Christine arbeitete irgendwo im Haus. Wir küßten uns in seinem Arbeitszimmer, für das Christine nur Spott und Verachtung hat.

»Ich gehe jede Wette ein, daß er nie Karriere machen wird!« prophezeite sie damals. Er habe ein angenehmes Talent. Doch werde er es nie den jungen französischen Literaten gleichmachen können . . .

Und dann die ewigen Vorhaltungen und Ratschläge, die ich gar nicht hören will.

»Ein so liebreizendes Mädchen wie Sie, Milena . . . Sie müßten doch längst einen Freund haben! Worauf warten Sie? Warum heiraten Sie nicht? Das würde überdies nichts an Ihrem Arbeitsverhältnis zu meinem Mann ändern . . .«

»Arbeitsverhältnis.« Sie wird dieses Wort immer betonen.

Vielleicht hatte ich damals wirklich noch kein Verhältnis mit meinem Geliebten. Wir liebten uns schon, wir hatten einander mit Küssen überschüttet und gestreichelt. Wo immer wir uns allein befanden, zog er mir den Rock hoch, im Auto, auf dem Korridor, im Wohnzimmer, wenn Christine einmal in die Stadt gefahren war. Kaum waren wir zum erstenmal im Hause allein, da küßte mich Adam, gierig wie ein Verhungerter, auf die Scham und tief hinein.

»Warum nennen die Menschen das Dreieck und das, was tiefer drinnen liegt, die Scham?« fragte mein Geliebter. Sein Mund glänzte naß.

»Eine äußerst dumme Bezeichnung«, pflichtete ich Adam bei. »Man sollte das Dreieck da unten, zwischen den Beinen, lieber die Schamlosigkeit nennen.«

»Versprichst du mir, ganz schamlos zu werden?«

»Wenn du mir Unterricht erteilst . . .?«

Es gab keine erloschenen weißen Zwerge, nur ein Weltall mit lauter Sonnen. Alle leuchteten für mich. Das war auf der Schwelle zu meiner Geburt, in den Armen meines Geliebten. Bevor ich durch Adam Per Hansen geboren wurde.

»Du nimmst einem wirklich jede Lust. Ich werde jetzt versuchen, weiterzuschlafen.«

Ich rede zuviel, sagt mein geliebter Mann, und der weiße Zwerg ist ein erloschener Stern. Mein Mann ist unruhig. Mein Mann ist nervös. Ich darf kein Wort mehr sagen, die Lage nicht verschlimmern, die Nacht nicht vergiften. Morgen verreist er ja wieder. Zum soundsovielten Mal.

»Ich wette«, sagt die andere, verhaßte Milena leise, während ich sanft den gewölbten, sommersprossigen Rücken meines Mannes zu liebkosen beginne, der von mir weggerutscht ist, »ich wette, bei deinen Freundinnen an der Westküste und in New York und Paris, wo offenbar jetzt jeden zweiten Monat eine Bilderausstellung eröffnet wird, bei der du unentbehrlich bist . . . ich wette, bei diesen Damen stört es dich nicht, wenn sie gelegentlich den Mund öffnen. Ich meine, im Bett.«

Ich befehle der anderen Milena, den Mund zu halten. Und dann spricht sie dennoch. Dabei verstehe ich die andere. Sie kann nicht immer alles hinunterschlucken.

Auf die Stöße warten, die zum Orgasmus führen. Es lohnt

sich, geboren zu werden. Man wird belohnt, und dafür muß man büßen. Der Teufel kennt viele Belohnungen und viele Strafen. Ich warte auf die Stöße, die mir gebühren. Hohe, wilde Wellen, die zum Strand reiten und sich dann sanft und selig über den feuchten Sand ergießen. Ich bin noch vom ersten Orgasmus naß. Ich bin immer naß, wenn ich meinen Geliebte erwarte. Ich erwarte meinen Geliebten immer, und darum bin ich immer naß. Immer zum Liebesspiel bereit, das meine tägliche Nahrung ist.

»Geh, rutsch doch weg von mir. Ich kann jetzt wirklich nicht mehr. Du hast mir mit deiner blödsinnigen, törichten Eifersucht und dem vielen Gerede für heute nacht endgültig die Lust genommen. Man kann die Erotik auch zerreden! Mein Sexualtrieb ist für heute nacht kaputt.«

»Sexualtrieb nennst du das?«

»Wie denn sonst? Ich steck' mein Ding gern in dich hinein!«

»Ist das alles?«

»Ich dachte, es wäre auch für dich das Wichtigste. Früher warst du nicht so überspannt!«

Jetzt werde ich aber den Mund halten, die Feindin Milena, die andere und ich sind wieder eins, wir wollen dasselbe: den Mann behalten, der uns böse ist. Ich kann mich ja, wenn es sein muß, selbst befriedigen. Mein Mann ruht neben mir, er liegt heute nacht in keinem fremden Bett, und das ist schon viel. Ich fahre mir mit der Hand erst sanft und langsam, dann immer schneller über die Klitoris, die er Olive nennt. Immer schneller, bis der Bach zu strömen beginnt und sich wieder in mich ergießt. Falls ich Glück habe, so ist mir Adam nicht mehr böse, wenn es so weit ist. Und beginnt es dann in mir zu quellen und zu strömen, so darf ich ihn küssen. Zumindest auf den harten, muskulösen Arm. Oder auf die Brust. Und vielleicht stößt er mich auch nicht zurück, wenn ich mich auf seinen Mund stürze, Habicht oder auch nur unglückliche Frau, für ein paar Augenblicke glücklich. Sie weiß nicht mehr, was sie zusammenplappert. Und darum muß sie Mahadoeh, der Herr der Erde, rothaarig neben seiner Bajadere liegend, bestrafen. Sie soll sich heute selbst befriedigen.

»Laß dich küssen!« bettle ich. Eva würde mich kalt und verständnislos betrachten, wenn sie mich sehen könnte. Meine Gedanken schweifen ab, sie laden mehr und mehr Gespenster in meine Walpurgisnacht ein. Eva hat doch nichts in unserem Ehebett zu suchen.

»Eva würdest du nicht so anschreien!« sage ich.

Adam setzt sich auf, der Mond wirft plötzlich, als folge sein Licht wie ein Scheinwerfer im Theater den abrupten Bewegungen meines Mannes, einen scharf abgezirkelten Strahl auf den rotbehaarten Brustkasten meines Geliebten. Mein Faun ist aus Bronze. Er verzerrt angewidert den Mund.

»Eva? Wie kommst du auf die Idee?«

»Belüg mich nicht!«

Er findet nicht sofort eine Antwort. Dann sagt er langsam: »Ich glaube, wir sollten uns doch trennen, Milena. So geht das nicht mehr weiter!«

Langsam läßt er sich auf das flache Kissen zurückfallen, er hat es vom Fußboden aufgehoben, beim Liebesspiel werfen wir die Kissen immer weg.

»Ist es ein Opfer für dich, mit mir zu schlafen?« frage ich, nur, um ihn und mich zu quälen, denn es ist kein Opfer. Turm in der Scheide, das wird nie ein Opfer für Adam sein. Der gute, heiße Pflug hat mich ja vor ein paar Stunden so tief aufgewühlt, warum muß ich Erpresserin noch Liebesschwüre und Geständnisse erbetteln?

»Bitte, bitte, sei mir nicht böse. Ich sage ganz bestimmt kein Wort mehr. Weck mich auf, wenn du's wieder willst. Falls ich überhaupt einschlafe. Du darfst mich auch von rückwärts nehmen. Und wenn es noch so schmerzt.«

Die Decke liegt auf dem Fußboden. Adam richtet sich wieder auf, doch nicht, um nach mir zu greifen und mich versöhnlich zu streicheln. Er steigt langsam vom Bett auf den Teppich. Adam, der sonst niemals friert, holt die heruntergefallene Decke, hüllt sich darin ein, rollt wieder auf den Rücken, starrt zum Plafond hoch und sagt kein Wort.

»Nicht mehr böse sein, bitte, bitte«, flüstert die Masochistin Milena und leckt mit der Zungenspitze den Arm ihres Liebsten ab. Adam, Gott des Phallus, schweigt. Das ewige Pater Peccavi muß ja eines Tages seine Geduld reißen lassen. Vielleicht wird er plötzlich impotent. Mein Gott, wäre das herrlich! Alle anderen Weiber würden ihn von sich stoßen.

»Ich bin dir nicht mehr böse«, sagt Adam schließlich und tätschelt mich ganz sacht mit der Hand.

»Komm zu mir.«

»Ich kann noch nicht. Bald.«

Es war einmal ein Hotel, da roch es nach Knoblauch, nach Desinfektionsmitteln und billiger Ölfarbe im Badezimmer, nach Küchendünsten, Backhuhn in ranzigem Fett, nach Pizza, die ich weder in Italien, noch in Amerika je herunterzuschlucken vermochte. Es war einmal ein Hotel, das hieß Auberge Versailles. Es stand in der 18. Straße West, in einer Gegend, deren baufällige, sechzig- oder fünfzigjährige Häuser die Tage bis zu ihrem Abbruch zählten. Es war ein feuergefährlicher, rußgeschwärzter Kasten und trug seinen großspurigen Namen wie Hohn. Vielleicht hatte der erste Besitzer, der es taufte, gehofft, in diesem Distrikt der New Yorker Bekleidungsindustrie, einem Bezirk ohne Charme und Farbe, den Kern für ein neues, elegantes Zentrum zu schaffen. Diese Hoffnung war längst abgebröckelt wie der Mörtel an der Hauptfassade und den frei stehenden Seitenmauern. Das Auberge Versailles war längst abbruchreif. Wir erfuhren das aus unserem Gespräch mit dem zerrauften Hotelportier, der einen Dollar Trinkgeld bekam, als wir ihn um eine Flasche Campari schickten und auch Eiswürfel holen ließen. Er tippte auf unsere Frage, wo denn hier auf dem Korridor die üblichen Behälter mit Eiswürfeln stünden, nur an die Stirn, als hätten wir kostenlosen Sekt verlangt. Dank der lukrativen Beziehungen, die der Hotelbesitzer mit der Baupolizei unterhielt – auch dies erfuhren wir vom Hotelportier –, war es dem Boß noch immer gelungen, den Abbruchstermin hinauszuschieben.

»Wenn ein Feuer ausbricht, so krepiert alles!« tröstete uns der Portier. Er sagte nicht etwa ›stirbt‹ sondern ›krepiert‹.

Wir sind trotzdem glücklich, hier unterschlüpfen zu können. Die vielen, vielen Anrufe vom Grand Central. Alles besetzt wegen der Weltausstellung.

»Wann haben Sie ein Zimmer bestellt?«

»Überhaupt nicht.«

»Ja, mein Herr, leben Sie auf dem Mond?«

Es war einmal ein äußerst schäbiges Hotel, das herrlichste Hotel der Erde. Es ist heute längst abgerissen und wird dennoch ewig dastehen. Es steht im Paradies, und das ist unvergänglich.

Daß wir einander zum erstenmal splitternackt in den Armen halten, ist keine Vergangenheit, Gegenwart oder Zukunft. Bulldozer haben das Hotel längst dem Erdboden gleichgemacht. Die Ziegel und Mauern, die verschwitzten Betten und Dünste aus Zwiebel- und Knoblauchwolken sind dennoch unsterblich.

Nackte Körper, die sich so lieben, wie wir uns liebten, können nicht altern und nicht verschwinden. Nur die Kleingläubigen glauben, daß ein Kuß sterben kann. Die eine Milena ist kleingläubig. Die andere weiß viel mehr, als ihr der Verstand zubilligt.

Ich werde in Jahrmillionen, wenn die Bäume viele Ringe angesetzt haben, so jung sein wie in jener Nacht, aus Küssen in Ekstase geboren. Fünfundzwanzig Jahre alt, dunkelblond mit leicht gewelltem Haar, auch wenn ich mal rotblond bin. Damals wurde ich seine Geliebte, die Frau, nach der er sich so sehnte, daß er Angst hatte, sie zu berühren, Angst vor der Erfüllung.

Ich flüchte mich ins Auberge Versailles, wenn ich leide. Es war einmal ein Hotel, das lasse ich mir nicht nehmen. Es gehört mir ganz allein auf der Welt. Einmal fuhr ich an der Stelle vorbei, wo es stand. Auf dem Baugrund wuchs längst ein funkelndes, neues Bürohaus empor. Es ist fast ganz aus Glas gebaut. Ein kostspieliges Bürohaus. Vor der Hauptfassade steht ein Birkenwäldchen, und neben den Bäumen sprudelt, in ein marmornes Becken eingefaßt, ein Springbrunnen. Dort sonnen sich um die Mittagsstunden die jungen Stenotypistinnen, Vizepräsidenten und Buchhalter.

Es gab einmal ein Hotel, dort war mein Geliebter, der Adam heißt, der erste Mann und ich, Eva, die erste Frau. Er zeigte mir, daß ein Mann Lenden und Hoden und köstliche Bälle aus Fleisch hat, nicht nur, um sich fortzupflanzen, sondern vor allem zum Lieben.

Milena ist Eva, die erste Frau.

»Ich liebe dich«, sagt Adam und zieht mich über den Korridor.

»Fall nicht, der Teppich hat ein Loch!« Ich bin im Auberge Versailles sachlicher als mein Geliebter. Zumindest draußen, auf dem Korridor.

Die Nacht beginnt am Nachmittag. Ursprünglich hatte Adam seiner Frau versprochen, den Acht-Uhr-Zug nach Clearwater zu nehmen. Wir schieben das Telefongespräch mit Christine noch immer auf. Sie weiß, daß wir die Weltausstellung zusammen besuchen. Und Adam wird beiläufig erwähnen, daß ich bei meiner Mutter geblieben bin. Vorsichtshalber habe ich mit meiner Mutter telefoniert.

»Wenn mich jemand bei dir sucht, so sage bitte, daß ich bei dir schlafe, aber heute abend ins Theater gegangen und nicht zu sprechen bin«, bitte ich meine Mutter.

»Steckt doch sicher ein Mann dahinter«, mußmaßt sie.

»Du merkst auch wirklich alles. Jedenfalls vielen Dank!«

Ich verabschiede mich, verspreche, in den nächsten Tagen auf einen ausgiebigen ›Plausch‹ vorbeizukommen und meiner Mutter außerdem die Kette aus böhmischen Granaten zu kaufen, die sie in Yorksville gesehen hat und sich brennend wünscht. Ohne Schmierestehen gibt es kein Versteckspiel vor Christine. Früher mußte meine Mutter herhalten. Heute leistet Hillary dem Freund unverbrüchliche Dienste. Nicht mir, sondern dem Freund: Adam.

»Welche Zimmernummer haben wir? Aha. Fünfunddreißig. Du, ich kann den Schlüssel nicht drehen. Ist das ein verbautes Lokal!«

Mit vereinten Kräften drehen wir den Schlüssel zum Paradies um. Zum erstenmal in einem Zimmer, wo uns Christine nicht überraschen kann. Es ist schattig im Julizimmer. Die Jalousien sind heruntergelassen. Die Fenster führen auf einen dunklen Lichthof, dessen Boden wahrscheinlich nie ein Lichtstrahl sah. Wir dürfen die Jalousien unmöglich hinaufziehen, falls wir ein Gegenüber haben, so könnte es mitten in unser Bett schauen.

Endlich ist die Tür ins Schloß gefallen. Wir schieben den Riegel vor. Zum erstenmal werden wir in einem Hotel schlafen, wo man den Zimmerpreis im voraus bezahlen muß.

»Wenn ich bitten darf . . . Sie müssen die acht Dollar im voraus bezahlen«, sagt der Portier grinsend. Adam flüstert mir zu: »Du bist keine sehr kostspielige Frau! Im Waldorf wäre das teurer.«

Ich kneife ihn. Adam legt das Geld auf den Tisch.

Das war vor zehn Minuten. Jetzt sind wir allein. Gestern abend küßte Adam meine Knie, als Christine in den Garten gegangen war, um nach dem Schaden zu sehen, den ein gefräßiges Kaninchen angerichtet hatte. Er küßte meine Schenkel. Ich konnte währenddessen durchs Fenster des Arbeitszimmers hinunter in den Garten sehen, ich beobachtete Christine und stand mir buchstäblich selber Schmiere. Adam zog mir den Schlüpfer herunter, umklammerte meine Knie und trank, so gut es in dieser unbequemen Stellung ging, von mir.

»Hast du kein Gefühl für Komik?« fragte ich gestern, den Blick starr auf den Garten geheftet. »Man könnte dieses Bild betiteln: der gestohlene Kuß. Der reinste Jugendstil – nur ein bißchen zu gewagt.«

Adam trennte seinen Mund von meinen Lippen dort unten. Er saß auf dem Teppich. Jetzt zog er mir den Schlüpfer wieder an, schob ihn bis an die Hüften. Fuhr mit den Fingern darunter in die Scheide, spielte mit dem behaarten Venushügel.

»Ich werde verrückt«, sagte ich und konnte kaum reden.

»Gleich kommt Christine, und dann sollen wir sittsam zu Abend essen, wir haben ja auch die Nachbarn noch eingeladen. Und dann muß ich allein nach Hause fahren und allein ins Bett.«

»Such dir doch einen Boyfriend«, schlug Adam lachend vor. Seine Bosheit war nicht ganz Komödie.

»Bist du etwa nicht eifersüchtig?«

»Ich werde nie eifersüchtig auf dich sein. Eifersucht ist der tödlichste und dümmste Feind. Man kann ihn bekämpfen und besiegen. Ich werde im übrigen niemals Grund zur Eifersucht haben. Du wirst mich nie betrügen. Du wirst nie einen andern Mann lieben.«

Es hätte keinen Zweck aus purer Opposition das Gegenteil zu behaupten. Mein Geliebter, der vor dem offenen Fenster im Hause Christines noch nicht ganz mein Geliebter ist, hat ja recht. Ich werde ihn nie betrügen, werde niemals einen anderen Mann lieben.

Claude, das ist ein Alptraum, ein Teufelsspuk, von Hexen gebraut.

Es gibt nur eine ewige Wahrheit. Unser Zimmer im übelriechenden Auberge Versailles, dem schäbigsten und himmlischsten Hotelzimmer der Welt. Das Bettlaken ist grau. Nicht schmutzig, doch ohne Bleichmittel gewaschen. Die Handtücher sind grau. Hoffentlich holen wir uns keine Krankheit! Ich male mir aus, was geschehen würde, wenn ich wüßte, daß ich mir heute nachmittag im Auberge Versailles, Schattenzimmer, heruntergelassene Jalousien, Weltausstellungs-Sommer, eine scheußliche Infektion holen würde. Der alte Kasten ist ein Durchgangsquartier für Provinzgäste, aber ganz sicher auch für zweifelhafte Existenzen. Vielleicht für Rauschgiftsüchtige und deren Händler. Der reguläre Zimmerpreis beträgt, wenn nicht gerade, wie jetzt, Hochkonjunktur herrscht, vier Dollar. Das wissen wir vom Portier. Wahre ›Friedenspreise‹. Ja, ich weiß genau, was ich täte, wenn ich wüßte, daß ich mir in diesem gauweißen, breiten Bett eine scheußliche Infektion holte und das Hotel krank verließe.

Ich würde mich mit derselben Leidenschaft und genauso blind vor Glück und Gier auf Adam stürzen und mich von ihm ins Bett stoßen lassen. Es wäre mir ganz gleichgültig, wenn ich den Augenblick, gelebt im Paradies, mit Krankheit oder Tod bezahlen müßte. Wir werden viel zu bald nach Clearwater zurückkehren müssen, in das vornehme, geräumige, todtraurige Gefängnis, das die Kerkermeisterin Christine so gut verwaltet. Dort grübelt sie jetzt nach, wo sie den Mann erreichen, ihn stören könnte. Er ist ja mit einer Frau durchgebrannt, die ganz bestimmt seine Geliebte ist.

Wir sind geschützt. Wunderbares Auberge Versailles. Gott sei Dank gibt es noch immer Häfen, für Liebende geschaffen. Nektar und Ambrosia, Knoblauch, Zwiebel und Pizzageruch. Erst jetzt sehe ich, daß wir kein Telefon im Zimmer haben. Eine fabelhafte Überraschung.

»Du, wir haben kein Telefon! Ist das nicht großartig? Sie kann uns nicht finden!«

»Das könnte sie ohnehin nicht. Es gibt schätzungsweise achthundert gute oder vergleichsweise gute Hotels in New York, die Christine telefonisch abklappern könnte. Die kann doch nicht die ganze Nacht telefonieren und jedes Hotel . . .«

»Doch, sie kann's. Kennst du deine Frau nicht?«

Ich freue mich dennoch kindisch über das fehlende Telefon. Immer und ewig fürchten wir uns vor dem Telefon. Wenn ich im Bett liege und mein Mann verreist ist, so starrt mich der weiße Apparat böse an. Denn ich liege allein im Bett und warte auf den Anruf meines Geliebten.

Die Jahre tropfen unmerklich, der Teufel will es so haben. Die Dinge verschieben sich. Aus der Komplizin im Ehebruch wird die Betrogene. Gestern lachte ich, heute lacht man mich hinter dem Rücken aus. Es gibt eine teuflische Gerechtigkeit. Christine lacht in ihrem Sarg. Ist das undenkbar? Bisweilen verzerren sich die Züge eines Verstorbenen noch nach dem Tod. Das habe ich irgendwo gelesen.

»Komm her, laß mich trinken. Heute darf ich dich aussaufen, ohne eine Unterbrechung zu fürchten.«

Ich fürchte mich entsetzlich vor Adam. Ich habe noch nie richtig geliebt. Ich habe vor Adam mit drei oder vier Männern geschlafen, das will ich ihm gern beichten. Ein paarmal fing ich mit den Geschichten an, doch sie sind so unwichtig, nur ein bißchen komisch.

»Mit wie vielen Männern hast du das schon gemacht?« fragt Adam. Auf dem Tisch steht die Flasche Campari. Der Portier hat auch einen Kübel mit Eiswürfeln gebracht.

»Ich hab' dir doch schon fast alles erzählt. Mit keinem Mann habe ich das so gemacht wie mit dir. Ich bin unberührt.«

Ein Schluck Campari. Wir küssen uns, den guten, bitteren Geschmack im Mund. Besser als Sekt. Davon kriegt man nur Kopfweh.

Mein rothaariger Liebhaber droht mir jetzt, mich zu verprügeln, wenn ich noch einmal lüge.

»So. Mit keinem hast du das gemacht? Du besitzt ein sehr schlechtes Gedächtnis. Wenn du noch einmal lügst, werde ich dich schlagen. Also: Mit wievielen Männern hast du das . . .«

»Was?« Ich stelle mich naiv.

»Das, was wir jetzt machen werden.«

»Faire l'amour?«

»Sprich es ruhig aus. Sei nicht so fein.«

»Ich bin nicht fein. Aber aussprechen, so wie ihr Männer es tut, kann ich's nicht. Du schreibst es ja auch niemals nieder. Muß man unbedingt vulgär sein? Mit Worten? Das sind doch nur Krücken für jene Menschen, die Sex und Liebe mit Four-Letter-Wörtern verwechseln . . .«

Innerlich befürchte ich freilich, vielleicht nicht vulgär genug für meinen roten Faun zu sein. Der hat beim Militär, als achtzehnjähriger Fallschirmjäger, alles gesehen, was man sehen konnte. Die Invasion bestand nicht aus lauter Schießerei. Es gab auch Nächte. Und die vielen Reisen seither. Für Adam gab es bestimmt Dutzende von Frauen, bevor er mir begegnete.

»Hoffentlich bin ich ordinär genug für dich«, sage ich ziemlich betreten und bekomme dafür einen sehr heißen und saugenden Kuß von meinem Geliebten, der mit dem ganzen Leib erst jetzt mein Geliebter wird.

Es klopft.

»Vergessen Sie nicht, die Kette vorzulegen!« ruft ein Mann durch die Tür. Es ist der Portier. »Hier wird nämlich ziemlich viel eingebrochen, und neulich passierte Schlimmeres!«

»Danke. Wir haben die Kette vorgelegt.«

Ketten sind ein guter Schutz. Nicht nur gegen Einbrecher und Mörder, sondern auch gegen eifersüchtige Ehefrauen.

»Du, der Kerl schaut durch Wände«, sage ich zu Adam. »Der fürchtet, daß deine Frau uns nachreist. Oder mein Mann. So genau weiß er es nicht. Aber man sieht uns offenbar den Ehebruch an der Nasenspitze an.«

»Der Mann redet nur aufs Geratewohl in die Luft hinein. Immerhin hat er gewisse Anhaltspunkte für die Annahme, daß hier ein regelrechter Ehebruch vollzogen wird. Denn die meisten amerikanischen Ehepaare bleiben im Hochsommer um drei Uhr nachmittags nicht im muffigen Hotelzimmer sitzen . . .«

Wir hängen vorsichtshalber noch das Kärtchen vor: *Bitte nicht stören.*

»Ich liebe dich. Ich liebe dich. Ich liebe dich.«

Auf dem sehr breiten, niedrigen Doppelbett mit den grauweißen Laken liegt eine neugeborene Frau, die am Phallus ihres Geliebten saugt, der auch ihr Vater und Bruder ist. Ich sehe mich selbst, im ersten Bett meines Lebens mit dem ersten Mann meines Lebens liegend: ein kleines Katzentier mit blinden Augen, die sich allmählich öffnen. Katzen werden blind geboren. Auch Frauen. Sie erwachen, wenn der Geliebte sie erweckt.

»Breite die Beine auseinander. Spreize sie ganz weit!«

»Ich will nicht, daß alles schnell vorübergeht!«

»An welche Stümper bist du geraten? Du armes Ding. Es wird nicht schnell vorübergehen.«

Ich sehe den ersten nackten Mann meines Lebens. Der nackte Waldschrat und nackte Gott steht vor mir. Der rothaarige Zentaur raubt sein Weib, das dem Augenblick entgegenzittert, in dem sich dieser rote Zentaur in Picassos Stiermenschen verwandelt. Der Minotaurus, tiefer Ernst in tierisch-menschlichen Augen, stößt seinen Pfahl in den Schoß des Weibes.

Ich küsse das rote Moos auf der vorgewölbten, mächtigen Brust meines Geliebten und mache die gigantische Entdeckung, daß mich einfache Küsse, mit den Lippen über die Haut des Geliebten hastend, nicht mehr befriedigen. Sie bleiben Spielereien eines Kindes ohne Unterleib. Ich bin fünfundzwanzig und habe mit keinem Mann geschlafen. Drei Männer, vier Männer, doch kein Mann. Dennoch fühle ich mich plötzlich schuldig. Ich habe eine wartende Frau namens Milena betrogen. Sie muß mir verzeihen, so wie mir auch mein erster Geliebter, Adam, verzeihen muß.

Mein ganzes Leben wird ein Bett mit Adam darin sein. Ich werde nie mehr aufstehen, um das Bett meines Geliebten zu verlassen.

»Spreiz die Beine ganz weit. Küsse mich fester. Warum bist du so schüchtern? Weißt du nicht, wie man küßt?«

»Nein. Und dabei bin ich fünfundzwanzig Jahre alt.«

»Du bist viel zu unbegabt für mich. Eine Frau, die mit fünfundzwanzig noch nicht weiß, wie man küßt . . .«

Er will mich reizen. Ich werde ihm zeigen, was ich kann. Unbegabt bin ich nicht. Nur fehlte mir der Meister. Ich habe von diesem Augenblick der ersten Forderung an, die mein Geliebter an mich stellte, nur einen Wunsch: Adam so zu verbrennen und mein Brandmal so untilgbar tief in seine rötlichbraune Haut zu prägen, daß ihn keine andere Frau in keinem anderen Land je wieder zu befriedigen vermag. Nur ich, denn er gehört mir! Er ist mein Geschöpf. Ich verschlinge ihn mit Haut und Haar. Er lebt nur noch in mir. Ich werde ihn niemals hergeben.

Christine! Wir werden das Gespenst verjagen. Es muß uns gelingen.

»Küß mich, küß mich. Faß mich unten an. Zieh mir die Vorhaut herunter.«

Ich spiele ihm einen Streich und stelle mich an, als wäre ich routiniert. Diese doppelte Zielsetzung ist nicht einfach. Einerseits will ich meinem Geliebten beweisen, daß ich trotz der wenigen, lächerlichen und absurden Abenteuer mit lauter Nullen ein unbeschriebenes Blatt bin, das keine Ahnung von der physischen Liebe hat. Andererseits will ich nicht, daß mich Adam immerzu belächelt. Vielleicht stößt ihn meine vergleichsweise Unschuld ab? Stümper, wie ich es bin, vermag am Ende einen solchen Koloß und Hexenmeister mit dem dicksten und stärksten und schönsten Turm nicht zu fesseln? Oder doch? Er wird mich ja alles lehren, was er weiß.

»Ein gesundes Bauernmädel in deinem Alter . . . Bei uns zu Hause, in Minnesota . . . Hat dich deine Mutter eigentlich nie aufgeklärt?«

»Ich glaube, sie ist mit allen Salben geschmiert. Aber vor mir spielte sie immer die Prüde. Und was die Bauernmädchen anbetrifft . . . ich stamme von keiner Farm in Minnesota wie du. Leider.«

Das sollte ein Kompliment sein. Wenn ich an die wenigen Männer zurückdenke, die mir vor Adam gefielen – oberflächlich gefielen, denn verliebt war ich nie, und mit meinen Liebhabern ging ich ins Bett, weil es sich so ergab – dann wird mir klar, daß alle diese Männer blond oder rötlichblond waren. Keiner hatte freilich so flammendrotes Haar wie Adam. Der schwarze Typ stößt mich ab.

Unser Gespräch versickert. Das Eis im Kübel schmilzt, der billige Kunststoff isoliert schlecht. Wir haben ein einziges Glas Campari getrunken – zu zweit. Das genügt. Jetzt haben wir keine Zeit mehr.

Im Schattenzimmer, im Julizimmer, schenke ich ihm den Schimmer meiner Haut. Sie ist auch in diesem Sommer, dank meiner Vorsicht, schneeweiß. Adams Haut ist von tiefem harmonischem Kaffeebraun. Ein gebräunter Waldschrat mit lohend brandrotem Haar. Alle Weiber schauen ihm nach!

Der Schimmer meiner Haut. Mein Geliebter öffnet der blinden Katze, die doch ein ganz erwachsenes, fünfundzwanzigjähriges Mädchen mit College-Diplom ist, mit geschickten Augen, Händen und Lippen die Augen, den Mund und die Vagina sowie alle anderen Öffnungen des Körpers.

»Hast du nie als kleines Mädchen . . .?«

Ich werde Adam nicht belügen. Wozu auch? Der liebe Gott weiß Geheimnisse zu hüten.

«Doch, ich habe als kleines Mädchen . . .«

»Mit deiner Scheide gespielt?«

»Nie mit der Scheide. Immer mit der Klitoris.«

»War das gut?«

»Ich will es nicht mehr, seit ich dich kenne. Ich glaube nicht, daß ich es noch kann. Und wenn, so ist es nicht mehr gut. Gib mir deine Hand. Spiel du mit mir.«

Als ich unwohl wurde, begann ich zu ahnen, daß es etwas sehr Gutes für die Schenkel, die Scheide und alle Schleimhäute, die dazu gehörten, geben muß. Das brennende Zerren kam später. Dann spürte ich die Sehnsucht, und ich wußte doch nicht genau, wonach. Als ich zwanzig und fünfundzwanzig Jahre alt war, hätte ich in meinen wildesten Gedanken und Nächten voll hemmungsloser Wünsche nicht geahnt, was es bedeutet, von einem rothaarigen Tiermenschen genommen zu werden. Viele Jahre später, und wir liebten uns noch immer oder noch mehr, standen wir in Paris vor Picassos Gemälde: ›Le Rapt.‹ Entführung. Crayon, Gouache et Pastel. Da raubt der Zentaur sein Weib, da umsteht rostbraunes Haar sein Haupt, da wächst ein struppiger, roter Bart aus einem Kinn.

»So war es im Auberge Versailles«, sage ich zu Adam vor Picassos Bild. Er versteht, was ich meine. Überall, wo ich mit ihm glücklich bin, lasse ich mich rauben, damit er meinen Besitz genießt. Überall liegt mein Zentaur und Minotaurus auch neben mir im Moos. Ein Blätterdach schützt uns vor der Julisonne. Der Wind weht, die Klimaanlage rauscht.

Alle irdischen Weiber täten klug daran, sich von ihren Faun-Ungeheuern, die sie abgöttisch lieben, begatten und schwängern zu lassen, um dann zu ihren lauten, lahmen Männern zurückzukehren. Heim ins langweilige Ehebett. Und die Götter und Ungeheuer sollen Abschied nehmen dürfen. Zeus, der Daphne benetzte, muß zurück in seinen Himmel; Pan, der die Nymphe umstrickte, kriecht wieder in seinen Busch. Der Zentaur läßt das geliebte Weib fallen, es trägt ja seinen Samen zwischen den Schamlippen. Kein Gott darf für immer an die Irdischen gefesselt bleiben.

»Zieh mir die Vorhaut herunter!« sagt mein Gott. Er ist ein sehr irdischer Gott. Ich entdecke zum erstenmal ganz seine Nacktheit: die bläulichen Adern an seinem starken Hals; Baumstamm, auf dem die Krone sitzt: sein schönes, breites, geliebtes Gesicht. Ich küsse seinen Hals, ich entdecke die Grube zwischen Hals und Schulter, die Grube rechts, die Grube links; die beiden Schlüsselbeine. Ich küsse über jedes Härchen an seiner rotbewaldeten Brust hinweg und lecke seinen ganzen Körper ab. Ich komme dem flammendroten Dreieck und der Krönung des Mannes immer näher.

Zwischen den Schenkeln meines Mannes blüht ein roter Wald. Im Wald ist die Luft rein. Es riecht dort so gut wie nirgends auf der Welt. Im muffigsten, verkommensten Hotel New Yorks, wo uns Knoblauchdünste empfingen, weht plötzlich der reinste Atem, die würzigste Waldluft.

»Hast du das gern, wenn ich dein rotes Dreieck küsse?«

Er küßt mein Dreieck und küßt es immer wieder. Wie soll ich morgen ohne Adam ins Bett gehen? Uns fehlt beiden der Mut zu einer großen und eiskalten Geste, dem Reinen-Tisch-Machen.

›Mach, daß du hinauskommst, Christine, wir brauchen dich nicht mehr. Wir sind quitt miteinander.‹ Das könnte Adam sagen. Er hat die Rechnung beglichen, sie durfte für die Lebensrettung soundsoviele Jahre an seiner Seite . . .

Nicht nachdenken. Sich nicht quälen. Nur genießen. Adam sagt doch immer: »Die Dinge lösen sich von selbst.« Wir sind beide jung. Christine hat Grund genug, sich zu fürchten. Sie ist die älteste in unserem Dreieck. Zehn Jahre älter als ihr Mann, da kriegt man das Heulen und Zähneklappern.

»Küß mich!« fordert Adam.

Ich kann nicht mehr reden, die Seligkeit verschlägt mir die Sprache. Adam hat einen breiten, wunderbaren Männermund mit schmalen Lippen. Ich hebe ihm meinen Mund nicht entgegen, weil ich das Warten auf ihn bis ins Unendliche ausdehnen möchte. Ich lege ihn auf den Rücken und drücke ihn aufs Bett nieder. Wir haben unendlich viel Zeit. Einen ganzen Nachmittag, einen Abend, eine Nacht. Ein ganzes Leben. Keiner von uns beiden hat Lust, den anderen an das Gespräch mit Christine zu erinnern. Später, das hat noch Zeit.

Die Menschen küssen sich, seitdem sich die Erde dreht. Die meisten Menschen wissen nicht, was Küssen bedeutet. Ohne ein Wort zu wechseln, verständigen wir uns mit Gesten. Die Geliebte schiebt die Hand des Geliebten dorthin, wo sie seine Finger am heißesten spüren möchte. Ich lege meine Lippen auf seinen geschlossenen Mund und berühre zum erstenmal den Lebensbaum. Seine Phallushaut ist ein seidiger, zarter Mantel. Ich lerne es, sanft von seiner Hand geleitet, sie vor und zurück zu schieben. Vor und zurück.

»Nimm mich in den Mund. Spiel mit der Zunge. Leck mich ab!« bittet er.

Das ist die natürlichste Sache der Welt für mich, obschon ich noch nie das Glied eines Mannes zwischen den Lippen gespürt habe.

»Kommt es dir dann nicht zu schnell?«

»Ich kann mich beherrschen. Darum mögen mich die Frauen!«

Adam, der sich selbstgefällig in einem unsichtbaren Spiegel beobachtet. In Zukunft werde ich sein Spiegel sein. Jetzt ähnelt mein Geliebter dem erfolgreichen Schriftsteller Adam Per Hansen, der sich so gern mit seiner Jagdflinte fotografieren läßt, obwohl er keinem Karnickel etwas zuleide tun könnte. Alten, ausgedienten Freundinnen und Frauen schon eher – hoffentlich. Ich möchte Adam zum Schlechtsein erziehen. Ich bin eine Frau. Ich traue es mir zu, aus Adam einen rücksichtslosen Egoisten zu machen. Daß der neue Adam seine Elefantenhaut eines Tages im Kampf gegen mich einsetzen könnte, kommt mir nicht in den Sinn.

Wir geraten langsam in Erregung, bewußt langsam, ich lasse mich gehen, doch kommt der Höhepunkt für mich nie so schnell wie bei den meisten anderen Frauen. Das weiß ich bald, weil Adam es mir bestätigt. Fast alle Frauen, mit denen er schlief, erklommen den Berggipfel offenbar gleich in den ersten fünf Minuten. Und dann war das Schönste für sie zu Ende.

»Dir kommt es langsam, nicht wahr?« fragt Adam.

»Ich glaube, ja. Das wirst du feststellen müssen. Es ist mir nämlich noch niemals richtig gekommen.«

»Noch niemals?«

Adam sitzt jetzt im Bett und starrt mich entgeistert an.

»Was hast du denn mit deinen drei oder vier Liebhabern oder Liebhaberimitationen, wie du sie nennst, getrieben? Habt ihr Schach gespielt?«

»Ja.«

»Wie bitte?«

»Wir haben wirklich Schach gespielt. Mit meinem ersten sogenannten Liebhaber. Das war der Enkel eines russischen Emigranten aus dem zaristischen St. Petersburg. Der Großvater spielte mit dem Vater Schach, und der Sohn wurde in dieser Schachatmosphäre ebenfalls ein begeisterter Schachspieler. Ich glaube, heute ist er unter die Professionellen gegangen.«

»Wann habt ihr gespielt? Vor oder nach der Liebe?«

»Statt der Liebe. Zumindest in den meisten Fällen. Als mich Julian schließlich so weit hatte, daß ich ihn auf seiner Studentenbude, irgendwo bei der Columbia Universität, besuchte – von seinem Zimmer hatte man eine prachtvolle Aussicht auf den Hudson –, da empfing er mich sehr erregt, den Zeigefinger an die Lippen gedrückt. ›Psst!‹ sagte er. Und noch mehrmals: ›Pssst!‹

Ich war überzeugt, daß seine Mutter oder Schwester oder Zimmervermieterin da war und auf keinen Fall von meiner Anwesenheit wissen durfte.«

Adam spielt, während ich erzähle, mit meinem rotgefärbten Dreieck, ohne vorderhand hineinzufahren. Immer nur im Kreis. Rundherum, mit süßen, sanften Fingern. Ich bekomme kaum Luft vor Erregung, will aber trotzdem die Geschichte von meinem ersten Liebhaber zu Ende erzählen.

»Er war heimlich verheiratet, gelt?« fragt Adam. »Und die Wohnung gehörte gar nicht ihm. Es war die Bude eines Kollegen, in die er dich geholt hatte!«

»Die Sache war viel komplizierter. Nein, da mußt du deine Dichterfantasie ein bißchen anstrengen. Julian führte eine ausgedehnte Schachkorrespondenz, und mindestens jede Woche einmal bekam er Briefe aus aller Herren Länder jenseits des Eisernen Vorhangs. Weil Julian aber auch versuchte, immer in Fachsprache getarnte, antikommunistische Propaganda nach dem Osten zu schmuggeln – rauchte sein Kopf vor Sorgen. Angeblich war das FBI hinter ihm her, weil sein Gehabe äußerst verdächtig schien; andererseits hatten ihn die New Yorker Kommunisten aufs Korn genommen. Kurz, als ich Julian zum erstenmal besuchte, zog er mich aufgeregt in seines kleines Zimmerchen. Es war keine Privatwohnung, wie er es mir weisgemacht hatte, sondern ein Rooming House. Statt mich in den Alkoven zu schleppen, wo einladend und frisch überzogen das Bett stand, zog mich Julian an einen großen, mit Wachstuch belegten Tisch.

›Nun?‹ fragte mein präsumptiver Liebhaber. ›Was ist deine Ansicht? Was würdest du tun?‹

Auf dem Tisch stand ein Schachbrett, und die Erregung galt nicht unserem bevorstehenden Beischlaf, sondern einer Schachpartie, die Julian mit einem abwesenden Partner spielte.

›Was würdest du tun?‹ wiederholte der junge Mann seine Frage. Meine Schachkenntnisse waren minimal. Auf gut Glück tat ich einen Zug, der Julian in helles Entzücken versetzte.

›Du bist ein Genie!‹ rief er und setzte sich unverzüglich an eine uralte, ausgeleierte Schreibmaschine, um an seinen Schachpartner in Rumänien zu schreiben.

›Bitte, setz dich aufs Bett!‹

Ich setzte mich aufs Bett und wartete. Eine halbe Stunde verging. Ich las den ›New Yorker‹, der auf den Kissen lag. Weitere zwanzig Minuten vergingen. Julian saß über das Schachbrett gebeugt und überlegte. Plötzlich sprang er auf und stand mit einem Satz bei mir.

›Richtig, wir wollten doch ins Bett!‹ rief er.

›Du wolltest, Julian, nicht ich!‹ bemerkte ich höflich.

›Na, dann bringen wir's lieber hinter uns!‹ replizierte der Student und begann, sich langsam und umständlich zu entkleiden. Auf der Brust trug er ein Medaillon mit einem riesigen Heiligenbild.

›Das ist der Schutzpatron der Schachspieler!‹ erklärte er. Ich bin sicher, daß es kein Heiliger war . . . Haben die Schachspieler überhaupt einen Schutzheiligen? Wahrscheinlich hatte er die Kette in irgendeinem Beatnik-Laden im Village erstanden. Dann legte sich Julian zu mir ins Bett. Er hatte einen reizlosen, gelblichweißen und knochigen Knabenkörper von der Art, wie sie mich noch im höchsten Greisinnenalter völlig unberührt lassen würden. Leider, leider sehe ich schon heute schwarz, mein Geliebter: Ich werde nie imstande sein, mich in einen jungen Mann zu verlieben!«

»Das kommt mit den Jahren«, tröstet mich mein roter Faun.

»Es wird niemals kommen.«

Ich kenne mich gut.

»Und was geschah dann in dem Zimmer mit der prachtvollen Aussicht auf den Hudson?« will mein Geliebter wissen.

Daß ich meine Erzählung unterbreche, ist ganz nach seinem Geschmack. Soixante-neuf. Klingt eklig, wenn man es als Teenager hört oder ausspricht. Ich fand es immer scheußlich vulgär. Brr. Und dann, als ich Adam gegenüberstand und mich von Christine mustern ließ, viel zu jung und zu hübsch als Sekretärin, sagte mir ihr Blick . . . viel zu alt und müde für den jungen Riesen, diese komische Französin, antwortete ihr mein Blick . . . sie sieht eher aus wie seine Mutter . . . da hatte ich nur einen Wunsch: diesen Mann küssen, umarmen, mich unter seinen Körper legen. Seinen Phallus ahnte ich nur. Ich hatte wirklich keine Vorstellung vom Körper eines richtigen Mannes. Und ich sehnte mich sofort danach, mit ihm so im Bett zu liegen: Soixante-neuf. Wunderbarste aller Stellungen. Für das erste Liebespaar der Schöpfung geschaffen: für Adam und Milena. Was fängt er bloß mit dieser kreideweiß gepuderten Teepuppe an? Ich will ihn an mich drücken. Meinen Kopf zwischen seine Beine. Seinen Kopf zwischen meine Schenkel.

»Haben Sie Übung als Sekretärin?« fragt Christine Hansen.
Ich habe Übung, antwortete ich und zähle alles auf, was ich weiß. Am liebsten hätte ich schon damals offen und ehrlich geantwortet: ›Ich werde dir den Mann wegnehmen, du bedauernswerte Person. Ja, ich kenne eure Geschichte, ganz New York kennt sie. Immer und überall rührst du die Propagandatrommel für deine Kriegsverletzung.‹

Den ganzen geliebten Menschen wollte ich schon damals mit meinen Lippen umschließen.
»Du, die verflixte Klimaanlage funktioniert nicht!«
»Wollen wir den Mechaniker holen? Vorausgesetzt, daß die Leute überhaupt einen haben, das möchte ich bezweifeln. Heute ist doch Sonntag!«
»Nein, ich will nicht, daß man uns stört. Lieber schwitze ich ein wenig. Wenn es dir nichts ausmacht?«
Es wird mich nie stören. Nur andere Männer schwitzen ordinär. Adam duftet, wenn er schwitzt, besser als sein französisches Eau de Cologne und die Jasminsträucher im Garten. Mir kommen auch die kräftig riechenden Rosensträucher im Garten von Cap Martin in den Sinn. Claudes Garten. Die maurische Villa, buntbemalte Wände, Deckenampeln mit geheimnisvollem, sanftem Licht, wie in einem Harem. Nur paßt eben Claude in keinen Harem. Für meinen Geliebten würde sich dieses um die Jahrhundertwende erbaute, von Christines Eltern angekaufte kleine Palais aus Tausendundeiner Nacht viel besser eignen.
Ich werde es nie mehr betreten.
Tausendundeine Nacht, im Auberge Versailles, wo es so schlecht nach Gewürzen und so gut nach meinem schwitzenden Mann riecht. Julizimmer, Schattenzimmer. Mein Mann, mein Leben. Ich werde diesen Menschen, dem alles im Leben zufliegt, Erfolg und Frauen, von Grund auf ändern. Er wird niemals eine andere Frau lieben als mich. Mit vierzig Jahren beginnt selbst der temperamentvollste Mann es sich zu überlegen, bevor er seine Schlange nach fremden Schößen züngeln läßt. »Lohnt sich der Betrug?« wird er sich fragen. Und die Antwort lautet: »Nein. Er lohnt sich nicht.«
Soixante-neuf.
»Hast du das schon einmal gemacht?« fragt Adam.
»Noch niemals.«

Ich stelle mich in Anbetracht der Tatsache, daß ich nicht lüge, äußerst gelehrig an. Ich habe das Glied eines Mannes wirklich noch nie in den Mund genommen – und bin doch schon fünfundzwanzig Jahre alt. Aber ich bin geschickt, das merke ich sofort, weil Adam so dankbar stöhnt. Er hat den dicksten, herrlichsten, seidigsten Phallus unter der Sonne. Schlange, die es vermag, jede von ihr gebissene Frau für ein ganzes Leben zu vergiften. Wie dick ein solcher Männerphallus anschwellen kann! Im Bett ist doch alles anders als im Auto und gar stehend. So mußten wir's auch oft tun. Und einmal, als er mir im Auto unter den Rock griff, kam eine Polizeifunkstreife, und ich zog schnell meinen Rock herunter. Zum erstenmal nackt im Bett, Adam und seine Eva, die noch nicht Eva heißt. Adam und seine Frau, die noch nicht seine Frau ist. Adam und seine einzige Geliebte Milena.

»Sag, was ich jetzt tun soll!«

»Nimm die Spitze in den Mund und küsse sie ganz leicht und zärtlich!«

Jetzt kann ich nicht mehr reden, denn ich folge meinem Herrn und Gebieter. Seine Haut schmeckt wie zarter Mandelkern. Nein, sie schmeckt besser, denn sie schmeckt wie Mann, wie mein Mann. Was ist aromatischer Mandelkern, verglichen mit diesem Männerfleisch?

Ich möchte so gern gleichzeitig küssen, schlecken und Adam sagen, wie glücklich er mich macht, aber mit der Gliedspitze zwischen den Lippen kann nicht einmal die geschickteste Frau reden.

»Du . . .«, beginne ich und lasse die Phallusspitze fahren. Sie gleitet aus meinem Mund in meine rechte offene Hand und ruht dort wie ein schönes Tier.

»Sprich nicht! Versuch doch mal, zu schweigen!«

Das werde ich im Laufe unserer Liebe und Ehe noch oft zu hören bekommen. Immer will ich meinen Genuß und meine grenzenlose Hingabe dadurch bekräftigen, daß ich es dem Geliebten, wenn wir den Gipfel unserer Verschmelzung erreicht haben, auch sage. Immer will ich ihm schwören, daß ich ihn liebe und nie einen anderen Menschen geliebt habe.

»Schweig und küß, das ist wichtiger!«

Adam ist ein Sultan. Ich bin die Königin seines Harems, doch vorläufig hat mein Herrscher noch keine mir bekannten Nebenfrauen. Ich bin wunschlos glücklich und restlos unbefriedigt. Ich begreife an diesem ersten, glühend heißen Nachmittag auf dem viel zu grauen Bettlaken in einem schäbigen, dem prächtigsten Hotelzimmer der Vereinigten Staaten, daß ich niemals volle Befriedigung finden werde. Im machtvollsten Orgasmus, im körperlichen Höhepunkt ohnegleichen liegt schon die Gier nach mehr. Ich müßte Adam weniger lieben, wollte ich jemals genug von ihm bekommen. Es gibt kein Genug, das er mir schenken könnte. Ich bin mit Sehnsucht und Hunger geschlagen bis ans Ende meines Lebens.

Ich bete zu Gott, daß auch mein Geliebter mit derselben Sehnsucht und demselben Hunger geschlagen sein möge.

Jetzt ist seine zarte, dicke, lange Schlange mit der duftenden Seidenhaut wieder dort, wo sie hingehört.

Sie gleitet zwischen meine Lippen, die Lippen meines Mundes. Wir liegen auf der Seite: Ich, den Kopf zwischen seinen Beinen, mitten im roten Regenwald, halte seine Schenkel umfangen, und meine Hände sind so eifersüchtig auf meinen Mund, daß ich ihnen auch etwas bieten muß. Ich habe noch nie solchen Hunger in meinen Händen gespürt. Während meine Lippen saugen und ich genieße, was noch keine Frau genoßen hat, schiebe ich die linke Hand unter seinen Schenkel, unter seine Hinterbacken.

Der Arsch eines Mannes kann die Quelle großer Freuden sein, Manna für jede liebesfähige, hungrige Frau. Ich halte heute zum erstenmal einen Männerarsch zwischen den Händen, der so wohlgestaltet ist, daß ich ihn, trotz meiner Eifersucht, allen anderen Frauen zeigen möchte! Ich könnte diese festen Halbkugeln Tag und Nacht küssen.

Es ist gleichzeitig gut und furchtbar, daß der Körper eines Mannes aus so vielen Teilen besteht, die geküßt und liebkost werden wollen: mit den Fingern, mit der ganzen Hand, mit der Zungenspitze, den Lippen, den Ohrläppchen, den Schenkeln, Zehen, der Klitoris, der Scham. Ich möchte tausend Leben haben. Ich möchte jedes dieser Leben mit meinem Liebsten verbringen, schon darum, weil mein Geliebter der einzige Mann auf dem Erdenrund ist. Die andern, alle andern bestehen aus Anzügen, Schuhen, Brillen und Hemden. Darin aber stecken keine Körper. Es sind wandelnde Gespenster. Der einzige Mann mit Körper, Hirn und Herz ist mein Mann.

Man muß Mahadoeh dafür belohnen, daß er zur Erde herabsteigt und seine Bajadere beglückt.

Jetzt taucht er auf, er löst sein Gesicht von dem feuchten Hügel zwischen meinen Beinen, während ich seinen Unterleib mit Küssen übersäe. Er fragt:

»War das gut, wenn du dich als kleines Mädchen aufgestachelt hast und es dir dann kam?«

Ich muß mich von den zwei Granatäpfeln und seiner süßen Phallusspitze trennen, um antworten zu können.

»Ich weiß es nicht mehr. Wenn ich Genuß empfinde, ohne dich dabei zu spüren, so ist das Sünde.«

»Denkst du daran, daß du mich nie betrügen darfst? Es wäre auch Sünde.«

»Ich würde dich nie betrügen. Mit wem? Es gibt keinen anderen Mann. Soll ich etwa mit Frauen schlafen?«

»Bist du sehr aufgeregt? Willst du mich schon ganz?«

»Noch lange nicht. Wir haben Zeit bis morgen früh.«

Adam sagt: »Und dann das ganze Leben.«

Es klingt so herrlich, daß ich ihm dafür die Hände küssen möchte, denn eine gute Frau muß ihrem Geliebten auch die Hände küssen, wenn er sie glücklich macht. Keine Zeit zum Händeküssen. Ich kenne meine Pflicht. Alles am Körper meines Mannes schmeckt am besten. Ein Fleckchen Haut übertrifft das andere immer an Wohlgeschmack. Und ich sauge an der Eichel, umspiele den äußersten Punkt des Lebensbaumes mit der Zunge, nehme auch meine Finger zu Hilfe und schiebe die geliebte Vorhaut zurück. Aber die Augen muß ich öffnen!

Es ist halbdunkel im Zimmer, und leise summend hat auch die Klimaanlage wieder zu arbeiten begonnen. Adam ist dankbar dafür, denn er stöhnt wohlig.

»Schön kühl! Du machst das wunderbar. Bitte, noch sehr, sehr lange. Macht's dich nicht müde? Noch sehr lange, bitte, hör' nicht auf. Ich werde dich dann auch so glücklich machen. Es muß dir ganz stark kommen.«

»Jetzt darfst du nicht sprechen«, sage ich. Und da schweigt er schuldbewußt.

Bewußtlos genießen. Sein Mund findet meine Klitoris wieder, die ewig hungrige. Ich nehme Besitz von meinem ersten Geliebten und letzten Mann. Ich bohre meine Stirn in das regenfeuchte rote Gestrüpp mit dem Blätterdach aus roten Härchen. Meine rechte Hand läßt die Hinterbacke meines Geliebten fahren, und im selben Augenblick ist mir diese Hand wieder böse. Meine Handfläche ist noch hungrig. Mein Hunger sitzt in beiden Handflächen, im Kopf, in den Augen, in der Scham, in der Magengrube. Die Hand will essen. Ich muß ihr etwas bieten. Während ich am eisenharten und weich überzogenen Phallus meines Geliebten sauge, finden meine beiden Hände den Spalt zwischen Adams Hinterbacken. Mit den Fingern hinein. Ich werde diese beiden Granatapfel-Hälften und den tiefen Spalt dazwischen später ausloten. Dort muß ich ihn auch küssen. Man muß überall küssen. Überall hineinküssen. Tief innen im Spalt wachsen weiche Härchen. Ich wüßte gern, warum man immer wieder nur den Körper der Frau entdeckt, malt und zeichnet. Vielleicht kommt es mir nur so vor, weil ich untrennbar an den Körper meines Mannes geschmiedet bin und ihn überall sehe.

Michelangelo hätte sich auf diesen Männerkörper gestürzt. Picasso ballt solche Zentauren- und Minotaurenkraft in Vergewaltigungen und Entführungen zusammen. Der brandrote Zentaur hat mich entführt, ich wehre mich nicht. Wenn ich mich aufbäume, so ist das die Lust, die Jagd nach Bewußtlosigkeit und nicht mein Widerstreben.

Jede Frau hätte nur eine Begierde: sich von meinem roten Fabeltier entführen zu lassen!

Ja, die meisten Bildhauer und Maler leuchten immer wieder den Frauenkörper aus. Könnte ich sinnvoll Farbe auf Leinwand auftragen oder Gips und Marmor und Holz lebendig gestalten, so hieße mein einziges und ewiges Modell: Adam. Auch Picasso malte immer wieder seine Geliebten.

Die ganze Schöpfung liegt in Adams Phallus und seinen Hoden. Daß ich an einen Mann geraten bin, der mich als Spiegel seiner selbst brauchen kann, ist gut. Ich muß mich nicht verstellen, um Adams Liebe und Leidenschaft widerzuspiegeln. Er steckt seinen Schlüssel aus Fleisch in mich. Er sperrt mich auf. Er horcht und schaut. Er schaut und schreibt. Was er schreibt, ist Liebe. Weil ich in der Liebe lebe, die er mir schenkt, helfe ich ihm beim Schreiben. Jede Liebe, die er mir schenkt, verdoppelt sich in mir. Ich werfe sie, stärker, größer, schöner geworden, auf ihn zurück.

So führe ich die Hand meines Mannes beim Schreiben.

Meine Daumen ruhen am Eingang zum Spalt zwischen den

wohlgeformten Hinterbacken, vier Finger meiner rechten und vier Finger meiner linken Hand dringen ganz langsam, allmählich in die heiße Spalte zwischen den beiden kühlen Gletschern ein. Granatäpfel, Gletscher, Spalte. Adam muß in dieser Spalte äußerst empfindlich sein. Die Schenkel meines Geliebten beben, als durchzuckten sie Krämpfe. Sprechen kann er nicht, weil er mich unten küssen muß.

Meine Freundinnen im College lebten entweder auf einem fremden Planeten, oder sie logen wie Berufsverbrecherinnen. Sie verrieten mir entweder aus Bosheit nicht, daß es auch dergleichen gibt, oder sie wußten es wirklich nicht besser. Und auch die zahlreichen, vorgeblich wissenschaftlichen Sexbücher, die ich las, verrieten nicht, daß es auch so etwas gibt. Schamloseste Heimkehr ins Paradies, bevor die Stimme Gottes erscholl und Adam und Eva verjagte. Baum der Erkenntnis und daran die reifste Frucht, das tiefste Wissen. Menschenfreundlichste aller Schlangen. Diese Schlange sieht niemals einer Psychoanalytikerin ähnlich, deren strohtrockener Unsinn vom Fernsehen hoch bezahlt wird. Diese paradiesische Schlange gleicht den Engeln, wie wir sie auf Heiligenbildern sehen.

Ich fürchtete mich als junges Mädchen instinktiv vor allem, was mit Sex zusammenhing, weil ich davon überzeugt war, daß Sex als bloße körperliche Betätigung nichts mit Liebe zu tun hatte. Dann kamen meine drei lächerlichen Hampelmänner. Meine Liebhaber – meine Marionetten.

Und plötzlich die Antwort auf alle Fragen und jede Sehnsucht.

»Küß mich sofort auf den Mund!«

Adam hat seine Lippen abrupt von meinem Hügel gelöst, auch seine Hände. Er plant etwas Neues, eine Überraschung.

Er will mich auf den Mund küssen, weil ich noch nie den Geschmack meiner eigenen Schamlippen gespürt habe. Jetzt küsse ich, wenn meine Lippen seine Lippen berühren, auch meine eigenen Spalten und Körperöffnungen, meine eigene Scham und Klitoris. Jetzt schließt sich der Kreis: Ich bin ganz Adam, und er ist ganz Milena.

Ich sträube mich, das will ich nicht.

»Du bist ganz naß«, sage ich.

Adam läßt mir keine Zeit. Ich darf nicht einmal Atem holen.

»Ich bin von dir naß, und du bist von mir naß. Ekelt dich vor dir selber?«

»Mehr als vor dir? Nein. Überhaupt nicht! Du hast recht. Ich küsse mich gern selbst, wenn ich auch dich dabei küsse.«

Komisch, wie wenig mich die höchste und tiefste Befriedigung, der Orgasmus als Wellenberg, an diesem ersten Nacht-Nachmittag interessiert. Der Gipfel wird mir nie so wichtig sein und mich nie so tief beglücken wie das Vorspiel.

Adams nasser Kuß hat jetzt einen beizenden, aufreizenden Geschmack, das ist der bittere Beigeschmack meiner eigenen Drüsensäfte. Ich lecke sehnsüchtig seine Zungenspitze. Alles fließt zusammen. Es ist sein Fleisch und mein Fleisch. An wessen Körper es gewachsen ist, ob es zur mir oder zu dem geliebten Mann-Wesen gehört, ist gleichgültig.

»Schläfst du, Adam?«

Meine Zunge hat die erste Entdeckungsreise um seine Zunge hinter sich, und er gönnt mir keinen Augenblick Ruhe. Später wird er mich faul nennen, wenn ich meine Pflicht vergesse, nicht im Mund-Zungenspiel, sondern in den unendlichen Variationen der Verschwisterung und Verbrüderung von Phallus und Klitoris, Phallus und Scheide, Schenkelhärchen und Frauen-Schenkelhaut.

Gern wüßte ich, warum mir die lateinische Bezeichnung des Besten, was ein Mann hat, genauso widerstrebt wie die zahlreichen vulgären, populären und von uns nie verwendeten Ausdrücke.

›Penis‹ wird in allen Sprachen benutzt. Ich finde das Wort hart, unpoetisch. Penis – das ist ein dünner Bleistift ohne Reiz. Das Penisglied paßt zwischen die bläulichen Lippen einer puritanischen Schullehrerin. Was natürlich eine absurde Idee ist – denn welcher puritanischen Schullehrerin würde es wohl einfallen, das Wort, geschweige denn den Gegenstand aus Fleisch und Blut, bestes und wichtigstes Attribut des Mannes, in den Mund zu nehmen!

›Phallus‹ – darauf haben wir uns stillschweigend geeinigt. ›Phallus‹ ist die einzige standesgemäße Bezeichnung von sprachlicher und dichterischer Schönheit. In unserem Bett haben die Griechen die Römer besiegt. ›Phallus‹ – das klingt voll und weich.

Adam nennt meine Klitoris nur selten beim Namen. Auch er sagt: »Sie schmeckt heute wieder süß« und »So gut hat sie mir noch bei keiner Frau geschmeckt!« Er meint damit die Küsse auf meine Klitoris. Gegen die Bezeichnung Kitzler haben wir beide nichts einzuwenden. Er kitzelt mich, wenn er mich darauf küßt. Er regt mich auf, wenn er mich kitzelt. Ein Kitzeln, das kein Lachen auslöst, sondern höchste und tiefste Erregung. Auftakt zum guten, großen Orgasmus, dem Punkt, da wir uns nicht mehr zurückhalten können. Wir jagen beide auf den Orgasmus zu – den ersten in einer endlosen Kette. Adam flüstert mit kraftloser Stimme:

»So stark ist es mir noch nie gekommen. So stark wird es mir bei keiner anderen Frau kommen. Ich will dich immer bei mir haben. Bleib bei mir. Schwörst du es?«

»Ich bin doch noch gar nicht für immer bei dir. Morgen wirst du wieder bei Christine schlafen!«

Adam setzt sich im Bett auf. Jetzt fürchte ich mich vor dem Zentaur. Seine rotflammende Mähne umsteht das herrliche Gesicht, es verzerrt sich zu einer bösen Maske.

»Ich schlafe nicht bei Christine!« faucht mein Zentaur.

»Du schläfst nicht nur im selben Haus wie Christine, sondern sogar im selben Schlafzimmer. Im selben Doppelbett.«

»Bist du verrückt? Wer hat dir das gesagt?«

»Christine.«

Ich erzähle ihm, daß mich Christine vor vier Monaten, als ich die neue Stellung antrat, durchs Haus führte. Sie zeigte mir alle Zimmer, obschon ich keine Lust verspürte, auch das Schlafzimmer des fremden Ehepaares zu betreten. Ich wollte nicht sehen, wo der Mann, dessen Geliebte ich um jeden Preis zu werden wünschte, mit seiner Frau schlief. Ich gönnte ihn schon damals nicht dieser bleichen, müden Porzellanpuppe mit dem unbrauchbaren, rechten Arm.

Und dann dauerte es doch fast vier Monate, bis wir uns endlich das erste, ganze Wochenende stehlen konnten. Wir beide ganz allein, ohne Bewachung. Nie hat sich ein Paar so sehr nacheinander gesehnt wie Adam und ich. Damals war Adam noch kein geübter Ehebrecher. Seine ständig wechselnden, flüchtigen Liebesaffären waren alles andere, nur kein systematischer Ehebruch.

Seither haben wir die Kunst des Ehebruchs und des Betrügens bis zur höchsten Vollkommenheit gesteigert. »Wie gefällt Ihnen unser Bett?« fragte Christine Hansen jene dunkelblonde, neue Sekretärin ihres Mannes, die sie erst flüchtig kannte. Sie wollte zweifellos vor der schlichten, aus bescheidenen Verhältnissen stammenden jungen Amerikanerin angeben.

»Louis XVI«, fuhr sie fort. »Aber echt! Nicht aus einem New Yorker Ramschladen! Ein sehr wertvolles Stück. Auch meine anderen Möbel. Ich liebe dieses Schlafzimmer besonders, es stammt von meinen Eltern. Der große Salon unten ist Régence – lauter ausgesuchte Stücke aus Frankreich.«

Was wir hier in Amerika ganz einfach ›Wohnzimmer‹ nennen, bezeichnete Christine noch altmodisch als ›Salon‹.

»Sehr stilvoll!« lobte ich damals höflich. »So erlesene antike Möbel sind in New York unerschwinglich.«

»Ob man sie überhaupt in diesem barbarischen Land findet, möchte ich bezweifeln«, fuhr Christine fort. Ich hätte sie für diese Bemerkung ohrfeigen können. Und dann kam es:

»Mein Mann liebt unser Schlafzimmer genauso wie ich. Er schwärmt für antike Möbel.«

Das war eine glatte Lüge.

»Die Dauerhaftigkeit einer Ehe steht in direktem Verhältnis zur Bequemlichkeit des Bettes, glauben Sie nicht?« plapperte Christine weiter. »Ein gutes Bett ist sehr wichtig . . . noch wichtiger ist freilich, was man darin macht . . .«

Ich wiederhole Christines Worte meinem Geliebten, nackt neben ihm im Bett liegend. Worte, die sich im Mund der alternden Französin komisch ausnahmen. Grob und verlogen!

Im Schattenzimmer. Neben dem Liebsten liegend, der eines Tages, wenn die Erde stillsteht und das Tor zum Paradies aufgeht, mein Mann sein wird. Mein rothaariger Bacchus sagt nichts. Sein Mund verzerrt sich, und er trägt eine angewiderte Miene zur Schau.

»Sie lügt, Milena«, sagt er dann. »Sie hat auch damals gelogen. Ich schlafe seit mehreren Jahren nicht mehr in diesem prunkvollen Louis XVI-Bett. Ich habe mir neben meinem Arbeitszimmer in der Mansarde ein kleines Schlafzimmer eingerichtet.«

»Dort schläfst du wirklich? Und mit welcher Ausrede . . .?«

Ich hatte es in den vier Monaten unserer Zusammenarbeit sorgfältig vermieden, genaueren Einblick ins Privatleben meines Arbeitgebers, der schon beinahe mein Geliebter war, zu gewinnen. Ich war sehr feige.

»Und mit welcher Ausrede ist dir der Umzug gelungen?«

»Mit gar keiner. Ich lüge nicht mehr. Das ist unwürdig und anstrengend. Im übrigen zog ich auf Christines Drängen noch einmal zurück in den zweiten Stock – doch nicht mehr ins Schlafzimmer. Ich schlief auf der Couch im Wohnzimmer, als du meine Sekretärin wurdest. Weil sich Christine nachts ›fürchtete‹. Erst seit vier Monaten – seit ich dich kenne, seit du für mich arbeitest – schlafe ich konsequent, Nacht für Nacht, in der Mansarde. Und so wird es bleiben, solange ich mit Christine unter demselben Dach hause.«

Damals gab es noch keine Lügen. Jeder zweite Mann hätte schon jetzt von Scheidung gesprochen. Adam spricht nur von unserer Liebe.

»Küß mich, küß mich, küß mich!«

Jetzt bin ich es, die bettelt. Er schnellt die Zunge zwischen den Lippen hervor in meinen runden Mund-Tunnel. Ich sauge seinen Kuß tief ein, bis in den Schlund. Er kniet vor mir. Wieder im Auberge Versailles, in New York. Ich reiche ihm nur bis an die Schultern und muß mich am Bettpfosten festhalten, um nicht vom Anprall seines Mundes umgestoßen zu werden. Er küßt meinen Schoß. Ich bin nackt. Er legt beim Küssen beide Pranken auf meine Brüste, die sich elastisch zusammendrücken lassen, als wären sie aus Gummi.

»Du hast die süßesten Brüste der Welt!«

»Nicht groß genug.«

»Doch, ich mag keine überdimensionalen Brüste. Deine sind gerade richtig für mich.«

Gern wüßte ich heute, was die Pranken meines Mannes mit den weichen, schwammigen Brüsten Evas anfangen. Ob sie auch diesmal plötzlich aus dem Hause ihres Mannes verschwinden wird, wenn mein Mann verreist? ›Ihre Eeltern in Tampa besuchen‹, diese verlotterten Tagediebe?

»Du hast die süßesten Brüste der Welt.«

Es ist zwei Uhr nachts geworden, mein Mann liebt mich nicht mehr. Ich bin, über die Maßen alles Tragbaren glücklich, im Auberge Versailles liegengeblieben. Die Milena in Cape Rock, mit ihrem Geliebten verheiratet, beneidet die Frau im Auberge Versailles so sehr, daß sie ihr die Augen auskratzen könnte. Der erwartete Sturm ist noch nicht ausgebrochen, vielleicht hat er sich bereits ausgetobt. Vom Hurrikan blieben wir bislang verschont.

Und ich habe den Namen Evas wieder ausgesprochen. Mein Geliebter ärgerte sich bis zur Weißglut.

Bitte, bitte, lieber Gott, gib, daß ich schweigen lerne. Lieber krepieren vor Schmerz und Eifersucht. Nur schweigen, damit ich nicht alles verderbe, das bißchen, was ihn noch davor zurückhält, mich zu verlassen.

Zwei Uhr nachts. Oder später? Wir müssen um sieben Uhr aufstehen. Adam hatte sein Flugbillett reserviert. Wir wollten noch mit dem Reisebüro in Miami Beach telefonieren.

Jetzt müßte ich mit dem Boot hinaus aufs Meer! Das beruhigt die Nerven. Der Wind ist stark genug. Vielleicht fegt er mich ins Wasser. Unsinn, ich schwimme viel zu gut, um zu ertrinken.

Das Tauchen mit Adam. Lauter Sonnenglück und Nässe. Herunter mit den Schwimmanzügen, nackt. Und auch nackt in der Badewanne. Das war nicht im Auberge Versailles. Dort hatten wir ein scheußliches Badezimmer – nein, nicht einmal ein Badezimmer, nur ein kleines Kabinett mit Dusche.

Das erste Baden mit dem Geliebten, die ersten nassen Umarmungen in der Badewanne, die lehrte er mich im letzten Jahr seiner Ehe mit Christine.

Das Bad draußen in der Bucht, das nächtliche Schwimmen in Cape Rock. Es gibt nur einen einzigen Rivalen für die Berührung mit der herrlich nackten Haut meines Mannes: das salzige Wasser der See. Das Meer versteht es, meinen nackten Körper so zu küssen, wie mein Mann ihn liebkost. Das Meer regt mich auch auf, wie die Haut meines Mannes.

Wenn man ganz müde geworden ist nach der allertiefsten Lust, so schläft man ein, in der Hoffnung, nicht lange schlafen zu können. In ein, zwei Stunden will man zu neuem Liebesspiel geweckt werden. Wieder einschlafen. Wieder geweckt werden; und wieder einschlafen, den heißen, nur leicht erschlafften Pfahl im Fleisch, meinen tropischen Baum tief in der Scheide steckend und an den Kitzler geschmiegt, fest von meinen Lippen dort unten umschlossen. Dann finde ich endgültig Schlaf für eine Nacht.

Trotz des Schlafglücks gönne ich meinem Körper die Bewußtlosigkeit nicht, weil mich der Schlaf vom bewußten Genießen trennt. Ich liebe die Morgendämmerung in Cape Rock, wenn sich der Himmel noch schwärzlich oder grau über dem tiefgrünen Meer wölbt und weit hinten schon ganz behutsam beginnt, sich mit einer matten Röte zu überziehen. Die Palmen, heute nacht noch vom Sturm gepeitscht, verwandeln sich in dieser zarten Morgenfrühe wieder in unberührte, stolze Jungfrauen. Ihre Kleider sind sauber und grün, als hätte das leichte Regengeriesel sie nachts abgestaubt.

Palmen sind traurige, starre Pflanzen, verlassene Geliebte. Nur der frühe Morgen macht sie wieder hoffnungsfroh und schön. Abends und nachts gleichen sie melancholischen Frauen, geboren zum Verlassen- und Betrogenwerden wie Christine. Sie zog den Schlußstrich, bevor ihre Einsamkeit unwiderruflich geworden wäre. Es gibt Einsame, die dem letzten Hurrikan einen Streich spielen. Sie kommen ihm zuvor und ziehen die letzte Konsequenz.

Ich kann meine Gedanken heute nacht nicht bändigen. Ich bin nicht mehr in der Gegenwart, mein Mann hat nach mir gegriffen, wir liebten uns, und ich machte dennoch alles wieder falsch; er brach das Liebesspiel ab, und ich muß ihn erneut verführen, sonst kann ich nicht schlafen. Ich sehne mich nach meinem Mann, der meilenweit von mir entfernt neben mir liegt und bitterböse ist, weil ich meine Eifersucht nicht im Zaum zu halten weiß.

Ich bin wieder im Julizimmer, im Auberge Versailles. Die Zeit muß mir gehorchen.

Wir können Christine nicht aus dem Julizimmer verscheuchen. Sie bleibt heute lange. Nun ist sie endlich weg. Es riecht nicht mehr nach verwelkten Palmen, und zwischen den Ritzen der Jalousien schaut kein Geier auf unser Hochzeitsbett.

Es riecht nach Knoblauch und nach dem Eau de Cologne meines Geliebten. ›Mon Prince‹ heißt es. Ausdünstungen unserer Liebe. Wieder kniet er vor mir, liebkost meine Brüste und drückt mich an sich. Es wäre schön, wenn ich, im Bette knieend, groß genug wäre, den Phallus in mir zu empfangen. Das geht nicht. Meine Beine sind zu kurz. Er hilft mir zur Reiterstellung.

»Setz dich auf mich!«

»Ist das nicht zu anstrengend für dich?« frage ich und habe Angst, herunterzurutschen. Ich halte mich wieder an den Messingbettpfosten fest, während ich über die eisenharten Schenkel meines Geliebten klettere; und ich stecke den geliebten und erst heute, in unserer ersten Liebesnachmittagsnacht ganz entdeckten Riesenphallus in meine Scheide. Die Stellung ist raffiniert! Ich bewege mich, wie er es haben will, vor und zurück, vor und zurück, doch muß es bequemere Stellungen geben.

»Ich wollte dich nur auf die Probe stellen, ob du zu allem bereit bist. Nicht wahr, du bist nicht faul und bequem im Bett?« fragt Adam.

Diese Frage empört mich wirklich.

»Faul? Brauchst du einen Dienstboten oder eine Geliebte?«

Adam lacht mich aus. Meine Empörung belustigt ihn. Er wird mich auch später oft auslachen, und das nehme ich ihm nicht übel, denn er ist der Herr, und ich bin seine Dienerin. Ich will ja wirklich seine Sklavin sein. Warum ärgere ich mich also?

Ich wußte, seit ich Frau bin – daß ich im Bett und in der Liebe überhaupt Dienerin sein müßte, um volle Befriedigung zu erreichen und dem Mann alles zu schenken: Leib, Seele, Glück, Auflösung. »Gib Vergessen, daß ich lebe.«

Wie bedauernswert ist eine Frau, die einem Mann Vergessen schenken will, der nur Appetit auf eine Stunde Sex verspürt. Der keinen Schimmer einer Ahnung hat, daß Sex ohne Liebe weniger befriedigt als ein Glas lauwarmes Wasser an einem heißen Sommertag.

Die blutarmen Menschen! Sie verschlangen, bevor Adams Romane in den Buchläden auftauchten, Bücher über wilde Sexorgien, Hermaphroditen, Lesbierinnen und Homosexuelle. Die köstlichen Werkzeuge der normalen Liebe zwischen Mann und Weib wurden zu Steckdose und -kontakt degradiert. Normale Liebe war altmodisch. Mann und Frau? So konservativ, daß es beinahe schon pervers wirkte. Es bedurfte eines Adam Per Hansen, um den törichten und in ihren sexuellen literarischen Ausschweifungen nur scheinbar avantgardistischen Menschen die Augen zu öffnen. Impotenz verkriecht sich so bequem hinter Perversionen! Adam Per Hansen hat den wenigen Männern, die ausschließlich mit Frauen schlafen wollen – nicht nur dann, wenn ihr ständiger Freund keine Zeit hat –, den Mut zur Rückkehr ins Paradies eingeflößt. Gott schuf zwei Geschlechter: Männer sollten mit Frauen schlafen.

Dieser Hunger und Durst in den Augen der Weiber, wenn Adam das Vortragspodium besteigt! Ich weiß es. Ich habe ihn früher, als ich noch nicht seine Frau war, immer begleitet. Diese maßlos koketten, gefährlichen kleinen Studentinnen mit langem

Madonnenhaar, die Augen schwarz umrandet, grünlich oder bläulich die Lidschatten, freche, winzige bis breite Brüste; Miniröcke, dazu oft keine Strümpfe. Braungebrannte Schenkel. Ich habe beobachtet, wie eine solche Studentin, die ein biologisches Seminar an der Columbia University leitete und Adam eingeladen hatte, weil er sich in seinem Buch »Verliebte Tiere« als hervorragender Amateur-Biologe und Verhaltensforscher erwies, im Vorbeigehen an Adams Knie stieß. Dann hielt er seinen Vortrag. Sie kam später auf uns zu.

»Meine Sekretärin.« Er hätte mich ebenso gut ganz klipp und klar als seine Geliebte vorstellen können. Aus dem reservierten Benehmen, das er mir gegenüber an den Tag legte, merkten die Uneingeweihten mühelos die wahren Zusammenhänge; einer Frau gegenüber, mit der man nichts hat, benimmt man sich viel natürlicher.

Wir waren wieder einmal zusammen durchgebrannt. Christine hatten wir vorgeschwindelt, daß ich nach Boston zu einer Cousine geflogen war. Zwei Telefonanrufe von Adams Frau, Verdächtigungen, Telefon-Szenen lagen bereits hinter uns.

»Ich liebe Ihre Bücher, Mr. Hansen!« sagte die unverschämt kokette kleine Studentin ehrfürchtig. Adam lächelte ohne jede Überheblichkeit. Wie immer machte ihm auch dieses Lob Spaß.

Die will mit Adam ins Bett gehen. Du darfst ihn nicht aus den Augen lassen.

Nein. Er soll nicht merken, daß du ihn hinter Schloß und Riegel halten willst. Du mußt ihm zeigen, daß du nicht eifersüchtig bist. Laß ihn tun, was er will. Das Mädel will sich vielleicht nur mit ihm unterhalten, um nachher bei ihren Freundinnen anzugeben. Wenn du deine Eifersucht zeigst, so schöpft er Verdacht, daß du eine zweite Christine werden könntest, wenn er dich später heiratet. Mach' ihn nicht kopfscheu!

Ich lasse die beiden allein, gehe über den Hof zum Springbrunnen und rufe Adam noch zu: »Ich warte dort drüben auf dich!«

Absichtlich mache ich einen kleinen Spaziergang und komme erst nach einer halben Stunde zurück. Adam und das kleine Madonnenbiest sind verschwunden. Eine Stunde vergeht. Ich esse ein Eis in der Cafeteria. Erst eine Viertelstunde später taucht Adam auf, er scheint erhitzt, sein Haar ist zerrauft.

»Das Mädel hatte Probleme mit seiner Doktorarbeit. Wir

machten einen kleinen Spaziergang, und ich gab ihr gute Ratschläge.«

Ich muß mich beherrschen! Keine zweite Christine sein! Er wird das Mädchen doch nicht bei der ersten Begegnung . . .?

Warum nicht bei der ersten Begegnung? Alle Weiber ziehen sich sofort nackt aus, wenn sie mit Adam im Zimmer stehen. Vielleicht war er auf ihrer Bude. Alle Weiber riskieren gleich alles. Und dieses Mädel hatte bestimmt nichts zu riskieren – sie ist ja aller Wahrscheinlichkeit nach unverheiratet. Ich habe alles für ihn riskiert – Geschrei und Hinauswurf durch Christine und Selbstmorddrohungen, bis es eines Tages so weit sein wird. Bis wir frei sind.

Rückblende der letzten Jahre. Damals befanden sich Christines Selbstmorddrohungen im Anfangsstadium. Sie waren Zukunftsmusik, viel eher verheißungsvoll als unheilverkündend.

Ganz bestimmt hat er mit dieser kleinen Studentin geschlafen. Flüchtiges, kräftiges Abenteuer. Sie hat doch sicherlich eine sturmfreie Bude. Warum wäre er sonst so verlegen und erhitzt zurückgekehrt . . . wenn er ein reines Gewissen hätte? Er liebt nur mich. Doch er kann immer. Das sieht man ihm an der Nasenspitze an. Auch an der Phallusspitze, die sich unter dem Stoff seiner Hose abzeichnet.

Damals, vor Jahren, hätte ich verschwinden sollen. Heute ist es zu spät. Meine rettungslose Verliebtheit beschränkt sich nicht nur auf seine Hoden und auf seinen gesamten Geschlechtsapparat. Ich wollte, er wäre nur mein geliebter Phallus. Er ist viel mehr.

Amerikas intellektuelle Kritiker und jene, die glauben, ein gewisses Quantum unverdaute Psychologie und irrsinnig fade, soziologische Abhandlungen wären bereits eine genügend breite Basis für fortschrittliches Denken, verspotteten Adams »Verliebte Tiere« als altmodischen Pantheismus und schlecht bemäntelte Pornographie; andere ernannten ihn zum »romantischen Henry Miller«.

Die ihn lieben, und ihre Zahl wächst leider von Tag zu Tag, begreifen, daß er nur auf einen uralten und stets ins Paradies führenden Pfad zurückgekehrt ist. Die Welt ist schön, das Leben ist schön. Furchtbar, grausam und dennoch schön. Welcher moderne Schriftsteller, knapp fünfundvierzig Jahre alt und dabei jung wie ein Achtundzwanzigjähriger, wagt es in unsern Zeitläuften der modischen Verzweiflung, des Nihilismus, der Selbstzerfleischung unserer Nation, seine Leser auf die gigantischsten und primitivsten Genüsse des Lebens aufmerksam zu machen? Adam wagt es. Sein Hoheslied gilt dem salzigen, klaren Wasser der Meere und Seen, den Bächen, durch deren Wasser man die Kiesel auf dem Grund erblicken kann; der Liebe, die nicht nur Sex ist; dem Geschlecht, das überall sitzt: in der Vorhaut des Mannes, im Kitzler der Frau. In ihrem behaarten Dreieck dort unten. In ihrer unsichtbaren Seele. Dem Geschlecht, das Verkettung, Verschmelzung und Einswerden ist. Der Sonne, die auf Menschen scheint, Männer, Frauen und Kinder, die seit ihrer Vertreibung aus dem Paradies schlecht mit ihrem Pfund gewuchert haben und sich dennoch an der großartigen Schöpfung erquicken dürfen, deren Wunder wir allesamt nicht verdienen.

Der »Bauer« Adam Per Hansen. Die Bauern waren früher da als die Psychoanalytiker. Ohne Bauern wäre die Erde längst dürr und kahl. Ohne Soziologen und Psychoanalytiker wäre sie bewaldet und reich. Adam Per Hansen läßt sich gern einen Bauern nennen. Von Tag zu Tag scharen sich mehr läufige Weiber um ihn, und darum tut es mir leid, daß sein Ruhm von Tag zu Tag wächst.

Mir bedeutet mein Geliebter das ganze Weltall. Die fremden Weiber ahnen nur, daß er herrlich im Bett ist. Einige – dessen bin ich sicher – wissen es. Mich hat mein Geliebter mit Liebe geschlagen. Ich liebe ihn besinnungslos und dennoch auch klar denkend, denn die Eifersucht hat mir noch nicht den letzten vernünftigen Gedanken geraubt. »Warum willst du seine Frau werden? Kein kluger Mensch sehnt sich nach dem Marterpfahl.« Ich will noch Vollkommeneres. Ich will auch die Konvention, auch seine Frau werden. Keine Stunde ohne ihn verbringen. So wird es sein als seine Frau – das bilde ich mir ein. Ich weiß noch nicht, daß die Erfüllung zu schwer für einen einzigen Menschen werden kann. Man trägt so sehr an seiner Last, daß man eines Tages ins Wasser geht.

Fiebertraum. Ich bin nicht ins Wasser gegangen. Ich heiße Milena und nicht Christine. Ich bin die Frau des Mannes geworden, dessen Geliebte ich fünf Jahre lang war. Ich müßte überglücklich sein.

»Was für ein schönes Paar!« sagen die Menschen heute. »Was

für ein glückliches Paar! Sie ist seine ideale Assistentin. Und seine Geliebte. Und seine Frau.«

Kein Mensch, der sich nach zwei Liebenden umdreht und sie Arm in Arm nebeneinander sieht, darf sich anmaßen, zu begreifen, was die beiden miteinander verbindet und voneinander trennt.

Der erste, dürftige, winzige Orgasmus meines Lebens. Wenn ich mich an ihn erinnere, bitte ich Adam heimlich um Verzeihung, daß ich damals überhaupt etwas spürte.

Julian, der hundsmagere, kleine Schachspieler mit der Elfenbeinhaut, tat ganz artig, was ihn seine Kameraden gelehrt hatten. Er steckte seinen dünnen Bleistift in mich hinein, und weil er sich nicht einmal die Mühe gab, auszuloten, wo ich empfindlich war und wo ich kalt bleiben würde, glich dieser erste Geschlechtsverkehr meines Lebens einer unappetitlichen Zwangshandlung. Hygieneunterricht. Jetzt muß »es« doch kommen, sagte ich mir.

Die Freundinnen schwärmen davon. Sie haben nichts anderes im Kopf. Und alle männlichen Kollegen im College wollten mich in die Bettgeheimnisse einführen. Es muß doch etwas Besonderes sein.

»Du spürst eine Welle, die steigt von der Scheide hoch, durch die Gebärmutter, bis zur Magengrube, und dann wirst du von dieser Welle emporgetragen und überflutet. Du verlierst buchstäblich die Besinnung . . .« So hatte mir Ellen, die durch sämtliche Studenten- und zahlreiche Professorenbetten im College geschleift worden war und es sehr gern tat, den Geschlechtsakt geschildert.

Ich spürte immer eine vage Ahnung von Lust, weil ich – und Adam erriet es sofort, als er mich zum erstenmal ganz nackt betrachtete – bereits als kleines Mädchen meine Geschlechtsorgane interessiert erforscht hatte. Das war gut und verboten. Ich versteckte mich dabei vor Mama und Papa. Und dann tat ich es nicht mehr, weil ich in einem Buch gelesen hatte, daß es der Gesundheit schaden würde.

»Das war ein erstklassiger Orgasmus!« bemerkte Julian, mein Schachspieler, der sich endlich mit mir beschäftigte. Nach ein oder zwei Minuten, einer winzigen Ouvertüre, gleichsam der Form halber, war er soweit. Völlig befriedigt.

»Nicht wahr, dir ist es auch großartig gekommen?« fuhr er fort.

Ich log, weil ich ihn nicht kränken wollte. Und Julian war in Gedanken schon wieder bei seinem Schachspiel.

»Nicht wahr, Milena, du nimmst es mir nicht übel, wenn ich jetzt schnell aufstehe und den nächsten Zug mache? Ich bin in fünf Minuten wieder da.«

Ich blieb liegen. Die Zeit verging. Etwa eine halbe Stunde später ich hatte recht gut und ohne jede seelische Qual, wenngleich völlig unbefriedigt und noch immer in Unkenntnis dessen, was ein richtiger Orgasmus war, geschlafen – kam Julian zurück. Er weckte mich. Stolz teilte er mir mit, daß er auch den restlichen Teil seines Schachproblems gelöst hatte und darauf brenne, einen diesbezüglichen Brief an seinen Schachpartner in Rumänien zu schreiben.

»Wir werden ein sehr glückliches Paar sein, Milena!« versicherte mir Julian. »Wie ich sehe, machst auch du nicht viel Aufhebens vom Sex. Eine hygienische Angelegenheit, gelt? Wir sind doch moderne Menschen!«

Und das, nachdem er sich wochenlang mit der Verzweiflung eines scheinbar ehrlich Verliebten um mich bemüht hatte.

»Die Menschen treiben viel zuviel Sex«, fuhr er fort. »Ist ja alles nicht so wichtig. Vielleicht bei den primitiven Völkern. Wir aber sind denkende Geschöpfe. Je klüger und intelligenter ein Mensch ist, um so mehr betrachtet er Sex lediglich als eine notwendige hygienische Handlung.«

Ich schlug die Tür zu und ging. Denn ich war zu taktvoll oder zu dumm, meinem ersten Geliebten die Illusion zu nehmen, daß er mich auf angenehm laue Weise entjungfert hatte.

Im übrigen konnte ich keinen Tropfen Blut auf dem Leintuch entdecken. Ich fragte meine Freundinnen vom College, ob sie geblutet hätten, was verneint wurde; vielleicht werden die heutigen Mädchen mit elastischeren Jungfernhäutchen geboren als unsere Mütter vor fünfzig oder sechzig Jahren?

Adam hört die Geschichten von meinen drei federflaumleichten Geliebten, diesen Imitationen männlicher Gestalten, sehr gern, vorzugsweise zwischen zwei wilden Umarmungen. Ich glaube, er geilt sich dabei auf wie andere Männer beim Betrachten pornographischer Fotos.

Vielleicht rührt mein späterer Widerstand gegen ganz junge

Männer daher, daß mein erstes Sex-Abenteuer mit Julian das mißlungenste war.

»Sex. Eine notwendige hygienische Handlung!« Diese Definition ist ein Fressen für mich und meinen ersten Geliebten, Adam; den ersten und letzten.

Ich kann begreifen, wenn ganz alte Männer oder solche, die nicht wissen, was sie mit der reifen und schwellenden Traube zwischen den Beinen, mit dem Klöppel der Glocke, die den Rhythmus des Lebens diktiert, anfangen sollen, wenn solche Männer Sex als ›notwendige hygienische Handlung‹ bezeichnen. Die Trauben sind sauer.

Was Julian behauptete, war eine Lüge. Das ahnte ich noch, bevor Adam auftauchte. Ich weiß es aber erst mit Sonnenklarheit, seit mich Adam den ungeheuren Unterschied zwischen Männchen und Mann lehrte.

Er küßt im Auberge Versailles meine Schenkel und Brüste, wie ein fleißiges Tier, das die ganze Wiese auf einmal in den Mund nehmen möchte. Er umspielt mit der Zunge meine Brustspitzen. Kaum hat er es getan, da bitte ich ihn schon wieder:

»Nimm beide Brüste in den Mund. Drück sie wieder zusammen!«

Adam lacht.

»Du bist ein ganz gieriges Scheusal. Ich kann doch nicht alles auf einmal tun!«

Mühselige Pyramide. Ich saß auf dem Geliebten und drückte, wie ein Krebs mit den Scheren, die Schenkel Adams zusammen. Im Schraubstock meiner Schenkel lag er. Wir lösen jetzt die Pyramide auf. Er hilft mir sanft von seinem Körper herunter und bettet mich auf den Rücken. Ich sehe das geliebte, glühend heiße Gesicht unmittelbar über mir, darüber die fleckige, weißgetünchte Decke des schäbigen Hotels. Eine Lampe mit blauem Kunststoffschirm, der viele blinde Stellen aufweist. Die einzige Glühbirne verbreitet mattes Licht. Die Nachttischlampe funktioniert nicht.

Das Deckenlicht genügt uns. Adam hat mir verboten, das Licht abzudrehen, weil er mich sehen will: innen und außen. Ich zeige mich zum ersten Mal einem Mann. Keine Falte meines Körpers soll dem Geliebten verborgen bleiben, und ich bin unsäglich stolz auf meine Schamlosigkeit.

»Du benimmst und bewegst dich wie die routinierteste aller Huren«, sagt Adam.

»Ich bin seit genau einer Stunde die routinierteste aller Huren. Hast du noch nie etwas vom Instinkt der Frauen gehört? Von ihrer angeborenen Huren-Gelehrigkeit?«

Ich respektiere diese Hure in mir. Sie ist ehrlich. Sie macht sich selbst gegenüber kein Hehl aus ihrer Eifersucht, Mißgunst und Niedertracht. Aus ihrem Haß, den sie gegenüber anderen Frauen verspürt.

»Du bist mein Weib. Ich liebe dich!« sagt Adam. Dann schweigen wir.

Ich weiß nicht viel, lerne aber schnell und gierig. Ich will die gelehrigste und gefügigste Schülerin meines rothaarigen Meisters sein. Meine Muschel und sein Schlüssel sind naß und fiebernd vor Erregung, weil sie sich erst vor ein paar Augenblicken voneinander trennten.

»Willst du es jetzt mit der Zunge – von Anfang bis Ende, bis es dir kommt?« fragt Adam. Ich nicke. Adam versteht es, die Liebesmahlzeit richtig einzuteilen. Ich kenne ihn noch nicht sehr gut, weil ich den ersten ganzen Nachmittag und die erste Nacht mit ihm verbringe. Was er einteilt, geschieht in meinem Interesse. Mein Geliebter muß nicht sparen. Drei, vier oder fünfmal kommen nachts die steil anschwellenden Wogen. Auf ihrem Gipfel überfällt uns die süße Ohnmacht.

Ganz mit der Zunge, nur mit der Zunge, vom ersten Zucken in der Klitoris bis zum Orgasmus. Noch nie hat mich ein Mann mit der Zunge befriedigt. Meine Augen tauchen in das rote Dickicht aus Haaren, dort erhebt sich die prächtige Rakete, der stolze Turm, und weiches Moos klettert daran hoch. Die bettelarmen Frauen meines Landes! Was stecken sie sich wohl zwischen die Beine?

Ich würde es ihnen immer übelnehmen, wenn sie sich Adam anböten. Ich werde sie mit den schärfsten Küchen- und Jagdmessern erstechen, ich werde nachts auf der Schwelle zum Schlafzimmer meines Mannes sitzen und ihn zu beschützen wissen.

»Willst du mich austrinken, wenn es mir kommt?«

»Jeden Tropfen.«

Es ist beinahe dunkel geworden. Fünfundzwanzig Jahre bin ich alt und liege im Auberge Versailles neben dem Geliebten, der vom Kopf bis zu den Füßen ein einziger, fleischig-muskulöser Phallus ist.

Geliebtes Geschlecht! Ich will dich wieder in den Mund nehmen und bitte dich, meine Klitoris mit der Zunge zu berühren, eben kam es mir, jetzt soll es mir wieder kommen. Dein Kuß ist der flüssige Erd- und Himmelskern. Warum bemühte ich mich damals nicht, schwanger zu werden? Adam ist noch mit Christine verheiratet, und irgendwo in Frankreich wächst ein mürrischer, vom Nationaldünkel der Franzosen erfüllter Bursche heran, mit Namen Claude.

Das hat ein junger Fallschirmjäger namens Adam Per Hansen davon, weil er in der Nacht vom 5. zum 6. Juni 1944 bei Trouville absprang und sich von einer Frau das Leben retten ließ, die bald ihren Geierschnabel zeigte. Immerhin: Ein Glück, daß es solche Geier gab und gibt, sonst läge ich nicht neben meinem Geliebten im Bett.

Man muß für jede Lebensrettung teuer bezahlen. Das weiß Christine Hansen heute. Gut, daß ich nicht zehn Jahre älter bin als Adam!

Daß wir rücksichtslose Ehebrecher geworden sind, stört mich heute in keiner Weise. Ich bin stolz darauf. Zum Teufel mit dem Gewissen! Dem Leben sind wir es schuldig, das Leben zu genießen! Adam hat die wissendste und allmächtigste Männerzunge der Welt, die gebefreudigste Männerzunge. Seine Hände streicheln wieder jedes einzelne Härchen auf meinem Venusberg.

Adams Zunge. Ich werde ohne dieses Zungenspiel nie mehr einschlafen können. Hat er Christine früher auch so verwöhnt? Ich kann es mir nicht denken. Wenn sie seine Zunge so wie ich kenne, würde sie sich niemals freiwillig von ihm trennen.

Es soll ihm kommen, mitten hinein in meinen verliebten Mund. Ich fürchte mich ein bißchen vor dem Strom, der aus Adams Fleischturm quellen wird und glaube, daß ich die Flüssigkeit nicht runterschlucken kann. Bestimmt nicht beim erstenmal. Ich habe Angst. Wollen die Männer, daß man alles heruntergeschluckt? Ist es Mißachtung, wenn die Frau ins Badezimmer geht, den Wasserhahn öffnet und den guten Samen im Wasserstrom tötet?

Im Auberge Versailles kommt es mir noch nicht zum Bewußtsein, daß es um jeden Tropfen Samenflüssigkeit schade ist, weil ich ein Kind von meinem Geliebten haben will. Diese Begierde, dieser Wunsch kommen viel später.

Ich helfe ihm. Das macht ihn rasend. Ich will alles schlucken. Und während seine Zunge meine Klitoris reibt, unterstütze ich ihn mit meinem Zeigefinger. Er keucht vor Erregung.

Als wir uns auf einer Party kennenlernten, saß ich schweigend neben Adam, das Cocktailglas in der Hand. Damals war er nur ein Name für mich, den ich respektierte. Er schaute mich an. Schließlich sagte er:

»Sie können gut schweigen. Das ist schon viel bei einer Frau.«

Die Vorwürfe, daß ich nicht einmal im Bett lange schweigen könne, kamen viel später.

»Danke«, erwiderte ich.

»Sie sind sehr schön. Wer sind Sie?«

»Ich bin gar nicht schön, höchstens hübsch. Im übrigen bin ich ein ganz uninteressantes Mädchen. Ich habe Psychologie und vier Semester Literatur studiert und arbeite für eine literarische Agentur.«

»Vielleicht heiratet meine Sekretärin bald. Hätten Sie unter Umständen Interesse . . .?«

Ich sagte sofort ja, meine Anstellung wurde jedoch noch lange nicht spruchreif.

»Aber ich mache Sie darauf aufmerksam, daß ich sehr faul bin und daß Sie in den Bibliotheken eine Menge Nachforschungen für mich anstellen müßten!« fuhr Adam fort.

So begann es. Christine bemerkte sofort, daß sich ihr Mann in ein Gespräch mit einem jungen Mädchen vertieft hatte. Sie kam zu uns herüber, reichte mir die linke Hand, wobei ich bemerkte, daß ihre Rechte kraftlos im Gürtel steckte. Sie lobte mein Kleid, meine Schuhe und meine Frisur, während ihr Geierblick sagte: ›Den kriegst du nicht! Solange ich lebe, kriegt ihn keine andere Frau!‹

Doch als die Sekretärinnen-Stellung ein paar Monate nach dieser ersten Begegnung frei wurde, war Christine klug genug, kein Veto einzulegen. Sie wußte, daß sie damit die Opposition ihres Mannes herausgefordert hätte.

Eines Tages ist es dann aus mit ihrer Klugheit. Aus Drohungen wird Selbstmord. Kostspielige Metallsärge schließen gut. Succhynolcholyne ist ein weißes, geruch- und geschmackloses Pulver, das sich jahrelang im Magen und im Muskelfleisch einer Leiche hält. Was freilich nur im Falle einer Obduktion . . .

Vier Monate nach Antritt meiner neuen Stellung liege ich mit Adam im wunderbarsten Bett der Welt, schlecht gewaschene, graue Laken. Mit Beinen und Füßen, mit Händen und Armen umhalse ich meinen Gott.

Adam hebt den Kopf von dem kleinen, dreieckigen Kissen, das ich ihm biete. An seinem Mund glänzen Perlen. Er hat große, sehr weiße Zähne, sie blitzen gleißend hell im rotgebrannten Faungesicht.

»War das gut? Ist es dir schon gekommen?« fragt er.

Ich lüge. »Ja. Es war herrlich.«

Ich hielt mich krampfhaft zurück und ließ es noch nicht kommen, aus Angst, daß dann alles bald zu Ende sein könnte. Von der endlosen Liebesfähigkeit meines Geliebten wußte ich noch nichts, weil ich so unerfahren war.

Adam durchschaut mich. Nie wieder werde ich ihn im Bett belügen.

»Du schwindelst ja, mein Kleines«, sagt er dann. »Wenn es dir wirklich kommt, so wird es dir durch und durch gehen. Das verspreche ich dir. Belüg mich nicht.«

»Ich fürchte mich.«

»Daß alles zu schnell vorübergeht?«

»Ja.«

»Armes Ding. Sind dir die andern Männer immer davongeeilt? Hab keine Angst. Ich laufe dir nicht davon.«

Er hat das rotgefärbte Polster-Dreieck innen und außen abgeleckt und öffnet mit den Zähnen das Tor zu meinem innersten Kern. Er legt mich auf Rücken und kniet über mir. Er dreht sich um, wendet mir die muskulösen Hinterbacken zu, damit ich sie liebkose. Dann will er mich aufs neue austrinken, nur in einer anderen Stellung der Liebe.

Ich stemme die Beine hoch, stelle sie links und rechts neben das Gesicht meines Geliebten und bilde mit den Schenkeln ein Dach über ihm. Die feuerrote Adam-Landschaft liegt jetzt unter mir. Aber diesmal greifen auch seine Zähne ins Liebesspiel des Küssens ein. Das könnte leicht wehtun, denn meine Klitoris ist sehr empfindlich. Von der Wollust bis zum Schmerz ist es nur ein winziger Schritt.

Seltsam, daß mich ein ganz behutsames Tupfen und Abtasten mit der Zunge viel stärker erregt als der Geschlechtsakt mit dem mächtigen Glockenklöppel. Er wühlt, er pflügt, er stößt mit seiner Phallus gewordenen Zunge. Vielleicht stuft sich die Erregung nur heute, bei unserer ersten totalen Vereinigung so ab. Meine Klitoris muß sich erst an den Mann gewöhnen, dessen Geschlecht auch seine Zunge ist.

Hauchzart, dann fester und stärker. Er holt den innersten kleinen Hügel, die lachsfarbene Olive heraus und saugt, als wolle er den zarten Kern vom reifen Fruchtfleisch trennen. Einer errät sofort den Gedanken des anderen. Ich fasse mit den Lippen nach der äußersten Spitze seiner Vorhaut und ziehe die Schale seiner Frucht langsam in meinen Mund. Männerfruchtfleisch von betörend herbem Geschmack!

Man müßte den Geliebten eines Tages kastrieren. Verblutet er, wenn man ihm den Phallus abbeißt? Immer wird dieser Gedanke wiederkehren. Den Griffel abbeißen, den Geliebten aus Eifersucht kastrieren, damit er keine andere Frau befriedigen kann. Diese Idee müßte früher oder später jeder ehrlichen Frau kommen.

Cape Rock. Zwei Uhr morgens vorbei.

Heute, viele Jahre nach dem seligen Beisammensein im schäbigen Auberge Versailles würde ich meinen leidenschaftlich und falsch geliebten Mann von Herzen gern kastrieren, wenn ich nur meiner Sache sicher wäre! Aber auch kastriert bliebe Adam Per Hansen noch immer gefährlich genug.

Dennoch täte ich es für mein Leben gern, vorausgesetzt, daß er nicht verbluten müßte. In meinen Träumen bin ich eine Verbrecherin. Ich bin die brutalste aller Verbrecherinnen, die in Gedanken und nicht in Wirklichkeit morden. In jeder Frau steckt so eine Bestie, deren heißester Wunsch es ist, den geliebten Mann zu kastrieren oder gar zu töten.

Ich möchte beides. Ihm das Beste abschneiden, was ein Mann besitzt, führt noch nicht zum Ziel. Denn die Weiber würden ihn umarmen, selbst dann, wenn kein Turm mehr zwischen seinen Schenkeln wüchse.

Doch ich werde meinen Geliebten niemals kastrieren und auch nie ermorden. Ich bin die blutrünstigste aller Verbrecherinnen und die feigste Spießerin der Welt. Ich bin ganz einfach eine Frau; und in jeder Frau steckt die rücksichtsloseste Hure und die feigste Spießerin.

Mein Mann ist Männerhure, aus der Sucht geboren, keinen Kuß und keinen Frauenschoß auf diesem Erdenrund zu versäumen. Denn Schoß ist Leben. Sein Hurentum entspringt nicht, wie bei den meisten Casanovas, der Lebensangst. Es ist ein Hurentum, geboren aus Lebenslust, aus Freude am Schoß der Weiber.

Ich gebe ihm doch alles, das müßte ihm genügen! Vielleicht genügt es ihn auch wirklich, und meine ganze quälende, zermürbende Eifersucht ist nur ein Hirngespinst? Bisweilen glaube ich es. Dann kommen die Gespenster.

Mein Mann ist ein Hurenbock, er wird sich niemals ändern, und ich muß ihn so lieben, wie er ist: in dieser Hurenhaut, die er nicht abzuwerfen vermag wie die Schlangen. Er wird sich niemals häuten: Adam, der erste und letzte Mann.

Wir armseligen Weiber müssen vor ihm niederknien und ihm huldigen.

»Du, sei nicht so faul!«

Man darf nicht lange nachgrübeln, wenn man mit Adam im Bett liegt. »Olive . . .«, sagt Adam zwischen zwei wollüstigen Eskapaden seines Mundes und wischt sich die nassen Lippen an meinen roten Schamhaaren ab.

»Olive im Blumenbett aus Seidenblättern.«

Ich nehme es ihm nicht übel, daß er sich die nassen Lippen mit dem Handrücken abwischt. Und doch bin ich auf meine eigenen Schamhaare eifersüchtig, denn ich will alles, was er an mir küßt, auch auf den eigenen Lippen spüren. Er soll sich die Lippen an meinen Lippen, an meinem Mund abwischen.

»Olive, Olive. Ich schäle den Kern der Olive heraus«, flüstert Adam wieder.

Er schält, er küßt, er packt meine Häutchen behutsam mit den Zähnen, so wie eine zärtliche Hündin ihr Junges im Maul trägt. Wir haben keine getrennten Gedanken mehr. Genau das habe ich mir gewünscht. Gedankenbrüder und -schwestern, Geliebte, Mann und Frau. Unsere Gedanken springen von einem zum andern über, wie Funken. Ich spüre, wie er den Olivenkern freilegt. Meine Klitoris zuckt, sie zittert ihrer Erfüllung entgegen. Adam hat die Pranken wieder unter meine Hinterbacken geschoben, und ich küsse die elastischen und straffen Gummibälle, die Hodenpracht meines Mannes. Ich sage »Mann«, wenn ich an jene endlosen Stunden im schmierigen Auberge Versailles zurückdenke. Er war damals noch gar nicht mein Mann. Und er war stärker und heißer mein Mann als später, nach seiner Scheidung von Christine und nach unserer Trauung.

Ich habe fünfundzwanzig Jahre lang als Bettlerin gelebt. Das ist keine unerträglich lange Kette von Jahren. Anderen Frauen geht es schlechter. Sie werden dreißig, vierzig und sechzig Jahre alt. Sie hören die Sanduhr rinnen und sehen, wie das Sandhäufchen unten zunimmt. Es wird immer höher und höher. Sie stecken sich die Finger in die Ohren, sie halten sich die Hände vor die Augen und haben Angst.

Ich spüre keine Angst. Ich habe gelebt. Das weiß ich um vier, um fünf und um sechs Uhr nachmittags! Das weiß ich nachts, auf einem Bett liegend, so groß wie die ganze Erde und das Weltall dazu. Ich kenne die Antwort auf alle Fragen. Die Sanduhr ist verschwunden. Ich habe gelebt. Damals hätte ich sterben müssen und Adam dazu.

Nur Gottesanbeterinnen sind weise. Diese klugen Heuschrecken fressen das Männchen in der Hochzeitsnacht auf. Ich hätte meinen Hurenbock voll unbezähmbarer Kraft in der Hochzeitsnacht umbringen sollen, ihn auffressen. Dann müßte ich hier nicht schlaflos neben ihm liegen, Jahre nach unserem großen, ersten Glück. Neben Adam, der von meinem Körper geglitten ist und im Dunkeln zur Zimmerdecke emporstarrt, statt mich mit einer lieben Gebärde an sich zu ziehen und seinen Samen wieder in mich fließen zu lassen.

Ich brauche Ruhe. Er soll mich in den Schlaf stoßen, nur seine Stöße spenden mir Schlaf.

Aber dann müßte ich erneut schlaflos in meinem Bett liegen, wenn er Cape Rock wieder einmal verlassen hat und ohne mich unterwegs ist. Ab und zu ruft er auch heute noch an, in der letzten Zeit allerdings immer seltener.

Du wirst ihn heute nicht anrufen. Du willst ihn nicht wieder in allen Städten suchen, die er auf seiner Reise berührt. Du wirst nicht wieder eine Menge Geld aus dem Fenster werfen und dich auch mit Paris verbinden lassen, im Hotel Escorial anrufen. Bist du verrückt? Was berechtigt dich zu der Annahme, daß er gerade im Hotel Escorial mit einer Feindin im Bett liegt, die es wagt, sein prächtiges Glied zu küssen und zu streicheln?

Gleich befallen dich die nächsten Fragen. Eine Kette schriller

Fragen mit scharfen Zähnen, sie verbeißen sich ineinander wie Polizeihunde. Was dich zu der Annahme berechtigt? Die urälteste aller Wahrheiten! Jeder Mann, selbst der gesündeste, ist pervers genug, mit seiner neuen Geliebten in dem Hotel abzusteigen, wo er mit der ersten großen Liebe seines Lebens glücklich war . . .

»Du bist die erste große Liebe meines Lebens«, sagt Adam im Nachmittags-Liebesbett, damals, in New York. Ich atme den frischen Duft seiner rotbraunen Haut. »Mon Prince«, Kölnischwasser, ein bißchen feiner Männerschweiß. Auch dieser Duft dringt tief in meine Lungen. Ich werde niemals ohne diesen Geruch leben können.

»Die erste große Liebe meines Lebens«, sagt mein Geliebter, mit dem ich leben werde, gleichgültig, ob er sich jemals von Christine trennen kann oder nicht. Ich sehne mich nach den einfachsten Genüssen, an denen sich jede Bauern- und Arbeiterfrau erquicken kann, wenn sie mit dem Mann lebt, den sie liebt. Ich will jeden Abend neben Adam einschlafen. Jeden Morgen neben ihm erwachen. Ich ahne, wie schlimm es sein müßte, wenn man älter wird und jede Nacht allein schlafen sollte.

»Ich will jeden Tag hören, daß du mich liebst!« bettelt Adam, der doch sonst immer nur befiehlt. »Ich will es hören. Wenn wir nicht allein sind und du den andern keine Liebesszenen vorspielen willst, so schreib es auf einen Zettel und schiebe ihn mir hin oder stecke ihn heimlich in meine Rocktasche.«

Seine Worte klingen so jungenhaft, daß ich ihn verspotten muß.

»Zettelchen schreiben. Großartige Idee. Damit Christine sie findet. Glaubst du nicht, daß wir ohnehin genügend Schwierigkeiten haben? Aber ich werde dir jeden Tag sagen, daß ich dich liebe, solange ich lebe. Ich liebe dich, ich liebe dich, ich liebe dich.«

Nur die dürftig Liebenden befolgen im Bett eine ausgeklügelte Taktik.

»Nicht zuviel Liebe zeigen – das stört den reinen Sexualgenuß!« predigte mein grotesker, kleiner Schachspieler, als ich ihm endlich die Ehre antat, mit ihm ins Bett zu gehen: eine unerweckte Frau, die kaum wußte, daß sie eine Gebärmutter im Unterleib hatte. Einmal vor. Einmal zurück. Das war alles, was mir der kleine Schachspieler zu bieten vermochte – der Elfenbeinfarbene mit den knochigen, reizlosen Schenkeln! Und dann kam das Lob.

»Bist ein richtiger Sexpot!«

Eine Sekunde Ausruhen nach seinem Orgasmus und raus aus dem Bett, hinüber zum wartenden Schachbrett. Als er zum drittenmal aufgesprungen war, um seine Schachpartie mit dem abwesenden Partner zu beenden, sprang auch ich auf, zog mich an und knallte die Vorzimmertür auf Nimmerwiedersehen zu.

Vielleicht hätte ich Julian dafür danken sollen, daß er sein Schachbrett nicht mit ins Bett nahm, um zwischen zwei matten Stößen jeweils einen Zug zu machen!

Adam liegt im Bett, im Auberge Versailles, und wartet. Ich bitte ihn, mich ganz zart mit den Fingern zu streicheln, den behaarten Venushügel zu umfahren und mir auch einen ganz, ganz leichten Klaps zu versetzen.

»Du hast Talent zur raffinierten Genießerin!« versichert mir mein Geliebter, während er mit dem Zeigefinger der rechten Hand schöne Kreise um mein Dreieck beschreibt. »Bald wirst du alle Finessen auszukosten verstehen. Deine drei Geliebten glaube ich dir jetzt nicht mehr. Wahrscheinlich hast du schon als Sechzehnjährige herumgeschlafen – wie es gerade kam. Oder du hieltest einfach still, ohne zu wissen, was los ist, in den unterschiedlichsten Betten New Yorks. Ich will alles wissen. Wann ist es dir zuerst gekommen? Wie alt warst du? Lüg' nicht!«

»Fünfundzwanzig.«

»Du bist ja erst jetzt fünfundzwanzig!«

»Ich sag's dir ja. Fünfundzwanzig.«

»Das bedeutet . . .«

»Ja. Du bist der erste Mann. Du hast mich entjungfert. Wir schreiben das Jahr eins meiner Existenz.«

»Le Rapt.« Picassos Entführung.

»Alle Frauen wollen sich von dir rauben lassen. Ich weiß nicht, wie du mir besser gefällst: als rotbärtiger Unhold mit riesigem, rotbehaartem Oberkörper, mit dem Unterleib und den Hufen eines Pferdes oder als Picassos Minotaurus.

Stiermensch, Tier-Mensch mit dem tiefen Ernst des Begattungsaktes auf dem Gesicht, das halbohnmächtige, in Hingabe versunkene Weib um deine Hüften, die Beine hinter deinem Leib verschränkt; mächtiger Stier, der das Weib befruchtet. Leider versteckt Picasso den Geschlechtsapparat seiner Fabeltiere, und das ist schade. Ich hätte gern gesehen, wie tief der dicke, fleischige Phallus-Schwengel in das Weib hineinstößt. Sie hat ungeheure, schwellende Hinterbacken.«

Immer, wenn ich an Picassos Minotaurus denke und daran, wie wir uns in Paris mit vielen tausend andern Besuchern der Ausstellung bemühten, das Phänomen Picasso über Bewunderung und tiefe Achtung hinaus zu enträtseln . . . immer dann möchte ich genau so von meinem Mann genommen werden, wie der Stier die Frau nimmt.

Und dann verdrängt »le Rapt« den Minotaurus. Ich will geraubt werden, so wie der rote Kraftmensch und tierische Unhold das Weib mit den dicken Arschbacken raubt. Ich werde dieselbe Komödie spielen, die das gemalte Weib mit seinen langen, starken Beinen und dem selig zurückgeworfenen Kopf spielt. Sie will geraubt werden, will nicht geraubt werden. Die Entführte möchte bereits dort halten, wo die Liebespartnerin des Stier-Mannes ist. Der Stier stößt seine Partnerin schon. Die vom Pferdemenschen Geraubte muß noch warten.

Mein Stier stößt mich. Mein Warten ist zu Ende.

Er leckt und stößt auch mit der Zunge, wir sind wieder in New York, ich kenne Picassos Verheißung noch gar nicht; und schon weiß ich, daß alle Fabelwesen und Mannestiere in Adams Gestalt Liebende geworden sind. Er stößt, leckt und zieht sich dann ganz schnell zurück. Die Olive zuckt. Der Strom durchbricht den Damm. Mein Schoß zerreißt fast vor Glück.

Ich unterdrücke meinen Schrei, es wird noch lange dauern, bis ich mich nicht schäme, nach meinem nackten Körper auch meine Stimme ganz zu enthüllen.

»Schwöre mir, daß es gut war«, bittet Adam im Auberge Versailles.

Ich bin sonst um Worte nicht verlegen, doch jetzt finde ich keine Antwort. »Gut.« Der unendliche Himmel ist mehr als gut, die See ist mehr als gut, Geburt ist mehr als gut.

»Ich bin jetzt genau drei Stunden alt. Vor drei Stunden hast du mich zum erstenmal nackt umarmt«, sage ich.

Ich werde angesichts dieser Seligkeit nie mehr begreifen, daß sich Männchen und Weibchen nach einer Cocktailparty oder einem Abendessen im Restaurant – zwei Drinks genügen in der Regel – kühl verabreden: »Kommen Sie doch rauf zu mir!« – »Gern, viel Zeit hab' ich nicht . . .« Zehn Minuten albernes Gewäsch, und dann rein ins Bett. »Sex.« Als Ersatz für Liebe. Das habe ich nie begriffen. Wie kann ein nicht liebender Mund einen anderen küssen, der ihn ebenfalls nicht liebt? Man muß furchtbar betrunken sein, um das zu ertragen. Bei Männern ist die Sache wahrscheinlich einfacher.

In unserer ersten Liebesnacht belustigen wir uns auch über die Geschichte vom Gesundheitsapostel Robert A. Bottleneck, der mein zweites Liebhaberchen war, in vorgeschichtlichen Zeiten, als ich mit Scheuklappen durchs Leben ging, weil ich noch nicht die Geliebte Adam Per Hansens war.

Bottleneck war aus Prinzip gegen das Küssen: Küssen verbreite Bakterien, sagte er. Darüber schrieb er jeden Monat einen halbwissenschaftlichen Artikel.

»Nicht küssen!« – Mit dieser erfrischenden Aufforderung zog er mich jeweils an sich. Meine Vorgängerinnen wahrscheinlich auch.

Ich muß mich während des Erzählens immer beherrschen, um nicht laut zu lachen. Ich kann die Geschichte kaum richtig zusammenhängend erzählen.

In der Familie des Gesundheitsapostels Robert A. Bottleneck ging jeden Sonnabend ein Klistier von Hand zu Hand. Bottleneck war stellvertretender Professor für Genetik am New Yorker Bismarck-College, wo ich studiert hatte.

Das Klistier.

»Ich schaue immer darauf, daß wir, ich und die meinen, ein hundertprozentig gesundes Leben führen«, teilte mir Robert A. Bottleneck mit, als unsere Bekanntschaft noch in den Kinderschuhen steckte.

»Meine Frau, meine drei Kinder und ich nehmen jede Woche einmal einen Einlauf. Meistens am Samstag. Wenn nicht gerade eine Vorstellung in der Oper stattfindet. Klistier oder Oper – beides läßt sich schwer vereinigen.«

Später wurde mir bewußt, daß diese Einleitung als Auftakt für eine von Bottleneck beabsichtigte Liebesaffäre ein wenig prosaisch, um nicht zu sagen unappetitlich war. Doch ich beherrschte mich, um so mehr, als ich die Klistier-Schilderung während des überaus gesunden, rein vegetarischen Abendessens im Familienkreis hörte. Als Vorspeise gab es Karotten, mit Sonnenblumenkernen bestreut, die in der Speiseröhre steckenblieben. Als dies bei allen fünf Bottleneckschen Familienmitgliedern sowie bei mir passierte, holte der Herr des Hauses Sonnenblumenöl und goß es uns direkt aus der Flasche in den Hals.

Als Hauptgang wurde ein Filet aus Linsenschalen aufgetragen, wegen der Vitamine.

Robert A. Bottlenecks Leidenschaft für mich war weitgehend hygienisch unterbaut. Bald gewann ich, damals dreiundzwanzig Jahre alt, die Überzeugung, daß er den geplanten Seitensprung mit seiner Gattin besprochen hatte, die ausschließlich in Blue Jeans herumlief, einen gutentwickelten, echten, blauschwarzen Schnurrbart über der Oberlippe trug, den sie niemals abrasierte, und einem Klub für avantgardistische Kindererziehung angehörte.

Den Klubmitgliedern war es verboten, ihre eigenen Kinder anzusprechen, um die lieben Kleinen nicht kopfscheu zu machen. Auch durften die Kinder ihre Eltern nach Belieben verprügeln. Selbstschutz war nur gestattet, falls die Kleinen zu Schußwaffen griffen.

»Liebe . . . wie wäre es, wenn wir zu Ehren unseres jungen Gastes heute auf das Klistier verzichteten? Morgen ist auch noch ein Tag.«

Frau Bottleneck fand die Idee ausgezeichnet, lachte herzlich, als sich die drei Jungen im Alter zwischen fünf und acht Jahren vor mich hinstellten und mir lange Nasen zeigten, packte einen kleinen Koffer und verabschiedete sich.

»Ich fahre mit den Jungen übers Wochenende zu Mama, Darling«, sagte sie dann zu ihrem Mann.

»Bleiben Sie ruhig, solange Sie wollen, Milena. Sie können auch hier schlafen! Wir sind ein modernes Ehepaar! Robert, der Kakteensaft steht im Kühlschrank. Nein, liebe Milena, ich bin keineswegs eifersüchtig . . .«

Offenbar wunderte sie sich, daß ich den Redeschwall nicht unterbrach.

». . . ich bin keineswegs eifersüchtig. Wenn man einem Mann so viel Freiheit zubilligt, wie er nur will, so betrügt er einen nicht. Mein Mann ist treu wie Gold, nicht wahr, du kleines Genie!?«

Das kleine Genie, ein rund 1,90 Meter großer, kahler Mann mit ausgeprägten Backenknochen, küßte seine Frau zerstreut auf die

Stirn und nickte. Kaum hatte die Familie das Haus verlassen, als mir der Professor konkrete Vorschläge machte.

»Wissen Sie . . . es wäre mir eigentlich nie eingefallen, meine Frau zu betrügen, wenn sie mich nicht mit der Nase daraufgestoßen hätte! Arme Frauen! Sie machen es immer falsch. Entweder sind sie zu eifersüchtig . . . oder sie stoßen einen geradezu ins Ehebruchsbett. Milena . . . ich bin Ihnen ein Geständnis schuldig. Ich halte diese ewige Diätkost nicht mehr aus. Wir gehen jetzt in ein ungarisches Restaurant, sündigen, essen gepfeffert und trinken uns einen süßen Schwips an. Dann begleiten Sie mich in mein kleines, festgemietetes Absteigequartier in der fünfzigsten Straße . . . Ein schlichtes Brownstone-House zwischen der Third und Lexington Avenue. Aber diskret!«

Systematischer Ehebruch, fuhr Robert A. Bottleneck fort, wobei er bereits eine Zahnbürste in der Hand hielt und begann, sich vor mir langsam und umständlich die Zähne zu putzen, sei für die Selbsteinschätzung eines Mannes äußerst wichtig und wirke anregend auf den Blutkreislauf, die Gallenfunktion und den Zuckerhaushalt des Körpers, auch auf die Verdauung. Dafür sei Ehebruch beinahe so wichtig wie das wöchentliche Klistier.

Dann war es so weit. Bottleneck stellte mir sein Zimmer in einem außerordentlich dürftigen, alten Brownstone-House vor. Bevor wir zu Bett gingen, machte der Professor fünfzehn Kniebeugen, in Unterhosen bei offenem Fenster. Er zählte dabei laut.

Dann trank er ein Glas Evian, das er dem Eisschrank entnahm. Er bot mir Joghurt an und bat mich, auf dem Brett Platz zu nehmen, das die Matratze ersetzte.

»Überhaupt keine Matratze? Nur ein Brett?« fragte ich.

Bottleneck fuhr fort, sich zu entkleiden.

»Matratzen verweichlichen den Körper.«

Bald war er ausgezogen, stellte sich vor mich hin und sagte: »Ich bin jetzt zum Beischlaf bereit.«

Der erste und letzte Beischlaf mit dem Professor der Genetik – zu meinem jungen Schachspieler, den ich auf »Nimmerwiedersehen« verlassen hatte, kehrte ich noch vier- oder fünfmal aus purer Einsamkeit zurück – verlief wie eine Gymnastikstunde.

»Eins und zwei und drei und vier!« kommandierte mein neuer Freund, während er über mir kniete. »Eins und zwei und drei und vier, und bald wird es meiner süßen, kleinen Prinzessin kommen . . .«

Ich lag starr, wie gelähmt, da. Nicht aus Leidenschaft, sondern weil mir die nüchterne Methodik dieses Genetikers vollkommen die Sprache verschlug.

»Eins und zwei und drei und vier, was ist denn das, was ich da spür?«

Mein Gott, der Genetiker dichtete! Die ganze Prozedur ähnelte einer Dissertation. Plötzlich machte er Halt, und dabei hatte sein ekliger Samenfluß, soweit ich das aus meiner unbeteiligten Position beurteilen konnte, seinen widerlichen Körper noch gar nicht verlassen.

»Mein Gott . . . die Vitaminpillen!« Er schaltete eine abrupte Pause ein, ließ mich auf dem harten Brett liegen, das ich vermutlich mit blauen Flecken verlassen würde, und griff nach einer Pillenflasche, die auf dem wackligen Nachttisch stand. Er schluckte eine Handvoll blaugrüner Pillen.

»Geschlechtsverkehr ist gesund. Er bringt jedoch den Vitaminhaushalt des Körpers in Aufruhr. Darum sollte jeder vernünftige Mann über fünfunddreißig vor dem Beischlaf vier bis fünf Tabletten Vitamin C schlucken!«

Während er wieder in mich hineinfuhr, begann er, mir von der Entdeckung des Anti-Skorbut- und Anti-Beriberi-Vitamins zu erzählen. Ich hielt still und freute mich darauf, bald aufstehen zu können. Sex war schauderhaft, wenn es einem nichts Besseres zu bieten wußte als zerstreute Schachspieler und gesundheitsbeflissene, professionelle Ehebrecher!

Da geschah es. Aus dem stockdunklen kleinen Vorzimmer kam ein Geräusch, als würde ein Schlüssel im Schloß umgedreht. Mir stockte buchstäblich der Herzschlag. Der fremde Bajazz, mein Bettgenosse, ließ sich in keiner Weise stören. Er lag nicht auf mir, sondern in einem untadeligen, turnerisch vollkommenen Liegestütz über mir.

»Eins und zwei und drei und vier . . . laß dich nicht stören, liebes Kind, vielleicht ist es meine Frau mit den Kindern . . . die haben hier ihre Sportgeräte untergebracht, weil in unserer Wohnung nicht genügend Platz ist . . . Ah, das tut den Drüsen der inneren Sekretion gut . . . beweg dich doch auch ein bißchen, liebes Mädchen . . .«

Ich bewegte mich nicht, sondern kroch unter die Decke. Wenn es Peggy Bottleneck war, die jetzt das Zimmer betrat, so bekam sie die unbekleidete Kehrseite ihres Mannes zu sehen.

Ich vernahm folgenden Dialog: »Peggy?«

»Ja, Robert. Diese gräßlichen Kinder . . .«

»Was ist passiert?«

»Die Kinder haben ihr Kajakboot wieder hier im Alkoven liegen lassen. Los, macht schnell. Ich hab' ihnen hundertmal geraten, es lieber bei uns im Keller unterzubringen . . .«

Mit fürchterlichem Getöse holten die drei Jungen, die offenbar über die nackte Kehrseite ihres Vaters keine einzige Bemerkung verloren, das Boot aus dem Alkoven und stürmten hinaus. Peggy Bottleneck hinterher.

»Bye, bye, Bobby!« rief Frau Bottleneck. »Wo ist denn unsere kleine Freundin geblieben? Aha, ich seh' schon. Unter dem Leintuch. Du, sie muß ja ersticken! Viel Vergnügen!«

Und draußen war die Bande.

Später erfuhr ich von Robert A. Bottleneck, daß sowohl er als auch seine Frau Schlüssel zu dem netten Absteigequartier besaßen. Allerdings gab er ehrlich zu, daß sich bis jetzt noch kein Mann gefunden habe, mit dem Peggy Bottleneck die Ehe brechen könnte.

»Sehen Sie . . . wir führen eine ideale Ehe«, setzte der Professor auseinander. Knapp vor seinem Orgasmus riß er mich plötzlich von dem Matratzenbrett – oder der Bretter-Matratze? – hoch und warf mich in ein altmodisches, mit weißen Nägeln ausgeschlagenes, schwarzes Lederfauteuil, das mein nacktes Hinterteil eiskalt empfing.

»Immer, wenn ich im Bett beinahe fertig bin, stoße ich meine Geliebte in einen Stuhl«, dozierte der Genetiker. »Wenn meine Partnerin im Fauteuil sitzt, kann ich stärker stoßen. Eine rechtwinklig aufsteigende Stuhllehne ist der beste Widerstand für die Stöße eines Mannes!«

Ich konnte mir kaum einen härteren Widerstand denken, als das Brett im sündigen Bett, schwieg aber. Wenn nur die lederne Lehne nicht so eiskalt gewesen wäre!

»Sieh da . . . welch prächtiger Samenstrom«, lobte der Professor seinen eigenen Erguß, als es soweit war und der weißlich, ekelhafte Bach über den schwarzen Lederbezug des Fauteuils floß. Jeder fremde Samen ist widerwärtig. Es gibt nur einen Samenstrom, den ich trinken und anbeten muß: den Samen meines geliebten Mannes, Adam Per Hansen.

Damals war ich Millionen Lichtjahre weit von meinem Herrgott entfernt. Jetzt bin ich bei meinem Gott, der auf die Erde niedergestiegen ist.

Nach dem Beischlaf, den Robert A. Bottleneck für genau dreißig Minuten – samt Vor- und Nachspiel – veranschlagt hatte, prüfte er seine Armbanduhr, fand, daß die Prozedur genau zwei Minuten zu lange gedauert hätte, machte abermals einige Atemübungen und prüfte dann seinen Puls.

»Ich fühle mich frisch und wohl«, meldete er mir. »Mein Pulsschlag spricht für meinen tadellosen Gesundheitszustand. Dich, meine kleine Freundin, brauche ich gar nicht zu fragen. Dein seliges Lächeln, deine blitzenden Augen verraten alles!«

Was war ein Orgasmus? Ich hätte den Professor der Genetik gern gefragt, so wie ich den mageren Schachspieler fragen wollte, doch fürchtete ich, einen abermaligen Vortrag zu entfesseln. Nachdem er mir, wie er glaubte, die nötige Portion Leidenschaft verabreicht hatte, brühte er sich einen starken Hagebuttentee auf. Die Wohnung hatte eine winzige, eingebaute Küchenecke. Statt Sacharin, das ihm zu gefährlich schien, bot er mir gesüßte Schlemmkreide an.

»Wir werden jede Woche zweimal herkommen«, stellte Robert in Aussicht. »Jeden Montag und Freitag, wenn es dir recht ist. Bei regelmäßigem Geschlechtsverkehr ist die richtige Wahl der Tage äußerst wichtig. Am Sonntag ißt meine Familie etwas üppiger, folglich ist der außereheliche Sexualverkehr am Montag auch eine gesunde Abmagerungskur. Folgt dann der Beischlaf am Freitag, so ist die korrekte Distanz gewahrt. Nur perverse Lüstlinge schlafen jede Nacht miteinander. Ich kann dir versichern, liebe Milena: Du bist an den ökonomischsten und vernünftigsten Liebhaber geraten. Du wirst verjüngt und verschönt durch diese Liebesaffäre mit mir . . .!«

Verjüngt? Ich war dreiundzwanzig Jahre alt. Bereits in der ersten Woche ließ ich den Genetiker in der 50. Straße Ost vergebens auf mich warten. Er war, wie er mir später telefonisch erzählte, so enttäuscht, daß er seine Frau daheim anrief und sie bat, ihm beim Überwinden zu helfen.

Und sie kam. Die Bottlenecks verabreichten einander je ein Klistier und dann gingen sie schnell, um der Wirkung des altbewährten Abführmittels zuvorzukommen, ins Bretterbett. Während dieser extravaganten, beinahe außerehelichen Eskapade zündeten die drei Bottleneckschen Rangen daheim die elterliche

Wohnung an, was den Professor und seine Gattin von Herzen freute, denn sie waren hoch versichert.

Ist es ein Wunder, daß ich an Kniebeuge, Klistier und unbehaarte, häßliche Genetiker-Körper denken muß, an diese zweite Ersatzkost meines Lebens, wenn ich mit meinem Geliebten im Bett liege und alles schön ist, appetitlich, natürlich, so selbstverständlich, so wunderbar wie jeder Grashalm in Gottes Schöpfung?

Wer kam dann an die Reihe? Wer war mein dritter Zufallsgeliebter, dürftiger Phallusersatz für den Bagger aus Muskeln und Fleisch, der das Erdreich umwühlt?

Ich weiß es nicht mehr. Ich will diese Hampelmänner verscheuchen. Sie haben keinen Platz in meiner Erinnerung. Nur dann und wann wollen wir Familie Bottleneck und auch den armen Julian einladen, unser Bett zu umstehen – als freundliche und bedauernswerte Gespenster. Sie werden die Starken, die wahrhaft Lebenden immer beneiden.

»Lieg ganz still. Bist du nicht böse, wenn ich Befehle erteile?« fragt Adam im Auberge Versailles.

»Nein. Du darfst alles.«

»Du auch.«

Ich liege schlaff da. Adam hat mir immer wieder versichert, ich sein ein Naturtalent. Ich glaube, daß ich einfach ein Stück der Erdkruste bin. Der liebe Gott knetet aus der lehmigen Erde, was er haben will!

Ich habe die Beine aufgestellt. Adam kniet über mir. Er beugt sich zu mir herab und beißt mich fest in die Ober- und Unterlippe. Er beißt eine feine, kleine Rille rings um meine Lippen, seine Zähne vergraben sich in mein Fleisch, und er stößt seine berückende Zunge wieder tief in mich hinein.

»Küssen!« bitte und bettle ich. Meine Stimme ist mir fremd und unbekannt. Ich wußte nie, daß ich so pausenlos betteln könnte.

»Küssen! Noch viel mehr küssen! Küssen! Küssen!«

Warum kümmern sich die Menschen um Äußerlichkeiten wie Karriere und Geld, Macht und Gesellschaftswirbel und bei den Haaren herbeigezogene Probleme der Soziologie? Man muß sich kleiden, um leben zu können. Man muß arbeiten, um zu essen; Häuser bauen, um zu wohnen. Doch Genuß? Karriere ist nicht mit Genuß verbunden. Die Kunst dient dazu, den Genuß der Körper im Bett vorzubereiten. Tristan und Isolde rufen ins Bett. Rubens jagt ins Bett. Minotaurus und Zentaur, Satyr und herausfordernde Frauen mit doppelten Nasen, Picassos Spott und Picassos Lockung jagen ins Bett.

Was werde ich tun, wenn das Bett, dieser Sinn des Daseins, nicht mehr für mich da ist? Ich weiß es nicht. Ich könnte es nicht ertragen, daß sich mein Mann über mich beugt, wenn ich, in ein Nachthemd gehüllt und nicht mehr nackt, so, wie ich als Geliebte und Frau jahrelang geschlafen habe, auf ihn warte; und daß er mich mit einem Stirnkuß abfertigt.

Eisige Stirnküsse in vielen tausend amerikanischen Schlafzimmern! Eisige Höllen! Ich will sie niemals kennenlernen.

Ich bin jetzt fünfunddreißig Jahre alt, noch jung! Doch jede Nacht überfällt mich mit neuer Eifersucht, und Eifersucht gräbt winzige Fältchen um die Augen und Rillen ins Herz und um den Mund. Meine Eifersucht ist ein Herzinfarkt, er hinterläßt seine Narben an der Herzwand! Ich muß meine Eifersucht besiegen, es gibt so viele Sonnen, zu denen ich mich flüchten kann.

Die hellste, strahlendste Sonne: mein Auberge Versailles. Knoblauchduft. Das wohlriechendste aller irdischen Paradiese.

»Lieg still, Geliebte.«

Ich liege und liebe still, die Beine aufgestemmt. An seinen Lippen festgesogen, haben wir uns beide aneinander sattgeküßt. Sattgeküßt, das bedeutet: hungrig geküßt. Der Kreis hat keinen Anfang und kein Ende. Ein Kuß holt den anderen nicht ein, weil er mit ihm verschmilzt.

Ich liege still. Er dringt mit seinem mächtigen Bagger tief bis ans Ende des Tunnels ein. Er gräbt ganz langsam.

Jetzt muß ich mich plötzlich beherrschen, weil mir von ungefähr mein Professor der Genetik einfiel. Der Tropf mit seinem Klistier! Zum Überfluß hatte Robert A. Bottleneck noch einen Slogan: »Nach Sex rauche ich immer eine Zigarre!« pflegte er zu sagen. Tatsächlich zog er, bevor wir die komische Wohnung in der 50. Straße verließen, eine dicke Zigarre aus der Tasche und begann, in dichten Schwaden zu qualmen. Ich ließ ihn allein zurück. Aus dem Fenster des im Hochparterre gelegenen Brownstone-Hauses winkte mir der Genetiker noch freundlich, mit splitternacktem Oberkörper zu. In der Rechten hielt er die traditionelle Nach-Sex-Zigarre.

»Soll ich noch stillhalten?« frage ich meinen Liebsten. Meine Schamlippen, die straffzuziehen er mich lehren wird, empfangen den herrlichen Phallus ganz schlaff. Er wühlt in mir, wunderbar stark auf dem wunderbar schlaffen Feld für seine Liebe. Ein kleiner, behaarter Platz zum Spielen.

Ach, das war anders als jenes »eins und zwei und drei und vier« des Professor Bottleneck!

Jetzt befiehlt Adam, daß ich die Beine schließen und dann noch immer stillhalten soll. Er liegt schwer auf mir, die linke Hand auf meiner Brust, die rechte unter mein Gesäß geschoben, und bittet mich, mit meiner Klitoris zu spielen und den Spalt in dem roten Hügel noch straffer zu ziehen.

»Das muß noch schmaler werden!«

Ich frage beleidigt: »Ist es nicht schmal genug?«

»Du sollst jetzt ein ganz kleines Mädchen sein«, fordert mein Geliebter.

»Magst du Lolitas? Du bist mir unheimlich.«

Später, in Paris, wird er Wünsche haben, die mir nicht mehr unheimlich sind. Denn sie passen ins Hotel Escorial. Winzige Ansätze zur Inquisition.

»Nein, ich mag keine Lolitas. Ich will ein großes Mädchen haben. Wie dich. Vielleicht werde ich dich eines Tages darum bitten, dir die Schamhaare abzurasieren. Das kann sehr niedlich sein.«

Ich werde alles tun, was mein Geliebter im Auberge Versailles und später in allen Motels und Hotels, die wir aufsuchen, von mir verlangt. Es gab nichts, was er nicht von mir verlangte. Und heute quält es mich entsetzlich, wenn er nichts fordert.

Er verlangt jetzt nichts von mir, sondern möchte noch ein paar Stunden ungestört schlafen.

»Glaubst du, daß die Hurrikangefahr endgültig vorüber ist?« frage ich Adam in unserem großen, noch nicht ganz kalten, doch längst nicht mehr heißen Ehebett.

»Soll ich hinaus auf die Terrasse gehen und nachsehen, wie es steht?«

Mein Mann schläft nicht, das spüre ich im Dunkeln wie ein treuer Haushund. Jede Regung meines Herrn fühle ich.

»Nein, bleib. Der Sturm hat sich offenbar längst ausgetobt, das ist nur noch ein tüchtiger Wind, kein Hurrikan! – Komm her zu mir.«

Der treue Haushund Frau hat auf diese Aufforderung gewartet. Schweifwedelnd schiebt er sich zu seinem Herrn und Gebieter hinüber. Ich liebe ihn. Ich liebe meinen Mann heute fanatischer als damals, mitten im Kern der kreisenden, blendenden Sonne, im Auberge Versailles oder ein paar Jahre später, im Hotel Escorial in Paris, durch Picasso aufgestachelt, durch Picasso beschwichtigt. Was Picasso malt und modelliert, beschreibt Adam Per Hansen in seinen Büchern. Eines Tages wird er meinen Januskopf schildern: die gute, die zärtliche, die hingebungsvolle Frau. – Das böse, selbstsüchtige, jeden Tropfen Blut und jede Sekunde Zeit fordernde Weib.

Die Stewardessen konnten auf dem Flug nach Paris bestimmt nichts sehen. Oder stellten sie sich nur so? Stewardessen sind Mädchen mit Erfahrung.

Das Licht wird in den Transatlantikflugzeugen zwischen Montreal und Paris abgedreht. Wir flogen über Montreal, weil Christine ihren Mann um jeden Preis nach dem Kennedy-Flughafen begleiten wollte. Die Spuren mußten verwischt werden. Ich hatte wieder einmal gleichzeitig mit meinem Chef Urlaub genommen. Das war äußerst plausibel – denn Adam brauchte mich unentwegt, wenn er daheim arbeitete.

Meinen Urlaub, das redeten wir Christine diesmal ein, würde ich mit einem »befreundeten Ehepaar in Texas verbringen«. Auf einer großen Ranch, denn ich ritt gut und gern.

In Montreal traf ich Adam. Unsere Vorfreude kannte keine Grenzen.

Im Flugzeug ist es viel zu hell. Dann aber wird das Licht abgedreht. Im Dunkeln kann man sich alles erlauben. Unter der Decke. Weiche, warme Kamelhaardecke. Laßt die anderen Fluggäste den Film verfolgen. Solche Filmvorführungen nach einem guten Essen, zu dem mein Geliebter Sekt bestellte, sind eine gescheite Erfindung. Da hört kein Mitpassagier, wenn ein Mann und eine Frau vor Genuß leise stöhnen, weil ihre Hände finden, was sie suchten.

Um den Schein zu wahren, setzen auch wir die Kopfhörer auf und tun so, als wären wir an Shirley McLaine und Jack Lemmon interessiert. Auf der Leinwand geht es in komischer Form um die Jagd nach einem Atomgeheimnis.

Wir kommen uns vor wie zwei befreite Gefangene. Daß mein Geliebter noch immer freiwillig im Gefängnis bleibt, in der Obhut seiner Lebensretterin – das hielt ich ihm oft vor Augen, doch seit geraumer Zeit nicht mehr. Jeder Mann hat nach einer gewissen Anzahl von Jahren, die er mit einer Frau verbringt, die Möglichkeit, sich von seinen Fesseln zu befreien. Tut er es nicht, so fühlt er sich uneingestandenermaßen ganz wohl in seinem Gefängnis.

Jeder Mann hat die Ehe, die er haben will. Mein Geliebter ist wütend, wenn ich ihm das vorhalte.

Auf dieser Reise soll es keine Auseinandersetzungen geben. Nicht einmal Zukunftspläne. Wir wollen rückhaltlos genießen. Wir fliegen zusammen nach Paris. Er wird mich dort darum bitten, worum er mich auch im New Yorker Hotel gebeten hat: den Spalt in meinem Hügel, der wieder dunkelblond geworden war, straffzuziehen.

Die Liebe war für uns damals Krönung und Sinn von zwölf Stunden Tag und zwölf Stunden Nacht. Und dann kommen auch heute noch Nächte, in denen ich vom Glück überwältigt werde und glaube, daß alles wieder gut ist. Heute nacht hat er mich gestoßen wie im Auberge Versailles und im Hotel Escorial. Paris: Soviel wir auch schauen, lernen, in uns aufnehmen wollten, immer und überall stieg plötzlich der Wunsch in uns hoch, allein zu sein. Weg von den Menschen, deren Begeisterung wir zwei Wochen lang fast täglich teilten. Wir standen vor den Visionen des Meisters. Wir verschränkten, Schulter an Schulter, die Hände ineinander. Und dann war der Abstand zwischen uns wieder viel zu groß. Wir hielten es nicht länger ohne einander aus. Schnell mußten wir nach Hause. Das Hotel Escorial war unser Bett.

Auch zwischen Montreal und Paris stand ein Bett. Mitten in einem imposanten Passagierflugzeug, das Touristen, Geschäftsleute und Studenten nach Frankreich brachte. Es war freilich kein richtiges Bett. Wir schufen uns einen Betten-Ersatz unter der Decke. Und wir vergnügten uns bei dem Gedanken, was wohl die andern Passagiere der ersten Klasse gesagt hätten, wenn sie beobachten könnten, wie gut man zwischen Montreal und Paris vom Orgasmus überflutet werden kann.

Hochzeit der Hände ersetzte die Hochzeit der besten Organe, die Gott seinen Menschen gab. Adams Hand ist sein Phallus und meine Hand ist meine Vagina. Die Liebkosung ist vollkommen, die Befriedigung ist groß.

Und auch die Erinnerung daran ist gut, um drei Uhr morgens, so spät ist es inzwischen geworden, hier in Cape Rock. Der Name des kleinen Badeorts, den wir uns aussuchten, um dann oft den größten Teil des Jahres hier in Süd-Florida zu verbringen, paßt nicht übel zu meinem Mann. »Rock.« Hart wie ein Felsen. Adams Küsse sind hart, sein Phallus ist hart!

»Bist du jetzt wieder froh?« fragt mein Mann, mein Geliebter, der Lump, der mich betrügt. Der Abgott, der mich beglückt. »Ist das gut?«

Nach vielen bösen und schlaflosen Stunden macht er mich wieder glücklich.

Nicht mehr daran denken, daß er morgen nach Europa fliegt. Ich werde ihn ganz bestimmt nicht telefonisch in Paris suchen. Was hat es Christine genützt, daß sie mit dem Hotel Escorial telefonierte? Wir hatten damals mit dem Anruf nicht gerechnet – wir fühlten uns sicher. Sie war eine sparsame Frau. Und wieso könnte sie auf das Hotel Escorial verfallen? Das war ganz neu, kein Ausländer kannte es.

»Wahrscheinlich hat sie alle großen Hotels abgeklappert!« sagte mein Geliebter damals. »Du kennst Christine nicht. Sie ist zäh. Die werden wir nicht los.«

Wir sind sie losgeworden.

Nein, ich werde morgen oder übermorgen nicht bei Hillary anrufen und fragen, ob Eva wieder einmal »zu ihren Eltern nach Tampa« geflogen ist. Ich will es sorgfältig vermeiden, Schmerzen zu fühlen, die ich mir ersparen könnte. Neue Schmerzen kommen immer noch früh genug.

Man muß den Schmerzen aus dem Weg gehen. Man muß der Gewißheit aus dem Weg gehen. Gewißheit brauchen nur die glatten, eleganten Gesellschaftsdamen, die sich sofort scheiden lassen wollen, wenn sie ihrem Mann auf die Spur kommen.

Möglichst hoher Unterhaltsbeitrag, das ist ihre einzige Sorge!

Unterhaltsbeitrag? Ich, von meinem Mann? Unterhalt, das

kommt von »Lebensunterhalt«. Was für einen Lebensunterhalt könnte es für mich geben, wenn mich Adam verläßt? Ich kann ja ohne meinen Mann nicht leben.

»Halt ganz still, jetzt kommt es mir gleich.«

Adam fordert die Kunst des Stilliegens von mir. Die beherrsche ich seit dem Auberge Versailles. Mir ist es schon einmal gekommen oder zweimal oder dreimal. Als wir einschliefen, ich glaube, es war Mitternacht, und der Sturm drohte noch, in einen Hurrikan auszuarten, da griff er, beinahe schon im Schlaf, mit der Hand nach mir. Ich freute mich auf die erregende Ouvertüre. Mein geliebter Mann war beinahe eingeschlafen, die Hand ganz vorn an der Klitoris, während sich mein Herz vor Sehnsucht und Begierde nach ihm zusammenkrampfte.

Ich griff nach seiner schlafenden Hand und stieß sie tiefer in mich hinein. Sie steckte bald in einem nassen See. Ich holte die Hand aus meinem Spalt und führte die Finger meines Mannes an die Lippen. Ich stieß den Zeigefinger meines halb schlafenden Mannes zwischen meine verdurstenden Lippen und leckte ihn ab. Dann stieß ich ihn wieder in meinen Mund hinein und abermals in den Spalt dort unten.

Mund und Spalt. Ich spielte eine Stunde lang.

Wie oft es mir kam, weiß ich wirklich nicht mehr. Und darum gebe ich mich jetzt zufrieden. Bald spüre ich sein Glied wieder in mir. Im Halbschlaf stößt der mächtige Glockenklöppel an die Glocke, die ihn umhüllt. Sie vibriert unter seiner Berührung. Das Fleisch-Metall erwacht, zittert und singt. Ich lasse den Geliebten seiner eigenen Befriedigung nachjagen. Mein Liebster steckt die rechte Hand unter mein Hinterteil. Er legt die Linke auf meine Brust und flüstert hastig ein paar Befehle:

»Jetzt mußt du nicht mehr schlaff daliegen. Mach dich ganz straff und eng. Steck deinen Finger in den Spalt hinein. Faß mich an. Spiel' mit mir, während ich dir's mache!«

Adam ist kein bequemer Liebhaber.

Die geliebte oder nicht mehr wahrhaft geliebte Frau muß jetzt, um halb drei Uhr oder drei Uhr morgens in Cape Rock, schwer dafür arbeiten, ihren Liebsten zufriedenzustellen. Dicker Baum, feiste Schlange, harter Felsen in Cape Rock, hinein in mich. Es ist doch eigentlich genau wie früher und wird mir nie zuviel. Hinein mit dem Zeigefinger in die Scheide, seit Jahren beherrsche ich die Kunst. Den Pfahl umfahren, die Wurzeln des Baumes liebkosen, der sich so wuchtig in mir bewegt, als wäre er ein Dampfhammer. Hinein mit dem Zeigefinger der rechten Hand und dann für einen Augenblick heraus aus meiner eigenen Muschel. Wieder tief hinein, wo der Dampfhammer zuschlägt. Wieder heraus. Wieder hinein. Kreisförmige Bewegungen. Mein Finger umwirbt den Phallus, Adams Phallus ist mein Bräutigam. Ja, ich beherrsche diese Kunst. Ich und nur ich allein verstehe es, meinen Geliebten zu befriedigen.

»Mach weiter, das ist gut!« keucht Adam, mein Mann, der mich vielleicht doch nicht verlassen wird. Aus dem Sturm wurde kein Hurrikan. Der Wind holte Gespenster vom Firmament und fegte den Himmel rein. Warum sollen die Schemen nicht allesamt im Meer ertrunken sein? Bald bricht der Tag an. Vielleicht fliegt mein Mann gar nicht nach Europa. Und wenn er fliegt: Ist es denn undenkbar, daß er wirklich nur seine Vorlesungen hält und abends müde allein ins Bett geht? Warum muß Eva unbedingt Adams Geliebte sein? Gibt es denn wirklich keine Freundschaft? Hillary ist ja auch mein Freund. Hillary und Eva, Adam und Milena, seit Jahren ein Vierblatt – muß denn die alberne Schablone immer stimmen, daß der Freund dem Freund die eigene Frau wegnimmt?

Hillary liebt Adam, wie ein Vater seinen Sohn liebt.

»Zieh jetzt deinen Spalt straff!« befiehlt mein Geliebter. »Du machst das gut, sehr gut.«

Mein Mann sagt, daß ich es gut mache. Mein Mann braucht mich. Mein Mann liebt mich. Wenn er mich nicht liebte, so würde er jetzt nicht in mir stecken. Dann hätte er längst sein eigenes Schlafzimmer, wie die Männer in vielen tausend ausgekühlten amerikanischen Ehen. Ein Schock Kinder hat man bereits gezeugt. Wozu also noch regelmäßiger Geschlechtsverkehr? Und einmal im Monat hat man dann seine »Geschäftskonferenz« in der Stadt, die sich bis spät in die Nacht hinzieht. Und die Frau weiß ganz genau, wo ihr Mann steckt, und mischt sich einen starken Drink. Falls sie nicht ohnehin frigide ist – dann bleibt ihr alles egal.

Zwillingsbetten. Die Welt geht nicht unter. Getrennte Schlafzimmer. Die Welt geht noch immer nicht unter. Wenn man – für amerikanische Begriffe – schon »mittleren Alters« ist, vierzig oder älter . . . diesem besten Alter für den liebenden Mann, so kommen zuerst die Zwillingsbetten und dann der nächste und oft letzte Akt, von dem eine Rückkehr ins Doppelbett nur selten möglich ist: getrennte Schlafzimmer.

Niemals werde ich in meinem eigenen Schlafzimmer von Adam getrennt zu Bett gehen. Lieber ginge ich ins Wasser.

Man muß immer gut gelaunt sein. Fleißig und tüchtig. Nicht fragen, nicht bitten, nicht betteln.

Ich frage. Ich bitte. Ich dringe mit Worten in meinen Mann: »Sag, daß du mich liebst. Schwöre es mir!«

Adam stößt hart und härter. Mir genügt die Liebe der Körper nicht mehr. Ich will auch Liebesschwüre und Treueeide. Nur die dümmsten Frauen und solche, die ihre Ehe bewußt zerstören möchten, stacheln den Mann mit lästigen Fragen auf, wenn er genießen will wie ein frohes Tier.

»Schwöre mir, daß du mich liebst. Schwöre mir, daß du mich nicht betrügst«, bettelt die lästige Milena, diese törichte, fremde Frau.

Mein Liebster schweigt. Er stößt. Seine Stöße verlieren an Wucht. Ich habe wieder eine entsetzliche Dummheit begangen. Ich will mich selbst zerstören. Der Teufel hat mich gepackt. Warum kann ich nicht schweigen und mich nicht damit zufriedengeben, was mir Adam schenkt?

Mein Mann hat mich verlassen. Er ließ sich neben mich fallen, er atmet stoßweise und schwer und tut etwas ganz Boshaftes. Ich merke es nicht sofort. Ich spüre nur seine hastigen Bewegungen, die nichts mit meinem Körper zu tun haben. Ich möchte mich prügeln, weil ich nicht den Mund halten konnte, sondern wühle und bohre und ihn mit jedem Wort weiter von mir stoße.

Was tut er? Ich greife nach seiner Hand. Er reibt sich den kolossalen, noch ganz steifen Phallus.

»Was machst du?« frage ich.

Er antwortet nicht, er ist aufgeregt und keucht.

Mein Mann befriedigt sich, neben seiner grenzenlos willigen und aufgestachelten Frau liegend, selbst. Er befriedigt sich mit den eigenen Händen.

»Ich erwürge dich!« Auch das ist meine Stimme.

Was ich sehe, macht mich zur Furie. Er hat kein Recht, mir seinen Saft zu stehlen. Die Mandelmilch gehört mir! Er will sie aufs Leintuch strömen lassen, statt in meinen Mund oder in meine Scheide. Meine Gebärmutter will diese Mandelmilch einsaugen, mehr denn je, denn ich will nach fast fünfjähriger Ehe ein Kind haben. Ich weiß, daß ihn nur noch ein Kind an mich fesseln kann.

Immer, wenn ich zu Adam sage, daß ich mir ein Kind wünsche, zuckt er gleichgültig die Schultern. Er spielt gern mit seinem Patenkind, der kleinen Tochter Evas und Hillarys. Das Kind hat rötliche Locken und hellgrüne, gescheite Augen.

»Bist du wahnsinnig? Ich bring dich um!« schreit die Furie Milena, die ich fürchte und hasse.

Ich rolle mich schwer über Adam, er fängt den Angriff auf. Ich werde ihn erwürgen oder ihm die Kehle durchbeißen. Ich wollte ihn schon immer töten. Nur nicht so ungeschickt, daß man mich neben der Leiche findet. Ins Meer müßte ich ihn stoßen. Das Meer ist groß, und es versteht zu schweigen. Das nahm auch Christine auf, und die Wogen schlugen über ihr zusammen. Das gab sie erst wieder her, als sie nicht mehr zum Leben eweckt werden konnte.

Mein Mann keucht und antwortet nicht. Er hat sein Glied mit beiden Häden umschlossen. Er tut, was die armen Sträflinge in den Gefängnissen und alle kleinen Bübchen in der Pubertät machen. Er tut, was nur ich mit seinem Phallus dürfte und auf seinen Wunsch hunderttausendmal tat. Er hält seinen Turm in der Hand und schiebt die Vorhaut zurück, vor und zurück, vor und zurück und reibt sich die lange Rakete, die mein ganzes Glück ist. Mein geliebter, mehr als vierzig Jahre alter Mann, strotzend vor Manneskraft, befriedigt sich selbst, neben seiner verliebten und heißen Frau.

Sein rotgebranntes Gesicht ist böse verzerrt. Sein Mund steht weit offen. Die weißen Zähne blitzen in unhörbarem Lachen zwischen den Lippen meines Fauns hervor.

»Warum quälst du mich?« schreie ich und kenne die Antwort. »Was habe ich dir getan?«

Er schweigt noch immer und reibt sich selbst. Jetzt müßte ich ihn töten. Ich werde Adams Revolver holen oder sein Jagdgewehr. Ich muß meinen Mann mit dem Tode dafür bestrafen, daß er sich lieber selbst befriedigt als auf dem Körper seiner Frau zu erfahren, daß sie ihm alles bieten kann und im Bett heute noch genauso gut ist wie in einem unserer Liebeshotels.

Schon im vorigen Jahr griff er seltener nach mir: in der kitschigen, von Christine geerbten maurischen Villa in Rocquebrune-

Cap-Martin, wo Claude mit seinem algerischen Diener haust und sich bemüht, schwul zu scheinen, bloß, weil das auch unter Frankreichs jungen Intellektuellen große Mode ist. Dabei ist Claude weit davon entfernt, schwul zu sein!

Vorhaut zurück, breite, sommersprossige Pranken umspannen den schönen Turm, Vorhaut vor und zurück, sein Körper zuckt konvulsivisch, der Körper gehört jetzt ihm allein und nicht mir. Er hat mir meine Nahrung entzogen. Mein Blut fließt durch seine Adern, seine Adern sind meine Adern, und sein Fleisch ist mein Fleisch. Weiß er das denn nicht? Er bestiehlt mich! Die Hand, mit der er sich befriedigt, darf nicht die eigene Hand sein!

Mein Mann hat sich das Teuflische erdacht. In der Inquisition klügelten die Dominikaner vielleicht solche Strafen aus. Kein Großinquisitor hätte auf eine qualvollere Bestrafung verfallen können, als auf die, eine heißhungrige, läufige Hündin neben ihren Rüden zu legen und zuschauen zu lassen, wie sich der Rüde schweigend, mit böse verkniffenem Gesichtsausdruck, selbst befriedigt. Läufige Hündinnen wollen ihren Rüden in sich empfangen. Von hinten, wie es die Hunde auf der Straße tun. Das weiß ich ganz besonders zu schätzen, weil die Raketenspitze dann hart den Eingang der Gebärmutter trifft.

Früher war Adam nie zu müde, zwei oder dreimal in einer Liebesnacht hinter mir zu knien und stark in mich hineinzustoßen. Die Lust stieg von der Gebärmutter durch die Arschbacken und Hüften hoch, sie drang mit tausend feinsten Nadeln ins Rückenmark und schoß bis ins Hirn. Diese Stellung ist nur eine von denen, die mir jetzt in den Sinn kommen. Adam und ich, wir kennen alle. Doch es kommt nie auf die Vielfalt an, das glauben nur die Stümper, die alles nach Schema F auswendig lernen und, das Handbuch eines impotenten Psychiaters vor sich, die Mutationen der Liebes-Grundstellungen studieren.

Es kommt darauf an, Adam hat es mich gelehrt, im Rahmen der Grundstellungen die höchste Verschmelzung, die Verfeinerung des Genusses zu ermitteln. Sein Pfahl in meinem Fleisch. Und dann, als Krönung, noch mein Finger um diesen Pfahl. Sein Phallus, tief in mir steckend. Und dann auf und zu, auf und zu mit der Muschel im schönen und erregenden Spiel der Muskeln. Seite an Seite und Mund an Mund nebeneinander liegen. Und dann das Glied nicht tief in die Scheide drücken, sondern es ganz vorn mit den Muskeln zusammenpressen, so daß die Phallusspitze fast an meiner Klitoris ruht, gefangen, wieder freigelassen, wieder eingefangen bis uns die heilige Nässe überströmt. Variationen, solange die Planeten um die Sonne wandern werden.

Mithelfen, Mitspielen, Mitreiben, Finger hinein in den Venusberg, ich müßte jetzt meine Klitoris kitzeln, doch ich gönne Adam seinen eigenen Phallus nicht, ich bin böse und hasse meinen geliebten Mann.

Und während er sich selbst befriedigt und mich bestiehlt, möchte ich wieder unter ihm liegen und meinen Spalt straff ziehen, weil er das so liebt.

»Ich will bei dir großem Mädchen einen so straffen, schmalen Spalt spüren wie bei den Lolitas«, sagt mein geliebter Mann oft, und dabei behauptet er, noch nie mit einer unreifen Lolita geschlafen zu haben. »Je schmaler, um so fester umschließt der Spalt den Turm. Das regt mich schrecklich auf.«

Seit der Baum der Erkenntnis wuchs, fragen sich liebende Frauen immer wieder, wie man den Augenblick festzuhalten vermag. Der Gott, der uns zu Königen und Königinnen machte, hätte uns auch darin unterweisen müssen, wie man Augenblicke zu Ewigkeiten ausdehnen kann.

Gott ist gut, und Gott ist böse. Er schenkt unendlich viel und immer noch zu wenig. Unser Verstand wird niemals dem Gefühl überlegen sein. Ich wollte, ich wäre klug und hätte eine kalte, gefühllose Brust. Gott schlug mich mit zu viel Liebe und zu wenig Vernunft.

Er reibt sich, noch immer reibt er sich den höchsten Baum im Männerwald, meinen geliebten Stamm; und ich muß zusehen und darf ihm nicht mehr in den Arm fallen. Wenn ich weiter klage, so stößt er mich aus dem Bett oder springt selbst heraus und macht seine schlimmste Drohung wahr. Dann richtet er sich drüben sein eigenes, von mir getrenntes Schlafzimmer ein.

Ich lasse ihn gewähren, denn ich habe seine Grausamkeit verdient. Daß Männer so böse sein können, wußte ich nicht. Den Frauen traue ich alles zu, auch mir!

Aus meinem Lichtgott ist ein Teufel geworden, der seiner Frau den Samen stiehlt; sie braucht ihn heute dringender als vor fünf oder neun Jahren. Ich sehne mich nicht grundsätzlich nach einem Kind: Ich sehne mich nur nach Adams Kind. Ein Kind wäre die einzige Kette, die meinen Mann fester an mich binden könnte. Christine hatte zwei Ketten. Die Lebensrettung war ihre erste Kette, deren Ende sie um Adams Hals schlang. Und Claude, ihr Sohn, war die zweite. Überaus geschickt hatte sie alles eingefädelt!

Er stiehlt mir seinen Samen. Im Flugzeug und in allen Betten, die wir durchschliefen und zerwühlten, durfte ich ihm den Phallus reiben. Und jetzt raubt er mir den Erguß.

Ich lernte gefügig alles und merkte mir meine neuen Kenntnisse. Unter ihm und auf ihm liegend, wo immer uns die Sonnen umkreisten, küßte ich ihn, taub und stumm vor Seligkeit. Und damals wollte ich kein Kind. Eine Scheidung von der Hysterikerin Christine schien damals so gut wie ausgeschlossen. Unvorstellbar, daß es ihr gelungen war, den um zehn Jahre jüngeren Amerikaner als Ehemann einzufangen.

»Hast du dir Vorteile von dieser Ehe erwartet, weil Christine aus einer Verlegerfamilie stammte und behauptete, auch in Amerika gute Beziehungen zu haben?« fragte ich Adam einmal.

Er war ehrlich. »Wenn man noch keine Zeile veröffentlicht hat und von einer Farm in Minnesota stammt, so imponiert es natürlich, wenn eine Frau mit großen Namen herumwirft . . . Sartre . . . Jules Romains . . . Pagnol . . . Ich wollte vor zwanzig Jahren nichts anderes, als drüben und hier die richtigen Menschen kennenlernen. Und ich war naiv genug zu glauben, daß es Christine wirklich um die Förderung meiner Karriere zu tun war. Einen Monat nach unserer Hochzeit wußte ich bereits, daß Christine nur eine Angst kannte: ihrem Mann könnte der berufliche Durchbruch gelingen! Sie befürchtete schon damals, mich zu verlieren.«

Er sagte noch: »Geheiratet hätte ich sie wahrscheinlich so oder so. Selbst wenn sie Besitzerin eines Buttergeschäfts in Trouville gewesen wäre. Der lahme Arm. Und Claude.«

So zartfühlend und dumm konnte mein geliebter Mann sein. Und so besitzgierig war Christine, das Scheusal mit dem Geierprofil.

So gemein kann mein geliebter Mann heute sein, wenn er jetzt neben mir im Bett liegt und sich den Phallus mit immer schnelleren, zuckenden Stößen reibt, statt seinen Samenfluß in mich zu ergießen, damit ich ein Kind bekomme. Ist das Schlechtigkeit, wenn ich ihn immer wieder verführen will, bis ich schwanger werde? Was er jetzt tut, ist vorsätzlicher Mord an unserem Kind.

Doch er will mich nur für meine Unbeherrschtheit und Eifersucht bestrafen und für die quälende Fragerei. Er hat recht. Er fügt mir Schmerzen zu, wie einer fühlenden Kreatur bei der Vivisektion. Und er hat recht.

Christine war eine echte Frau, so schlecht wie jede echte Frau, das böse Prinzip der Schöpfung. Dennoch wäre ich nie imstande, auf ein und dieselbe Art und Weise schlecht zu sein, wie es Christine war. Sie verlegte absichtlich die Manuskripte ihres Mannes. Sie »verlor« einmal mehrere Kapitel aus Adams erstem Roman, den er ihr zu lesen gegeben hatte. Dann las sie ein halbes Buchmanuskript, legte es spöttisch lächelnd aus der Hand und fällte dieses Urteil:

»Du wirst dein Lebtag ein Bauer aus Minnesota bleiben. Das heutige intellektuelle Publikum will echte Probleme. Du schreibst zu einfache Geschichten.«

Und später sagte sie: »Deine Bücher sind Pornographie. Was du schilderst, das tut man vielleicht, wenn man sehr jung ist; aber man spricht nicht darüber.«

Adam war stolz darauf, daß ihn später auch einige Kritiker als gesunden Bauern bezeichneten.

»Christine begann zu toben, als ich allmählich Anerkennung fand und die Auflagenziffern meiner Bücher stiegen«, erzählte Adam. »Sie war so neidisch auf meine Arbeit, als wäre mein Diktiergerät eine Frau.«

»Sie hatte immer Angst, dich zu verlieren.«

»Das mußte kommen. Auch Claude wußte es, als er heranwuchs.«

Ich verabscheue das Andenken Christines, und ich will nicht an Claude denken. Die Erinnerung überfällt mich oft genug.

Ja, Liebster, spiel nur weiter mit deinem Phallus. Ich stopfe mir lieber die Hand in den Mund, statt weiter zu bitten:

»Komm zu mir, ich bin ja nur für dich da, du darfst auch morgen früh ohne mich nach Europa fliegen, und ich werde nicht im Hotel Escorial anrufen. Ich weiß immer genau, wenn du dich mit einer Frau in einem Pariser Hotel versteckst, denn ohne Frau steigt Adam Per Hansen in keinem Hotel der Welt ab. Warum auch? Der Mensch soll nicht allein sein. Kein Mann sollte allein im Bett schlafen, keine Frau sollte allein im Bett schlafen.

Aber ich schwöre dir, Adam, ich werde dich nicht im Hotel Escorial anrufen, wenn du nach Paris fliegst. Aus Bosheit und Sadismus oder auch nur, weil es dich amüsiert, wirst du mit deiner Dauergeliebten oder einem neuen Pariser Abenteuer dieselben Hotels und Motels aufsuchen, wo du mit mir glücklich warst.«

Nach New York müßte ich ihm folgen, mich verstecken. Ganz bestimmt wartet dort Eva. Sie hat keine Ahnung, wie man sich kleidet, diese weißblonde Indianerin, hundsgemein jung, unverschämt, glattes Weizenhaar, es fällt bis auf die Schultern herab. Ihre Schenkel sind zu dick, ihre Beine zu kurz. Ich habe lange, schöne, elegante Beine, edel geformt und einen langen, tadellosen Hals. Man sieht Eva die niedrige Herkunft ihrer Eltern an. Sie hat samtschwarze Augen und weißblondes Haar zu ihrer braunen Indianerhaut. Wenn ein Skandinavier eine Indianerin heiratet, so ergibt das bei den Kindern eine aufreizende Mischung. Im Bikini platzt ihr beinahe der Büstenhalter. Und dazu schmale Hüften. Ihre Füße sind auch viel zu breit. Immer läuft sie barfuß mit gespreizten Zehen herum.

Nein, Eva hat keine Ahnung, wie man sich anzieht. Neulich erschien sie mit Hillary bei uns in einem hellgelben, weiten Kleid, es paßte nicht zu ihrem hellen Haar, und das Kleid war mit Volants und Rüschen besetzt, die hätten sich für eine Teepuppenschönheit wie Christine geeignet, doch nicht für Eva.

Zwanzig Jahre alt. Ich würde zwanzig Jahre meines Lebens für diesen Altersunterschied hergeben. Wird gut aussehen, ein Gang mit Eva durch die Pariser Museen. Die Kellner in den Restaurants werden sich über sie lustig machen. Sie hat keine Ahnung von der französischen Speisekarte. Wetten wir, daß sie sich am Kennedy-Flughafen in New York verirrt, wenn sie allein hinfliegt und Adam dort erwartet?

Vielleicht aber begleitet ihr Mann sie nach New York? Hillary wäre durchaus imstande, das zu tun und mir gegenüber Stillschweigen zu bewahren.

Hillary mit seinen trüben, treuherzigen Augen und den schlaff herabhängenden weißlichen Backentaschen, den Bauch ständig von einer bunten Weste bedeckt, blickt in abgöttischer Liebe zu meinem Mann empor. Er nennt ihn seinen »Sohn«, wenn er Adam und den Gästen seine Geschichten aus den Everglades vorliest. Er wird sie wohl nie veröffentlichen. Warum sollte dieser alte Vater eines zehn Monate alten Kindes seine junge Frau nicht nach New York begleiten? Vorausgesetzt, daß Eva nicht auch diesmal zu ihren ›Eltern in Tampa fährt‹.

Undenkbar, daß Hillary auf Eva eifersüchtig ist.

Falls Eva nach Paris fliegt, so nimmt sie ganz bestimmt ihr schäbiges Pappköfferchen mit, von dem sie sich nicht trennen kann. Sie ist außerstande, sich klarzumachen, daß sie mit einem bescheiden verdienenden, doch von Haus aus vermögenden alten Mann verheiratet ist.

Eva vor Picassos Bildern. Das wird gut aussehen: Nun das ist Sache meines Mannes.

Er reibt sich den Phallus noch immer. Es muß ihm doch schon kommen.

»Du Scheusal!« schreie ich, nun die letzte Beherrschung verlierend. »Du Dieb! Du beraubst mich!«

Könnte ich mich jetzt in einem Spiegel sehen, so müßte ich vor Scham sterben. Die Furie Milena versucht, ihren Mann zu vergewaltigen. Tragischer, irrsinnig komischer Anblick. Ich packe Adams Hände und halte sie fest. Ich beiße meinen Mann in beide Handelenke. Schlüge er mich doch! Es ist gut, geschlagen und bestraft zu werden!

»Gib her! Laß mich!«

Ich will meinem Mann seinen eigenen Körper entreißen. Er wehrt mich nur mit der einen Hand ab. Adam ist so bärenstark, daß er mit dem festen Zugriff seiner Rechten meine beiden Handgelenke fesseln kann. Er hält mich fest, bändigt mich mit einer einzigen Hand und reibt seinen Turm weiter mit der Linken. Stark und schnell. Immer schneller. Er hält mich fest und reibt sich und schreit dann plötzlich auf, weil sein Samenfluß ihn überströmt.

Der Betrug gelang. Der Streich glückte: die Begattung, ohne von der Geliebten Gebrauch zu machen. Ein bodenlos gemeiner Schabernack. Er liegt auf der Seite und schläft tief und fest ein.

Jetzt endlich kann ich weinen. Es ist kein Weinen des Schmerzes, sondern der wilden Wut. Ich könte die Zimmerwände mit den Händen zertrümmern und Möbel zerschlagen. Ich möchte den Samen mit der hohlen Hand aufschöpfen und tief in meine Scheide hineindrücken. Ich habe keine Kraft mehr dazu. Und ich möchte endlich den Revolver holen oder das Jagdmesser und meinen Mann erschießen oder ein Küchenmesser holen und meinen Mann kastrieren.

Drei Uhr? Vielleicht schon vier! Ich hole kein Messer und keinen Revolver. Die nächtliche Dunkelheit schwindet ganz allmählich. Wieder beginne ich zu hoffen, daß Adam nach dieser ausgiebigen und schändlichen Selbstbefriedigung gut schlafen und später, in einer halben Stunde oder einer Stunde von selbst erwachen und mich umarmen wird. Vielleicht bittet er mich um Verzeihung für den Koboldspaß. Wir trennen uns ja nicht für immer, wenn er mich morgen verläßt, und die Nacht hat noch einige Stunden.

Ich flüchte mich ins Auberge Versailles. Damals habe ich dem Geliebten zuliebe meinen Spalt so straff gezogen und so schmal gemacht, daß er dem Schlitz einer kleinen, unreifen Jungfrau glich.

»Das ist gut, wenn ich mich in dem schmalen Spältchen reibe«, sagt mein Geliebter. »Das regt mich entsetzlich auf. Ich werde in den tausendundeinen Nächten unserer Liebe alle süßen Wünsche kennenlernen, von denen du bislang selbst nichts wußtest. Die absonderlichen und die allgemein verbreiteten.«

Adam lehrt mich alles, er führt mich unmerklich. Immer glaube ich, von selbst dorthin gekommen zu sein. Ich sauge ihn ganz in mich ein und hülle mich in seine Haut. Ich ziehe ihn durch den Mund in meine Blutbahn. Mein Speichel tröpfelt aus seinem Mund. Seine Säfte träufeln über meine Lippen, Schweiß von seiner Haut und Tautropfen aus dem roten Regenwald, der zwischen seinen Beinen wächst.

In ihm, bei ihm seine Geliebte geworden, begreife ich, wer den Pflanzen zu wachsen und den Menschen zu atmen befiehlt. Meinem Pan bleibt kein Geheimnis der Natur verschlossen. Er hört die Zellen atmen und versteht die Sprache der Seidenraupen und Blätter. Alles, was er im Auberge Versailles von mir verlangt, beglückt und betäubt mich. Die Liebe ist ein uferloses Meer, der Körper des Geliebten die Krone der Schöpfung. Ich werde diesen Körper, dieses Weltmeer erforschen. Ein Leben wird mir nicht genügen, es zu tun. Er wird als mein Geliebter seine Bücher doppelt heiß mit dem Phallus schreiben, er wird seinen langen Schreibgriffel in den glühendsten Krater, den

Frauenschoß, tauchen. Die Zuckungen und Stöße, das selige Hinauszögern der Vereinigung, das lange, süß zerdehnte Vorspiel, das Crescendo, wenn sein mächtiges Zeugungsinstrument meinen Schoß reibt und erregt, wird für Adam die reichste Erlebnisquelle für seine Kunst bleiben.

Mein Mann mißt seine Kraft am Grad der Ohnmacht, der ich nahe bin, wenn er in mich hineinküßt und mich in seiner Umarmung zerdrückt. Seit der Minotaurus – nicht in Paris, wo wir vor dem Bild Picassos standen, sondern bereits in New York – in mich hineinfuhr, bin ich vom Dämon besessen. Liebe ist nicht rosenfarben, nicht heiter, nicht fröhlich. Liebe, das sind El Grecos Blitze über Toledo und die drohende Schwärze im Minotaurenblick, wenn der Stiermensch in die Geliebte fährt.

Mein Mann, mein geliebter Mann. Diese ersten, göttlichen Jahre des beständigen Versteckspiels, in denen er noch nicht mein Mann war. Es wäre herrlich, wenn wir uns auch noch heute verstecken müßten. Dann würde ich seine einzige Geliebte oder die Königin des Harems sein.

Ein Mann wie Adam hätte niemals heiraten dürfen, da er ein Hurenbock ist.

Eine Frau wie ich hätte niemals heiraten dürfen, denn ich bin zu eifersüchtig.

Alle Kinder, die in allen Ländern der Welt geboren werden, müßten den Lenden meines Geliebten entsprungen sein. Ich kann nicht begreifen, daß die Frauen von anderen Männern Kinder bekommen. Und doch gibt es nur eine einzige Frau, die sich bis zum Wahnwitz nach einem Kind von ihrem roten Riesen Rübezahl sehnt und nachts, wenn sie Gott anfleht, schwanger zu werden, eine Teufelsfratze erblickt. Ich bin fünfunddreißig Jahre alt. Adam hat es nicht mehr eilig. Für die Fortpflanzung seiner Chromosomen und Genen ist ja bereits gesorgt. Claude ist Adams Sohn, mag er ein noch so kläglicher Abklatsch sein.

Und das Kind mit dem rötlichblonden Haar und den hellgrünen Augen? Ich will mir niemals Gewißheit darüber verschaffen.

Ich lasse ihn schlafen und ich bin wieder in Paris, in unserem Garten der Lüste, im Hotel Escorial. Ein ungeheures Renaissancebett, breiter als lang. Damals war er noch der berühmte Chef und ich seine bescheidene, pflichtbewußte Sekretärin.

An der Zimmerwand hingen lederbezogene Kästen, mit Nägeln und eisernen Haken beschlagen. Sinnlose Kästen, und dennoch glauben wir, einen Sinn zu ergründen. Gruselige Rätsel aus der Hand eines exzentrischen Künstlers. Warum soll man Phantome nur aus Lehm, Gips und Marmor formen? Warum nicht auch aus Eisen, Leder oder Kupfer? In jedem Kasten wohnen Gespenster. Jeder ist ein Rätsel. Auch die alte Stehuhr in der Ecke. Sie hat keine Zeiger, schlägt aber pünktlich jede halbe und volle Stunde. Was der Hoteldirektor mit zeigerlosen Uhren bezweckt, wissen wir nicht. Sie machen die Atmosphäre im Hotel Escorial aber noch gruseliger.

Freilich fehlt es im geräumigen Ankleidezimmer nicht an einer tadellos gehenden elektrischen Uhr.

An die Hauptwand unseres Schlafzimmers gerückt stand eine alte Truhe. Auch sie war mit Eisen beschlagen. Durch Butzenscheiben fiel nur wenig Taglicht. Ein dicker Teppich, der den Fußboden von Wand zu Wand bespannte, war ein Zugeständnis an die Gegenwart, an den Luxus, denn das Hotel Escorial galt als neuestes und teuerstes Hotel an der Riv Gauche. Es erhob sich unmittelbar neben dem Musée Rodin in der Rue de Varennes und bot eine unvergleichliche Aussicht auf den verschwiegenen, im Oktober sanft herbstlichen Museumsgarten mit seinen steinernen Bänken und Gruppen aus der Hand des Meisters. Unsere Zimmer lagen im ersten Stock, wir hatten ein großes Appartement mit Bad und Ankleidezimmer gemietet. Ein Freund Adams, vom echten Frankreich-Fimmel des Durchschnitts-Amerikaners erfüllt, der jedes Jahr acht Monate in Paris und nur vier Monate in der Heimat verbrachte, hatte Adam darauf aufmerksam gemacht.

Immer wieder schweifen unsere Augen in den Garten zurück, zum Wasserbecken und den Fragmenten alter griechischer Plastiken, die grauweiß hinter dem Buschwerk schimmern. Dort stehen schwere, steinerne Bänke. Ich möchte mit meinem Liebsten auch einmal auf einer Steinbank sitzen und mit ihm, in dessen Büchern es von Tieren und Giganten der Zukunft wimmelt, dieses Gemisch von Antike und Romantik einatmen. Noch einmal die ersten Pariser Küsse tauschen und mich auf die berauschende Nacktheit freuen, die folgen wird.

Ich fliehe jetzt wieder ins Hotel Escorial, denn mein Mann hat mich für meine Eifersucht bestraft und sich selbst befriedigt, wie ein Gymnasiast. Und ich hatte das Nachsehen.

Die Truhe in unserem Schlafzimmer war ebenfalls mit Eisen beschlagen. Ich glaubte, daß drinnen die einbalsamierte Leiche einer Giftmischerin aus dem Geschlecht der Borgia lag. Ihr Name mochte Christine gewesen sein oder Milena? Vielleicht lag überhaupt nicht die Mörderin in der Truhe, sondern ihr Opfer.

Die Truhe glich einem Sarg. Kostspielige Särge schließen luft- und wasserdicht ab, so daß die Leichen darin jahrelang gut erhalten bleiben, insbesondere, wenn sie, wie das in Amerika üblich ist, einbalsamiert werden.

Der belgisch-französische Besitzer hatte sich, so erzählte man uns, von der Traumwelt des Brüsseler Bühnenschriftstellers Michel de Ghelderode beeinflussen lassen: flämisch-spanische Renaissance. Dazu, gottlob, dem neuesten Komfort entsprechende Badezimmer. Wir machen unsere erste gemeinsame lange Reise. Alles wurde geschickt, perfid eingefädelt. Sehr gut durchdacht und aufgebaut. Wir fliegen über Montreal, und Christine begleitet Adam nur von Clearwater nach New York. Er muß nach Paris fliegen, um dort an einem Schrifstellerkongreß teilzunehmen, und will gleichzeitig die große Picasso-Ausstellung im Trocadéro sehen.

Christine vermutet keineswegs, daß ich ihn begleite. Sie weiß, daß ich jeden Dollar weglegen muß. Ich bin unverheiratet und unvermögend. Ein Mädchen, das in Amerika mit dreißig noch nicht verheiratet ist, kann den Laden beinahe zumachen. Glaubt mir Christine wirklich die frei erfundene Urlaubsgeschichte? Das mit Texas . . . oder war es Colorado? Ich bringe die Dinge in der Erinnerung durcheinander. Ach, ich weiß schon. »Zuerst will ich nach Texas, dann nach Colorado.« Ich habe sogar Postkarten fabriziert und an meine Bekannten geschickt. Die werden sie in regelmäßigen Zeitabständen, an Christine adressiert, in den Briefkasten werfen. Hübsche, bunte Postkarten mit gefühlvollen Sonnenuntergängen.

Es muß gelingen. Im letzten Augenblick, vor Beginn unserer ersten ausgedehnten Ehebruchs-Reise, ist uns alles gleichgültig.

Daß unser vor vielen Wochen im Hotel Escorial bestelltes Zimmer nicht frei war, hatten wir nicht vermutet. Ein Angestellter hatte die Zimmer falsch gebucht – erst für den nächsten Tag. Wir treffen am Sonntag um sieben Uhr morgens ein und fahren gleich ins Hotel.

»Bedaure, irgend etwas stimmt nicht mit der Zimmerbestellung für Mr. und Mrs. Hansen. Wollen Sie Ihre Koffer nicht hierlassen? Machen Sie doch bitte einen Spaziergang und kommen Sie in ein bis zwei Stunden zurück. Wir haben einige Gäste, die das Hotel heute morgen verlassen wollen.«

Der Oktobermorgen ist kühl, doch mein pelzgefütterter Mantel für Paris trotzdem viel zu heiß. Ich kenne die Stadt nur von einer kurzen Gesellschaftsreise mit ein paar Studenten.

»Wo habt ihr nach der Hochzeit mit Christine gewohnt?« frage ich.

Geheiratet, das weiß ich, wurde in Trouville, im engsten Familienkreis. Jetzt waren Christines Eltern tot. Die Hochzeitsreise führte das ungleiche Paar nach Paris und London.

»Wir wohnten in einem Hotel in der Nähe der Oper. Die Rive Gauche war ihr verhaßt. Für Kunst interessierte sie sich absolut nicht. Ich mußte die Sainte Chapelle und St. Germain-des-Près allein besuchen und auch allein hinauf in den Glockenturm von Notre Dame steigen. Sie schwärmte lediglich für die Fresken des Puvis de Chavannes . . . stell dir das vor.«

Adam und Christine in Paris, unvorstellbar! Weg mit Christine. Sie hat in meinem Paris und in meinem Bett nichts zu suchen.

Im Hotel Escorial, mitten im Paradies, bin ich wieder dreißig Jahre alt und träume davon, meinen Liebsten heiraten zu können. Wir suchen die Kirche Saint-Germain-l'Auxerrois auf, die Kirche des Louvre und die Pfarrkirche der französischen Könige. In diesem gotischen Gotteshaus, dessen Glocke am 24. August 1572 den Auftakt zum Blutbad der Bartholomäusnacht gegeben haben soll, hören wir die Morgenmesse.

Adam ist nicht katholisch wie ich. Trotzdem kniet der lutherische Protestant mir zuliebe auf den Betschemel nieder, beugt das Haupt und schaut dann wie ich zum Altar hoch. Wir wissen, was wir uns wünschen.

Dort, bei der Frühmesse, vor fünf oder sechs Jahren, hätte ich die Muttergottes bitten sollen: »Laß' es nicht zu, daß ich meinen Geliebten heirate!«

»Ein unheiligeres Paar als wir hat noch nie in einer Kirche Zuflucht gesucht, weil kein Hotelzimmer frei war«, sagt Adam. »Wir sind ziemlich unverschämt.«

In New York ist Nacht. Jetzt quält sich Christine mit ihrer Eifersucht. Warum hat sie Adam gezwungen, zu heiraten? Das haben die Lebensretter davon!

Todmüde und abgespannt vom Flug knien wir in der Kirche St.-Germain-l'Auxerrois. Die weißlichen Herbstmorgensonne fällt durch die bunten Fensterscheiben, Adams rotes Faungesicht flammt noch röter auf. Ein gelblicher Schein bedeckt meine Hände. Plötzlich entdecke ich an meinen Fingern Krallen. Ich will niemals ein Geier werden und niemals eifersüchtig sein.

Todmüde, denn Liebe im Transatlantik-Flugzeug ist eine anstrengende Sache. Ich habe Adams Phallus erst vor drei Stunden im Flugzeug zwischen den Händen gehalten. Unterdessen vergnügte sich auf der Filmleinwand Jack Lemmon mit Shirley McLaine.

Gerade flogen wir über die Azoren hinweg, 12 000 Fuß unter uns schimmerte weißer Gischt auf den hohen Wogenkämmen.

Im Flugzeug, dem bequemsten und schönsten der Welt, haben wir die Plätze nebeneinander reserviert. Christine hat uns bisher nicht beobachten lassen, davon sind wir überzeugt.

»Wie lange wollen wir uns noch verstecken?« frage ich, als wir den Reiseplan schmieden.

»Die Lösung kommt. Sie kommt ganz bestimmt.«

Ich möchte wissen, ob sie jemals gekommen wäre, wenn es kein Meer gäbe und kein hilfreiches, weißes Pulver, das heißt Succhynolcholyne. Lösungen kommen oft unverhofft.

Mein geliebter Mann hat kolossale Muskeln und den mächtigsten Turm aus Fleisch, er hat aber auch die Willenlosigkeit eines kranken Kindes, wenn es darum geht, bewußt böse zu sein. Schlechtigkeit mit Vorbedacht, Seelenmord mit Vorsatz ist das Privileg der Frauen.

Im Flugzeug zwischen Montral und Paris. Die Stewardeß lächelt bestrickend, dafür wird sie bezahlt. Ein junges, vor uns sitzendes Mädchen will wissen, welcher Film heute gespielt wird. Shirley McLaine und Jack Lemmon, hurrah! Ich weiß noch nicht, was Adam mit mir vorhat. Er ist viel öfter aus Amerika nach Europa geflogen als ich.

Einmal flog Adam mit Christine hinüber, damals lebten ihre Eltern noch. Ob er mit seiner Frau während dieses Flugs auch nur einen Stirnkuß wechselte? Undenkbar! Hat er sie überhaupt je wieder geküßt – seit jener Nach voller Angst und Lebensgefahr, vom fünften auf den sechsten Juni des Jahres 1944? Nacht der Lebensretter. Ein junger Amerikaner wurde zum Strafgefangenen. Er wird ein Leben lang dafür büßen müssen, daß Christine in Trouville ihre Hand ausstreckte und sie erhob, um ihn zu schützen.

›Hast du sie später noch jemals geküßt?‹ möchte ich fragen, doch damals bin ich klüger als heute und verschlucke den Satz. – Neun Monate nach jener Invasionsnacht wurde Claude, das Scheusal, geboren.

»Ist alles in Ordnung?« fragt die hübsche Stewardeß.

»Ja, danke, es schmeckt ausgezeichnet.«

Wir haben den letzten Tropfen Sekt ausgetrunken. Das Steak schmeckte herrlich, es war ganz blutig, so, wie wir es beide gern mögen.

Ich habe den Film, der gleich anlaufen soll, schon in New York gesehen, Adam noch nicht.

»Mußt ja nicht hinschauen«, sagt Adam. »Mach dir's bequem.«

Er stopft mir und sich Kissen unter den Nacken. Ich glaube zuerst, daß sich mein Geliebter wirklich auf die Filmvorführung freut. Er geht gern ins Kino.

Die Stewardessen machen das Licht aus. Aha. Darum freut Adam sich. Doch seine Gedanken sind noch immer nicht ganz bei mir.

»Du, in den letzten Tagen drohte Christine ununterbrochen mit Selbstmord«, sagt er und streichelt meine Hände.

»Entsetzlich!« spricht mein Mund. ›Großartig!‹ möchte ich am liebsten antworten. Stocksteif würde ich stehenbleiben, wenn Christine den Versuch machte, aus dem Fenster zu springen. Oder ins Meer. Warum eigentlich nicht ins Meer? Wäre damals kompliziert gewesen – wir wohnten in Westchester, und vom Meer war weit und breit keine Spur zu sehen.

Heute, aus der Sicht von fast zehn Liebesjahren kommt mir Christines Sprung ins Wasser und alles, was ihm vorausging und danach kam, als die natürlichste Sache der Welt vor.

Ich war schon immer sentimental – was nicht mit Güte verwechselt werden darf. Sentimentalität verträgt sich sehr gut mit

Schlechtigkeit. Ich wurde erst schlecht, als ich mit Händen und Füßen um meinen Geliebten zu kämpfen begann.

Daß ich mir meines Schlecht-sein-Könnens bewußt bin, ist schon beinahe ein Nicht-mehr-ganz-schlecht-Sein. Der erste Schritt zur Erkenntnis, vielleicht Wegweise zur Läuterung! Doch ich habe nur ein Leben. Mein Leben heißt Adam Per Hansen. Es ist jetzt fast ganz dunkel im Flugzeug, wir haben die Stuhllehnen zurückgeklappt und liegen Hand in Hand nebeneinander. Beinahe wie in einem breiten Bett. Die Stewardeß bringt uns zwei Decken. Eine geben wir ihr mit Dank zurück. Wozu zwei Decken?

Ich weiß noch nicht, daß Adam besondere Pläne mit meiner rechten Hand hat. Die Umsitzenden lachen, der Film ist wohl sehr komisch. Wir setzen die Kopfhörer verspätet auf, kümmern uns aber auch dann nicht um die Vorgänge auf der Leinwand. Endlich hören die Stewardessen auf, hin- und herzugehen. Ich möchte Adam küssen, auf die Wange, auf den Mund. Doch er hat anderes vor.

Adam besitzt Übung. Er konnte lieben, die Fallschirmgute noch umgeschnallt. In Uniform die Hosen öffnen, das Ding heraus. Bei Trouville, mit der Lebensretterin im Keller eines gediegenen französischen Patrizierhauses. Verzweifelter Ernst in den Augen einer jungen, doch nicht mehr jung aussehenden Blumenfrau. Lieben muß man können, in jeder Situation! Es kitzelt immer in Adams Glied.

Nein. Es gab nie eine andere Frau für Adam als mich. Zwölftausend Fuß über den Azoren. Alle quälenden Gedanken müssen ins Meer geworfen werden. Wir wollen unsern Flug genießen. Es gibt bequemere Betten als die beiden Sitzplätze im Transatlantik-Flugzeug, aber einen besseren Ersatz könnte ich mir nicht vorstellen.

»Du, die Stewardessen sehen es bestimmt«, flüsterte ich, denn jetzt merke ich, was Adam beabsichtigt.

»Unsinn, die schauen nicht her. Sie wollen auch den Film sehen und sich ein bißchen ausruhen, bevor sie mit den Vorbereitungen zur Landung beginnen müssen. Glaubst du, wir sind die ersten Passagiere, die sich im Flugzeug über dem Atlantik küssen?«

»Küssen vielleicht, aber wir küssen uns nicht nur. Was tust du, wenn deine Hosen völlig naß werden?«

Mein Geliebter entfaltet die vollendete Technik des Küssens und Spiels von Phallus zur Scheide bis knapp vor dem heißen Samenerguß. Da macht er Halt. Unsere Hände ersetzen die Organe der Liebe. Unsere Hände sind Glied, Scheide, Klitoris, Muschel.

Die Mitreisenden lachen und vergnügen sich. Das Lachen, es gilt natürlich Shirley McLaine und Jack Lemmon, zieht einen bequemen Vorhang um das Liebespaar. Ein gieriges Paar, das nicht bis Paris warten kann, um ineinander zu tauchen. Hielte ich Adam nicht zurück, so würde er vielleicht den Vorschlag machen, daß ich mich auf seinen Schoß setzen soll.

Er spricht ihn bereits aus.

»Setz dich auf meine Knie. Zieh den Rock hoch!«

»Adam, du bist verrückt. Willst du morgen in der Herald Tribune lesen, daß der Autor Adam Hansen wegen eines Sittenskandals verhaftet wurde? Und seine treue Sekretärin dazu? Faire l'amour, sitzend im Flugzeug, während Jack Lemmon die Shirley McLaine verführt?«

Adam lacht herzlich.

»Du hast recht. Ich werde versuchen, mich zu beherrschen. Schön. Hoffentlich sind wir bald in Paris. Du, wenn ich ihn nicht bald in dich hineinstoßen kann . . . dann muß ich auf die Toilette gehen und mich dort ein bißchen streicheln.«

»Du, dich streicheln? Und was geschieht mit mir?«

»Ich mach' doch nur Spaß. Allein, ohne dich? Das wäre Betrug an dir. Niemals! Es geht auch so.«

Vorhang des lauten Lachens um das unbeobachtete Liebespaar. Mein Geliebter tastet unter der Decke nach meinen Beinen. Gottlob schläft mein Nachbar zur Linken tief. Adam hat überhaupt keinen andern Nachbarn als mich, er sitzt neben dem Mittelgang. Seine Linke klettert an meinen Schenkeln hoch. Wir haben die Plüschdecke bis an die Schultern gezogen. Die Triebwerke des großen Düsenflugzeugs summen ganz leise eine wunderbare Begleitmusik zum unvollkommenen, doch herrlichen Liebesspiel.

Ich beleidige meinen Geliebten in Gedanken: Mit Adam ist kein Liebesspiel unvollkommen. Ich müßte nur dann gequält leiden, wenn ich nicht wüßte, daß nach diesem Sichaufbäumen aller Sinne und dieser halbbefriedigten Gier der Körper bald, in wenigen Stunden schon, der Höhepunkt kommen wird. Orgasmen ohne Unterbrechung, Liebe, ohne bespitzelt zu werden. Paris wird die Stadt sein, wo wir uns endlich liebhaben dürfen, ohne zu zittern.

Nicht mehr in Christines Reichweite. Das macht uns fast verrückt vor Freude.

»Eines Tages wird es keine Christine geben«, sagt Adam unvermittelt, während er leise und systematisch beginnt, mich zu liebkosen.

»Bis dahin bin ich alt und grau.«

»Du wirst nie alt und grau.«

»Willst du Christine etwa ermorden?«

»Du bist verrückt. Nein. Ich glaube nur mit dem Fatalismus des hoffnungslosen Optimisten und Idioten daran, daß sich die wichtigen Dinge von selbst erledigen.«

». . . und man kann einen Menschen nicht in Verzweiflung stürzen, nicht wahr? Adam, ich kenne deine Vorhaltungen auswendig. Bitte verschone mich damit.«

Er legt sofort beide Hände auf die Decke. Ich ziehe die Hand meines Erweckers, die linke Hand, wieder zu mir herunter und lasse ihn meinen Hügel fühlen. Im Halbdunkel funkelt der einfache, breite Ehering an der Hand meines Geliebten.

»Tu das Zeug weg«, fordere ich. »Du weißt, daß ich deinen Ehering hasse!«

»Das würde Christine sofort auffallen!«

»Du kannst ihn ja wieder überstreifen, wenn wir zurückfliegen. Im übrigen: Geh meinethalben an deiner Feigheit zugrunde. Jeder hat das Leben, das er verdient.«

Der Mann links neben mir schläft tief und fest, während die anderen laut lachen und wir uns streiten. Vielleicht betrügt der Mann, er dürfte fünfzig Jahre alt sein, auch seine Frau, so wie Adam Christine betrügt. Vielleicht läßt auch er böse Gedanken in seinem Kopf Gestalt annehmen. Christine wird schlecht schlafen. Das tut sie immer, wenn »ihr kleiner Junge nicht zu Hause ist«. Ich bekam eine Gänsehaut am ganzen Körper, als ich diesen Ausspruch aus ihrem Mund zum erstenmal hörte. Ihr »kleiner Junge!« Mein 1,85 Meter großer Geliebter!

»Gib mir deine Hand!«

Ich kann Adam niemals lange böse sein. Wenn ich bei ihm bin, jetzt, auf dem Flug nach Paris, ist es unwirklich schön. Ohne Adam in Clearwater zu schlafen, ist heller Wahnwitz. Die gemeinsamen Stunden auskosten bis zum letzten Tropfen Seligkeit. Halbbetäubt vor Glück kennen wir gleich von Anfang an die Furcht, daß jede Stunde nur sechzig Minuten hat.

»Gib mir deine Hand!« wiederholt Adam seine Lockung. Er ist mir nicht mehr böse. Ich will ja alles tun, was er vorschlägt. Und wenn man unser Liebesspiel entdeckt? Ich fürchte keinen Skandal, je lauter der Skandal wäre, um so schneller müßte die Bestie ihn freigeben.

»Du hast eine geschickte, gute, süchtige Hand, eine heiße Hand, ein zärtliche Hand«, murmelt mein Liebster mit geschlossenen Augen. Er öffnet die Lippen, ich sehe seine süße Zunge, die ich dringender brauche als Wasser und Brot. Sie kriecht langsam, mit Vorbedacht und sich wohlig wölbend, aus dem Lippengefängnis hervor. Die Schlange tastet sich voran. Ich beobachte verliebt diese Zungenspitze, deren Färbung ich so gut kenne.

Seine Zunge ist mein Lieblingsschlangentier. Ich liebe es vielleicht noch mehr als die andere, rosafarbene, behaarte, die längere und dickere Schlange dort unten. Wenn ich Adams Zunge sehe, so spüre ich, wie er mich leckt. An meinem ganzen Körper will ich von Adam geleckt werden. Als ich mit Adam zuerst im Bett lag, konnte ich nicht begreifen, daß andere Frauen mit anderen Männern im Bett liegen. Alle anderen Männer riechen schlecht! Alle anderen Männer haben unappetitliche Gewohnheiten!

Ich bin keine Närrin. Ich sehe Adams Fehler, Unarten und Unzulänglichkeiten. Ich bin nicht blind meinem geliebten Mann gegenüber, weil ich blind sein muß. Ich bin blind, weil ich blind sein will. Er hat mir mit dem ersten Kuß sein Rauschgift eingespritzt.

Die Hand, die jetzt nach mir tastet, während meine Hand, 12 000 Fuß über dem Meeresspiegel, seine Finger sucht, ist mein Morphium und mein LSD, mein Opium und mein stärkster Alkohol. Ein Rausch, aus dem ich nie erwachen könnte, selbst wenn ich wollte. Erwachte ich daraus, so nicht ins Leben, sondern in den Tod.

Rodins Kuß. Ich vergleiche unsere Umarmung noch nicht mit der Gebärde, mit der Rodins Mann sein Weib umschlungen hält. Noch berühren unsere Finger unter der Decke im Spiel und Ge-

genspiel Schlüssel und Schale, Keil und Spalt, Quelle und Brunnenbecken. Meine Hand umspannt seinen Turm, und seine Hand kriecht langsam bis an den Rand des Hügels und tiefer hinein, in das Dreieck. »Petting« nennen das die jungen Amerikaner. Klägliches Wort für eine Götterspeise!

Ich rücke näher und näher. Ich habe leider Strumpfhosen an, und sein Schlüssel – er hat eine Wendung von neunzig Grad gemacht, ich lege den rechten Schenkel auf seine Beine – könnte mit einiger Mühe ganz in meinen Spalt eindringen – wenn nur nicht die verflixten Strumpfhosen den Weg verbauten! Der Schlüssel wölbt sich dennoch dem Schlüsselloch entgegen, und ich bekomme vor Aufregung fast keine Luft mehr.

Rodins Kuß, verwässerte Verniedlichung eines gierigen Kusses, wie wir Liebesleute ihn kennen. Eines Kusses, wie er Adams Lippen mit den meinen verbindet. Wußte Rodin, der Ästhet, nicht, wie man liebt? Oder gab er sich mit der glatten Kuß-Form zufrieden, ohne in die Tiefe dringen zu wollen? Selbst im Rausch der Verzückung sind uns die Küsse fast noch wichtiger als die Verschwisterung der Geschlechtsteile. Ich bin fest von der Überzeugung durchdrungen, daß kein zweites Liebespaar so tief, so lange und so begehrlich zu küssen versteht wie wir beide.

Ich werde bei den großen Fluglinien beantragen, daß sie Betten im Flugzeugrumpf aufstellen. Jedes Flugzeug sollte Klappbetten haben wie die Schlafwagen. Ich habe noch nie im Schlafwagen geküßt und geliebt. Man reist so selten im Zug. Ich muß Adam fragen, ob er schon oft im Schlafwagen Frauen umarmt hat. Im Auto unzählige Male, das hat er mir erzählt, und das erlebte ich ja selbst. Als ich noch in New York wohnte und immer hinaus zur Arbeit nach Clearwater fuhr, brachte mich Adam meist mit seinem Wagen zur Bahn. Im Dunkeln fuhren wir an den Straßenrand und dann: die Sitze heruntergeklappt und den Rock hoch. Auf diese Weise kommen angeblich noch immer die meisten unehelichen Kinder in den Vereinigten Staaten zustande. Bequem ist die Sache nicht!

Aber was die Flugzeuge anbetrifft, so möchte ich gern eine Eingabe verfassen:

›Sehr geehrte Herren!‹ wird es darin heißen. ›Als ich neulich mit meinem Geliebten, dem Schriftsteller Adam Per Hansen nach Paris flog, empfanden wir es beide als äußerst unbequem, einander im Flugzeug während des immerhin achtstündigen

Flugs nicht richtig liebhaben zu können. Wir wollten ganz ineinandertauchen. Und mußten es in Kleidern tun. Darf ich Ihnen, sehr geehrte Herren, den Vorschlag unterbreiten, in Ihren nächsten Flugzeugmodellen Kabinen mit Betten einzuführen und statt törichte Filme zu zeigen, die man zum Teil in New York, London oder Berlin bereits gesehen hat, es völlig dunkel im Flugzeug werden zu lassen? Es gibt nämlich Liebespaare, die nicht so lange aufeinander warten können – von Montreal oder New York bis Paris. Denken Sie an diese Liebenden!‹ wird es ferner in meiner Eingabe heißen. ›Nicht alle Küsse stammen von Rodin. Ein Minotaurus kann nicht warten, wenn er Lust verspürt, der Frau seinen Pfahl ins Fleisch zu jagen.‹ Und dann folgt meine Unterschrift, nur der Vorname: Milena. Ich werde meinen Brief anonym in mehrfacher Ausfertigung an die verschiedenen Fluggesellschaften verschicken . . .

Ich schildere Adam meinen fiktiven Brief, und er platzt vor Lachen. Der Film ist längst abgelaufen, wir haben noch etwas Zeit bis zur Landung in Orly.

Noch immer sind unsere Hände unter der Decke ineinander verschränkt.

»Bist du schon ganz naß?« fragt mich Adam flüsternd.

»Ja. Und du? Ist es dir schon gekommen?«

»Ich konnte mein Taschentuch rechtzeitig hinhalten.«

Dann bittet er mich, meinen Finger ein bißchen zu benetzen. Er will ihn küssen. Ich berühre meine Klitoris, was sehr kompliziert ist, weil ich die Strumpfhosen herunterlassen muß, und reiche dem Geliebten meinen feuchten Finger hinüber. Er küßt ihn.

»Jetzt können wir noch ein bißchen dösen oder schlafen. Ich bin dir so dankbar«, sagt mein Geliebter, und ich lehne meinen Kopf an seine Schulter.

»Mein Mann kommt in der letzten Zeit immer so todmüde von seinen Vortragsreisen wieder . . .«, klagte Christine kürzlich auf einer Party. Wir waren zwei Tage zuvor von einer gemeinsamen kleinen Reise nach Arizona zurückgekehrt, vier volle Tage! Ich war diesmal bei einer »Tante in Boston«. Tatsächlich rief mich Christine zweimal bei meiner Tante an, die ich ins Vertrauen gezogen hatte. Immer war ich »gerade ausgegangen, um Besorgungen zu machen«.

Unterdessen weideten wir uns am Rande des Grand Canyon an dem grandiosen Wechsel von Licht und Schatten, der über die Schluchten und Bergkegel spielte. Adam sollte im Pocahontas-College, einer sehr fortschrittlichen Lehranstalt, in der viele junge Indianer studierten, ein Ehrendoktorat der Biologie entgegennehmen. Und ich war als seine »Schwester« mitgekommen.

Ja, als seine Schwester! Die Idee stammte von Adam – er machte den Vorschlag mit Rücksicht auf die Neugier der College-Professoren und Studenten.

»Ich kann doch nicht plötzlich mit meiner Sekretärin ankommen. In diesem Fall würde mir niemand die Harmlosigkeit unserer Beziehungen abnehmen.«

Ich fand die Idee irrsinnig blöd. Aber er behielt das letzte Wort, und wir stiegen im Redwood-Motel, von dessen nierenförmigen Schwimmbad man eine herrliche Aussicht auf den Grand Canyon und den Colorado-Fluß hatte, als Schwester und Bruder ab.

»Cousine könnten wir auch sagen. Aber das glaubte man mir noch weniger. Du weißt ja, daß ich eine ältere Schwester in Minnesota habe. Christine wird sie nie kennenlernen. Sie ist menschenscheu und kam nicht einmal zu dem Empfang, den Christine nach unserer Ankunft aus Paris in Clearwater gab. Christine wird nichts erfahren. Sie reist doch nicht. Spionieren, das beherrscht sie bis zur Vollendung, aber uns nachreisen? Dazu ist sie zu schwerfällig. Im übrigen ist meine Schwester zwar ein Sonderling, aber doch ein netter Kerl, den man nötigenfalls sogar in den Schwindel einweihen könnte . . .«

»Und was tust du, wenn du dich in nebelhafter Ferne eines Tages wirklich scheiden läßt und mich heiratest? Heute bin ich deine Schwester. Und morgen deine Frau? Der College-Rektor könnte uns wegen Blutschande anzeigen . . .«

Stundenlang sprechen wir über Inzest und Wälsungenblut und fragen uns abends im Redwood-Motel, ob Bruder- und Schwesterliebe wirklich anders schmeckt als die eines Mannes mit einer nicht blutsverwandten Frau.

Die Blutschande gefiel uns im Redwood-Motel, während die tintenblaue Beleuchtung des Grand Canyon in ein tiefes Schwarz hinüberwechselte, um gleich darauf von der untergehenden Sonne mit violetter Röte vermischt zu werden. Blitzschnell fraßen sich die Schatten von Bergkegel zu Bergkegel weiter, sie zerflossen in der Luft, sie brachen sich und glitten wie weiche Molche von Schlucht zu Schlucht weiter. Es war so schön, daß wir unsern Augen nicht glaubten. Dann stieß der Bruder die Schwester ins Bett und sorgte dafür, daß ihr Hören und Sehen verging.

Damals am Grand Canyon und auch in Paris wusch ich mir den Samen des Geliebten aus der Scheide, schade! Doch es ist noch lange nicht zu spät für mich, Kinder in die Welt zu setzen. Ich werde meine Periode noch in fünfzehn Jahren haben! Wie hieß doch jene britische Ärztin, die behauptet, daß Frauen noch mit fünfzig und später Kinder haben können? Ich bin fünfunddreißig Jahre jung, sehr gesund und sehr stark!

Gib, lieber Gott, daß ich ein Kind von Adam bekomme und endlich Ruhe finde! Ich lasse ihn auch ganz bestimmt morgen, ohne eine Szene zu machen, nach Paris fliegen. Oder London. Oder Berlin. Oder New York. Die Wahrheit über seine Route erfahre ich ja doch nicht. Keine Eifersucht. Den Samen, der aus ihm quillt, muß man zu schätzen wissen, denn daraus könnte ein Kind wachsen.

›Ganz gut, daß ich mich einmal gründlich um das Haus kümmern kann‹, werde ich morgen beim Abschied sagen. ›Ich hatte seit Ewigkeiten kein Großreinemachen. Auf das Mädchen kann man sich nicht verlassen.‹

Er soll sehen, wie tüchtig ich bin.

Ein Kind: Ersatz für Adam. Kein vollwertiger. Doch das Höchste, was eine Frau ihrem Mann entreißen kann. Wäre ich Künstlerin, ein schöpferischer Mensch wie Adam, so hätte ich es leichter. Eine Frau wie ich kann nur eine perfekte Dienerin sein und ihrem Mann ein Kind gebären, damit sie ein Stück von seinem Fleisch hat. Bis auch dieses Fleisch heranwächst und sie eines Tages verläßt.

Wie gut, daß noch nicht Morgen ist, daß ich noch im Bett hindämmern, mich an meinen schlafenden Liebsten schmiegen und daß ich flaumleicht zurückschwimmen kann durch die Dunkelheit, ins Auberge Versailles, an den Grand Canyon, ins Hotel Escorial.

Meine Hand ist feucht, unten glänzt der dunkle Ozean, langsam wird es heller, wir fliegen zusammen nach Paris.

Der Mitreisende links neben mir ist erwacht. Er hat ein bleiches, schmales Gesicht mit durchsichtiger Haut und vier schwärzlichen Warzen auf der linken Gesichtshälfte. Auf der rechten Wange prangt ein Leberfelck. Kein erfreulicher Anblick. Über den dunklen Rand seiner Brille hinweg, die er zu diesem Behufe herunterrutschen läßt, nimmt er Adam und mich scharf aufs Korn. Auch Adam rekelt sich und reibt sich den Schlaf aus den Augen.

Der Unbekannte nimmt seine Brille plötzlich mit spitzen Fingern von der Nase, läßt seinen Oberkörper nach vorn fallen, macht eine halbe Wendung nach rechts und zeigt mit dem ausgestreckten Zeigefinger auf Adam.

»Sie sind doch . . .«, sagt er dann, schlägt sich mit der Hand auf die Stirn, als müsse er die Antwort dort herausholen, und schaltet eine Pause ein. Ich weiß, daß mein Geliebter jetzt stolz ist. Man hat ihn wieder einmal erkannt.

Adam erwidert den Blick des Fremden freundlich.

»Ich bin Adam Per Hansen«, sagt er.

»Ich dachte mir's. Sie sind der Mann, dessen Roman meine Ehe ruiniert hat. Ich kenne Ihr Foto vom Umschlag eines Ihrer Bücher.«

»Ihre Ehe ruiniert?«

Ich falle Adam ins Wort, denn ich werde nicht zum erstenmal gegen Stumpfsinn und Vorurteile, vor allem aber gegen den Neid kämpfen, dem mein Geliebter auf Schritt und Tritt begegnet, seit er Erfolg hat. Der Mann mit den vielen Warzen sieht hoffnungslos verkorkst aus, er hat bestimmt nichts für die Liebe übrig.

»Wieso hat mein Mann Ihre Ehe ruiniert? Wollen Sie sich nicht deutlicher ausdrücken?« fragte ich. Es klingt wie ein Fauchen.

Natürlich war ich damals noch nicht mit Adam verheiratet. Diesmal spielte ich seine Frau.

»So. Mein Mann hat also Ihre Ehe ruiniert. Rücken Sie heraus mit der Sprache!« fordere ich nochmals energischer.

Der Fremde rückt auf seinem Sitz zurecht, während wir uns Paris nähern. Weil ich zwischen den beiden Männern sitze, bilde ich eine geduldige Pufferzone. Wir hören beide zu, während der Fremde seine Tragikkomödie aufrollt. Er spricht mit tiefem Ernst:

»Ich muß bemerken, daß Sie mich nicht foppen konnten. Ich habe mit angesehen, wie Sie die Decke fast bis an die Ohren zogen, Sie sind nicht miteinander verheiratet! Ein anständiges

Ehepaar macht dergleichen nicht einmal auf der Hochzeitsreise. Ich kann mir vorstellen, was Sie unter der Decke getrieben haben.«

»Gratuliere«, bemerke ich.

Adam hat schon genug.

»Müssen wir uns diesen Quatsch wirklich anhören?« fragt er mich.

Der Fremde gerät in stille Wut.

»Ich werde Sie zwingen, meine Geschichte anzuhören! Ich war vierzig Jahre alt und unberührt, als ich heiraten wollte.«

Scherzt er? Sein Gesicht ist todernst.

»Kommen Sie vom Mond?« frage ich schließlich.

»Nein. Aus Boston, Massachusetts. Es dauerte, zugegeben, ziemlich lange, bis ich ein an Körper und Gesinnung sauberes, streng religiöses Mädchen fand, das mit neununddreißig noch Jungfrau war und es auch beweisen konnte. Millie verließ die elterliche Wohnung nur, um im Supermarkt einzukaufen oder in der Sonntagsschule zu unterrichten. Sie entstammte einer Familie von Missionaren. Ihren Urgroßvater hatten die Maumaus in Kenya aufgegessen. An stillen Abenden saßen wir im Hause ihres Vaters, der nebenbei eine kleine Spirituosenfabrik betrieb, und spielten Schallplatten. Millie war die ideale Braut und ich überzeugt davon, daß sie auch eine ideale Gattin und Mutter werden würde.«

Es war fast hell im Flugzeug geworden, und die Stewardessen erschienen mit dem Frühstück. Ich sehnte mich nach gutem, starkem Kaffee. Der Bleichgesichtige dankte, nein, *er* hat keinen Appetit, und Kaffee sei Teufelszeug. Er zog ein Fläschchen mit Mineralwasser aus seiner Aktenmappe. Wer weiß, welche Kostbarkeiten sie sonst noch enthielt?

»Die Hochzeitsnacht kam. Vor die Trauung hatte mir mein Beichtvater einen praktischen Eheratgeber geliehen. Alles klappte, denn alles geschah so, wie es in dem Buch geschildert wurde«, fuhr der Fremde aus Massachusetts fort und trank. »Mineralwasser beschwichtigt den Geschlechtstrieb, dies nur am Rande. Schade, daß ich dem Pfarrer diesen Leitfaden sofort nach der Hochzeitsnacht zurückgeben mußte. In dem Büchlein wurde nämlich alles in gehobener Sprache geschildert, ohne jede ordinäre Bezeichnung – alles, was ein gottesfürchtiger Mann in der Hochzeitsnacht mit seiner Frau tun muß.«

»Und es klappte also?« fragte Adam.

»Ja. Danke der Nachfrage. Der beste Beweis: Unsere eheliche Verbundenheit zeitigte Früchte. Wir haben einen fünfjährigen Jungen. Das Kind wird bei meiner Frau erzogen, denn sie hat mich verlassen. Und am Scheitern meines ruhigen Glücks ist kein anderer schuld als Adam Per Hansen!«

Der Fremde hatte die Rechte zur Faust geballt. Er drohte meinem Geliebten.

»Ja, schuld sind Sie, denn sie gab sich, nachdem sie Ihr vermaledeites Buch gelesen hatte, nicht mehr damit zufrieden, was mein christlicher Leitfaden vorschrieb! Sie wollte die Genüsse erleben, die Sie in Ihrem vorletzten Roman, betitelt ›Küssen‹, schilderten. So hieß er doch, nicht wahr? Sie hätten ihn getrost: ›Der Beischlaf und alle nur denkbaren Schweinereien‹ nennen sollen. Denn vom Beischlaf handelt Ihr niederträchtiges Werk. Und dieses schändliche, bis ins kleinste Detail endeutige Buch legte meine Frau mir auf den Tisch – morgens, mittags und abends. Nein, abends nicht auf den Tisch, sondern aufs Bett. Auf mein Kopfkissen. Bald sah ich, daß Sie meine Frau rettungslos vergiftet hatten, Adam Per Hansen. Sie wurde zu einer lüsternen Kurtisane. Und kurz darauf verließ sie mich!«

Er hatte sich vollends in Wut geredet und ließ sich jetzt erhitzt auf den Sitz fallen, denn er war aufgesprungen, als habe er die Absicht, Adam an die Kehle zu fahren. Eine der Stewardessen kam eilig zu uns gelaufen und fragte, was denn passiert sei.

»Ich verfluche Sie und Ihre schändlichen Bücher, Adam Per Hansen!« zischte der Fremde, dessen Namen wir im übrigen nie erfuhren, weil er sich nicht vorgestellt hatte und wir auch nicht neugierig waren. Wenn wir heute von ihm sprechen, nennen wir ihn das »Warzenschwein«.

Während unsere Maschine Kreise über dem Pariser Flughafen beschrieb, schilderte der Bleiche, obschon wir überhaupt nicht mehr auf seine Erzählung eingingen, wie seine Frau plötzlich großes Interesse für das männliche Zeugungsorgan an den Tag gelegt habe. Die liebessüchtige Hetäre! »Zweimal in der Woche wollte sie mit ihrem ehelich angetrauten Gatten schlafen! Und bei vollem Lampenlicht zeigte sie einmal ihren nackten, mit Verlaub zu sagen, Arsch! Nackt! Arsch!«

Auch die hinter uns Sitzenden lauschten vergnügt dem Warzenschwein, das heftig gestikulierte. Sein Beichtvater habe, wie sich später herausstellte, ebenfalls die Bücher Adams gelesen . . .

Der viel zu spät gefallene Engel trank sein Fläschchen Mineralwasser vollends aus. Schließlich – wir konnten nicht sofort landen und zogen über Orly einen Kreis nach dem anderen – holte der Fremde ein Büchlein aus der Tasche. Ich konnte seinen verschnörkelt geschriebenen Titel entziffern. ›Enthaltsamkeit – der Weg zur großen Klarheit‹ hieß der Band. Sein Verfasser bezeichnete sich als pakistanischer Guru.

»Adam, du mußt eines Tages ein Buch über einen Hermaphroditen oder über die Freuden der Homos schreiben. Dann wirst du weniger Feinde haben«, sagte ich.

Wir wollen im runden Turm-Motel spielen, am Grand Canyon. Das Redwood-Motel hatte die Form eines Turmes. Noch immer jagen die Schatten einander um stumpfe Sandsteinkegel, und der Herrgott ergießt seine ganze Regenbogen-Palette über schroffe Hänge und tiefe Abgründe. Ganz unten fließt der Coloradofluß.

Im Pocahontas-College, wo ich als Adams Schwester eingeführt werde, fand ich zum erstenmal Gelegenheit, den Geliebten bei einer Lüge zu ertappen. Ich hatte noch nicht ganz von Christines Mann Besitz ergriffen, und schon war ich feige. Ich wollte keine unumstößliche Gewißheit darüber: Lügt er? Belügt er sogar mich, oder darf ich ihm alles glauben?

Die Netzhaut will nicht sehen. Es gibt Bilder, der nackte Geliebte und eine nackte fremde Frau, die will man verscheuchen, bevor sie mit der Netzhaut in Berührung kommen könnten. Schwarze Binde vor die Augen, die Ohren fest verstopft!

Wir sind nicht zur Party des Rektors gegangen. Adam, dem die Feier galt, schützte Halsschmerzen vor. Wir sind allein in Adams rundem, holzgetäfeltem Zimmer mit dem tiefen, breiten Doppelbett. Als Adams Schwester habe ich natürlich mein eigenes Zimmer bekommen. Es stößt an das meines ›Bruders‹. Vielleicht hat man uns das Brüderlein-Schwesterlein-Spiel auch hier nicht ganz geglaubt.

Blühende Kakteen, weißbehaarte Greisenhäupter und Alpenveilchen stehen in Töpfen auf dem Fensterbrett. Draußen blüht brennendrot die Frucht der Sykamoresträucher.

Der erste Verdacht, ich habe ihn vergessen, denn die Verdachtsmomente waren am Nachmittag aufgetaucht. Adam nimmt jeden Verdacht zwischen seine langen, harten Schenkel und zerdrückt ihn. Er drückt so lange, bis weißer Lebenssaft aus dem Griffel hervorspritzt und ich vergesse, daß er mich vielleicht belogen hat.

»Ich will jetzt mit meiner Schwester ins Bett gehen«, fordert mein Geliebter. Ich gehorche und vergesse die seltsame Stunde, die Adam ohne glaubwürdige Erklärung mit Pearl verbrachte. Schon einmal ereignete sich etwas Ähnliches – in welchem College war das? Da schien es mir ein harmloser Spaziergang, doch vielleicht war Adam auch damals verschwunden, um schnell mit einem Mädchen aufs Zimmer zu gehen und ihre Hand an sein Glied zu legen.

Ja, ich erinnere mich daran, das Mädchen im Pocahontas-College hieß Pearl. Sie war sehr schön. Beim Mittagessen in der Cafeteria des Colleges betrachtete Adam mit dem Wohlwollen des reifen Mannes das blutjunge und sehr manierliche Ding. Mir gegenüber war Pearl ehrerbietig, obwohl ich nur um etwa sechs oder sieben Jahre älter war als sie. Aber ich galt ja als ›Schwester‹ des berühmten Schriftstellers. Und das Mädchen rückte bei allem scheinbaren Respekt so nahe an meinen Geliebten heran, daß ihre Knie unter dem Tisch ganz bestimmt seine Knie berührten.

Pearl zerbrach sich, das las ich ihr an den verkniffenen Augen ab, den Kopf, wie sie Adam von seiner Schwester loseisen könnte.

Sie hatte das Manuskript ihrer kleinen Ansprache, die sie zu Ehren Adam Per Hansens bei der Tagung am Nachmittag halten sollte, in ihrer Wohnung vergessen. Und ihr kleiner Wagen funktionierte nicht. Pearl hätte sich zweifellos an einen Kollegen mit der Bitte wenden können, sie schnell zu der Studenten-Wohnsiedlung am Rande des Grand Canyon, fünfzehn Autominuten vom College entfernt, zu fahren. Das tat sie aber nicht. Sie wandte sich an Adam. Wir hatten diesmal am Flughafen ein Auto gemietet.

Die Absicht des jungen Mädchens, Adam Per Hansen als Privatmann kennenzulernen und ihn, sei es auch nur für kurze Zeit, zu entführen, war durchsichtig wie Glas. Vielleicht hatte Pearl sogar mit ihren Kolleginnen eine Wette abgeschlossen, daß es ihr gelingen würde, den Sex-Schriftsteller zu verführen? Mit der ›Schwester‹ würde man fertig werden. Tatsächlich zeigte sich Adam zu dem kleinen Liebesdienst bereit. Pearl sprang in den Wagen. Adam entschuldigte sich kurz bei mir, und die beiden waren verschwunden. Wo hatte ich fast dieselbe Szene schon einmal erlebt? Richtig: an der Columbia Universität. Nur verschwand Adam dort zu Fuß mit einer Studentin.

»Entschuldigen Sie bitte, daß ich Ihren Bruder entführe!« rief mir Pearl ganz frech zu.

»Aber bitte!« Ich war die Höflichkeit selbst.

Pearl trägt ein weißes, durchsichtiges Batistkleid mit Rüschen zu roten Büßersandalen. Das mit der Wagenpanne ist doch ein glatter Schwindel!

Adam, auf den ich ein einziges Mal, eben an der Columbia, eifersüchtig war, um sofort darauf alle törichten Gedanken zu verscheuchen, fährt mit der kleinen Studentin weg. In zehn Minuten will er wieder im Pocahontas-College sein. Die Feier soll bald beginnen. Eine halbe Stunde, eine Dreiviertelstunde, eine Stunde vergehen. Der Rektor wartet, die Studenten warten, diese Sache ist wirklich sehr auffallend.

»Pearl muß ihr Manuskript gut versteckt haben«, flüstert eine Studentin ihrer Nachbarin zu. Ich höre es deutlich. Ganz gewiß, die haben eine Wette abgeschlossen!

Eine Stunde später hält der Wagen mit Adam und Pearl wieder vor dem College. Adam vermeidet es sorgfältig, mir in die Augen zu schauen. Die Festschrift ist da. Wieder bilde ich mir ein, wie damals, Lippenstift auf Adams rechter Wange zu entdecken. Und das Batistkleid des Mädchens ist zerdrückt. Sie zwinkert ihren Freundinnen zu, offenbar hat sie ihre Wette gewonnen.

»Glaubst du, daß du mich heute ungestraft betrügen darfst, weil ich deine Schwester bin?« frage ich. In Adams Augen flakkert plötzlich Unruhe. Eine neue Kerkermeisterin?

Ob damals etwas in der Studentenbude Pearls geschehen ist, weiß ich bis auf den heutigen Tag nicht. Wahrscheinlich ja. Doch damals war ich noch klug. Ich verstand es, mich zu verstellen und zu beherrschen. Läppisches Abenteuer! Und wenn schon? Ein kleiner Kuß vielleicht, eine Umarmung ohne Erotik. Schlimmstenfalls ein flüchtiger Griff an die knabenhafte Brust des Mädchens.

»Wenn eine Frau, mit der ich allein im Zimmer bin, nicht will, so nehme ich ihre Hand und lege mein Ding ganz fest hinein«, sagt Adam einmal zu mir. »Die Frauen sind so perplex, daß sie dann sofort wollen.« Gleich darauf verbesserte er sich. »Ich spreche natürlich von meiner Vergangenheit.«

»Könntest du heute wirklich allein mit einer reizvollen Frau im Zimmer sein, ohne den Versuch zu machen, mit ihr ins Bett zu gehen?« frage ich Adam in der allerersten und glücklichsten Zeit.

»Ich brauche keine andere Frau. Ich liebe dich.«

Mit dieser ausweichenden Antwort gebe ich mich zufrieden.

Wenn mich Adam betrogen hat, denke ich damals am Grand Canyon, so hätte das Auto mit ihm und dem Mädchen auf der Rückfahrt ins Rutschen geraten und in die Tiefe stürzen sollen!

Mir gehen endlich die Augen auf. Ich sollte offenbar Adams Schwester spielen – das hätte ich ja sofort durchschauen müssen –, damit er frei ist und sich die jungen Dinger an ihn heranmachen können, ohne Angst vor der Ehefrau oder ›Cousine‹ zu haben . . . Cousinen sind niemals Cousinen! Nur auf eine Schwester sind die jungen Dinger, lauter potentielle Schlafgenossinnen, nicht eifersüchtig. Eine Schwester stört höchstens, wenn man mit einem Mann verheiratet ist und die allein lebende Schwester allzu tyrannisch Anspruch auf den kleinen Bruder erhebt . . .

Ich sage abends zu Adam, daß ich ihn durchschaut habe.

»Du wirst nie deinen Humor verlieren«, sagt er, denn ich spreche wieder vom Wälsungenblut. »Du bist die Frau, die ich brauche. Du wirst mich niemals mit Eifersucht quälen.«

Damals beschließe ich, viel später, wenn die ganz große Leidenschaft einer vergleichsweisen Ruhe gewichen sein wird, lieber Närrin im Narrenparadies zu sein, statt ihn zu quälen. Daß es mir niemals gelingen wird, weiß ich im Redwood-Motel noch nicht.

Man kann mit einem Mann wie Adam vierundzwanzig Stunden, Tag und Nacht ohne Unterbrechung im Bett liegen. Doch heiraten darf man ihn nicht.

Bruder und Schwester stürzen sich auf das kühle, breite Bett. Die Heizung summt. Die Schatten spielen nicht nur mit den Sandsteinkegeln der Walhalla-Landschaft, zu der Sünder mit Wälsungenblut in den Adern stilvoll passen. Adam zieht mich auf seinen Körper. Er liegt auf dem Rücken. Ich packe den Turm mit beiden Händen und stecke ihn tief in meinen Spalt. Ich schließe mich, so, wie die Auster ihre Schale über einer Perle schließt. Meine Füße lege ich übereinander. Jetzt steckt sein Glied tiefer zwischen meinen Hügelkissen als je zuvor. Der Phallus meines Geliebten verschmilzt so stark mit meinem Körper, als wäre er an meinem und nicht an seinem Unterleib angewachsen. Wir sind nicht nur Bruder und Schwester, Geliebter und Geliebte, sondern ein Wesen mit doppeltem Geschlecht.

»Drück mich noch fester zusammen!« fordert mein Geliebter. »Beweg deinen Körper überhaupt nicht, nur die Schenkelmuskeln. Auf und zu. Und küß mich, du hast mich so lange nicht geküßt!«

So lange, das war vor zwei Minuten. Auch ihm genügt die Verschmelzung des Unterleibs niemals. Nur für zwei Menschen, die im Bett dem kalten, unpersönlichen Orgasmus nachjagen und Sex ohne Liebe suchen, sind Küsse unwichtig. Je mehr ein Mensch den anderen liebt, um so mehr liebt er seinen Mund.

Im Pocahontas-College ist mein Dreieck wieder dunkelblond geworden. Meine Pagenfrisur aber leuchtet rot – ich wechsle ab. Rot und dunkelblond. Heute bin ich rot, wie mein ›Bruder‹.

»Eine verblüffende Familienähnlichkeit«, bemerkt der College-Rektor bei der ersten Cocktailparty, die zu Ehren Adams gegeben wird. Adam ist so fassungslos, daß er sich, sein Cocktailglas schaukelt gefährlich in der Hand, schnell entfernen muß, um dem Rektor nicht ins Gesicht zu lachen. Was Einbildung nicht alles vermag!

Wenn es aber Adam heute wirklich eine Stunde lang ausgiebig mit der kleinen Studentin trieb, so ist das ein noch stärkerer Beweis für seine erotische Unersättlichkeit. Ich lobe mir die Giganten! Er ist eine gesunde Kreuzung zwischen Tier und Mensch, Geschöpf einer neuen Gattung. Wenn ich eines Tages ein Kind von ihm bekomme, so wird es Mensch und Tier sein, in eine einzige Haut gewickelt. Es wird vor Wohlbehagen sprechen, schreien und grunzen. Alle Tiere kennen Adam. Sie begrüßen ihn. Jeder Hund und jede Katze läuft sofort zu ihm hin. Sie lieben den unheiligsten aller Tier-Heiligen. Nur die Heuchler hassen ihn – arme Imitationen von Männern, wie das Warzenschwein im Flugzeug.

Arme Menschenkrüppel. In unserem herrlichen, weiten Land

laufen Millionen Menschenkrüppel herum, die sich schämen zu lieben. Sie erwarten Erkenntnis und Befriedigung von ihrem geschäftstüchtigen Psychiater, statt sich die richtige Frau und den richtigen Mann oder die richtigen Liebespartner zu suchen. Sie leben ihre gesunden Liebesgelüste in pseudowissenschaftlich aufgezogenen Fernsehprogrammen aus, die sich an das »aufgeklärte« Publikum wenden und sehr gelehrt tun. Sie lassen sich in »Dokumentarprogrammen« interviewen. Wenn sie doch den Mut hätten, mitten in New York ein ehrliches Bordell zu eröffnen! Es lebe Josephine Mutzenbacher und Fanny Hill! Die empfanden keine Scham. Und wer sich schämt, diese Bücher zu lesen, muß es ja nicht tun! Eine ehrliche Prostituierte ist mehr wert als fünf Fernseh-Psychiaterinnen, deren Kleiderausschnitte vor dem »wissenschaftlichen« Vortrag genau geprüft werden. Immerhin soll genügend Busen herausschauen, um auch die Lüsternen zu befriedigen, während die Kinder auf dem Teppich spielen.

Kaum von den puritanischen Vorurteilen ihrer Ahnen befreit, schliddern unsere amerikanischen Mädchen und Jungen in die falsche Richtung. Die Unterschiede zwischen den Geschlechtern verwischen sich in trostloser Weise. Wie kann ein Mädchen mit einem Geliebten ins Bett gehen, der lange Haare, ein Jabot oder eine Halskette mit Medaillon trägt?

Ich schwimme kreuz und quer durch die Zeit. Mein Bruder im Turmhotel. Eifersucht schrumpft zu einem bedeutungslosen Verdachtkörnchen zusammen. New York. Paris. Grand Canyon. Auch im Musée du Trocadéro wimmelte es von französischen Beatniks mit langen, ungepflegten Bärten, offenstehenden Hemden und schmutzigen Hosen. Viele liefen barfuß herum. Geschlechtslose Jugend. Auch ein Teil der jungen Leute im Pocahontas-College war geschlechtslos.

»Jetzt gehörst du ganz mir, und ich kann dir die Kehle durchbeißen«, sagt die Sadistin Milena zu ihrem Geliebten, der unter ihr liegt und genießt. Ich kann ihn beobachten. Er ist mir ausgeliefert. Wann werden die Physiker endlich auch einen Apparat zur Durchleuchtung der Männerhirne erfinden, damit wir jeden Gedanken lesen können? Und genau wissen, wann uns der geliebte Mann belügt?

Hoffentlich wird dieser Apparat nie erfunden, er würde jedes Narrenparadies, das sich eine Frau aufbaut, zerstören!

»Jetzt könnte ich dir die Kehle durchbeißen.«
»Du hast einen herrlich festen Arsch.«
Ich liege auf meinem Geliebten. Bin ich auch nicht zu schwer für ihn? Ich hätte gern einen dickeren Arsch, eine schlankere Taille und einen größeren Busen. Man kann nicht alles haben. Er nimmt meine beiden Hinterbacken in die hungrigen Bauernpranken.

Der Knopf am Telefonapparat neben dem Bett flimmert rot. Das bedeutet: Adam wird gesucht. Nie, nie würde ich Adam telefonisch verfolgen, wenn er später mit mir verheiratet sein sollte. Auf alle Reisen kann er doch auch mich nicht mitnehmen!

Ich setze mich auf ihn, ich reite auf ihm und beobachte dabei sein geliebtes Gesicht. Er hat die Augen geschlossen. Auf der Stirn meines rothaarigen Fauns wachsen deutlich sichtbar zwei Hörner. Am liebsten reite ich dann auf ihm, wenn er gleichzeitig seine Finger an meiner Klitoris reibt. Dann gelingt es uns oft, den ersten Orgasmus gemeinsam zu erleben. Er wird mir immer den Vortritt lassen. Wenn er merkt, daß ich schon ganz nahe daran bin und daß wir den ersten Höhepunkt zusammen erleben können, so wartet er, bis es mir kommt.

»Laß es kommen, Liebling. Und wenn es mir dann kommt, so kommt es dir zum zweitenmal.«

Die Befriedigung zerreißt meinen Körper. Ginge es nach mir, so würde das Vorspiel trotzdem eine ganze Nacht lang dauern. Noch immer flammt der Knopf am Telefon rot. Mein Geliebter schaut zwischen zwei Umarmungen hin. Wir haben im College hinterlassen, daß wir bereits abgereist sind. Wieder ein köstlicher, gestohlener Abend und eine Nacht. Christine hat uns dennoch entdeckt. Aber die Zentrale stellt das Gespräch nicht durch, dafür hat Adam gesorgt. Natürlich erfahren wir am nächsten Morgen, daß es Christine war. Adams Finger kreist in meiner nassen Muschel.

Nie habe ich den Drang so stark verspürt, ihn zu küssen und an mich zu pressen und nie mehr zu erwachen, wie im Turm-Motel am Grand Canyon.

Nie habe ich den Drang, nicht mehr zu erwachen, so stark verspürt, wie im Auberge Versailles in New York mit seinen schlecht gewaschenen Bettüchern.

Nie habe ich den Drang, von einem plötzlichen Atomblitz getötet zu werden, während ich in Adams Armen liege, so stark gespürt, wie im Hotel Escorial, in Paris, als der Minotaurus zwischen meine Schenkel drang und sich sein dunkler Blick herrisch, böse und forschend in meine Augen bohrte. Er taucht dabei den Finger in meinen Spalt. Die Französinnen machen das angeblich mit Gummigliedern, wenn sie keinen Mann haben.

Ich wäre entsetzt, wenn mir dergleichen einmal unter die Augen geriete. Ich könnte auch dann mit keinem künstlichen Phallus spielen, wenn ihn mir jemand heimlich aufs Kissen legte. Nicht einmal hinter verschlossenen Türen würde ich den bluterfüllten Phallus meines Liebsten mit einem Kunststoff-Ding betrügen. Jeder Mensch hat seine eigenen Gesetze der Prüderie.

»Würdest du dich nicht schämen, so ein Ding in die Hand zu nehmen?« frage ich Adam, der schon mit achtzehn Soldat war. Ich bin sicher, daß er alles kennt, was ein Mann überhaupt kennen kann.

»Schämen? Bestimmt nicht. Aber was soll ich damit? Ich bin doch kein Homo. Und du? Könntest du eine Frau küssen?«

»Nein. Die Berührung einer Frau ist mir so widerwärtig, daß ich sogar oft darüber nachdachte, ob ich mir selbst etwas verbergen will. Ich fragte mich, ob ich am Ende einen Schutzwall gegen verdrängte Wünsche baue. Und ich kam durch ehrliche Selbstanalyse zu der Erkenntnis, daß ich die Frauen einfach fürchte und nicht mag – mit ganz, ganz wenigen Ausnahmen. Arme Lesbierinnen! Sie wissen nicht, was ihnen entgeht, wenn sie den Phallus eines Mannes noch nie mit Gaumen und Zunge spürten . . .«

Dann stopfe ich ihm meine Brust in den Mund und säuge ihn. Er ist mein Kind. Seine Hand an meiner Klitoris und sein Mund an meiner Brust. Paradiesischer Genuß!

»Du bist die hungrigste Frau meines Lebens«, sagt Adam später.

Ich freue mich, daß ich es bin. Immer wieder stoße ich ihm meine Zunge ins Maul hinein. Nur Männchen haben Münder. Mein Rübezahl und Bacchus hat ein geräumiges Maul mit einer robusten Zunge. Ich sauge diese Zunge in meinen Mund, ich fahre mit meiner Zunge um ihren Stamm, ich betupfe sie mit meiner Zungenspitze, während die Hände meines Geliebten zärtlich mit meinem Kitzler spielen.

Wenn wir einmal Mann und Frau sind, brauchen wir ein Bett, eine Schreibmaschine, ein Diktiergerät und eine Küche. Das ist alles, was wir zum Glück nötig haben. Dann Wasser zum Schwimmen und frische Luft. Genüsse, die kein Geld kosten. Damit hätten wir das Paradies aus dem Himmel geholt und auf die Erde verpflanzt.

»Ich will hören, wenn du stöhnst. Laß es dir wieder kommen!«

Adam ist eitel, und mein Stöhnen befriedigt ihn. Es soll ihm schmeicheln. Von Adam weiß ich, daß viele junge Amerikanerinnen, die mit Kraftausdrücken herumwerfen und sich so derb benehmen wie Dockarbeiter, im Bett immer Komödie spielen. Sie schämen sich, ihre Beteiligung zuzugeben. Das wäre mir niemals eingefallen. Und die amerikanischen Männer?

»Eins und zwei und drei und vier.« Robert A. Bottleneck war freilich die Quintessenz der Talentlosigkeit, doch unter fast jedem Dach in den Vororten unserer Städte und der großen Apartmenthäuser wohnen Bottlenecks, die sich niemals die Mühe geben, den Körper ihrer Frau zu entdecken.

»Noch keiner Frau ist es so stark gekommen«, murmelt Adam. »Keiner Frau, mit der ich schlief. Und noch nie ist es mir so stark gekommen. Mit keiner andern Frau.«

Im Turmhotel am Grand Canyon will er wissen, ob ich noch niemals Lesberinnen zugesehen habe.

»Bist du verrückt? Hast du etwa schon Homos zugeguckt?«

»Natürlich, mitten im Krieg. Aber damals hatte man andere Sorgen.«

»Die Lesbierinnen können doch auch nur schlecken«, sage ich. »Und ich finde es aufregend genug, von einem Mann abgeschleckt zu werden. Als Vorspiel und bisweilen als Selbstzweck. Doch dann muß der Turm unten hinein.«

Adam wird mir in den Jahren unserer Liebe und Ehe alle Stufen zeigen, die in den Garten der Lüste führen. Jedes Gebüsch in diesem Garten. Die sorgfältigen Buchhalter der Liebe! Sie zählen die Stellungen zwischen Mann und Weib und wissen nicht, daß es nur auf die Schattierungen und Steigerungen ankommt. Ich kann, wenn ich in der traditionellen Stellung auf meinem Geliebten liege, unter tausend Variationen wählen. Ich kann Schenkel und Beine schließen und den Phallus in meine Muschel einfangen, wie ich es vorhin tat. Ich kann ganz locker auf ihm liegen. Je mehr ich meine Muskeln lockere, um so mehr reizt es ihn, den Phallus hart werden zu lassen.

Ich kann auf allen vieren über meinem prachtvollen Herrn und Meister knien oder sitzend auf ihm reiten und dabei meinen Oberkörper zurückbeugen, dann dringt sein Pfahl tief in mich hinein. Und ich kann mich ganz auf ihn fallen lassen, das eine Bein neben seine Beine legen und mit dem Knie des andern in seinen roten Wald stoßen, seine Bällchen und den Phallus streicheln und ihm die Beine dann mit gierigen Knien auseinanderstemmen.

Immer will ich vergewaltigt werden und gleichzeitig vergewaltigen. Immer will ich meinen Abgott besitzen und gleichzeitig von ihm besessen sein, ihn beherrschen, von ihm beherrscht werden, zwei Geschlechter, ein Geschlecht. Ich bohre meine Zähne in seine Schultern, die mit seidigster Haut überzogen sind. Ich krieche auf seinen Rücken, lege mich auf ihn und wollte, ich hätte jetzt eine Ausbuchtung an meinem Körper, die ich in seinen Leib jagen könnte. Ich gebe mich damit zufrieden, auf seinem Rücken liegend, Millionen von Kußnadeln über diesen geliebten Seidenrücken zu streuen. Ich küsse jede Sommersprosse und lecke sie mit der Zunge, ich stemme seine Beine auseinander. Die Hinterbakken streben ganz allmählich, von mir geführt, auseinander. Ich liebe ihn so sehr, daß ich jede seiner Körperöffnungen besitzen möchte. Weil ich keinen Phallus habe, nehme ich meine Zunge und entdecke damit den wohlgeformten, länglichen Spalt zwischen seinen hinteren Hälften.

Die unsterbliche Seele eines fremden Mannes ist mein, doch ein abstraktes Eigentum. Die sterblichen Hinterbacken meines Mannes in ihrer kompakten Süße gehören mir.

Ich schicke meine Zunge auf Entdeckungsfahrt. Auch dort, zwischen den Hinterbacken, schmeckt mein Geliebter nach Seife. Seine Küsse erfrischen wie der Duft von Klee auf einer Wiese. Meine Knie stoßen in den Spalt dort hinten, und Adam will, daß ich ihn noch lange dort küsse. Ich würde lieber sterben, statt den Körper eines andern Mannes dort unten, dort hinten zu berühren.

Wenn wir nebeneinander liegen und uns ausruhen, in diesen randvollen Tagen, so spielt Adam oft selbst mit seinem wunderbaren Turm, der nie ganz schlaff und eingeschrumpft zwischen seinen Schenkeln liegt wie die Geschlechtsorgane der wenigen anderen Männer, die ich vor ihm kannte.

»Das gehört mir«, beschwere ich mich dann. »Du hast kein Recht, damit zu spielen!«

Adam spielt weiter mit seinem Lieblingsspielzeug. Er spielt so instinktiv und freudig damit, wie ein Säugling mit seinen winzigen Beinchen spielt. Adam ist ein Säugling. Die Frauen sind seine Mutterbrust.

»Warum spielst du damit?«

»Weil das gut für mich ist. Du kommst nicht zu kurz. Fürchte dich nicht.«

»Und wenn es dir dann kommt? Ohne mich?«

»Ich sorge schon dafür, daß es mir ohne dich nicht kommt. Das verspreche ich dir.«

Heute Nacht, in Cape Rock, hat Adam sein Versprechen gebrochen. Er rieb sich den Turm, um mich zu strafen, und betrachtete mich höhnisch dabei.

Es war einmal ein ungleiches Ehepaar, der Amtsarzt Hillary Thorpe und seine Frau Eva. Der Amtsarzt war über sechzig Jahre alt, fett und asthmatisch. Er wirkte beinahe so breit wie groß. Im Sommer und Winter, wenn man die milden Temperaturen der kalten Jahreszeit in Florida überhaupt als Winter bezeichnen kann, trug Hillary stets fleckig glänzende Anzüge. An der mangelhaften Pflege war seine junge Frau Eva schuld, denn sie brachte die Anzüge ihres Mannes bestimmt niemals zur Reinigung. Daran, daß er keine leichten Tropical-Anzüge besaß, war County Coroner Dr. Hillary Thorpe selber schuld. Seine Eltern hatten ihm ein beachtliches Vermögen hinterlassen, und er besaß so die Mittel, sich in einem eleganten Badeort, in Miami Beach oder Palm Beach eine mit allen modernen Schikanen ausgestattete Villa zu bauen. Statt dessen gab er sich mit einem Sommerhäuschen in Cape Rock und mit der bescheidenen Amtswohnung in Everglades Springs zufrieden.

Kein Zweifel: Dr. Thorpe, ein Mann mit gutmütig blinzelnden Augen, die den Dingen auf den Grund gingen, hätte es als Arzt in einem mondänen Seebad viel weiter gebracht als in seiner Neger- und Indianergemeinde, wo der dicke Staub auf zerfransten Palmblättern lag. Everglades Springs war ein trostloser Landsitz, alles Leben tröpfelte träge dahin, und genau das war offenbar nach Hillarys Geschmack. Er gehörte dort zu den wenigen Familien aus gutem Mittelstand, die gemeinsam Golf spielten, zusammen aufs Meer zum Fischfang fuhren, Gesteinsproben von den Jahrmillionen alten Muschel-Ablagerungen in den stillen Bayous mit nach Hause nahmen, seltene Schmetterlinge sammelten und mit Alligatorjägern befreundet waren, die ihrem verbotenen Handwerk voller Eifer und zumeist ungestraft nachgingen.

Als Dr. Hillary Thorpe, der Adam schon als Jungen gekannt hatte, eine zwanzigjährige Wilde heiratete, da hielt ihn auch Adam für verrückt.

»Was willst du mit dieser halben Indianerin anfangen?« fragte Adam den Freund.

»Sie ist genauso einsam wie ich.«

»Was hast du den Eltern versprochen, damit sie dir das Mädel geben?«

Hillary hatte nicht viel versprochen. Der alte skandinavische Alligatorjäger konnte kaum lesen und schreiben. Schließlich verlangte er Geld – eine äußerst bescheidene Summe. Sie wurden handelseinig.

»Ich brauche eine Haushälterin«, sagt Hillary.

Wir waren damals bereits verheiratet, Adam und ich.

»Wenn mich das Mädel heiraten will, so ist es doch viel bequemer?«

»Hillary liebt mich«, erklärt Adam immer wieder. »Er könnte beinahe mein Vater sein.«

»Und jetzt werden ihn die Leute auslachen. Hillary und dieses Mädchen . . . Eine Haushälterin soll die ersetzen? Sie kann ja kaum kochen! Läuft den ganzen Tag barfuß herum, ich glaube nicht, daß sie sich überhaupt wäscht.«

»Sie ist schön.«

»Wie kann man eine so ungebildete und unintelligente Person schön nennen. Schönheit ist doch auch Ausdruck einer gewissen Kultur.«

Noch vor wenigen Jahren hätte ich über meine eigenen Sätze gelacht. Später lachte ich nicht mehr.

Es war einmal eine völlig unkultivierte und unzivilisierte junge Person mit einem weichen Busen, der niemals einen Büstenhalter kennengelernt hatte. Oft saß Eva auf einem Felsen neben meinem Mann, während er angelte und ich seine Buchmanuskripte vom Magnetband ins Reine abschrieb. Eva verriet nicht die geringste Absicht, eine erstklassige Haushälterin zu werden. Immerhin leistete sie dem Amtsarzt in Everglades Springs Gesellschaft. Sie stopfte sich die Speisen mit den Händen in den Mund. Später beschloß ich aus Freundschaft für Hillary, ihr die notwendigsten Manieren beizubringen. Sie nahm Belehrungen, kleine Geschenke und Freundschaftsdienste gelassen und ohne eine Spur von Interesse entgegen. Eva mit ihrer weißblonden Mähne zu dem völlig dunkelbraunen Indianergesicht, mit mandelförmigen, grauen Augen, nahm alles als selbstverständlich hin, was ihr die Männer und Frauen schenkten.

Frauen wie Eva werden beschenkt. Sie sitzen faul auf den Steinen und am Strand, leisten fetten, alten Männern beim Essen Gesellschaft und dulden es auch, daß diese fetten, alten Männer zu Füßen ihres Bettes hocken, wenn sie schlafen. Schläft Eva, so sitzt County Coroner Hillary Thorpe oft neben ihrem Bett und bewacht ihren Schlaf. Das hat mir die Neger-Putzfrau erzählt.

Ich glaube nicht, daß er Eva mit der Inbrunst des alternden Mannes liebt, der einem bestrickenden jungen Geschöpf verfallen ist. Ich weiß, daß Dr. Hillary Thorpe nur einen einzigen Menschen liebt: meinen Mann. Er ist jedoch kein Homosexueller, so einfach liegen die Dinge nicht. Für Hillary ist Adam alles, was er je selbst zu erreichen hoffte. Er wollte Schriftsteller werden und brachte es nie über einige Erzählungen hinaus; auch die liegen in seiner Schublade. Nein, Hillary Thorpe wurde lieber Arzt, und auch da gelang ihm nicht die große Karriere. Dann beerbte er seinen Vater und gab sich mit dem vorgezeichneten Weg zufrieden.

Hillary Thorpe hat meinem Mann, als ich ihn noch nicht kannte, immer wieder Frauen verschafft. Ich bin nicht die erste Frau, mit der Adam Christine betrog. Ich bin nur die erste Frau, die Adam rückhaltlos liebt.

So taufe ich Hillary den Leporello meines Mannes.

»Nicht übel!« lobt Adam. »Mir steht aber außer dir kein Mensch so nahe wie Hillary!«

Ich würde sogar auf Hillary eifersüchtig sein, wenn ich nicht auf Eva noch eifersüchtiger wäre. Hillary hilft immer, auf ihn können wir uns verlassen. Das war auch damals so, an den schlimmen Tagen nach Christines Selbstmord. Ich glaube nicht, daß Hillary mich genauso liebt wie Adam, den Freund. Er nimmt mich nur mit in Kauf, weil ich Adams Frau bin.

Unmöglich, daß Hillary nicht merkt, wenn sich die Leute in Everglades Springs in die Rippen stoßen. Immer dann, wenn Eva ihr einjähriges, kleines Mädchen mit dem rötlich-blonden Haar spazierenführt.

Einmal kann ich mich nicht beherrschen, als ich mit Hillary an einem Wochenende allein auf der Veranda seines Häuschens sitze. Ich frage ihn, ob er denn keinen Stolz im Leib habe? Er rückt sich den breitrandigen Strohhut zurecht, der Schutz gegen die rücksichtslose Sonne bietet, langt nach einer frischen Zigarre, beißt ihre Spitze ab, spuckt sie aus und sagt langsam:

»Stolz! Was ist schon Stolz? Es gibt größere Dinge. Die einen liegen in den Betten und genießen. Die anderen sitzen auf der Veranda und schauen ihnen zu. Nicht immer ist Zusehen das schlimmste Leben. Willst du alle hohen Bäume fällen, weil sie zu sehr gewachsen sind? Ich bin zufrieden.«

Hillary ist der größte Dummkopf der Erde und der größte Weise dieser Welt. Ich kann nicht im Schatten oder an der Sonne sitzen. Ich kann nicht zuschauen. Oft hasse ich Leporello noch mehr als seine junge Frau. Und dann muß ich ihn wieder lieben, weil er meinen Mann liebt und ihm hündisch ergeben ist.

Laß ihn doch mit dem Schweif wedeln, den treuen Leporello meines Don Juan, den törichten Weisen. Laß ihn die eigene Frau zum Liebesmahl auftischen! Ich wollte, ich wäre so alt und so abgeklärt wie Hillary. Ich wollte, ich könnte so selbstlos lieben.

Und ich muß ihm dankbar sein! Undenkbar, was ohne ihn geschehen wäre. Succhynolyne ist ein weißes, geruchloses und geschmackloses Pulver. Nein, eine Obduktion wurde nicht angeordnet, weil County Coroner Dr. Hillary Thorpe die Obduktion für überflüssig hielt.

Es war einmal eine alternde Frau, die hieß Christine Hansen, geb. Christine de Chanvart. Sie war ein weißer Geier aus den Everglades und sah dennoch aus wie eine Frau. Das Kinn unter ihrem Blumengesicht wurde vor der Zeit schlaff. Sie war noch nicht alt, doch sie haßte, und wer haßt, der altert früher.

Es war einmal eine Frau, die hatte ihren Mann im Krieg erbeutet. Er geriet bei Trouville in ihre Gefangenschaft. Die Invasion war für Europa der Auftakt zur Befreiung. Sie wurde für den amerikanischen Fallschirmjäger Adam Per Hansen, achtzehn Jahre alt, zum Weg ins Gefängnis – von Christine bewacht.

Es war einmal diese noch junge Französin, zehn Jahre älter als der fremde Amerikaner, eine zarte Blumenschönheit. Sie stand dem jungen Soldaten, während die Bomben der Alliierten auf den Atlantikwall prasselten, im Keller der elterlichen Villa plötzlich gegenüber. Das geschah in der Nacht vom 5. auf den 6. Juni 1944 in Trouville.

Adam hat beim Absprung die Verbindung mit seiner Kompanie verloren. Der blutjunge Amerikaner weiß nicht, ob er die Invasion überleben wird. Es ist dunkel um die beiden herum. Die Eltern sind geflohen. Christine und ein Mädchen hüten das Haus. Die fremde Französin Christine ist gut zu dem Befreier.

Es war einmal eine Lebensretterin, die küßte ihren Schützling, um sich selbst zu beruhigen. Sie ließ ihn zwischen ihre Schenkel, weil sie so ihre Todesangst am besten beschwichtigen konnte. Der junge Amerikaner hatte mit vielen Frauen geschlafen. In zwei oder drei Tagen würde er, falls er am Leben bliebe, die bleichen und traurigen Züge dieses Frauengesichts nicht mehr erkennen.

Dann bellt eine Männerstimme draußen. Die fremde Stimme fragt in deutscher Sprache, ob jemand einen amerikanischen Fallschirmjäger gesehen habe. Die zarte Blumenschönheit wird plötzlich zu Eisen. Als der Strahl einer Taschenlampe in den Keller fällt, auf ihr Gesicht und das ihres Schützlings, mit dem sie vor zehn Minuten noch auf einem Strohhaufen lag, da tritt die Französin vor den Fallschirmjäger. Sie hebt den rechten Arm. Der Soldat schlägt mit dem Gewehrkolben auf den rechten Arm der Frau. Sie schreit vor Schmerzen auf. Ihr Arm wird für den Rest ihres Lebens gelähmt bleiben!

Doch die Blumenschönheit ist sehr stark. Sie rächt sich an dem Soldaten, der dem flüchtig Geliebten nach dem Leben trachtet. Sie stößt den Feind ins tiefere Stockwerk des Kellers hinunter, der ein doppeltes Geschoß hat. Dort bleibt er liegen und rührt sich nicht mehr. Unter seinem Kopf bildet sich eine Blutlache. Er ist so unglücklich, so glücklich für Christine und Adam, gefallen, daß er offenbar einen Bruch der Schädelbasis erleidet und sofort stirbt.

Bald kannte ich jede Stunde dieser Invasionsnacht auswendig. Adam hatte sie mir oft geschildert.

»Ich war zur Salzsäure erstarrt, als der Deutsche plötzlich in den Keller zu uns heruntersprang«, erzählte Adam. »Ich besaß einfach nicht die Geistesgegenwart, nach meiner Pistole zu greifen. Wenn ihn Christine nicht die Treppe hinuntergestoßen hätte . . . trotz der Schmerzen im rechten Arm . . .«

Jeder Lebensretter reicht früher oder später seine Rechnung ein.

Wir haben einen Sohn, schrieb Christine dem jungen Amerikaner, der am zweiten Tag der Invasion von ihr Abschied genommen und wieder Anschluß an seine Truppe gefunden hatte. *Ich möchte Dich wiedersehen.*

Ein Jahr verging, noch ein Jahr. Dann besuchte der junge Amerikaner seine Lebensretterin. Er beglich die Rechnung.

Es war einmal ein junger Franzose, der hieß Claude. Er verdankte sein Leben der Invasion und dem nicht ganz geglückten Absprung des amerikanischen Fallschirmjägers Adam Per Hansen.

Claude schaute auf alle Amerikaner mit dem törichten Dünkel vieler Franzosen herab, die sich einbilden, den gesamten Intellekt der Welt für sich gepachtet zu haben. Der junge Claude konnte seinen amerikanischen Vater nicht leiden, der bloß um zwanzig Jahre älter war als sein Sohn und der seine Mutter – so stellte es sich das Söhnchen vor – »verführt« hatte. Jetzt lebte sie drüben in Amerika und war unglücklich mit dem Mann, der nicht zu ihr paßte.

»Er versteht meine Mutter nicht«, sagte Claude, der in Frankreich lebte, zu allen Freunden und Verwandten. Im übrigen studierte er jedes Jahr etwas anderes: Bildhauerei, Malerei, Banjo und Gitarre. Später, als ich ihn kennenlernte, kam es mir außerordentlich grotesk vor, einen so erwachsenen Stiefsohn zu haben.

»Ich weiß nie, worüber ich mich mit meinem Sohn unterhalten soll«, klagte Adam, als er von einem kurzen Flug nach Europa zurückkehrte. Ich war damals schon seine Sekretärin.

»Claude betrachtet mich als Barbaren. Er will uns nicht in Amerika besuchen. Er hat noch nie ein Buch von mir gelesen. Ich glaube, er ist auf meine Karriere neidisch. Und dabei gebe ich mir redliche Mühe, seine abstrakten Bilder zu loben . . .«

Claude schürt auch die Eifersucht seiner Mutter auf die Sekretärin ihres Mannes. Diese Eifersucht Christines wächst und wächst, bis sie beinahe zum Wahnsinn geworden ist.

Es war einmal eine weißlackierte Motorjacht, die schwimmt draußen, jenseits der stillen Bucht, dort, wo sich die hohen Wellen des offenen Meeres am steinernen Schutzdeich brechen.

Adam hat keine Luxusbedürfnisse. Darin gleicht er seinem alten Freund Hillary und auch mir. Der einzige Luxus, den wir uns leisten, ist auch heute noch die Motorjacht mit Kabine; Adam kaufte sie zu Lebzeiten Christines, die nicht schwimmen konnte und nur dann mit uns aufs Meer fuhr, wenn sie uns stören wollte. Sie haßte jeden Sport, weil sie mit ihrem gelähmten Arm nicht daran teilnehmen konnte.

»So oft wie möglich hinaus aufs Meer, die frische Salzluft tut ihren Nerven gut«, riet Hillary. Damals war der Arzt noch unverheiratet und unzertrennlich von seinem Freund Adam.

Wir haben New York und Westchester mit Freuden verlassen. Leicht war es nicht, Christine zu diesem Umzug zu überreden. Ich habe mich bei Adam vorzüglich eingearbeitet. Daß ich nicht nach Florida mitkomme, ist undenkbar.

Christine kann sich nicht umgewöhnen. Die grelle Sonne macht sie krank. Obwohl sie ständig dunkle Brillengläser trägt, sind ihre empfindlichen Augen immer entzündet. Selbst bei bedecktem Himmel bekommt sie Brandbläschen auf ihrer zarten Haut. Sie erscheint mir wie eine düstere Magnolie aus einem traurigen französischen Park. Erst später taufe ich sie den Geier.

In New York hatte sie mehr Gesellschaft. Hier befaßte sie sich noch mehr mit ihren eigenen Problemen, mit ihrem Leben, das sie für verpfuscht hält, weil ihr Sohn nicht in den Vereinigten Staaten leben will und Adam keineswegs die Absicht hat, Amerika mit Europa zu vertauschen.

Christines Selbstmorddrohungen wiederholen sich von Tag zu Tag. Sie läßt Adam und mich keine Sekunde aus den Augen.

»Wenn du mich verläßt, springe ich ins Wasser!«

Die ewige Litanei. Unsere Nachbarn am Strand hören, obwohl die Häuser dünn gesät sind, mehr als einmal, wie Christine mit Selbstmord droht. Hillary, von dem sie sich endlich untersuchen läßt, hält ihre Krankheit zum Teil für Hysterie; eine gewisse Unregelmäßigkeit der Herzfunktion und Anzeichen für einen drohenden Herzinfarkt sind jedoch vorhanden. Er verschreibt ein beruhigendes Medikament. Es nützt nichts. Ihre Nervosität verschlimmert sich. Hillary verordnet beruhigende Spritzen.

»Kannst du dich daran gewöhnen, Christine intramuskuläre

Spritzen zu verabreichen?« fragt Hillary seinen Freund. Er fragt auch mich. »Christine kann doch mit der rechten Hand nichts fest anpacken. Und mit der Linken ist sie viel zu ungeschickt.«

Wir lernen es beide, es ist nicht schwer. Christine bekommt ihre Injektionen nicht täglich – oft wochenlang nicht. Nur, wenn sie über Schmerzen in der Herzgegend und über Atemnot klagt. Dann hält sie still, ob sie nun von Adam oder von mir versorgt wird, läßt sich die Medizin in den Armmuskel spritzen und schaut uns beide, Adam und mich, prüfend und argwöhnisch an.

Ich weiß, daß sie mir kündigen und mich aus dem Haus weisen würde, wenn sie nicht Angst hätte, daß mir Adam folgte.

Adam mahnt wieder zur Geduld.

»Ich liebe dich. Es wird sich eine Lösung finden.«

Ich habe keine Geduld mehr.

Es war einmal eine Hündin, ein ziemlich gewöhnliches Tier, für einen Hund bereits alt, dreizehn Jahre oder mehr. Sie war eine Mischung aus verschiedenen Rassen und hieß Musette. Der Hund gehörte Christine. Er hatte einen niedlichen, gelben Fleck über dem rechten Auge und im übrigen ein dunkelbraunes Fell mit ein paar weißen Tupfen.

Die Hündin Musette trug ein Halsband aus rotem Leder, daran hing ein Medaillon mit den Worten: *Dem braven Hündchen Musette von seiner Mammi Christine.* Auch die Telefonnummer war in das Medaillon eingraviert. Diese Angaben erübrigten sich, denn Musette ging nie verloren. Sie alterte ehrbar in der Obhut ihrer liebenden Herrin.

»Musette wird sehr alt«, sagte Christine eines Tages zu Hillary. »Was soll ich mit Musette anfangen? Sie sieht schlecht. Sie quält sich ab. Ich glaube, sie ist älter als dreizehn, wahrscheinlich wurden wir beschwindelt, als wir sie kauften. Sie keucht beim Gehen. Ich möchte das Tierchen auf schmerzlose Weise von seinen Leiden befreien.«

Es gibt ein weißes Pulver, das heißt Succhynolcholyne. Amtsarzt Dr. Hillary Thorpe schreibt das Rezept, und ich hole das Mittel aus der Stadt, als ich einkaufen fahre. Der Apotheker fragt, wofür ich es brauche, und ich erzähle ihm das traurige Schicksal der Hündin Musette.

Am nächsten Tag lebt Musette nicht mehr. Christine ist tieftraurig, doch sie selbst wollte es nicht anders. Wir heben im Garten ein kleines Grab für die Hündin aus, und Christine spricht sogar ein Gebet. Der Hügel wird mit Steinnelken und Vergißmeinnicht bepflanzt.

»Sie hat nicht gelitten«, tröstet sich Adams faltige Frau. »Alte Hündinnen soll man beseitigen, nur nicht leiden lassen.«

In der Nacht, ein paar Stunden nach der Beisetzung Musettes, hat Christine wieder einen ihrer schlimmen Anfälle von Eifersucht. Die Nachbarn drehen das Licht an. Wir sehen, wie sie sich an die hellerleuchteten Fenster drängen, um die Furie zu beobachten. Christines hysterisches Geschrei pflanzt sich über den Wasserspiegel fort.

»Ich bring' mich um! Ich geh' ins Wasser! Sag mir's doch, wenn Milena deine Geliebte ist! Du brauchst dich nicht von mir scheiden zu lassen! Ich geh' ins Wasser, und ihr seid mich los . . .«

Adam drückt sie von links auf das Sofa nieder und ich von rechts. Wir haben sie von der Veranda, wo sie herumschrie und gestikulierte, ins Zimmer geführt. Sie schluchzt, sie schreit und ringt nach Luft, als müsse sie ersticken. Und gerade heute ist Hillary nicht hier . . .

»Vielleicht läßt sich Christine doch überreden, für ein paar Wochen in ein Sanatorium zu gehen«, sagt Adam, als sie endlich eingeschlafen ist, sie hat ihre Spritze bekommen.

Am nächsten Tag hat Christine alles vergessen. Sie benimmt sich wieder völlig ruhig und diszipliniert. Das mag täuschen. Wir trauen dem Frieden nicht mehr. Diesmal hält er jedoch ein paar Tage an – länger als sonst.

Es war einmal ein glutheißer Sonntagnachmittag im Juli. Die Luft flirrt in Cape Rock vor Hitze. Selbst die Klimaanlage ist nicht imstande, das Haus, dessen gläserne Verandatür wir zugeschoben haben, zu kühlen. Hillary ist bei uns zu Gast, er raucht seine geliebte Zigarre.

Endlich bricht die Abenddämmerung herein. Wir wollen hinaus aufs offene Meer, zum Thunfischfang. Hillary ist nicht geneigt, uns zu begleiten. Christine, die uns nur stören kann, will um jeden Preis mit.

»Es ist draußen noch viel zu schwül, Christine«, warnt der Arzt. »Bleib doch bei mir und leiste mir Gesellschaft!«

Sie beharrt auf ihrem Vorsatz, mitzukommen. Ein paar Tage Ruhe sind wieder einer hochgradigen Nervosität gewichen. Christine fingert mit der linken Hand in ihrem blonden, mit ein paar grauen Strähnen vermischten Haar herum.

»Ich sehne mich so nach dem offenen Meer. Draußen fühle ich mich immer wohl, ich begleite euch!«

Adam und ich wechseln keinen Blick. Auch diese Starrköpfigkeit der Frau ist nur eine von vielen Torturen. Sie will uns zu Tode quälen; nur keinen offenen Bruch. Der Geier gibt seine Beute nicht her.

»Nimm die Spritze mit«, sagt Hillary noch zu meinem Geliebten, als Christine in ihr Zimmer gegangen ist, um einen breitkrempigen Hut, ihren Schal und die Sonnenbrille zu holen. »Vielleicht kommt wieder ein Anfall.«

»Du meinst: Vielleicht führt sie selbst wieder einen herbei«, sage ich. Hillary schweigt.

Alle Bemühungen des Arztes und Adams, Christine nach ihrer letzten Herzattacke zu einem Sanatoriumsaufenthalt zu bewegen, waren gescheitert.

»Ich trenne mich nicht von meinem Mann! Nicht einmal für ein paar Wochen! Wenn ich mich eines Tages dazu entschließe . . . so bin ich ins Wasser gegangen. Oder ich habe den Gashahn aufgedreht. Ich lasse mich nicht von Adam scheiden. Niemals!«

»Wer spricht denn von Scheidung?« sagte Hillary zu der tobenden Kranken. »Es geht ja lediglich um einen kurzen Erholungsaufenthalt in einem Sanatorium! Du mußt gesund werden . . . Deine Nerven müssen sich beruhigen!«

Christine schreit den Arzt an:

»Wenn mein Mann aufhört, mich zu betrügen, so werden sich meine Nerven sofort beruhigen!«

Es war entsetzlich und aussichtslos.

Wir nehmen die Spritze an uns und fahren in die Abenddämmerung hinaus. Hillary setzt sich mit seiner dunklen Lieblingszigarre und einem Glas Scotch auf die Veranda. Er verfolgt unser immer kleiner werdendes Boot mit freiem Auge und dann mit dem Fernrohr. Wir werfen jenseits des schmalen, vom Deich geschützten Eingangs zur Bucht unseren Anker aus, und Adam beginnt, nach Thunfischen zu angeln.

Die Lebensretterin Christine, die zum Geier geworden war und der Beute ihres Lebens immerzu die Rechnung vorhielt, paßte scharf auf.

Da sitzt Christine neben ihrem Mann, der die Angel nicht mehr auswirft – er hat nichts gefangen, und es ist ihm auch gleichgültig – im Heck der schmucken Motorjacht, in deren schattiger, luftiger Kabine zwei Schlafpritschen zur Ruhe einladen.

»Leg dich doch endlich ein bißchen hin, Christine!« bittet Adam. »Es ist auch hier draußen viel zu schwül für dich. Laß dir von Milena ein Glas Limonade zubereiten. Schlaf ein bißchen.«

»Laß mich. Laßt mich in Frieden.«

Es ist sehr spät geworden, der Mond scheint aber hell, und die Bucht liegt in Licht gebadet da. Längst wollten wir zum Ufer fahren. Christine besteht darauf, noch draußen zu bleiben.

»Ich will nicht schlafen! Ich lasse mich nicht in die Kabine verbannen!«

Sie sucht Dramen, wo gar keine sind. Unser Vorschlag war ganz harmlos. Wir wollten Christine nicht schlafenlegen, um uns die Hände halten zu können.

Adam spricht ein Machtwort.

»Wir fahren jetzt heim.« Ich schweige, will mich nicht einmischen.

»Ich will nicht nach Hause!«

Adam ist ratlos. Ich kann ihm auch nicht helfen und zucke nur die Schultern. Plötzlich, ohne jeden Übergang, beginnt Christine zu ächzen und zu stöhnen. Sie drückt die linke Hand ans Herz, bekommt offenbar keine Luft.

»Schnell, die Spritze!« fordert Adam. Ich verschwinde in der Kabine und kehre mit der gefüllten Spritze zurück. Christine sitzt mit halbgeschlossenen Augen, einer Ohnmacht nahe, in ihrem Strecksessel an der Reeling.

»Gib her!« Adam streckt die Hand aus. Ich reiche ihm die Spritze. Er hat diesen Liebesdienst gut im Griff. Ist es die zwanzigste, die dreißigste Injektion, die er Christine in den letzten Monaten geben mußte? Diesem zielbewußten Wrack, das sich nicht scheiden lassen will. Die Geier in den Everglades lassen sich ihre Beute nicht entwenden.

Adam hat seiner Frau die Nadel ins schlaffe Fleisch des Unterarmes gejagt und legt die Injektionsspritze jetzt weg. Wir lassen sie auf dem Tisch liegen. Es ist ganz dunkel geworden – eine Wolke schwimmt über dem Mond. Dann wird es wieder hell. Auch eine kleine Bordlampe brennt. Wir denken nicht mehr daran, an Land zu fahren. Wir sind erschöpft – Christine hat unsere Kräfte wieder einmal aufgebraucht.

Wir beobachten die Frau. Adam faßt mich an der Hand:
»Milena . . . sie braucht doch einen Arzt! Hillary soll sie untersuchen! Laß den Motor anspringen!«

Ich bin nicht mehr die nachgiebige, die friedfertige Milena. Ich sage:
»Du siehst doch, daß sie sich beruhigt hat. Sie schläft. Sie atmet ganz regelmäßig. Laß sie. Es ist so ruhig und friedlich hier draußen!«

Christine schläft.

Ich rücke meinen Stuhl eng neben den Geliebten. Ich taste nach seiner Hand. Daß uns Christine sehen könnte, kümmert uns nicht mehr. Sie schlummert ja. Und wenn sie uns sieht? Mag sie doch ins Wasser springen! Wir hätten sie längst sterben lassen sollen. Das sind meine bösen Gedanken. Adam und ich haben auch nur ein Leben. Mehr als zwanzig Jahre hat er Christine geopfert. Und wofür? War wirklich eine Schuld abzugelten, so hatte er sie längst bezahlt. Christine durfte mit ihm schlafen, bei ihm sein und seinen Sohn zur Welt bringen. Mehr konnte sie nicht von ihm verlangen. Sie hat Adam in ihr Bett gezerrt. Das will endlich bezahlt sein. Jetzt muß sie die Rechnung begleichen. Er liebt mich. Er sehnt sich nach mir. Ich liebe ihn.

Ich greife nach Adams Hand, hebe sie an meine Lippen, nehme den Mittelfinger seiner rechten Hand, sauge daran, er schmeckt nach seinem Glied, dessen Fleisch ich bald wieder schmecken muß, sonst sterbe ich vor Sehnsucht.

Ich flüstere unvorsichtig und rücksichtslos:
»Ich liebe dich. Ich liebe dich.«

Adam beugt sich vor und küßt mich. Er streichelt meine Brüste und drückt sie unter dem grüngelb gemusterten Netzhemd zusammen. Wäre die Lästige nicht hier, wir würden jetzt in die Kabine tappen, die unsere Körper auch schon kennt. Zweimal oder dreimal gelang es uns, mit dem Motorboot ganz weit hinaus aufs Meer zu fahren und uns dort nackt zu umschlingen.

Das Wasser plätschert leise. Wir schlafen, die Lippen fast aufeinander, erschöpft ein.

Plötzlich klatschte etwas, ein Körper ist ins Wasser gefallen. Adam erwacht sofort. Ich bin noch betäubt von unserem kurzen Schlaf. Adam springt, ohne zu überlegen, über Bord.

Es waren einmal Männer mit langen Stangen, Wasserpolizei und Küstenwache, mit Netzen und Scheinwerfern, die suchten den Eingang zur Bucht nach der Ertrunkenen ab. Daß ein Selbstmord vorlag – daran zweifelte niemand, der Christine kannte. Daß Adam Hansen seiner von Bord verschwundenen Frau sofort nachgesprungen war, wunderte weder die Polizei noch die Ortsbewohner. Sie kannten seinen anständigen Charakter und seinen Mut.

»Ich konnte im Mondlicht deutlich sehen, wie sich die weißgekleidete Frau plötzlich in ihrem Stuhl aufrichtete und über die Reeling beugte. Ich dachte, daß ihr übel sei. Als ich aufsprang, um Adam und Milena eine Warnung zuzurufen, war es bereits zu spät. Natürlich holte auch ich sofort mein Motorboot und fuhr hinaus, nachdem ich die Küstenwache verständigt hatte . . .«

So lautete die Aussage des glaubwürdigen Augenzeugen Dr. Hillary Thorpe, der die Motorjacht fast unablässig und auch im Augenblick des Unglücks durch sein Fernglas beobachtet hatte. Die Nachbarn bekräftigten, was der Amtsarzt zu Protokoll gab: Christines tägliche hysterische Ausbrüche, ihre Selbstmorddrohungen. Alle Nachbarn wußten davon.

»Wir hörten schließlich nicht mehr hin, wenn sie schrie und ihre Szenen machte«, sagte der Mieter des Sommerhäuschens neben Adams und Christines Haus. »Sie war überall verhaßt, weil sie den Frieden unserer Kolonie störte. Bedauernswerter Adam Hansen! Er ist so beliebt . . .«

Nirgends, von keiner Seite ein Körnchen Argwohn. Auch ich, die »andere« Frau im Leben Adam Hansens, war beliebt. Man haßte nur die legitime Gattin.

Die langen Stangen suchen. Adam schwamm so lange und angestrengt unter Wasser, zuerst ohne Sauerstoffgerät, dann mit der Taucherlunge, die Hillary mitbrachte, bis er völlig von Kräften war.

Er spielte keine Komödie, denn er wollte seine Frau wirklich retten. Man kann eine Kerkermeisterin hassen. Und dann bemüht man sich doch, ihr Leben zu erhalten. Gute Menschen können nichts für ihren Instinkt.

Die langen Stangen suchen. Die Netze suchen. Stundenlang

nichts. Dann finden sie die Tote. Wasserleichen sind nicht schön.

Um vier Uhr morgens nach der Tragödie sind wir noch wach. Wir telefonieren mit Paris. Claude ist erschüttert. Statt Worten des Mitgefühls folgen wütende Haßausbrüche gegen Adam und mich. Claude will kommen, um die Tote nach Frankreich zu überführen. Christines Testament enthält andere Vorschriften.
Ob tot oder lebendig . . . ich will in der Nähe meines Mannes sein! schreibt sie in ihrem letzten Willen. *Wenn er in Amerika bleibt, so möchte ich dort begraben werden.*
Christines Sarg. Sie sieht im offenen Sarg friedlicher und lieblicher aus als im Leben. Sie sieht auch jünger und entspannter aus, denn sie ist endlich zur Ruhe gekommen.
Ich beherrsche mich bei der Beerdigung, so gut ich kann. Am liebsten würde ich jubeln. Dabei bin ich doch nicht schlechter als andere Frauen.
Die Erlösung kam plötzlich. Ich kann es noch kaum fassen.
Am Tage nach der Beisetzung, es gab viel Blumen und Gebete auf dem kleinen Friedhof von Cape Rock, und Claude hat Florida nach dreitägigem Aufenthalt wieder verlassen – falle ich Adam um den Hals und sage jubelnd:
»Adam, wir sind frei! In ein paar Monaten oder spätestens nach Ablauf des Trauerjahres können wir heiraten!«
Adam schweigt. Am Abend nach der Beerdigung, wir sind ganz allein im Haus geblieben und haben noch keine Pläne geschmiedet und auch noch nicht entschieden, ob ich der Leute wegen jetzt weiter allein mit Adam im Hause bleiben kann, küsse und umarme ich ihn.
»Du hast noch mit keinem Wort gesagt, daß du glücklich bist!«
Plötzlich fürchte ich mich vor seiner Antwort. Er ist mir unheimlich. Ich spreche dennoch weiter.
»Liebster, wir können bald heiraten! Wenn wir so lange gewartet haben . . . die paar Monate vergehen schnell! Bist du auch so unbeschreiblich glücklich wie ich?«
Da geschieht das Unvorstellbare. Mein Geliebter schiebt mich langsam von sich. Er schüttelt den Kopf. Ganz leicht zuerst, dann schneller und heftiger.
»Ich fürchte mich«, sagt Adam leise. Ich begreife nichts und ersticke fast vor Entsetzen.

»Wovor fürchtest du dich? Christine ist doch tot!«
»Du schaust mich so an wie Christine!«

Mein Geliebter, für den ich die Erde mit den bloßen Fingern aufgraben und mich bei lebendigem Leib vierteilen lassen würde, fürchtet sich vor mir.

Fünf Jahre haben wir aufeinander gewartet. Gelogen, uns versteckt, alles auf eine Karte gesetzt, gehofft und gewartet. Und jetzt fürchtet er sich vor neuen Ketten. Für jeden Geier, der stirbt, schlüpft ein anderer aus dem Ei.

Es war einmal eine Komplizin beim Ehebruch, die hieß Milena. Sie ist eine fremde Frau. Ich sehe sie nachts, wenn ich, wie heute, nicht schlafen kann, wie auf einer Bühne. Sie ist mir unheimlich, denn so zielstrebig schlecht wie diese Frau war ich in Wirklichkeit nie.

Es war einmal ein Restchen weißes Pulver, Succhynolcholyne mit Namen. Das hatte ich auf den Rat meines Freundes Hillary aus der Apotheke geholt, als die Hündin Musette viel zu dick und zu alt geworden war, um sich noch länger ihres asthmatischen Daseins erfreuen zu können.

Die fremde Hauptdarstellerin eines fremden Dramas, Milena, führte den Geliebten, der sich vor einer neuen Bindung und einer zweiten Christine fürchtete und nur den einen Wunsch hatte, frei zu bleiben und frei lieben zu dürfen, an den Arzneischrank. Sie zeigte ihm das Restchen Pulver und erinnerte ihn an die Spritze, die er seiner Frau, bevor sie starb, an Bord der Motorjacht verabreicht hatte.

Der Mann ist sich keiner Schuld bewußt. Es war eine Spritze wie die vielen andern, die er Christine zuvor gab.

Die Komplizin im Ehebruch nimmt ihm diesen Glauben. Es war keine Spritze wie die andern. Gewiß, Christine starb aller menschlichen Berechnung nach nicht, weil die injizierte Flüssigkeit ein weißes, geruchloses und geschmackloses Gift enthielt; ein Gift, dessen Spuren eine Obduktion noch viele Monate oder Jahre nach ihrem Tod an den Tag gebracht hätte.

Christine sprang oder fiel über Bord.

Doch wir werden nie erfahren, sagt Milena, die Komplizin im Ehebruch, ob sich Christine nicht nach der Injektion in plötzlichen Krämpfen aufbäumte, das Gleichgewicht verlor und über die Reeling fiel. Wir werden nie erfahren, ob die Spritze so wenig

Gift enthielt, daß es überhaupt nicht wirkte – und ob Christine, wie alle glauben, unbemerkt aufstand und sich ins Wasser fallen ließ. Ich werde mir auch nie darüber Rechenschaft ablegen können, sage ich zu Adam, woher die fremde, bitterböse Milena den Mut nahm, als sie die Spritze holte, etwas von dem weißen Pulver in das Medikament zu mischen. Ich bin der fremden Milena, die plötzlich zur Teufelin wurde, nur einmal begegnet.

Sie mischte die Flüssigkeit. Du gabst die Injektion. Wir sind Komplizen.

Der Mann hört zu. Er schweigt, und seine Kehle schnürt sich zusammen. Dr. Hillary Thorpe hat keine Obduktion angeordnet. Kostspielige Metallsärge schließen dicht und werden nie geöffnet, falls kein besonderer Grund vorliegt. Milena wird schweigen: Komplizin, Lebensretterin!

Wieder präsentiert eine Frau ihm die Rechnung. Er muß sie begleichen. Er liebt die Frau, doch er hätte sie nicht geheiratet, weil er sich vor einem neuen Kerkermeister fürchtete.

Aber jetzt muß er sie heiraten.

Die See schlägt draußen am Eingang zur Bucht hart und zornig an den steinernen Wall, sie überspült die hoch über den Wasserspiegel ragenden, mit glitschig-grünem Moos und Algen bewachsenen Felsriffe. Auf einem dieser flachen Felsen lagen wir oft nackt, liebten uns und ließen uns von den Wogen umarmen.

Mein Mann, von dem ich nicht loskomme, heiratete mich, weil die Furcht vor der Komplizin größer war als die Furcht vor der Kerkermeisterin. Und dennoch liebte er mich. Nur hätte er ohne mich leben können. Auch heute könnte er ohne mich leben. Verließe ihn die Königin seines Harems, so säße bald eine andere auf ihrem Thron. Nur werde ich ihn nie verlassen!

Ich flüchte mich, ehe es endgültig Tag wird, noch einmal ins Hotel Escorial mit seinem schamlos großen Renaissancebett unter dem nilgrünen Baldachin, den lederüberzogenen Trommeln und nachgebildeten Marterinstrumenten an der Wand. Wir stellen uns zusammen unter die Brause, denn wir sind noch verschwitzt vom langen Flug und müde von unserm Morgenausflug in die Kirche St.-Germain-l'Auxerrois.

Mein Geliebter zieht mich unter dem heißen Wasserstrahl an sich und will mir sein Glied, das sich in einem prachtvoll steilen

Winkel aufrichtet, in die Scheide stecken. Immer vergißt er, daß er 1,85 groß ist – viel größer als ich. Ich müßte eine Riesin sein, um stehend seinen Turm zu empfangen. Die harte Raketenspitze trifft mich am Bauch und nicht auf Klitoris oder Scheide.

»Warte, ich setze mich auf den Wannenrand«, sagt der Geliebte, das Gesicht von Seifenschaum bedeckt, auch die flammend roten Haarbüschel haben weiße Seifenbällchen aufgesetzt.

Hotel Escorial, Paris, Picasso, Oktober und draußen kein Herbst, wie wir ihn aus New York kannten, sondern feuchte Frühlingsluft. Daß der Innenarchitekt hier und dort auch kleine Peitschen als Wanddekoration aufgehängt hat, fällt uns erst allmählich auf. Er hat sie gut in den Zimmerecken versteckt. Geschmacklos und aufregend, geschmacklos und verlockend.

Milchige Oktobersonne. Unter der Brause nehme ich den Mund voll Wasser, küsse den Geliebten auf die behaarte Brust und lasse das Wasser langsam auf seine nassen Härchen rinnen.

Schade, daß ich ziemlich klein bin, sonst könnte er stehend sein Ding in mich stecken. Doch mein Geliebter sitzt bereits auf dem Wannenrand. Ich bewundere seinen Phallus. Michelangelo formte solche nackte Riesen.

Unsere Koffer stehen noch unausgepackt mitten im Zimmer. Das erleben wir immer wieder. In jedem Hotel oder Motel stehen unsere Koffer unausgepackt da, zumindest in der ersten Nacht, weil wir niemals Zeit haben, auszupacken, bevor wir ins Bett gehen.

Diesmal kommt die Badewanne vor dem Bett. Mein sitzender Geliebter befiehlt mir durch eine Geste, ihm den Rücken zuzuwenden. Er zieht mich auf seine Knie und steckt den Knüppel, mit dem er die Frauen belohnt und bestraft, tief in mich hinein. Nach einer kühlen Brause lassen wir jetzt heißes Wasser in die Badewanne laufen. Die gute Wärme steigt von den Fußsohlen allmählich in unsere Körper hoch. Ein glühender Bolzen aus Fleisch steckt in meinem Körper, und mein Geliebter befiehlt mir, mich nicht zu bewegen.

»Nicht Schluß machen«, flüstert mein Geliebter. Ich verliere vor Begierde fast den Verstand. »Ganz stillhalten, gehorchen. Sitz unbeweglich auf mir!«

Und während dieser köstlichen Minuten passieren groteske Dinge. Einmal klopft das Stubenmädchen trotz des Kärtchens, *Bitte nicht stören* und fragt, ob wir nichts brauchen. Adam, seinen langen Phallus tief in mir drin, antwortet mit völlig fester Stimme, als rauche er gerade eine Zigarette:

»Nein, danke, wir brauchen nichts!«

»Mag sie zur Hölle fahren!« brummt er dann.

Auch wir beide fahren zur Hölle. Paradies und Hölle verschmelzen im Hotel Escorial. Unsere Körper haben sich in vielen Hotels und Motels, in ungestörten Umarmungen und Verschlingungen, in uferlosen Kußmeeren, die unser Leben sind, kennengelernt. Der Körper des einen kennt die Reaktion des andern. Nur Adam weiß, daß der Orgasmus bei jeder Frau durch ein anderes Vorspiel ausgelöst und gesteuert werden kann. Er weiß instinktiv, was seine bedauernswerten Mit-Männchen eifrig aus Büchern und Magazinen und den Angebereien ihrer Freunde erfahren wollen. Wir haben alle Variationen aller Grundstellungen ausprobiert.

Ein Leben mit Adam genügt nicht. Ich müßte zehnmal neu geboren werden und immer wieder in Adams Armen landen.

Ich sitze am Wannenrand auf Adams Schoß, und er hält sich fest. Die Wanne ist jetzt voll. Er packt mich bei den Hüften. Ich wende ihm noch immer den Rücken zu. Er hebt mich hoch und zieht mich dann ganz hart an sich. Während seine Zunge küssend über meinen Rücken fährt, stößt er den Pfahl tief in mich hinein. Millionen kleiner Kußraketen treffen meine Haut, wo sie am empfindlichsten ist, von den Hüften aufwärts, die Wirbelsäule entlang bis zum Hals.

»Stillhalten!« befiehlt Adam. Ich weiß schon: Ich soll die tote Puppe spielen. Adam greift jetzt mit beiden Armen um mich und preßt meine Brüste fest zusammen. Er beißt mir in die Schultern, zuerst in die rechte, dann in die linke. Sein Glied dringt so tief in mich hinein, daß ich glaube, es unter dem Herzen zu spüren.

»Ich will mich schon bewegen«, sage ich bittend.

»Nein. Noch nicht!«

Im Hotel Escorial haben wir die erste Erfüllung, die Ouvertüren des Auberge Versailles hinter uns. Das Crescendo schwillt an und läßt sich nicht bezähmen. Vor uns zehn volle Tage.

Lederkästen an der Wand, Marterinstrumente, mittelalterlichen Lust- und Peingeräten nachgebildet. Inquisition und Höllenfahrt. Ein merkwürdiger Mensch, dem es einfiel, in den sechziger Jahren des 20. Jahrhunderts ein solches Hotel zu bauen. Und es ist voll besetzt! Alle Menschen lassen sich gern kitzeln!

»Mit solchen Instrumenten ist es schon so manchem impotenten Mann gelungen, seine Frau glücklich zu machen«, sagt Adam, als er eine zierliche, kleine Peitsche in der Zimmerecke entdeckt. Sie hängt an einem Nagel. »Bist du schon jemals verprügelt worden?«

»Nein. Hoffentlich verlangst du das niemals von mir. Dir könnte ich nichts verweigern.«

Die Atmosphäre reizt ihn. Plötzlich stelle ich mir Adam in einer weißen Dominikanerkutte mit schwarzem Mantel vor. Das rote Haar quillt unter der Kapuze hervor. Seine Augen blinzeln grün. Er faltet die Hände.

»Ich werde dich später ein bißchen verprügeln«, stellt Adam in Aussicht. Ich fürchte mich vor meinem Dominikaner, doch diese Furcht erregt mich noch mehr. Ich verscheuche den Großinquisitor, denn wir sitzen noch immer auf dem Wannenrand. Meine Brustspitzen richten sich unter den Händen des Großinquisitors auf, er reibt um sie herum, er reibt diagonal über ihre Mitte. Ich bin froh darüber, rosafarbene Brustspitzen zu haben. Es muß ekelhaft für die Männer sein, Herbstblätter zu küssen. Auch Adams Brustwarzen sind hellrosa, frischfarbig und schön. Sie haben Charakter und Ausdruck wie alles an seinem wunderbaren Körper, von dem eckigen, breiten Bauernschädel bis zu den langen, an Schenkeln und Waden muskelfesten, wohlgeformten Beinen. Seine Füße gleichen seltsamerweise nicht denen eines Bauern: Sie sind lang, schmal und aristokratisch. Dafür ähneln seine Hände echten, breiten Bauernpranken.

Müßte ich entscheiden, was ich an Adams Körper am meisten liebe, an diesem Körper, der auch mein Körper ist, so würde ich seinen Rücken wählen: mit seidiger Haut bespannt. Oder seine Brust: von feuerroten, kleinen Haarbücheln übersät. Oder den Phallus, diese Krone des Seins. Feinste, chinesische Seide auf Adams Rücken. Ich bin auf meine Fingerspitzen neidisch, weil sie den schöngewölbten Rücken meines Liebsten abtasten dürfen, und meine Fingerspitzen sind auf meine Lippen neidisch, wenn sie die Hand ablösen. Und immer wieder der Mund. Dieser Genuß: die Lippen des Geliebten zu zerfleischen.

Bettelweiber zwischen Luxuskissen, bettelarm, weil euer Geliebter nicht Adam Per Hansen heißt! Ich fürchte mich vor diesen Gedanken, denn vielleicht spreche ich sie aus oder man sieht sie meinen Augen an? Empfehle ich etwa den fremden Weibern meinen Mann als Geliebten? Das hätte noch gefehlt! Ich wünsche jeder Frau, die sich ins Bett meines Liebsten träumt, den Tod, die Hinrichtung mittels eines sorgfältig zugespitzten Marterinstruments. Zahme Imitationen hängen im Hotel Escorial an der Wand. Sie inspirieren mich zum Gedankenmord an allen früheren und künftigen Geliebten meines Mannes.

»Halt still, Milena!«

Den Genuß des Liebsten zu steigern, ist die höchste Pflicht der Frau. Die gehorsamste Frau ist die beste Magd. Er beißt so tief in meine Schulterblätter, daß ich die Abdrücke seiner Zähne tagelang mit mir herumtragen werde. Ich bin stolz auf diese Spuren! Später entdecke ich sie im Spiegel und möchte sie jeder Frau in Paris zeigen. Es kommt ihm nicht, während er mich auf und nieder, auf und nieder schiebt. Ich spüre, wie es in seinem Phallus zuckt. Der Strom will sich Bahn brechen. Er hat die Rechnung ohne seinen Meister getan. Und der Hexenmeister kann sich immer beherrschen.

»Küß mich!« bittet Adam plötzlich.

»Soll ich mir den Hals verrenken? Ich bin doch kein Kranich. Wie kann ich dich küssen, wenn ich auf dir sitze – und dir den Rücken zuwende?«

Wir lachen beide. Wir lachen viel, vor dem Bett, nach dem Bett und zwischen zwei Verschmelzungen auch im Bett. Wenn wir uns dann ineinander stürzen, so sind wir wieder ernst geworden.

»Ein schönes Paar . . .«, sagte ein adrett gekleideter, kleiner französischer Spießer im Musée du Trocadéro zu seiner Frau. Er trug gelbe Schuhe zu schwarzen Socken und eine schwarz-grau gestreifte Sonntagshose zu einem ausgewachsenen Jackett. Dafür hat er wahrscheinlich ein fettes Bankbuch.

Wir stehen vor Picassos »Liegender Frau«.

»Gott sei Dank, daß es schönere Frauen gibt als dieses Scheusal mit den Polypenarmen . . .«, fährt der Franzose fort.

Er hört bestimmt, daß wir ihn einen Idioten nennen.

»Wenn du willst, daß ich dich küsse, so laß mich aus dem Sattel steigen«, bitte ich Adam in der Badewanne, auf seinen Knien sitzend.

Ich drehe mich um. Er senkt die Finger in das Moos, holt die Olive heraus, spielt mit mir. Seine Finger verstehen es vollendet, mich zu befriedigen. Wir lassen uns in die mit heißem Wasser gefüllt Badewanne gleiten, küssen uns, spielen, meine Hand reibt seinen Turm, seine Hand liebkost den blonden Hügel.

»Ich finde das vielbesungene Zusammenbaden ziemlich unbequem«, sage ich. »Es geht doch nichts über ein Bett!«

Wir steigen aus der Wanne, reiben einander trocken. Neue Küsse. Neue Umarmungen. Mein Großinquisitor zeigt mir, wie gut der Teufel sein kann, und er bestraft mich dafür, wenn er sieht, wie ich den Teufel zwischen die Schenkel nehme.

Über die unausgepackten Koffer hinein ins Bett.

»Ich habe noch eine Bitte . . .«, sagt mein Geliebter.

»Ja?«

»Ich möchte heute eine Lolita aus dir machen. Keine alte, zwölfjährige. Ein ganz junges Ding, das noch nicht weiß, was zwischen seinen Beinen steckt. Ich möchte dir den blonden Venushügel abrasieren.«

»Du bist ein Schwein.«

»Danke. Bist du einverstanden?«

Ich bin einverstanden, weil ich mir von Adam alles gefallen lasse. Gut, daß ich keine verheiratete Frau bin und nicht noch andere Geliebte habe. Die würden es ja merken, wenn ich plötzlich kahlrasiert auftauchte! Es kitzelt ganz angenehm, während mich Adam rasiert.

»Wächst das auch bestimmt nach?«

»Mach dir keine Sorgen!«

Er schaut und schaut und kann sich nicht vom Anblick des schmalen Spalts losreißen.

»Du bist jetzt ein ganz süßes Kind . . . ich werde eine Minderjährige schänden . . .«

Er starrt so unentwegt, daß ich von dem Gefühl durchdrungen bin: Jetzt schreibt er wieder, jetzt überlegt er sich ganz genau, wie er den enthaarten, nackten, kleinen Hügel, dessen ich mich ein bißchen schäme, in seinem nächsten Sex-Roman schildern wird.

»Fehlt nur noch, daß ich mich eines Tages wie Baby Doll anziehen und in einem Gitterbettchen schlafen muß . . .«

»Wenn jeder so spielen könnte wie wir beide, gäbe es keine Sexualverbrecher . . . Ich werde dich auch einmal als Hetäre aus der Antike verkleiden und als Bauernmädchen und als Bordellmutter . . . Wirst du alle meine Wünsche erfüllen?«

Ich nicke und weiß, daß alles, was Adam von mir verlangt, plötzlich sauber und heilig ist.

Er stützt sich auf die Seite, legt mich auf den Rücken, bläst die Härchen von meinen Schenkeln und packt sein elektrisches Rasierzeug weg, mit dem er meinen nackten Hügel freigelegt hat. Pan begeistert sich dafür, was er sieht.

»Sehr, sehr süß!« wiederholt er. »Laß es dir kommen, wenn ich dich jetzt mit der Zunge berühre. Ich will dein Gesicht und den Hügel sehen, wenn es dir kommt.«

Er streichelt zärtlich mit den Fingern über die nackte Hochebene, über den Hügel, der ihn erwartet. Dann schaut er. Dann küßt er mich und streichelt wieder. Er läßt sich schnell wie ein Habicht auf meinen Mund fallen und saugt, die Lippen zum Trichter formend, meine Lippen in sich hinein. Dann schaut er wieder. Die Lust schwillt steil in mir an, sie überschwemmt mich, und ich habe gerade noch Zeit, Adams Hände auf meine zuckende Klitoris zu pressen, die er schnell mit der Zunge berührt hat. Er reißt die Hände von meinem Hügel los und preßt den Mund in meinen Schoß, er leckt und trinkt alles aus, was aus mir quillt.

Auch ich werde später die ganze Mandelmilch austrinken, die aus Adams Lenden strömt. Sie strömt so reichlich, daß sie alle durstenden Frauen erquicken könnte.

Dann lege ich mich auf die Seite, drücke mich an den Geliebten und nehme die Krone seines Baumes, die wieder steinhart geworden ist, zwischen meine Schamlippen und schiebe sie ganz nach vorn, an mein Krönchen. Der Wunsch nach Schlaf erfüllt uns bald so innig, als wäre dieser Schlaf ein neues, nie erlebtes, sinnliches Vergnügen. Ich liebe ihn, und meine Liebe wird viel länger leben als ich.

Dann streift mein Geliebter einen weißen Burnus über, der gleicht der Kutte eines Dominikanerpaters, nur der schwarze Mantel fehlt.

»Ich werde dir den Teufel austreiben!« droht Adam. Dabei ist der Teufel Eifersucht damals in Paris noch nicht in meinem Leib lebendig. Welchen Teufel meint er? Meine Liebe?

»Hast du Angst, daß ich dich zu sehr liebe?« frage ich den Großinquisitor.

»Du kannst mich nicht zu sehr lieben.«

Die säkularisierten Marterinstrumente flößen mir Mut ein. Ich stelle dreiste Fragen.

»Hast du schon oft mit zwei Frauen auf einmal geschlafen?«
Er antwortet ungeniert:
»Es sieht sehr reizvoll aus, wenn sich zwei Frauen liebhaben. Und dann greift der Mann ein und schläft mit beiden.«
»Das könnte ich dir nie verzeihen, wenn ich's mitansehen müßte. Du bist ein Ungeheuer.«
»Und du hast Talent zur Heuchlerin!«
Der Dominikanerpater holt die niedliche, kleine Peitsche vom Nagel. Ich habe wirklich Angst.
»Fürchte dich nicht, ich will nur spielen«, beruhigt er mich. »Du bist eine richtige kleine Bürgerliche. Die darf man nicht mit Peitschen verprügeln.«
»Und du? Bist du am Ende ein Sadist?«
Der Dominikanerpater schüttelt den Kopf. Er kitzelt mich mit der Peitsche. Er rollt mich auf dem Bett herum, auf den Bauch, auf den Rücken, er stellt sich vor mich, die weiße Kutte klafft am Bauch auseinander, er zeigt mir sein wieder steil stehendes Glied.
»Spreiz die Beine!« befiehlt der Großinquisitor. »Ich will den Spalt zwischen den kahlen Hügeln kitzeln!«
Das ist sehr gut. Auch ich verspüre herrliche Erregung. Wenn ich bloß nicht so weit von meinem stehenden Geliebten entfernt wäre! Ich muß seine Haut spüren! Das mit der Peitsche ist eine nette Spielerei, doch der Himmel bewahre uns davor, das Ding jemals zum Selbstzweck zu machen. Die lederbezogenen Kästen, die Marterinstrument-Imitationen . . . ein großer, lederner Ball, den er mir später über den Körper rollen wird . . . Spielzeug, Massage. Zum Sadisten muß man geboren werden! Ein paar Schläge mit der Hand – damit bin ich einverstanden. Ich bitte meinen Geliebten, seinen Burnus abzuwerfen. Er liegt nackt vor mir. Die strategische Lage hat sich geändert: Er ist ein Opfer, und ich bin seine Herrin. Ich versetze ihm einen kleinen Fausthieb auf den Rücken und aufs Gesäß. Sofort tut er mir leid. Ich küsse die Stellen.
Adam dreht sich um.
»Gott sei Dank sind wir beide hoffnungslose Fälle!« sagte er. »Wir können hundertmal im Hotel Escorial wohnen! Wir könnten uns sogar in einer echten spanischen Folterkammer einnisten. Die Inquisition färbt auf uns nicht ab! Es lebe die normale Liebe . . .«

Später werde ich eine andere Art der Inquisition kennenlernen. Ich werde Adam mit meiner Eifersucht quälen, und Eifersucht ist Inquisition. Sie ist genauso nutzlos wie diese. Ein Kadaver – was fing ich wohl mit einem Kadaver an, zugrundegegangen an den Hexenkünsten der Großinquisitorin Milena?

Er hat mich kaum mit der Peitsche gekitzelt, das ist gut, ich kann beim Baden keine Striemen brauchen. Auch meine Fäuste haben auf Adams Hinterteil keine blauen Flecken hinterlassen.

Die Sonne heizt Adams Locken. Darum sind sie so rot und so heiß. Ich hätte mich damals nicht vor Adams Samen schützen dürfen, ich hätte jeden Tropfen sorgfältig mit meiner Muschel auffangen müssen! Wie oft ließ ich Adams Samen in meinen Mund strömen und schluckte ihn herunter, weil er es so haben wollte? Es war immer eine Sünde, weil ich längst schwanger wäre, wenn ich es nicht getan hätte.

Auch das gehört zur Inquisition. Mein Geliebter zeigt mir, daß es am Körper einer Frau noch einen zweiten Eingang zur Liebe gibt. Adam fragt mich, ob mich schon je ein Mann von hinten genommen hat. Ich schüttle den Kopf.

»Niemals. Und ich lege auch keinen Wert darauf. Es tut ganz bestimmt scheußlich weh.«

»Nur beim erstenmal.«

»Außerdem schäme ich mich.«

»Du mußt dich nicht schämen. Später wirst du mich darum bitten, es zu tun.«

Ich habe meinen Geliebten nie darum gebeten, es zu tun, doch schlug ich ihm auch diesen Wunsch nicht ab. Bluttropfen auf dem Leintuch. Es schmerzt furchtbar. Wie kann ein Mann so grob sein?

Über den Bildschirm – wir haben den Apparat eingeschaltet – läuft ein französischer Western, die Franzosen sind genauso darauf versessen wie die Fernseher bei uns in Amerika. Das Licht spielt über unsere nackten Körper.

»Du darfst keinen Widerstand leisten!« befiehlt Adam. »Zieh die Muskeln nicht zusammen! Laß dich erst küssen. Überall.«

Langsam, zart und dann immer stärker spielt er mit der Zunge über meine Hinterbacken. Dann dringt er mit dem Phallus in mich ein. Ich finde es grauenhaft.

»Du bist eng. Du bist gut«, murmelt mein Geliebter. Ich stopfe meine Finger in den Mund, um nicht vor Schmerz laut hinauszuschreien. Es wird immer so schmerzen, und ich werde Adam belügen und ihm versichern, daß ich mich daran gewöhnt habe. Ein bißchen hilft es, wenn man die Beine übereinanderlegt und miteinander verschränkt. Ich öffne die Muskeln, lockere sie, ziehe sie zusammen, öffne sie . . . Adam gibt wohlige Laute von sich, er genießt und schwelgt, schiebt seine Hände unter meinen kahlen kleinen Hügel dort unten, schiebt, stößt, drückt den rechten Zeigefinger an meine Klitoris.

Wir sind in weißer Glut miteinander verschmolzen, das erste Liebespaar der Welt. Er keucht, jagt, erreicht das Ziel und preßt sich in mich, daß ich fast ohnmächtig werde. Er ist herrlich satt, viel gesättigter als gestern und viel hungriger als morgen.

Er fügt mir Schmerzen zu. Viel zuwenig Schmerzen. Ich möchte mich zerreißen, um ihm noch mehr zu geben. Der Stier fordert von seinen Weibern den höchsten Genuß und schenkt ihnen die schmerzlichste Lust. Sie sind nur glücklich, wenn es schmerzt.

Das Meer. Das Boot. Der Sturm. Die Bühne dreht sich langsam. Ich bin Zuschauerin geworden. Ich bin zu jung und liebe meinen Mann zu sehr, um mich mit einer Nebenrolle zu begnügen. Ich liebe den Geliebten heute noch viel mehr als damals in Paris.

Es war einmal ein junger Mann, der hieß Claude. Er war Adams und Christines Sohn. Ich sage, er »war« – er ist, er lebt, es geht ihm gut. Für mich ist er nichts als eine widerwärtige Erinnerung.

Claude wird den amerikanischen Schriftsteller, der seine Mutter in der Invasionsnacht »verführt« hat und den er als Bauern aus Minnesota bezeichnet, niemals lieben, wie man einen Vater liebt. Der junge Mann beneidet seinen Vater um dessen schöpferisches Talent. Claude versteht es, in der bildenen Kunst nur dürftig etwas nachzuahmen. Er hat keinen einzigen eigenen Gedanken. Er haßt den Vater noch mehr, seit die Mutter in Amerika ein so trauriges Ende nahm.

Die Bühne ist verführerisch. Sie heißt Rocquebrune-Cap Martin. Riviera, kornblauer Postkartenhimmel, Pinien und Zypressen am tiefblauen Meer. Ein Augusttag. Wir haben vier Jahre nach Christines Ertrinkungstod die Einladung Claudes, ihn in seiner maurischen Villa zu besuchen, endlich angenommen. Adam und ich fühlen uns an der Riviera gehemmt. Kaum ein unberührtes Fleckchen Erde mehr. Zu viel Lärm zwischen Cannes und Menton. In Florida, wo flache Boote durch die Everglades surren, am Meer, am Strand, da gibt es noch unberührte Natur.

Claude beobachtet uns unablässig. Er will herausspüren, wie ich zu Adam stehe. Die Villa ist ein Erbstück Christines. Claude hat genügend Geld von der Familie seiner Mutter bekommen, um hier im Süden leben zu können.

Ein Tag im August. Mein Stiefsohn Claude! Gut wäre es – der Gedanke überfällt mich plötzlich –, wenn man sich in seinen Stiefsohn verlieben könnte.

Am darauffolgenden Tag will Adam hinauf nach Grasse.

»Darf ich zu Hause bleiben?« frage ich Adam. »Ich glaube wirklich, ich habe mir einen kleinen Sonnenstich geholt. Leistest du mir Gesellschaft, Claude, oder begleitest du Adam?«

Ich bringe es nicht über mich, zu sagen: »Deinen Vater.« Claude ist eine Spottgeburt. Der ganze Haß, den ich noch immer für Christine empfinde, ergießt sich jetzt in meine Erbitterung Claude gegenüber. Die Alte durfte einen Sohn von Adam empfangen. Und ich habe keinen! Mein Sohn wäre bestimmt das Ebenbild meines Geliebten.

Adam wundert sich.

»Sonnenstich? Hast du Kopfschmerzen? Soll ich den Arzt holen lassen?«

Ich schüttele den Kopf. Mein Plan steht fest, alles wird gut eingefädelt – so gut, wie es primitive Dienstboten tun, die ihren treulosen Geliebten eifersüchtig machen wollen.

Ich habe in Rocquebrune-Cap Martin keine intimen Freundinnen. Unter den Klatschweibern in Monte Carlo, die als lustige Witwen herumsitzen und von einer Party zur andern und von einem Baccarat-Tisch zum andern gehen, gibt es aber mehr als eine, die zu einem kleinen Liebesdienst bereit wäre.

Ich verlange eine unbedeutende Gefälligkeit. Einen winzigen Freundschaftsdienst. Einen anonymen Telefonanruf um die Nachmittagsstunde. Ich werde dafür sorgen, daß ich mit Claude um diese Zeit am Strand liege und daß nur Adam im Haus sitzt oder auf der Terrasse diktiert. Um diese Zeit arbeitet er immer.

Die »wohlmeinde Freundin« des Dichters Adam Per Hansen wird ihr Sprüchlein von einem Zettel ablesen.

»Hier spricht eine Frau, die es gut mit Ihnen meint, Mr. Hansen. Merken Sie nicht, daß Sie Hörner tragen? Kehren Sie doch, wenn Sie eine Stichprobe machen wollen, früher aus Grasse heim, als ursprünglich geplant . . . Es dürfte Ihnen mit etwas Glück gelingen. Ihre liebe Ehegattin und Ihren Sohn . . .«

Ich bin gerade aus dem Wasser gekommen. Claude schläft unter einem Sonnenschirm. Oben in der Villa klingelt das Telefon. Ich sehe von meinem Standort deutlich, daß Adam ins Wohnzimmer geht und den Hörer abhebt. Später frage ich nicht, wer telefoniert hat. Adam sagt kein Wort. Am darauffolgenden Tag fährt er frühmorgens nach Grasse. Er will erst am späten Abend wieder bei uns sein.

Magerer, unattraktiver Strohhalm für meine Eifersucht, die sich an dem Geliebten rächen will. Man muß versuchen, den Liebsten, der seit vier Jahren mein Mann ist und mich ganz gewiß betrügt, eifersüchtig zu machen. Claude! Ich kenne keinen Mann, der mir weniger gefiele und den ich weniger liebte als diese schäbige Don Carlos-Imitation. Nie wäre ich imstande, an seiner Seite körperliche Erregung zu verspüren.

Doch ich möchte ihn verführen, um Adam zu bestrafen. Claude begreift das Spiel nicht ganz. Ich glaube, daß ich ihm besser gefalle als er mir.

Er streicht um mich herum. Er kaut an den Fingernägeln. Mein Gott, undenkbar, daß dieser Waschlappen, dieses geschlechtslose und unbegabte Geschöpf der Sohn meines geliebten Mannes Adam Hansen ist.

Können Riesen Zwerge zeugen?

»Ich weiß, was du willst!« sagt Claude plötzlich, als wir am Nachmittag allein im Hause sind. »Er ist doch nicht da! Er sieht uns doch nicht!«

Lügen muß ich jetzt auch noch.

»Ich habe keine Ahnung, was du meinst. Komm doch ein bißchen näher! Findest du mich eigentlich hübsch?«

Abgeschmackt, ausgelaugt, unappetitlich. Claude beginnt langsam mitzuspielen. Ich habe das Gästezimmer im nassen Bikini betreten, ich hänge mir jetzt die Frottierjacke um die Schultern und streife langsam den Badeanzug ab. Höschen und Büstenhalter liegen auf dem Fußboden. Ich stehe, die Jacke noch immer lose um die Schultern, fast nackt da.

Claude schaut, der kleine, magere Wicht beginnt schwer zu

atmen und zu keuchen. Er hockt auf dem Teppich, kaut an seinen Nägeln, kämpft offenbar mit sich selbst.

»Hast wohl Angst vor deinem Vater?« verspotte ich den armen Tropf. »Oder hast du noch nie eine nackte Frau gesehen?«

Der Junge steht auf und kommt langsam näher. Ohne den Versuch, mich zu küssen oder mich zu umarmen, greift er, so sachlich wie ein Krämer, nach meinem Schoß.

»Ich habe die Bücher meines Vaters gelesen«, sagt er.

»Das mußt du deinem Vater sagen, der behauptet nämlich das Gegenteil . . .«, erwidere ich.

Claude: »Ich habe sie gelesen. Ich weiß, wie man das macht.«

Ich schaue nach der Wanduhr. Wenn mein Dienstbotenstück gelang, so muß Adam jeden Augenblick nach Hause kommen. Claudes Blick trübt sich langsam. Ich weiß, daß ich schön bin. Kein normaler, gesunder Mann würde dieser nackten Frau widerstehen, wenn sie sich auf einem silbernen Tablett anbietet.

Endlich höre ich einen Schlüssel in der Vorzimmertür und Schritte.

Claude hat nichts bemerkt. Er keucht noch viel mehr, will mich auf die Couch stoßen. Die Tür geht auf, und Adam steht im Zimmer. Jetzt wird mein Geliebter aufschreien. Jetzt wird er drohen, mich zu erschlagen, es wird einen fürchterlichen Auftritt geben. Darauf habe ich gewartet, endlich darf ich triumphieren!

Mein Geliebter steht mitten im Zimmer und schaut. Er hat ganz große, runde Augen und sagt kein Wort. Dann läßt er sich auf einen Rohrstuhl fallen und beginnt fassungslos zu lachen. Adam lacht ohne Hohn, ohne Bosheit, aus vollem Hals, als sei er Zeuge der besten Komödie, die je gespielt wurde.

Ich habe mich fest in meinen Frottiermantel gehüllt. Claude ist verschwunden, hinaus zur Tür gelaufen. Er wird sich überhaupt nicht mehr sehen lassen.

»Lauf ihm nach!« ruft mein glänzend gelaunter Mann. »Hol ihn doch zurück, wenn er dir gefällt! Dieser Liebesakt will vollendet werden!«

»Ich weiß nicht, wie es kam . . . Claude stellte mir schon seit einiger Zeit nach.«

Adam hört nicht auf zu lachen.

»Diese Dinge muß man ernst nehmen. Liebst du Claude? Soll ich dich freigeben?«

Diese Frage meint Adam gewiß nicht ernst. Seine Augen lachen. Das Ganze ist für ihn eine köstliche französische Schlafzimmerkomödie. Ich fühle mich so gedemütigt, daß ich mich verrate.

»Ich wollte dich eifersüchtig machen. Aber wenn du nicht eifersüchtig bist ... warum bist du dann der anonymen Anruferin auf den Leim gegangen und früher heimgekehrt als geplant?«

Ich habe mich verraten, das ist nicht wieder gutzumachen. Jetzt lacht Adam nicht mehr, sein Gesicht hat einen angeekelten Ausdruck angenommen.

Wir reisen am Tag darauf ab. Ein halbes Jahr lang beantwortet Adam den formellen Entschuldigungsbrief seines Sohnes nicht. Nur einmal sagt er zu mir:

»Ich bin Claude und dir nur böse, weil ihr so geschmacklos wart. Und du tust mir leid, Milena. Wenn du mich festhalten willst, so ist das die falsche Methode.«

Mein einziger Versuch, Adam eifersüchtig zu machen, ist gescheitert. Ich habe gut gezielt, denn ich traf mich selbst!

»Warum bist du aber wirklich an jenem Nachmittag früher zurückgekommen, wenn du überhaupt nicht eifersüchtig warst?« frage ich Adam viel später noch einmal.

»Ich wollte sehen, ob ich über den Dingen stehe. Ich habe mich nicht in mir getäuscht!« sagt mein Geliebter.

»Über den Dingen stehen.« Das kann man nur, wenn man nicht mehr liebt.

Endlose Manöver, um meinen Mann festzuhalten, jedes ist ein Stachel, der mir tiefer ins eigene Fleisch dringt.

Wenn ich doch noch ein bißchen schlafen könnte bis zum Morgen – eine einzige Stunde! Er griff noch einmal nach mir, vor ein paar Minuten. Ich hätte weinen können, so glücklich war ich wieder. Doch ich beherrsche mich. Nur nicht sentimental sein. Endlich versuchen, kühler zu werden. Distanz halten, sogar im Bett.

Sein schlafheißer Mund, der jetzt nicht nach Pfefferminz im Mundwasser roch, preßte sich auf meine Lippen. Hat er von mir geträumt, daß er mich so stark küssen muß? Ich liege im Bett neben Adam, in Cape Rock; ich liege im Auberge Versailles, im Bett des Großinquisitors in Paris und bin seine Geliebte, nicht mehr seine zu matt geliebte Frau. Er legt sich wieder schwer auf mich, er murmelt Worte, die liebsten unseres Vokabulars. Er will, daß ich mit mir und mit ihm spiele und beschimpft mich, daß ich eine geile Hündin sei.

Jetzt müßte ich kalt werden und ihn wegschieben. Vielleicht käme er dann winselnd zu mir zurück. Kalt sein, wie macht man das? Wie verschließt man sich dem Herrgott, wenn er Blitze vom Himmel holt und uns trifft – mitten in den Schoß? Ich lasse mich von meinem Geliebten küssen und beschimpfen und lecke ihm den Speichel von seinen Lippen, ich sauge seine Zunge in mich hinein, ich greife in meinen Spalt, hole den Phallus nach und ziehe seine Vorhaut vor und zurück, vor und zurück. Ich ziehe meinen Spalt straff und schließe ihn fest um den geliebten Häftling Phallus, ganz fest um den Pfahl, so daß er wie im winzigen Loch einer zehnjährigen Jungfrau steckt.

»Gut!« seufzt Adam, wie ein zufriedener Säugling. »Das ist gut. Das ist gut.«

Ich werde nie mehr eifersüchtig sein. Das schwöre ich mir in diesem Augenblick. Und ich werde eines Tages, das beschließe ich, während ich die Kußlawinen meines Geliebten erwidere und in den Säften bade, die aus mir und aus ihm spritzen, den Mund öffnen und ihm meine Schuld eingestehen.

Ich werde den ungeheuren Mut aufbringen, ihm zu gestehen, daß mich nur ein einziges Verbrechen an ihn schmiedet: meine Lüge.

Ich bin eine Missetäterin, die kein anderes Verbrechen begangen hat als das, ihren Mann zu belügen. Denn sie hatte Angst, ihn sonst zu verlieren.

Ich will Adam, wenn er wieder eingeschlafen ist, mein Geheimnis ins Ohr flüstern. Ich werde sagen: Verscheuche alle bösen Träume, Geliebter. Es war ein Spritze wie jede andere, die du Christine gabst. Ich habe kein giftiges, weißes Pulver mit aufs Boot benommen. Wir hatten das ganze Pulver aufgebraucht, als wir die arme, alte Hündin Musette ins Jenseits beförderten.

»Du hast mich belogen!« wird mein Geliebter entsetzt sagen.

»Ich habe dich belogen«, werde ich antworten. »Du mußt mir verzeihen. Weißt du: Damals, als Christine ins Wasser sprang und wir auf einmal frei waren, da sah und hörte ich deine Furcht. Du wolltest frei bleiben. Und ich griff nach dem ersten besten Strohhalm, nach der Kette, nach der Lüge.«

So ungefähr muß mein Geständnis lauten. Und dann wird mich mein Abgott küssen, mir verzeihen und sagen:
»Ich wäre auch ohne die Kette bei dir geblieben. Ich brauche deinen Schoß und deine Küsse. Wir werden ein Kind haben, dann bist du ganz gesund.«

So ungefähr werde ich sprechen, und so wird er mir antworten, wenn ich endlich den Mut zum Geständnis aufbringe. Es ist fünf oder sechs Uhr morgens, und ich muß auf meine Lippen beißen, um ihn nicht anzuflehen: »Verschiebe deine Reise!«
Nein. Diesmal werde ich nicht bitten und betteln.
Er schläft neben mir. Unten bin ich noch naß von seiner köstlichen Mandelmilch. Ich stoße meine Finger tief in die Scheide. Vielleicht findet sein Samen endlich den Weg zu meiner Gebärmutter. Gib, lieber Gott, daß es gelingt! Meine Hand sucht den Spender aller Kraft. Ich schließe meine Finger um ihn.
Draußen ist es schon ganz hell geworden. Der Himmel ist rein, das Meer glatt.
Es gibt Götter und Menschen. Gebende und Nehmende. Mein Mann liebt, schreibt, gibt. Ich kann nur lieben und lebe ausschließlich in des Geliebten Licht.
Ich bin eine Missetäterin, die nie den Mut aufbringen wird, ihrem Mann zu verraten, in welche Schuld sie sich durch ihre Liebe verstrickte. Ich bin eine Kleinbürgerin, pflichtbewußt und feige, die auch heute wieder rechtzeitig aufsteht; die sich, wenn ihr Mann verreist ist, wie stets an die Arbeit machen wird, denn sie will unentbehrlich für ihn bleiben und ihren Schmerz betäuben.
Ich bin eine tüchtige Hausfrau, die ihren Mann in ein paar Stunden mit starkem, schwarzem Kaffee wecken wird, um dann mahnend auf die Uhr zu schauen und zu sagen: »Beeil dich, Liebster! Du versäumst dein Flugzeug nach New York und Paris!«
Den Liebestod sterben oder entsagen. Ich kann nicht entsagen.

Zwischen den Beinen meines Mannes blüht ein roter Wald. Dort fließt mein Lebensquell. Er fließt für alle, doch die ihn besitzen wollen, müssen verdursten.

❧ *Exquisit Bücher*
Galante Werke der Weltliteratur

*Eine Buchreihe, die sich die Aufgabe gestellt hat,
Kostbarkeiten der amourösen Dichtung aller Zeiten,
seltene Werke der galanten und erotischen Literatur
in modernen Taschenbuchausgaben
zugänglich zu machen*

E 112 Marquis de Sade
Philosophie im Boudoir

E 113 Richard Werther
Beichte eines Sünders

E 114 Anonymus
Frivole Geschichten

E 115 E. und Ph. Kronhausen
Erotische Exlibris

E 116 Anonymus
Komtesse Marga

E 117 Andréa de Nerciat
Der Teufel im Leibe

E 118 Pierre Jean Nougaret
*Die Schwachheiten
einer artigen Frau*

E 120 Friedrich S. Krauss
*Das Geschlechtsleben
des deutschen Volkes*

E 122 Ferrante Pallavicini
Alcibiades als Schüler

E 124 Edith Cadivec
*Bekenntnisse
und Erlebnisse*

E 126 Andréa de Nerciat
Liebesfrühling

E 131 August Maurer
Leipzig im Taumel

E 132 Anonymus
Nächte der Leidenschaft

E 134 Edward Sellon
Der große Genießer

E 137 Felicité Comtesse de
Choiseul-Meuse
Julie – die ewige Jungfrau

E 139 John Cleland
*Die Memoiren
des Scholaren*

E 141 Anonymus
Die Freuden der Liebe

E 144 Frank Francis
Verbotene Früchte

E 146 Fougeret de Montbron
Margot, die Flickschusterin

E 148 Comte de Mirabeau
*Die Bekenntnisse
des Abbés*

WILHELM HEYNE VERLAG
TÜRKENSTRASSE 5–7
8000 MÜNCHEN 2

Romantic Thriller

1960	Robert Bloch **Das Haus der Toten**	1979	Edwina Marlow **Begegnung mit einem Fremden**
1961	Dorothy Eden **Der düstere See**	1980	Anthony Esler **Duell im Schloß**
1962	Patricia Maxwell **Die Braut des Fremden**	1981	Elizabeth Peters **Tödliches Spiel**
1963	Victoria Holt **Die siebente Jungfrau**	1982	Phyllis A. Whitney **Das Schiff der Geister**
1964	Florence Hurd **Das Geheimnis von Schloß Awen**	1983	Barbara Michaels **Das Haus der Hexe**
1965	Rona Randall **Die geheimnisvolle Tochter**	1984	Jacqueline Marten **Rückkehr ins Verderben**
1966	Elizabeth Peters **Im Schatten des Todes**	1985	Victoria Holt **Die Braut von Pendorric**
1967	Barbara Michaels **Der Prinz der Dunkelheit**	1986	Aola Vandergriff **Der Tod ist mein Schatten**
1968	Virginia Coffman **Grauen ohne Ende**	1987	Dorothy Eden **Nachmittag für Eidechsen**
1969	Sharon B. Wagner **Das Erbe der Einsamkeit**	1988	Florence Hurd **Die Moorhexe**
1970	Isabelle Holland **Das Haus der vielen Geheimnisse**	1989	Mozelle Richardson **Die Frau des Maharadschas**
1971	Angelika Gerol **Das tödliche Geheimnis**	1990	Virginia Coffman **Tödliche Erbschaft**
1972	Phyllis G. Leonard **Ein Opfer für die Götter**	1991	Hillary Waugh **Eine Braut für den Toten**
1973	Victoria Holt **Der Schloßherr**	1992	Harriet Esmond **Das Geheimnis des Grabes**
1974	Joy Carroll **Das Zimmer des Vergessens**	1993	Velda Johnston **Gefährliches Doppelspiel**
1975	Dorothy Eden **Das vergiftete Herz**	1994	Sarah Neilan **Das Todeskomplott**
1976	Velda Johnston **Das Kabinett des Todes**	1995	Angelika Gerol **Saat des Hasses**
1977	Mozelle Richardson **Das Geheimnis der Puppe**	1996	Jeremiah McMahon **Das Haus des Verbrechens**
1978	Florence Hurd **Die verhängnisvolle Hochzeit**	1997	Anne Maybury **Die geheimnisvolle Insel**
		1998	Aileen Seilaz **Unter dem Schleier des Schweigens**

WILHELM HEYNE VERLAG MÜNCHEN

Große Romane internationaler Bestsellerautoren im Heyne-Taschenbuch

HEYNE BÜCHER

Vicki Baum
Hotel Berlin
5194 / DM 4,80

Clarinda
5235 / DM 5,80

C. C. Bergius
Heißer Sand
5174 / DM 4,80

Der Agent
5224 / DM 5,80

Pearl S. Buck
Die beiden Schwestern
5175 / DM 3,80

Söhne
5239 / DM 5,80

Das geteilte Haus
5269 / DM 5,80

Taylor Caldwell
Alle Tage meines Lebens
5205 / DM 7,80

Ewigkeit will meine Liebe
5234 / DM 4,80

Utta Danella
Quartett im September
5217 / DM 5,80

Der Maulbeerbaum
5241 / DM 6,80

Marie Louise Fischer
Eine Frau mit Referenzen
5206 / DM 3,80

Bleibt uns die Hoffnung
5225 / DM 5,80

Wilde Jugend
5246 / DM 3,80

Willi Heinrich
Alte Häuser sterben nicht
5173 / DM 5,80

Jahre wie Tau
5233 / DM 6,80

Hans Hellmut Kirst
Aufstand der Soldaten
5133 / DM 5,80

Fabrik der Offiziere
5163 / DM 7,80

John Knittel
Terra Magna
5207 / DM 7,80

Heinz G. Konsalik
Des Sieges bittere Tränen
5210 / DM 4,80

Alarm! Das Weiberschiff
5231 / DM 4,80

Bittersüßes 7. Jahr
5240 / DM 4,80

Alistair MacLean
Tödliche Fiesta
5192 / DM 4,80

Dem Sieger eine Handvoll Erde
5245 / DM 4,80

Daphne du Maurier
Die Erben von Clonmere
5149 / DM 5,80

Sandra Paretti
Der Winter, der ein Sommer war
5179 / DM 7,80

Preisänderungen vorbehalten

Wilhelm Heyne Verlag · Türkenstr. 5–7 · 8000 München 2

Jeden Monat mehr als dreißig neue Heyne-Taschenbücher

HEYNE BÜCHER

... ein vielseitiges und wohldurchdachtes Programm, gegliedert in sorgfältig aufgebaute Reihen aller Literaturgebiete: Große Romane internationaler Spitzenautoren, leichte, heitere und anspruchsvolle Unterhaltung auch aus vergangenen Literaturepochen. Aktuelle Sachbuch-Bestseller, lebendige Geschichtsschreibung in den anspruchsvollen „Heyne Biographien", Lehr- und Trainingsbücher für modernes Allgemein- und Fachwissen, die beliebten Heyne-Kochbücher und praxisnahen Ratgeber. Spannende Kriminalromane, Romantic Thriller, Kommissar-Maigret-Romane und Psychos von Simenon, die bedeutendste deutschsprachige Science-Fiction-Edition und Western-Romane der bekanntesten klassischen und modernen Autoren.

Ausführlich informiert Sie das Gesamtverzeichnis der Heyne-Taschenbücher. Bitte mit nebenstehendem Coupon anfordern!

Senden Sie mir bitte kostenlos das neue Gesamtverzeichnis

Name
PLZ/Ort
Straße

An den
Wilhelm Heyne Verlag
8000 München 2
Postfach 201204